Anthony Coles

Ein Gentleman in Arles – Tödliche Täuschung

Zu diesem Buch

Sebastien Moroni ist verärgert. Sein neues Geschäftsmodell, mit dem Einschmuggeln von Menschen über die leeren Strände der Camargue viel Geld zu verdienen, ist in Gefahr. Die Polizei hat es tatsächlich geschafft, seine bis ins Detail geplante nächtliche Aktion zu zerschlagen. Moroni muss sich nun weiter vorwagen, ins Territorium seines erbittertsten Konkurrenten um die Vorherrschaft im Süden Frankreichs: Alexei Girondou. Wäre da nur nicht dieser Peter Smith, der sich ohnehin in alles einmischt, was ihn nichts angeht. Und dann der Großgrundbesitzer Emile Aubanet mit seiner Tochter Martine, die ebenfalls viel zu neugierig sind. Doch auch für die Lösung dieser Probleme hat Moroni bereits eine Idee …

Anthony Coles lebt, genau wie seine Hauptfigur, seit einigen Jahren in Arles. Und genau wie Peter Smith ist auch er Kunsthistoriker, der an renommierten Universitäten auf beiden Seiten des Atlantiks unterrichtet hat. Für den Geheimdienst war er allerdings nie tätig, sondern, etwas prosaischer, im internationalen Wirtschaftssektor. Er hat zwei erwachsene Töchter und einen Windhund namens Arthur.

Anthony Coles

EIN GENTLEMAN IN ARLES

TÖDLICHE TÄUSCHUNG

Ein Provence-Krimi

Aus dem Englischen von
Michael Windgassen

PIPER

Mehr über unsere Autoren und Bücher:
www.piper.de

Wenn Ihnen dieser Provence-Krimi gefallen hat, schreiben Sie uns unter Nennung des Titels »Ein Gentleman in Arles – Tödliche Täuschung« an *empfehlungen@piper.de*, und wir empfehlen Ihnen gerne vergleichbare Bücher.

Von Anthony Coles liegen im Piper Verlag vor:
Peter-Smith-Reihe
Band 1: Ein Gentleman in Arles – Mörderische Machenschaften
Band 2: Ein Gentleman in Arles – Gefährliche Geschäfte
Band 3: Ein Gentleman in Arles – Tödliche Täuschung

FSC
www.fsc.org
MIX
Papier aus verantwortungsvollen Quellen
FSC® C083411

Ungekürzte Taschenbuchausgabe
ISBN 978-3-492-31746-7
Mai 2021

erschienen im Verlagsprogramm Pendo
Titel der englischen Originalausgabe:
»Revenge in the Carmague«
Umschlaggestaltung: U1berlin / Patrizia Di Stefano
Umschlagabbildung: Walter Zerla / Getty Images
Satz: Satz für Satz, Wangen im Allgäu
Gesetzt aus der Kepler
Druck und Bindung: CPI books GmbH, Leck
Printed in the EU

Prolog

»Ich hätte einen Job für Sie. Und würde Ihnen eine Million Dollar zahlen.«

Der junge Mann sah sich einem elegant gekleideten Mann gegenüber, der sich unaufgefordert zu ihm an den Tisch gesetzt hatte.

»Worum geht's?«

»Sie sollen mir helfen, jemanden zu töten.«

»Wen?«

»Meinen Bruder.«

Der junge Mann verzog keine Miene, als ihm der Fremde eine Visitenkarte zuschob: »Melden Sie sich.« Dann verließ er das Café.

1. Vorgeplänkel

Der Strand von La Plagette war wie viele, wenn nicht wie die meisten Strände dieser Region. Er bestand aus einem schmalen, sauberen Sandstreifen entlang einer engen Bucht und glich der Hautfalte zwischen zwei gespreizten Fingern. Die vom ruhigen Wellengang des Mittelmeers angeschobene Brandung – sanft, aber stetig drängend – hatte den Sand über die Jahre einfach angespült. An der atlantischen Küste rund hundertfünfzig Kilometer weiter westlich hätte das Ganze völlig anders ausgesehen. Dort hätten heftige Stürme die Sandkörner in alle vier Windrichtungen zerstoben, die Felsen freigelegt und die Bucht tiefer ausgewaschen. Der kleine Strand an der mediterranen Küste war dagegen sozusagen in Form gestreichelt worden. In weiten, flachen Stufen stieg er aus dem Wasser an bis auf eine von rauem Gras und struppigen Sträuchern bewachsene Dünenhöhe von nur wenigen Metern. Die nächsten Ortschaften Leucate und Quartier de la Falaise lagen ein gutes Stück weiter südlich, während die nächstgrößere Stadt Perpignan fünfzig Kilometer weit entfernt war. Die Dünen reichten bis tief ins Hinterland, was wohl der eigentliche Grund dafür war, dass man sich für diesen Ort entschieden hatte. Dass sich bei Nacht kaum eine Menschenseele dort aufhielt, war ein weiterer Grund.

Dem Anschein nach wirkte dieser Ort aber alles andere als ideal. Als Moroni beschlossen hatte, sein ohnehin schon umfangreiches Portfolio an kriminellen Aktivitäten um Menschenhandel zu erweitern, hatte er nach einer geeigneten Anlegestelle gesucht. Flüchtlinge aus Nordafrika nach Europa zu schleusen war nicht schwer. An Helfern gab es keinen Mangel, und wenn er dem Ganzen ein wenig Nachdruck verlieh, wären sie auch als Geldeintreiber zu gebrauchen, die denen, die irgendwo in Europa auf ein neues Leben hofften, die Taschen leerten. Falls sich die Geschäfte gut entwickelten, würde er seine eigenen Leute zur Überwachung und zum Abkassieren in Position bringen. Er war sich ziemlich sicher, dass die Auslagen dafür um einiges geringer sein würden als das, was sich den Flüchtlingen abknöpfen ließ. Es kam allerdings nicht oft vor, dass Moroni Helfer engagierte, außer es wurde unbedingt nötig. Man würde sehen. Noch steckte das Vorhaben in den Kinderschuhen.

Das eigentliche Problem waren die lange Überfahrt in vollgepackten Fischkuttern und die letzten Seemeilen in Schlauchbooten zum Anlanden. Außerdem stellte sich die Frage, wo sie an Land gehen sollten. Moronis Territorium war weitläufig. Von Toulouse aus kontrollierte er fast den gesamten zweihundert Kilometer langen Küstenstreifen zwischen Cerbère an der spanischen Grenze und Montpellier. Ein Großteil davon war touristisch erschlossen. Entlegene Stellen, die sich für seine Zwecke eigneten, gab es nur wenige. Er würde ein paar Risiken in Kauf nehmen müssen. Und so hatte er sich schließlich nach einigem Hin und Her für die kleine Bucht von La Plagette entschieden, die Touristen noch nicht entdeckt hatten und die von einer hohen

Felswand abgeschirmt wurde. Auf ihr befand sich ein kleiner Beobachtungsposten des Militärs, der tagsüber nur selten und nachts so gut wie nie besetzt war. Im Unterschied zu den benachbarten Stränden gab es in der näheren Umgebung auch keinerlei Bebauung, sodass der kleine Sandstreifen bei Nacht wie ausgestorben schien. Über einen Schotterweg, der entlang der Küste führte, ließe sich in wenigen Minuten die Schnellstraße erreichen, und auf Schnelligkeit würde es ankommen.

Die Nacht war warm gewesen, der Himmel bedeckt, und vom Strand aus waren nirgends Lichter zu sehen. Von Südosten hatte eine milde Brise vom Meer herübergeweht. Auf der Schotterpiste über der Bucht standen zwei Sattelschlepper mit grau gestrichenen Containern. Etliche von Moronis Männern bildeten einen Korridor zur Piste hoch. Sie trugen schwarze Sturmhauben und automatische Waffen. Geplant war, die Flüchtlinge an Land zu bringen, sie in den Containern fortzuschaffen und an einer entlegenen Stelle unbemerkt auszusetzen.

Es dauerte nicht lange, und am Horizont tauchten drei große umgebaute Schlauchboote auf. Moroni hatte alle Sitzbänke ausbauen und jedes Boot mit einem elektrischen Antrieb ausstatten lassen, um eine möglichst geräuschlose Annäherung zu gewährleisten. Die Außenbordmotoren waren eingeholt worden und sollten nur im Notfall eingesetzt werden.

Die drei Boote setzten am Strand auf. Menschen drängten aus ihnen an Land. Ihre Freude darüber, endlich erreicht zu haben, was sie für ihr Ziel hielten, war nur von kurzer Dauer. Sie mussten Aufstellung nehmen und wurden zu den Containern geführt. Wer aus der Reihe tanzte, wurde brutal zurückgestoßen. Die Boote waren schon wieder verschwunden, als die Flüchtlinge über Rampen in die Container getrieben wurden. So mancher bekam dabei einen Knüppel oder Gewehrkolben zu spüren. Kaum war die Menschenfracht verladen, rollten die Lkws an und fuhren auf der Schotterpiste in Richtung E 15, um auf der Autobahn nach Nordwesten in die Hügellandschaft südlich von Carcassonne zu gelangen. Sie waren aber noch keine hundert Meter weit gekommen, als über dem Klippenrand grelles Scheinwerferlicht erstrahlte und die ganze Szene taghell ausleuchtete. Von Norden und Süden näherten sich gleichzeitig zwei Kolonnen mit blinkenden Blaulichtern. Eine gut organisierte Falle schnappte zu. Aus einem Hubschrauber dröhnte eine megafonverstärkte Stimme, die verlangte, dass Moronis Leute anhielten und ausstiegen, ihre Waffen ablegten und sich mit dem Gesicht nach unten auf dem Boden ausstreckten. Die Flüchtlinge blieben vorerst in den Containern eingeschlossen.

Moroni hatte für den Fall, dass etwas schiefgehen sollte, den Gebrauch von Schusswaffen ausdrücklich untersagt. Und schiefgehen, das wusste er aus Erfahrung, konnte immer was. Das war das eine. Etwas völlig anderes waren ein Feuergefecht mit hochgerüsteten Spezialkräften der französischen Polizei und die anschließenden Ermittlungen. Es war tatsächlich überraschend ruhig geblieben, als die *Compagnies Républicaines de Sécurité*, kurz CRS, eingetroffen waren – abgesehen von vereinzelten Schreien aus den beiden Containern.

Jetzt, ein paar Tage später, hatte Moroni seine wichtigsten Leute in einem Hinterzimmer des Restaurants *Michel Sarran* am Boulevard Armand Duportal in Toulouse um sich geschart. Er war bekannt für seinen Jähzorn, und diese Männer, die einen Großteil der kriminellen Machenschaften zwischen der Rhone und der spanischen Grenze unter sich aufteilten, waren nervös. Eine gescheiterte Operation hatte normalerweise Wutausbrüche ihres Bosses zur Folge. Doch der wirkte nun sonderbar gelassen. Wie immer tadellos gekleidet, saß er am Kopf eines ebenfalls tadellos gedeckten Tisches und lächelte gütig in die Runde. Die meisten Anwesenden machten sich auf das Schlimmste gefasst.

»Leute, ich möchte euch beruhigen. Wir alle werden unser Mittagessen überleben, es sei denn, jemand frisst sich zu Tode. Was in diesem Restaurant durchaus verständlich wäre. Wir haben einiges zu besprechen, natürlich vor allem die Ereignisse vom letzten Montag. Dabei wäre zu klären, warum die Operation aufgeflogen ist. Und wir sollten uns Gedanken darüber machen, ob wir dieses Experiment fortsetzen oder andere Projekte in Angriff nehmen sollten. Ich feiere heute meinen Geburtstag, und wie ihr vielleicht wisst, gehört es zu meinen Prinzipien, an meinen Geburtstagen niemanden über die Klinge springen zu lassen.«

Auf einigen der Gesichter rings um den Tisch zeichnete sich ein unsicheres Lächeln ab. Die meisten von ihnen wussten mit dem Boss umzugehen, wenn er schlecht gelaunt oder wütend war. Sie hatten Übung darin. Aber ein freundlicher, aufgeräumter Moroni war wie ein sehr seltenes Tier – und um einiges gefährlicher. Einer nach dem anderen gratulierte dem Gastgeber zum Geburtstag, und alle fragten sich, was wohl hinter dem ganzen Getue stecken mochte und ob nicht vielleicht plötzlich eine Bombe hochgehen würde. Moroni schien sich köstlich zu amüsieren. Am Tisch saß niemand, der sich normalerweise leicht beeindrucken ließe. Dass sie dort saßen, verdankte jeder von ihnen einem harten Lebenslauf. Sie waren reich geworden durch hoch riskante Geschäfte und Machenschaften aller Art, Raub und Mord inbegriffen. Angefangen hatten sie als Kids in den Banlieues und selbst tüchtig zugelangt, was später andere für sie übernahmen, bis Moroni sie eines Tages zusammengebracht und dafür gesorgt hatte, dass die Revierkämpfe aufhörten und alle Kräfte gebündelt wurden. Jetzt tafelten sie im besten Restaurant von Toulouse, trugen Armani- und Hugo-Boss-Anzüge und waren dem Mann am Kopf des Tisches, der als Einziger unbewaffnet war, in Hörigkeit ergeben.

»Vertraut mir, Leute. Klar, wir müssen miteinander reden, sollten uns darüber aber nicht den Genuss vermiesen lassen, mit dem uns Maître Sarran zu beglücken hofft. Ich garantiere euch, es wird ein unvergessliches Erlebnis sein.«

Der erste Gang wurde aufgetragen – *vol-au-vent de huitres et coquillages.* Moroni ließ den Kellnern Zeit, einen Wein von Château Saint-Aubin einzuschenken und sich wieder zu entfernen, ehe er fortfuhr.

»Ich glaube, ich sollte erklären, warum mich die Ereignisse von letzter Woche nicht sonderlich rühren, obwohl ihr doch wahrscheinlich alle mit einem Temperamentsausbruch von mir gerechnet habt. Wir sind verpfiffen worden, und es stellt sich natürlich die Frage, von wem und warum und wie wir darauf reagieren. Davon abgesehen ist dieses Flüchtlingsgeschäft eigentlich nicht unser Metier und eine neue Erfahrung für uns. Es hat sich durchaus gelohnt. Wir haben fast hundert Leute ins Land geschleust und fünftausend Dollar pro Nase eingestrichen – im Voraus. Wäre vielleicht mehr drin gewesen, aber die Typen in Afrika, die das Ganze eingefädelt haben, wollen schließlich nicht leer ausgehen. Wir mussten nur drei Schlauchboote auftreiben und pünktlich zum Rendezvous aufs Meer schicken. Was anschließend passiert ist, interessiert mich nicht im Geringsten. Wir haben verdammt noch mal 'ne halbe Million Dollar im Sack. Und das ist, was zählt, wenn ihr mich fragt.«

Die Austernpastetchen waren verzehrt. Es wurde nun *cabillaud* serviert. Mit weißem Saint-Joseph von Bernard Gripa gefüllte Kristallgläser zierten die gestärkte weiße Brokatdecke. Moroni fuhr fort.

»Es hat sich also gelohnt, ganz gleich, wie die Sache ausgegangen ist. Und Flüchtlinge, die aufs Geratewohl zahlen, gibt es zuhauf. An denen ist leicht Geld zu verdienen.«

Alle nickten, während Moroni einen letzten Fischhappen zu sich nahm. Wie von Zauberhand herbeigewinkt, tauchten wieder die Kellner auf und brachten ein Taubengericht, zu dem ein Glas Languedoc von Montcalmès eingeschenkt wurde.

»Ich würde jetzt gern hören, was ihr von einer Fortsetzung des Projekts haltet«, forderte Moroni. »Über das, was in der Nacht geschehen ist, können wir später reden. Wir sollten uns lieber Gedanken darüber machen, was getan werden kann, damit so etwas nicht wieder vorkommt.«

Es folgte eine von Moroni geführte allgemeine Diskussion. Er wusste, wie wichtig es war, alle zu Wort kommen zu lassen, egal, was sie vorzutragen hatten. Nach etlichen Beiträgen, die mehr oder weniger weit am Thema vorbeigingen und von Moroni schlichtweg ignoriert wurden, meldete sich ein junger Mann namens Pierre Chirosi und sagte etwas, das durchaus Sinn ergab.

»Nach meiner Einschätzung steht und fällt der Erfolg einer solchen Aktion mit der Antwort auf die Frage nach einer sicheren, geschützten Anlandungsstelle. An unserer Küste tummeln sich einfach zu viele Touristen. Wir brauchen einen Ort, an dem wir ungestört bleiben. Für mich kommt da eigentlich nur die Camargue mit ihren vielen abgelegenen Stränden infrage. Sie sind nachts menschenleer und am Tag so gut wie. Dort kreuzt allenfalls mal der eine oder andere Naturfreund auf seinem Fahrrad auf. Und Ferienwohnungen oder dergleichen gibt es dort auch nicht, geschweige denn Polizeiposten. Wie für unsere Zwecke geschaffen.«

Es blieb eine Weile still am Tisch. Man dachte über den kleinen Vortrag nach. Klang alles recht schlüssig. Aber plötzlich räusperte sich einer der Männer und erklärte: »Quatsch.«

Nach ein paar Schrecksekunden fragte jemand: »Wie bitte?«

Und erneut kam die Antwort: »Quatsch.«

Schweigen. Moroni wusste genau, was da gespielt wurde, und hatte seinen Spaß daran. Bald sah sich der Querulant genötigt, seinen Einwand zu erklären.

»Vor zwei Wochen machte ein deutsches Ökotouristenpärchen auf seinen Fahrrädern halt an einer Weide voller Camargue-Bullen, die ja bekanntlich die Lebensgrundlage und der Stolz vieler Bauern der Region sind. Über das, was dann folgte, gehen die Meinungen auseinander. Manche sagen, es habe vorher Rangeleien unter den Jungbullen gegeben; sie seien deshalb aufgebracht gewesen. Jedenfalls sind sie, als sie die beiden Deutschen mit ihren Shorts, Anoraks und Wasserflaschen gesehen haben, durch den Zaun gebrochen und über die beiden hergefallen. Der Typ ging dabei drauf, das Mädchen wurde schwer verletzt.«

»Und was hat das mit uns zu tun?«, fragte jemand.

Der Querulant, ein junger Mann, lächelte. »Nichts, was in der Camargue lebt, sollte unterschätzt werden, mein Freund. Selbst die Bauern dort sind ein ganz eigenes Gezücht.«

Mit dieser Bemerkung konnte offenbar niemand etwas anfangen, zumal sich jeder Einzelne für etwas Besonderes hielt und als solcher ernst genommen sein wollte. Der Gedanke, dass sich ihnen ein Haufen Bauern in den Weg stellen könnte, wirkte auf sie geradezu lächerlich. Vielleicht war ihr beschränkter Horizont der eigentliche Grund, warum sie zu dem Mann am Kopfende des Tisches immer nur in einem Dienstverhältnis stehen würden. Denn der riet ebenfalls zur Vorsicht.

»Er hat recht, achtet auf seine Worte. Diese Landwirte haben es in sich. Sie lassen sich nicht einschüchtern. Sie sind verschlossen, clever und durchtrieben. In der Hinsicht könnt ihr, meine Freunde, von ihnen noch einiges lernen. Und sie halten zusammen. Deren Familienbande reichen Hunderte von Jahren zurück und sind stärker, als ihr euch vorstellen könnt. Und denkt daran, während des Krieges haben die Deutschen mit all ihren Truppen wohlweislich Abstand gehalten. Sie hatten die ganze Camargue unter ihrer Kontrolle, diese Bauern aber nicht. Falls wir deren Küste für unser kleines Projekt nutzen, was durchaus angeraten ist, werden wir uns vor ihnen in Acht nehmen müssen. Wir brauchen Verbündete, und die werden wir unter denen finden, die unzufrieden mit ihrem Leben und voller Ressentiments sind, Leute, die bereit sind, gegen ihre eigenen Regeln zu verstoßen.«

Es wurde wieder still am Tisch. Die Männer versuchten zu begreifen, was ihr Boss gesagt hatte. Normalerweise bekamen sie, was sie wollten. Genug Durchschlagskraft, genug Gewalt und genug Geld – mehr brauchten sie nicht, um sich ihre Wünsche zu erfüllen. Nur Pierre Chirosi, der Mann, der von Montpellier aus den östlichen Teil ihres Territoriums bis zur Rhone kontrollierte, gab sich damit nicht zufrieden.

»Was meinst du mit ›Regeln‹, Sebastien? Regeln können von denen genauso leicht gebrochen werden wie von uns. Worin bestehen sie?«

Zum Nachtisch wurden verschiedene exotisch aussehende Dessertkreationen aufgetragen. Moroni, der keine süßen Speisen anrührte, wartete, bis sich alle daran bedient hatten. Ihm war längst klar, dass er das Projekt würde allein stemmen müssen. Von den Männern, die mit ihm am Tisch saßen, waren nur die wenigsten schlau genug und imstande, mit den Bauern klarzukommen. Er musste ihnen aber irgendwie beizubringen versuchen, inwiefern die Anlandungsstelle, die er sich herausgepickt hatte, anders war als La Plagette oder andere Strände. Ihr Territorium umfasste auch weite ländliche Gebiete, auf denen Tausende von Bauern lebten. Da von ihnen aber kaum etwas zu holen war, wurden sie im großen Ganzen außer Acht gelassen.

»Ihr solltet verstehen«, erklärte Moroni, »dass diese Leute im Unterschied zu uns seit Hunderten von Jahren ihren Teil der Welt bewirtschaften, was nie einfach gewesen ist. Sie haben nur durch harte Arbeit überleben können und im Laufe der Zeit eine seltsame Kombination aus Eigenständigkeit und Kooperationsbereitschaft entwickelt. Was sie letztlich so stark macht, ist der Umstand, dass sie sich aufeinander verlassen können. Sie helfen einander, zum Beispiel bei der Ernte oder wenn Aufgaben anstehen, die allein nicht zu schaffen sind. Und vor allem ist da ein Mann namens Emile Aubanet.«

Die Männer am Tisch merkten auf. Die meisten von ihnen wussten mit dem bislang Gesagten nicht viel anzufangen, aber jetzt, da der Boss den Namen einer bestimmten Person genannt hatte, sahen sie klarer, oder zumindest glaubten sie, klarer zu sehen.

»Seit Menschengedenken bilden die Bauern der Camargue eine eigenständige Gruppe, einen Verein, wenn man so will, einen selbst verwalteten Verein, dem ein Mann vorsteht. Dieser Vorstand wird von einer Generation an die nächste weitergegeben, zumindest ist dies seit zwei- oder dreihundert Jahren der Fall. Er ist so was wie das Oberhaupt einer königlichen Dynastie. Von einer Diktatur kann allerdings nicht die Rede sein, denn der Vorstand hat nur beratende Funktion und muss sich dem Willen aller beugen. Er kann auch abgesetzt werden; dazu bedarf es nur eines Mehrheitsbeschlusses. Die Familie des gegenwärtigen Amtsinhabers scheint immer richtig gelegen zu haben, denn sie hat mit ihrem Vertreter dieses Amt seit dreihundert Jahren inne. Aubanets Vater hat seinen Verein durch den Krieg geführt, und seit dessen Tod vor fünfzehn Jahren hat sein Sohn das Heft in der Hand, und zwar zur Zufriedenheit aller. In der

Camargue passiert kaum etwas, ohne dass Emile Aubanet davon weiß und ohne dass er seine Zustimmung dazu gegeben hat.«

»Dann sollten wir diesen Aubanet für uns einspannen.«

»Er ist reich, mächtig, völlig unabhängig und, wie gesagt, ein Bauer der Camargue. Außerdem ist er sowohl auf lokaler wie auch nationaler Ebene politisch besser vernetzt, als ihr euch vorstellen könnt. Er hat Freunde in der Gendarmerie und Polizei. Wohlgemerkt: Freunde und keine bezahlten Handlanger. Er ist bestens informiert und von Freunden umgeben, die sich auf ihn verlassen können. Und man kommt nicht an ihn ran; dafür sorgt seine Wachmannschaft. Natürlich ist niemand absolut sicher, aber er ist so gut geschützt, wie man nur sein kann.«

Wieder gab es eine längere Pause. Moroni war noch nicht fertig.

»Bevor wir uns Gedanken darüber machen, wie es sich einrichten lässt, an Emile Aubanet vorbei einen Zugriff auf die Camargue zu bekommen, möchte ich etwas vorausschicken, das vielleicht schon ein Stück weiterhilft. Aus irgendeinem Grund scheint unser Freund Alexei Girondou bereits einen Fuß in Aubanets Tür zu haben.«

Das war für alle am Tisch etwas Neues. Viele wussten womöglich nicht einmal, wo die Camargue lag. In Alexei Girondou sah Moroni seinen größten Rivalen und Widersacher, und die Camargue war für ihn das größte Hindernis für seine Expansionswünsche. Wie erwartet wurde am Tisch Getuschel laut. Girondou war die große *bête noire*. Schon seit Jahren versuchte man, sein Territorium im Osten der Rhone zu kapern, allerdings ohne Erfolg. Es herrschte immer noch allgemeines Stirnrunzeln, als Moroni fortfuhr.

»Es sieht nicht nur danach aus, dass die Bauern der Camargue ihre lang gehegte Verachtung gegenüber den Männern aus Marseille abgelegt haben – inzwischen scheint es sogar, dass Girondou und Aubanet Freunde geworden sind. Das macht die ganze Sache für uns umso schwieriger.«

»Wie ist es dazu gekommen?«, warf einer von Moronis Leuten ein. »Warum hat das Schwein aus Marseille mehr Glück als wir? Ich finde das echt beleidigend.«

Moroni zeigte ein kleines, etwas nachdenkliches Lächeln. »Soweit ich weiß, ist vor einiger Zeit ein mysteriöser Kerl aufgetaucht, der eine Verbindung zwischen Girondou und Aubanet hergestellt und obendrein auch noch mit Aubanets Tochter angebandelt hat.«

»Wer ist dieser Kerl?«

»Ein Engländer, der in Arles lebt, wie es scheint. Über ihn kursieren ein paar Geschichten. Wenn nur eine davon wahr ist, haben wir's bei ihm mit einem beachtlichen Brocken zu tun, einem Typen, dem man lieber nicht in die Quere kommt.«

Jemand kicherte, was ein Fehler war, denn er wurde vonseiten Moronis mit einem finsteren Blick bedacht.

»Vielleicht habe ich mich nicht deutlich genug ausgedrückt. Ich wollte sagen, dass wir diesen Mann tunlichst in Ruhe lassen, solange wir nicht mehr über ihn wissen und ihn nicht besser einschätzen können. Ich wiederhole: Wenn nur eine der Geschichten über ihn wahr ist, wird jeder, der ihm auf die Füße tritt, mit großer Wahrscheinlichkeit das Nachsehen haben. Also sollten wir ihm aus dem Weg gehen. Vorerst.«

Für diejenigen, die es wünschten, wurden Kaffee und Cognac serviert. Nach der kurzen Unterbrechung setzte Moroni sein Briefing fort.

»Wenn wir also für unser Projekt einen abgelegenen Strand in der Camargue nutzen wollen, haben wir vorderhand das eine oder andere Problem zu lösen. Ich bitte um Vorschläge.« Er blickte mit scharfer Miene in die Runde. »Es können auch Vorschläge sein, die weniger subtil sind als in dem für uns üblichen Maß.«

Verlegenes Schweigen. »Subtil« war den meisten der anwesenden Männer nicht nur als Fremdwort fern und das von Moroni geschilderte Problem schlicht und einfach zu groß.

Am Ende meldete sich, was Moroni nicht verwunderte, allein Pierre Chirosi zu Wort.

»Ich müsste mir die Sache erst einmal genauer durch den Kopf gehen lassen, Boss, aber auf Anhieb fällt mir Folgendes ein.«

Er hatte sofort die Aufmerksamkeit aller, von Moroni, der ihm als Einzigem in der Runde etwas zutraute, von den anderen, weil sie erleichtert waren, dass Moroni keinen von ihnen direkt angesprochen hatte.

»Seit einiger Zeit gehen Gerüchte um, wonach Emile Aubanet von seinem Familienvorsitz zurückzutreten gedenkt. Er ist jetzt Mitte siebzig, und seine Vorgänger haben auch stets beizeiten ihre Verantwortung an einen Sohn übertragen. Emile Aubanet ist ein sehr beliebter Anführer und hat nur wenige Feinde, und es gibt eigentlich keinen Grund dafür, warum ein Wechsel an der Spitze nicht gelingen sollte. Es gibt allerdings einen Haken.«

Moroni war ganz Ohr. Mit einem Kopfnicken forderte er den jungen Mann auf fortzufahren.

»Nun, der Haken ist, dass Aubanet nur eine Tochter hat. Zum ersten Mal in der Familiengeschichte gibt es keinen männlichen Erben. Das muss in diesem Fall aber nicht unbedingt ein Problem sein. Die Frau ist sehr kompetent. Sie führt die Familiengeschäfte schon seit einiger Zeit mit großem Erfolg, und diese Geschäfte beschränken sich beileibe nicht auf landwirtschaftliche Betriebe. Der Jahresumsatz aller Unternehmen beläuft sich auf über fünfzig Millionen Euro. Sie hat zeit ihres Lebens in der Camargue verbracht und wird von den Nachbarn ebenso geachtet wie ihr Vater, wenn nicht noch mehr.

Das will vielleicht nicht viel bedeuten, aber wie wir wissen, ist die Camargue eine sehr konservative Region. Ich frage mich deshalb, ob jemand Anstoß daran nehmen könnte, dass eine Frau mit Aufgaben betraut wird, die traditionell Männern vorbehalten sind, egal, wie groß ihr Ansehen auch sein mag. Ich könnte mir vorstellen, dass es ein paar unzufriedene Leute gibt, die uns und unseren Wünschen eventuell entgegenkommen würden.«

Chirosi hielt inne und blickte in die Runde. Was die anderen dachten, war ihm weniger wichtig. Ihn interessierte vor allem Moronis Reaktion auf seinen Vorschlag, und dass der voller Aufmerksamkeit zu sein schien, stimmte ihn zufrieden.

»Ich höre, Pierre. Fahr fort.«

Es schmeichelte Chirosi, mit seinem Vornamen angesprochen zu werden. »Nun, tatsächlich kenne ich ein paar Bauern in der Camargue, die aus verschiedenen Gründen mit den gegebenen Umständen nicht besonders glücklich sind. Das muss natürlich nicht unbedingt was mit der Familie Aubanet zu tun haben oder damit, dass eine Frau demnächst das Sagen haben wird. In jeder Gruppe gibt es Leute, die schlechter dran sind als andere und schmollen, und Landwirte klagen für gewöhnlich mehr als andere. Wie gesagt, ich kenne einige, die vom herkömmlichen Bild der glücklichen Bauernfamilie in gewisser Weise abweichen. Es sind Männer, die sich benachteiligt fühlen und dem Mythos der Familie Aubanet vielleicht distanzierter gegenüberstehen als die meisten anderen. Zwei von ihnen bewirtschaften kleine Ländereien, die in unmittelbarer Nähe zur Küste liegen und für uns interessant sein könnten. Und einer der beiden kann, wie ich weiß, die Aubanets nicht ausstehen.«

Moroni war jetzt ganz bei der Sache. Er wollte Fakten hören und keine Spekulationen. »Wie heißt dieser Mann?«

»Cordiez. Sein Land liegt im Südwestwinkel des Étang de Vaccarès und ist rund fünfzig Hektar groß.«

»Warum ist er unzufrieden?«

»Ich glaube, er hat einfach nur die Nase gestrichen voll. Das passt irgendwie zu ihm. Er lässt an niemandem ein gutes Haar und kommt selbst auf keinen grünen Zweig. Ich könnte mir vorstellen, dass er durchaus käuflich ist. Sein Sohn ist Stierkämpfer und kann es in diesem Metier nur dann zu etwas bringen, wenn er Geld hat, und zwar deutlich mehr, als sein Alter erübrigen kann. Es wäre einen Versuch wert. Ich glaube, wir könnten auch noch andere Typen ausfindig machen, die ähnlich gestrickt sind.«

Es machte sich wieder Schweigen breit. Moroni dachte nach, die anderen warteten ab.

»*D'accord.* Danke, Pierre. Schön, dass wenigstens du einen Vorschlag gemacht hast.« Moroni ließ die Worte nachklingen, und die anderen am Tisch rutschten auf ihren Stühlen nervös hin und her.

»Hast du eine Idee, wie wir uns diesem Cordiez nähern sollten? Oder anderen Bauern, die nicht viel Geld haben und zugreifen, wenn wir mit einem Bündel Banknoten wedeln?«

»Ich schätze, es kann nicht schaden, wenn wir uns mit ihm unterhalten. Ich könnte ihn zu einem Gespräch einladen, vorzugsweise nicht bei ihm zu Hause, sondern an einem neutralen Ort.«

»Warum?«

»Wir wollen doch nicht, dass man uns beobachtet.«

»Wer sollte uns beobachten?«, entgegnete Moroni pikiert.

»Wenn wir ihn besuchen, würden wir zumindest auffallen, erst recht in deinem Mercedes. Solche Schlitten sieht man in dieser Gegend nicht gerade oft.«

Moroni schien aus allen Wolken zu fallen. »Willst du etwa andeuten, dass diese Steinzeitbauern über elektronische Anlagen verfügen, die Alarm schlagen, wenn ein AMG aufkreuzt?«

»Ich spreche nicht von elektronischen Anlagen. Aber es gibt da viele Leute mit scharfen Augen und jede Menge neugieriger Nasen. Wir würden auffallen, glaub mir. Lass mich ein erstes Treffen organisieren.«

Moroni zuckte mit den Achseln. »Na schön. Es ist deine Idee, also mach was draus. Und halt mich auf dem Laufenden. Und nicht vergessen: Es muss schnell gehen.« Er bedachte die übrigen Tischgenossen mit unheilvollen Blicken. »Ich warte immer noch auf eure Vorschläge. Pierres Idee ist das Beste, was ich seit Langem gehört habe, und verspricht eine Menge risikofreies Geld. Wenn euch nichts Entsprechendes einfällt, solltet ihr wenigstens versuchen herauszufinden, was vergangene Woche schiefgelaufen ist. Ich will Köpfe rollen sehen.«

2. Schach und ein Gespräch

Einer unbestätigten Geschichte aus dem späten 19. Jahrhundert zufolge wagte es George Harris, der vierte Baron Harris, eines Junitages zum Pferderennen in Ascot in einem Anzug aus Tweed zu erscheinen, womit er den Dresscode verletzte, der auf königlichem Gelände den Frack vorschrieb. Sein Gastgeber, König Edward VII., soll ihn gefragt haben: »Gehst du zum Rattenkampf, Harris?« Peter Smith musste oft an diese Geschichte denken und dabei innerlich grinsen, wenn er seinem Freund David Gentry begegnete, denn Gentry war ein Tweedträger durch und durch. In Arles, wo die beiden nun lebten und die Durchschnittstemperaturen weit über denen ihres ehemaligen Wohnortes London lagen, sah man Gentry allerdings weniger häufig in kompletter Tweedmontur. Die war mittlerweile für Aufenthalte in der schottischen Bergwelt mit ihren mitunter heftigen Schneestürmen und für die Jagd auf Moorhühner und Fasane sowie anderes Auerwild vorgesehen. Dieser Tage in Arles beschränkte sich Gentry meist auf eine Weste oder ein leichtes Jackett, natürlich aus Harris-Tweed, denn der ist beileibe weder schwer noch rau, sondern kann so weich wie Kaschmirwolle ausfallen.

Obwohl sich Gentry nunmehr in einem großen, uralten

Haus im Stadtzentrum von Arles behaglich eingerichtet hatte, assoziierte Smith ihn immer noch mit dessen vormaliger Arbeitsstätte in London. Gentrys natürliches Habitat war ein fensterloser Raum zwei Stockwerke unter Straßenniveau in einem der riesigen grauen Steingebäude von Whitehall gewesen, die sich allein durch ihre kleinen, blitzblank polierten Messingschilder am Eingang voneinander unterschieden, mit so nichtssagenden Legenden wie »Department of Overseas Trade (Annex X)«, »Ministry of Supply« oder »Commonwealth Institutions Regulatory Committee«. Die Heizung in diesen alten Gebäuden hatte niemals funktioniert, und Gentry hatte an seinem Schreibtisch ausschließlich Tweed getragen, um zu überleben.

Als Smith nun vor seinem eleganten Schachtisch saß, musste er wieder einmal unweigerlich an die Geschichte um Lord Harris denken. Dabei trug Gentry tatsächlich nur eine für ihn ungewöhnlich schlichte Weste, doch sie reichte, um die Erinnerung anzustoßen. Sie hatten wortlos die Partie eröffnet. Vor beiden Männern stand ein Glas Whisky ihrer Wahl, Islay Blended Malt für Gentry und ein einfacher Verschnitt aus dem Supermarkt mit Soda und viel Eis für Smith. Als Freunde seit über vierzig Jahren und Arbeitskollegen im Geheimdienst Ihrer Majestät kannten sie die Spielweise des jeweils anderen aus dem Effeff.

Smith war nie als Vollzeitkraft, sondern immer nur sporadisch im Einsatz gewesen, nämlich dann, wenn es die Obrigkeit – wer immer diese auch sein mochte – für nötig erachtet hatte, auf seine ganz speziellen Fähigkeiten zurückzugreifen. Die übrige Zeit hatte er an amerikanischen Universitäten Kunstgeschichte gelehrt. Das kleine Team, für das er mit

Gentry in geheimdienstlicher Mission tätig gewesen war, gehörte keiner der größeren Abteilungen an, die unter den Akronymen MI 5 oder MI 6 beziehungsweise SIS bekannt waren, auch nicht einer der kleineren, wie zum Beispiel der für militärische Fragen und Auslandseinsätze zuständigen *Defence Intelligence* oder dem neu gegründeten *Office for Security and Counter-Terrorism*, kurz OSCT. Ihr kleines Team hatte keinen Namen, folglich existierte es auch offiziell nicht. Es tauchte in keinem Bericht auf und war nie Thema in Kabinettssitzungen oder irgendwelchen Ausschüssen. Es verfügte nicht einmal über ein offizielles Budget. Aus der übergeordneten Abteilung kannte Smith keine einzige Person. Er traf mit niemandem zusammen. Die Leute, mit denen er im Außeneinsatz zusammenarbeitete, kamen normalerweise aus einer verwirrenden Vielzahl von Dienststellen. Sein einziger Kontakt war seit jeher David Gentry gewesen.

Nach einer besonders heiklen Operation im damals kommunistischen Albanien hatte Smith seinen Freund eines Abends tatsächlich gefragt, wofür ihre Abteilung eigentlich gut sei. Gentry, von der Frage offenbar in Verlegenheit gebracht, hatte nur zögernd geantwortet: »Nun … ähm … tja, was soll ich sagen? Wir versuchen nur, hier und da ein bisschen aufzuräumen, und tun das, was für andere, die in der Öffentlichkeit stehen, problematisch wäre.«

Mehr hatte Smith nie erfahren. Ihm war aber natürlich klar gewesen, dass mit »aufräumen« Liquidationen gemeint waren und mit »hier und da« die ganze Welt. Gentry plante die Einsätze, Smith führte sie aus. So einfach war das damals.

Die Partie nahm ihren Verlauf, mit aller Ernsthaftigkeit

und schweigend. Beide spielten auf hohem Niveau. Gentry blieb dabei seinem rigorosen und gleichzeitig disziplinierten Charakter treu, während Smith einen eher unorthodoxen Ansatz verfolgte. So unterschiedlich ihre Spielweisen auch sein mochten, waren die Partien doch meist überraschend ausgeglichen, so auch dieses Mal. Smith hatte Weiß und mit einem Königsgambit eröffnet, worauf Gentry mit dem Falkbeer-Gegengambit konterte. Die weiteren Züge folgten konventionellen Mustern. Im Mittelspiel unterlief Gentry ein Fehler, was äußerst ungewöhnlich war, zumal dann, wenn beide wie nach dem Lehrbuch spielten. Smith beschloss, darüber hinwegzusehen, doch wenige Züge später patzte Gentry erneut. Diesmal rückte Smith auf seinem Stuhl zurück.

»Was ist los mit dir, Gentry?«

Gentry setzte eine Unschuldsmiene auf. »Was soll schon sein, Peter?«

»Zwei Patzer in sieben Zügen! Normalerweise spielst du diese Variante doch im Schlaf.«

Gentry nickte. »Ja, ich sollte mich wohl besser konzentrieren.«

Wie auf Kommando verließen sie den Schachtisch und setzten sich in die Lehnsessel vor der Feuerstelle. Smith wartete.

»Du hast wahrscheinlich von der aufgeflogenen Schleuseroperation bei Narbonne gehört. Das war vor einer Woche oder so.«

Smith nickte.

»Nun, heute Morgen hat mich ein alter Kamerad von der Insel angerufen.«

Das hatte nicht viel zu besagen. Gentry war immer noch gut vernetzt, seine Kontakte reichten bis über weite Teile Europas. Dass er längst außer Dienst war, hatte daran nichts geändert.

»Kamerad?« Smith wollte Näheres wissen, denn er ahnte, worauf sein Freund hinauswollte. Anscheinend winkte ein kleiner Job am Horizont.

»Ähm, nun ja, ein Kamerad aus Hereford«, druckste Gentry.

Smith merkte auf. Die beiden waren zwar vor etlichen Jahren von dem hübschen kleinen Marktflecken an der walisischen Grenze in das noch verschlafenere, zehn Kilometer nordwestlich gelegene Dorf Credenhill umgezogen, doch der Name Hereford blieb für sie das Synonym für das dort stationierte *22 Special Air Service Regiment*, bekannt auch als der SAS oder umgangssprachlich einfach nur Regiment.

Gentry holte tief Luft und führte aus. »Die Details sind mir natürlich nicht bekannt, aber es gibt da offenbar ein Austauschprogramm mit dem *4 Special Forces Helicopter Regiment*, das einen Stützpunkt in Pau hat. Wenn ich richtig verstanden habe, sollen die Franzosen ihre Luftlandetruppen ausbauen. Schon seit einiger Zeit lassen sich französische Soldaten in Hereford ausbilden, und aus unseren Reihen dienen manche Offiziere in Frankreich als Ausbilder. Es scheint, dass der Hinweis auf die Schleuseroperation von einem unserer Männer kam, der den Gangster auf dem Schirm hatte, der die Menschenschmuggelaktion zu verantworten hat. Ich weiß nicht, ob dieser Mann in Eigeninitiative gehandelt oder ob er den französischen Freunden nur geholfen hat, die womöglich längst selbst an der Sache dran waren. Kurz und gut, der Mann wurde zwei Tage nach der Operation in einem Straßengraben gefunden, mit einer Neun-Millimeter-Kugel im Kopf.«

Gentry war merklich aufgebracht, was Smith einigermaßen seltsam fand. In der Vergangenheit hatte sich Gentry allen Aspekten ihrer Arbeit stets mit einem unerschütterlichen *sang-froid* gewidmet, egal, wie hässlich manches davon auch gewesen war. Davon abgesehen konnte sich Smith nicht erklären, was sein Freund mit dem besagten Vorfall zu tun haben mochte.

»Dieser Kamerad aus Hereford ... Warum hat er dich angerufen?«

Gentry machte inzwischen einen mehr als betretenen Eindruck und sagte nichts. Plötzlich sah Smith klar.

»Gütiger Himmel, Gentry. Du hast selbst in diesem Regiment gedient, stimmt's? Von allein wär ich nie draufgekommen.«

Gentrys verlegene Miene verriet nun auch ein Anzeichen von Stolz. »Nun, Peter, ich schätze, es gab keinen Grund, dich einzuweihen.«

Es wäre untertrieben gewesen zu sagen, dass Smith beeindruckt war. Das Bild eines in Tweed gekleideten Akademikers, der aus sicherer Entfernung über Leben und Tod anderer entschied, war plötzlich Makulatur. Das Regiment bestand aus rund fünfhundert Elitesoldaten, die ihresgleichen suchten. Bei Smith fiel endlich der Groschen. Wie jede Spezialeinheit vergleichbaren Formats kümmerte sich das Regiment selbst um die Seinen.

»Verstehe, der alte Kamerad. Du willst jetzt bestimmt wissen, wer ihn umgebracht hat. Da nun ein paar SAS-Vertreter offiziell als Ausbilder in Pau stationiert sind und ihr Gastgeber alles über sie weiß, werden sie schlechterdings selbst Ermittlungen aufnehmen können, zumal unsere Flieger dem Kommando der französischen Spezialkräfte unterstellt sind und aller Wahrscheinlichkeit nach einer der zahllosen französischen Polizeidienste den erfolgreichen Einsatz bei Narbonne durchgeführt hat. Ob Gendarmerie oder *Police nationale* – sie gehören letztlich alle dem französischen Militär an. Wenn die den Schuldigen nicht finden können, wer dann, frage ich mich.« Und plötzlich drängte sich Smith ein weiterer Gedanke auf. »Wer genau steckt hinter dem Einsatz bei Narbonne?«

»Im großen Ganzen die Gendarmerie und mehrere Männer vom GIGN. Und natürlich Luftunterstützung aus Pau.«

»Und wo hat sich der Nachrichtendienst angeflanscht?«

»Bei der örtlichen Gendarmerie, glaube ich«, antwortete Gentry und rutschte im Sessel nervös hin und her. Er wusste, worauf Smith zusteuerte.

Und Smith ahnte, warum sein Freund das Ganze angesprochen hatte.

»Ich schätze, unser Freund Messailles hat die Operation geleitet. Jemandem aus der lokalen Riege hätte man die Sache nicht anvertraut, dazu war sie zu wichtig. Die entscheidenden Hinweise kamen von einem unserer Männer und gelangten auf direktem Weg auf den Schreibtisch von Colonel Messailles in Paris. Unser Freund kommt bestimmt noch ganz groß raus. Die Operation war jedenfalls erfolgreich, aber irgendjemand, wahrscheinlich jemand aus Paris, hat der Schleuserbande einen Tipp gegeben, und die hat unseren Mann auf die übliche Gangstermethode zur Strecke gebracht. Stimmt's?«

Gentry nickte stumm.

»Nichts Verwickeltes dran an der Geschichte«, fuhr Smith fort. »Und deshalb frage ich mich, wie sich vor diesem Hintergrund die geheimen Telefonate aus Hereford erklären – wenn nicht damit, dass sich die Franzosen Sorgen über die undichte Stelle machen und auf offizielle Ermittlungen lieber verzichten. Hereford hat in dem Zusammenhang an dich gedacht, da du ja zumindest geografisch ganz nah am Geschehen bist.«

Gentry schien sich immer noch nicht entspannt zu haben. »Tja, du liegst wieder mal in den meisten Punkten richtig. Hereford hat mich tatsächlich gebeten, ein paar Erkundigungen einzuholen. Und dich für diese Zwecke einzuspannen.«

»Kommt gar nicht infrage, alter Freund. Ehrlich gesagt interessiert mich der Fall kein bisschen. Das Opfer war kein Zivilist, sondern ein voll ausgebildeter, manche würden sagen übertrainierter Soldat, getötet in Ausübung dessen, was gemeinhin als Pflicht bezeichnet wird. Dafür werden Soldaten bezahlt. Mag sein, dass du als Veteran sentimentale Gefühle für dein altes Regiment empfindest und dessen Verlust zutiefst bedauerst. Nicht so ich. Mir geht das Ganze am Arsch vorbei, und den werde ich ganz gewiss nicht riskieren, indem ich herauszufinden versuche, was einem Soldaten widerfahren ist, der nichts als seinen Job getan hat. Tut mir leid.«

Gentry gab ein klägliches Bild ab. Er hatte mit dieser Reaktion zwar gerechnet, schien sich aber nun im Unklaren darüber zu sein, mit welchen Worten sich das Gespräch möglichst elegant in eine andere Richtung lenken lassen würde. Als er sah, wie Smith die Stirn runzelte, wusste er, dass ihm das nicht gelingen konnte.

»Von Messailles' kleinen Sünden wissen nur wir beide, du und ich, sowie Girondou. Es wäre mir ... ähm ... nicht recht, wenn auch andere Wind davon bekämen«, erklärte Smith.

Smith hatte vor einiger Zeit in Erfahrung gebracht, dass der damalige Kommandeur der regionalen Gendarmerie, Claude Messailles, dem Marseiller Unterweltboss Alexei Girondou gefällig gewesen war, wenn auch nur insofern, als er darauf verzichtete, dessen Geschäfte allzu streng unter die Lupe zu nehmen. Messailles wollte hoch hinaus und hatte sich gelegentlich Informationen zunutze gemacht, die ihm von Smith und Gentry zugespielt worden waren. Alle vier hatten kein Interesse daran, dieses kleine Geheimnis zu lüften.

»Keine Sorge, Peter. Ich habe niemandem etwas davon erzählt«, erklärte Gentry entschieden.

»Gut«, erwiderte Smith. »Dann bleibt die Sache unter uns. Und wenn ich dir etwas raten darf – sei vorsichtig. Im vorliegenden Fall scheint ein Gangster am Werk zu sein, der so gut im Geschäft ist, dass er sich offenbar nach Belieben auch einen bestens ausgebildeten Elitesoldaten vorknöpfen kann. Ich würde mich an deiner Stelle möglichst von ihm fernhalten.«

Die beiden setzten ihr Gespräch noch eine Weile fort, ohne dass sich die gedrückte Stimmung aufgelockert hätte. Smith entschuldigte sich schließlich und ging nach Hause.

3. Neue Verbündete

Ungefähr vierundzwanzig Stunden später rief Pierre Chirosi seinen Boss an.

»Cordiez wird in zwei Wochen nach Céret an die spanische Grenze fahren und die Feria am 14. Juli dort verbringen. Sein Sohn bestreitet einen Kampf in der Arena. Céret ist ziemlich weit weg von der Camargue und liegt in unserem Territorium. Es bietet sich an, ihm bei dieser Gelegenheit auf den Zahn zu fühlen. Ich schätze, dass sie wegen der langen Anfahrt schon am Vorabend ankommen und mindestens bis Sonntag bleiben.«

Moroni war voller Anerkennung für so viel Engagement aufseiten des jungen Mannes. »Okay. Das ist gut. Bereite alles vor, und sieh zu, dass wir irgendwo anständig unterkommen.«

»Wir?«

»Ja, ich will, dass du dabei bist, Pierre. Du scheinst der Einzige zu sein, der halbwegs durchblickt. Und du weißt in etwa, wie diese Camargue-Bauern ticken und wie man sie anpackt. Ich will, dass du den Kontakt pflegst. Übrigens würde ich die Gelegenheit gern dazu nutzen, mich auf Girondous Terrain ein bisschen genauer umzusehen, und dabei sollst du mir helfen. Ich habe soeben eine Million Euro auf dein Nevis-Konto überwiesen, als Vorschuss auf deine Gehaltserhöhung und Ausgleich für zusätzliche Arbeit. Vielleicht kannst du dir ja jetzt den Hubschrauber leisten, auf den du so scharf bist. Wenn du's richtig anstellst, könntest du die Kosten für das Ding als Betriebsausgaben verbuchen, falls du denn irgendwann mal Steuern zahlen willst.«

Chirosi konnte es nicht fassen. Für großzügige Gesten war Moroni eigentlich nicht bekannt. »O Mann, Boss. Danke.«

Moroni lachte.

»Keine Sorge. Du wirst dir jeden Cent verdienen. Ich will, dass du das Treffen in Céret planst und dir Gedanken darüber machst, wie wir mit diesem Cordiez und anderen Typen seines Schlags verfahren. Außerdem will ich alles über Familie Aubanet wissen – Fakten und nicht bloß Folklore. Ich will am Ende deren Stärken und Schwächen besser kennen als sie selbst. Und was hat es mit diesem mysteriösen Engländer auf sich? Der Kerl scheint im Auftrag von irgendjemandem zu handeln und ein großes Fragezeichen zu sein. Getrennt voneinander ist beides gefährlich, in Kombination aber potenziell tödlich. Mach dich schlau über ihn; und überleg dir, wie wir ihn ausschalten können, wenn nötig.«

»Was ist mit Girondou?«

»Lass den mal meine Sorge sein. Ich habe da schon seit Langem was in Planung. Könnte sein, dass sich schon bald die Gelegenheit bietet, auf die ich gewartet habe. Also, als Erstes schaust du dich jetzt mal nach einem Hotel um, das gut genug ist, um Cordiez zu beeindrucken, und nach einem Restaurant, das gut genug ist, um mich zu beeindrucken.«

Chirosi machte sich sofort an die Arbeit. Es dauerte nicht lange, und er rief zurück.

»Wirklich gute Hotels gibt's da unten nur wenige, aber ich dachte, dass das *Windsor* in Perpignan okay sein könnte, und ganz in der Nähe gibt es ein Restaurant namens *La Galinette*, das nach deinem Geschmack sein dürfte und unseren Gast mit Sicherheit beeindrucken wird. Du wirst doch nach dem Treffen bestimmt sofort wieder zurückfahren wollen, oder?«

Moroni notierte sich Datum und Uhrzeit und beendete das Gespräch.

Pierre Chirosi war nicht wirklich entspannt, als er die Pforte von Moronis Anwesen passierte. Er arbeitete schon seit mehreren Jahren für ihn, war aber nun zum ersten Mal zu ihm nach Hause eingeladen worden. Moroni machte ein großes Geheimnis um sich. Er schien eines Tages mit einer Handvoll Männern wie aus dem Nichts aufgetaucht zu sein und von jetzt auf gleich die Kontrolle über die Unterwelt im Süden Frankreichs westlich der Rhone übernommen zu haben. Wer ihm in die Quere kam, und sei es nur wegen irgendwelcher Belanglosigkeiten, verschwand einfach spurlos. Andere Banden – Araber, Chinesen – hatten immer wieder versucht, ihm Paroli zu bieten, und waren kläglich gescheitert. Selbst die Mafia musste sich mit dem begnügen, was Moroni ihr übrig ließ. Chirosi war von ihm beauftragt worden, die Geschäfte im Osten zu managen, zur Probe für ein Jahr und völlig auf sich allein gestellt. Jetzt, so schien es, wollte Moroni etwas anderes von ihm, denn dass Chirosi seinen Standort in Montpellier hatte und die Verhältnisse auf der anderen Seite des Flusses inzwischen ziemlich gut durchschaute, machte ihn – zumindest momentan – offenbar wertvoll für den Boss. Trotzdem musste er fürchten, dass er ihn mit dem, was er an neuen Erkenntnissen vorzutragen hatte, nicht zufriedenstellen würde. Bei Moroni wusste man nie.

Moroni bewohnte einen modernistischen Prachtbau, der ein paar Kilometer nordwestlich von Toulouse lag und von dichtem Wald umgeben war. Er öffnete seinem Gast höchstselbst die Tür und führte ihn in ein ebenfalls sehr modernes und sehr minimalistisch eingerichtetes Arbeitszimmer.

Er war guter Stimmung und zu einem kleinen Schwätzchen aufgelegt.

»Komm rein, Pierre. Nimm Platz. Wie wär's mit Kaffee? Hattest du eine gute Fahrt? Ich hoffe, du bist auf der Autoroute gut durchgekommen. Wenn du deinen Heli hast, werden Staus für dich kein Problem mehr sein.«

All das war ein bisschen zu viel. Moroni sprach für gewöhnlich Klartext, weshalb Chirosi nicht so recht wusste, woran er war. Es blieb ihm nichts anderes übrig, als mitzuspielen. Dass Moronis Stimmung schlagartig kippen konnte, war ihm dabei durchaus bewusst. Kaffee wurde serviert, und dann kamen sie auch bald zur Sache.

Statt seinen Boss mit einem Vortrag über Geschichte und Traditionen der Camargue zu langweilen, hatte Chirosi all das, was er in diesem Zusammenhang für wichtig erachtete, schriftlich auf zwei Seiten zusammengefasst. Moroni mochte das für ihn Wesentliche herauspicken.

»Vielen Dank für die kleine Abhandlung, Pierre«, sagte er, nachdem er die Seiten überflogen hatte. »Ich komme mir vor wie in der Schule und habe tatsächlich eine Menge dazugelernt. Sehr erhellend, was du über die Umstände der Familie Aubanet in Erfahrung gebracht hast. Besonders interessant finde ich den kleinen Abschnitt über die Kriegszeit und die Jahre danach. Mir ist natürlich klar, dass man mit Kollaborateuren nicht gerade nett umgegangen ist, aber den eigenen Bruder zu töten dürfte einem jungen Mann dann doch ziemlich schwergefallen sein. Das verrät einiges über diesen Emile. Aber letztlich interessieren mich doch mehr die Gegenwart und der bevorstehende Wechsel an der Spitze. Wo könnten wir denn den Hebel ansetzen?«

»Emile Aubanet ist Mitte siebzig und will sich zur Ruhe setzen, auf seinem Gutshof und inmitten seiner Bullenherde. Seine Tochter Martine ist hoch qualifiziert und scheint durchaus in der Lage zu sein, in seine Fußstapfen als Oberhaupt der Bauernschaft in der Camargue zu treten, auch wenn sie nur eine Frau ist. Sie kennt sich nicht nur bestens aus, was das Leben und die Arbeit in der Camargue angeht, sondern hat sich auch als Unternehmerin profiliert und während der vergangenen zwanzig Jahre fast im Alleingang ein erfolgreiches Konsortium aufgebaut.«

Moroni war sichtlich beeindruckt. »Erzähl mir mehr von diesen Geschäften. Darüber erschließt sich mir wahrscheinlich mehr als über den Versuch, mich in den Kopf eines Bauern hineinzuversetzen.«

»Nun, die Gruppe ist ziemlich weit verzweigt. Zum einen wäre da das Landgut, das eines der größten in der Region ist. Auf der Plaine de la Crau besitzt die Familie weitere Obst- und Gemüseplantagen und am Ufer der Rhone eine Reihe kleiner Weinberge, von denen aber, wie es aussieht, kein Wein in den Handel gelangt. Außerdem ist die Familie an den meisten Betrieben der Lebensmittelbranche in der

Region beteiligt, an Produktion, Lagerung und Distribution, sogar an der noch verbliebenen Salzindustrie, die allerdings nur noch für Touristen produziert. In Martigues und Saint-Rémy-de-Provence unterhält die Firma ein paar größere Transportunternehmen und mindestens vier große Depots. Dann wären da noch mehrere kleine Restaurants in Arles und Umgebung sowie etliche kleine bis mittelgroße Hotels und Pensionen. Nicht zu vergessen auch die Anteile an zahlreichen Unternehmen in der Region. Insgesamt hat die Gruppe im vergangenen Geschäftsjahr einen Umsatz von über sechzig Millionen Euro angegeben. Alles in allem ist die Familie auch einer der größten Arbeitgeber.«

Moroni stieß einen leisen Pfiff aus. »Nicht schlecht für einen Bauern aus den Sümpfen.«

Chirosi fuhr fort. »Was ich besonders bemerkenswert finde, ist die Tatsache, dass viele Betriebe in der Gegend ziemlich unkonventionell geführt werden. Der Familie Aubanet gehören zwar die meisten Unternehmen, aber ein Großteil wird schon seit Langem von der Belegschaft geführt. Es handelt sich dabei meist um Hotels und Restaurants, die aus verschiedenen Gründen in Schwierigkeiten geraten sind und verkauft werden mussten. Die früheren Eigentümer wurden als Angestellte übernommen und halten dank großzügiger Kredite Anteile an den Betrieben. Sie leiten immer noch die Geschäfte und sind jetzt finanziell abgesichert.«

Moroni runzelte die Stirn. »Ziemlich paternalistisch das Ganze, wie mir scheint.«

Chirosi nickte. »Ja, und ich glaube, das ist der entscheidende Punkt. Es geht in all diesen Betrieben nicht allein um

Profite. Sie dienen vor allem auch der sozialen Absicherung der Belegschaft, auch wenn sie Gewinne abwerfen. Martine Aubanet steht im Ruf einer strengen Arbeitgeberin. Ehemalige Eigentümer, die nicht spuren wollten, haben zu spüren bekommen, wie hart sie sein kann. Das Ganze ist kein Wohltätigkeitsverein. Aber es scheint, dass das Wohl der Einzelnen an erster Stelle steht, und deshalb ist die Frau so beliebt. Die Leute verstehen, worauf es ihr ankommt.«

»Also, wenn Vater und Tochter so bewundert werden, warum, glaubst du, sollte es Schwierigkeiten geben, wenn der Alte sie zu seiner Nachfolgerin macht?«

Chirosi musste seine Worte mit Bedacht wählen. Ein schlechter Rat aus seinem Mund, und er würde viel verlieren. »Ich habe bloß gesagt, dass es eventuell zu Schwierigkeiten kommen könnte, die uns in die Hände spielen würden. Zum einen gibt es überall Leute, die unzufrieden oder neidisch sind, Leute, die meinen, sie seien zu kurz gekommen, benachteiligt oder übergangen worden. Und wahrscheinlich gibt es auch die eine oder andere Feindschaft von alters her. Dass die Aubanets beliebt und mächtig sind, bedeutet nicht, dass sie keine Feinde haben. Zum anderen herrschen in der sehr konservativen Gemeinschaft immer noch ziemlich altmodische Werte. Martine Aubanet wird die erste Frau in der Geschichte der Camargue sein, die den Führungsposten übernimmt. Dagegen werden manche schon aus Prinzip auf die Barrikaden gehen.«

»Und du glaubst, dieser Cordiez könnte einer von ihnen sein?«

»Ja, er ist ein Querulant, ein regelrechter Kotzbrocken, der ständig was zu stänkern hat. Es scheint, dass er für niemanden ein gutes Wort übrig hat und mehr oder weniger zurückgezogen lebt. Allein schon aus diesem Grund wäre er ein geeigneter Kandidat. Außerdem braucht er Geld. Sein Sohn, der übrigens ein richtig netter Kerl sein soll, darf sich Hoffnung darauf machen, eine große Nummer als Stierkämpfer zu werden, aber das weißt du ja schon. Er steht kurz vor seiner *alternativa* und hat danach die Möglichkeit, wirklich große Kämpfe zu bestreiten. Aber ehe er sich einen Ruf erwerben und Top-Gagen verlangen kann, braucht er finanzielle Unterstützung, entweder durch Sponsoren oder von seinem Vater. Und der hat nichts.«

Wieder nickte Moroni mit dem Kopf. Von solchen Dingen verstand er etwas. Mit Geld etwas zu bewirken, war für ihn eine Selbstverständlichkeit.

»*D'accord.* Was hast du sonst noch herausgefunden?«

Chirosi stand auf, faltete eine Landkarte auseinander und breitete sie auf dem Schreibtisch aus. Moroni stellte sich zu ihm.

»Hier haben wir die Küste zwischen Grau de Piémanson und Saintes-Maries-de-la-Mer. Sie ist ungefähr dreißig Kilometer lang und völlig abgeschieden. Es gibt da so gut wie keine Häuser und nur ein paar kleine Straßen. Die Hauptstraße entlang des Ostrandes des Étang de Vaccarès führt mitten durch Cordiez' Land, eine öffentliche Straße, aber sehr schmal und ohne direkte Verbindung zum Strand. Die findet man erst bei Port-Saint-Louis, wo die nächste Polizeistation liegt. Mit logistischen Fragen habe ich zwar nicht viel am Hut, aber ich könnte mir vorstellen, dass sich auf den vielen kleinen Deichpfaden, die es da unten gibt, der eine oder andere Zugang zum Wasser finden lässt. Aber wer sich da nicht bestens auskennt, ist verloren, es sei denn, er hat einen ortskundigen Führer, jemanden wie Cordiez. Er wird mit Sicherheit auch wissen, wann dort mit Polizei zu rechnen ist. Kurzum, ich schätze, dass er von allen möglichen Kandidaten der beste für uns ist.«

Moroni starrte auf die Karte und murmelte plötzlich wie zu sich selbst: »Interessant.«

»Was?«

Er zeigte mit dem Finger auf eine Stelle am Nordrand des Étang de Vaccarès nahe der Domaine de Méjanes. »Dieser Kanal da.« Er beugte sich tiefer über die Karte. »Canal du Pont de Rousty, wenn ich richtig lese. Der zieht sich ja enorm weit rauf ins Landesinnere und scheint mit zahllosen anderen Wasserwegen verbunden zu sein. Dürfte nicht allzu schwer sein, eine Bootsladung voller Leute irgendwo unbemerkt abzusetzen. Aber dazu bräuchte man wohl einen geeigneten Kahn.«

Er dachte noch eine Weile nach und richtete sich dann auf.

»Danke, Pierre. Hast gute Vorarbeit geleistet. Wir sollten uns mit diesem Cordiez treffen. Kommen wir jetzt zum nächsten Thema. Was hast du über diesen Engländer herausgefunden?«

Chirosi geriet sichtlich in Verlegenheit. »Eine ganze Menge, um ehrlich zu sein. Er ist gebürtiger Waliser und Mitte sechzig. Peter Smith, so sein voller Name, lebt seit ein paar Jahren mit seinem Hund als Pensionär in Arles, war zweimal verheiratet und hat zwei Töchter, die in England wohnen. Er hat offenbar nicht viel Geld und nur wenige enge Freunde vor Ort, scheint aber ganz zufrieden zu sein. Früher hat er Kunstgeschichte unterrichtet und sich für römische Sarkophage interessiert. Die meiste Zeit verbringt er mit Lesen und Schreiben. Und er geht regelmäßig mit seinem Hund spazieren.«

»Noch was?«

Wie Chirosi vorhergesehen hatte, waren das nicht die Informationen, die Moroni von Nutzen waren.

»Wenn ich richtig informiert bin, war er vor ungefähr zwei Jahren in einen Unfall verwickelt, der in irgendeinem Zusammenhang stand mit dem Mord an Martine Aubanets Ehemann. Meines Wissens wurde dieser Mord nie aufgeklärt. Der Typ war ein Kinderschänder. Keine Ahnung, was passiert ist, aber angeblich stieß Smith zufällig auf die Leiche und hat dann für die Aubanets in dem Fall ermittelt. Unser Freund Girondou hat sich ebenfalls eingeschaltet, warum und inwieweit, weiß ich nicht. Mir wurde gesagt, der Mann der Aubanet habe EU-Gelder veruntreut, die für die Sanierung historischer Gebäude angedacht waren. Möglich, dass sich auch Girondou was davon abgezweigt hat. Jedenfalls haben er und Smith sich angefreundet. Gleichzeitig sind Smith und Martine Aubanet aufeinander geflogen.«

»Ach, du Schande«, platzte es aus Moroni heraus. »Hört sich an wie ein schlechter Roman. War's das?«

»Nun ja, am Ende der Geschichte gab's etliche Tote, darunter ein paar Strolche, die versucht haben, Martine Aubanet zu kidnappen. Und dann hat Smith noch mal von sich reden gemacht, und zwar im Zusammenhang mit dem Mord an einem Polizisten. Es hieß, er sei bei einer Übung ums Leben gekommen, tatsächlich aber soll er gezielt erschossen worden sein – während einer Razzia gegen Schmuggler von waffenfähigem Plutonium, und zwar an demselben Strand, wo wir unsere Flüchtlinge an Land bringen wollen. Vielleicht interessiert dich auch, dass in der Folge dieser Affäre ein Colonel der GIGN hopsgegangen ist, und solche Typen sind nicht eben leicht aus dem Weg zu räumen.«

Moroni war ganz Ohr. »Willst du damit andeuten, dass dieser Smith dahintersteckt?«

Chirosi zuckte mit den Achseln. »So sagt man. Beweisen kann man allerdings nichts.«

»Donnerwetter! Jetzt sag mir endlich, was dieser Mann tut, wenn er nicht liest, schreibt, mit seinem verdammten Hund spazieren geht oder mit Martine Aubanet im Bett liegt.«

Chirosi runzelte die Stirn. »Ehrlich, Boss, ich habe alles Mögliche versucht, um mich über ihn schlauzumachen, im Internet recherchiert, unsere Freunde bei der Polizei zurate gezogen, alle, die was über ihn wissen könnten. Selbst unsere italienischen Freunde in London haben nie etwas von ihm gehört. Schlussendlich habe ich sogar unseren Kontakt im Élysée angerufen. Er sagte, ich solle in zehn Minuten zurückrufen, und als ich das tat, meinte er unmissverständlich, ich solle die Finger von dem Typen lassen.«

»Sonst noch was?«, knurrte Moroni.

Chirosi wurde nervös. »Ich soll dir von unserem Mann im Élysée noch auftragen, dass seine ›Finger-weg-Aufforderung‹ auch für dich gilt.«

Chirosi fürchtete, dass eine der legendären Explosionen Moronis unmittelbar bevorstand, aber zu seiner Überraschung und großen Erleichterung blieb er gefasst.

»Wirklich interessant. Wer so vollständig durchs Raster

fällt und gleichzeitig sichtbar bleibt, braucht jede Menge Hilfe, und zwar von Freunden in sehr hohen Positionen.«

Moroni wurde schweigsam, und Chirosi war froh über jede stille Sekunde, zumal er nicht mehr viel zu sagen hatte. Das Gespräch war an einem Punkt angelangt, an dem er wieder zum einfachen Angestellten wurde, der keine Vorschläge zu unterbreiten, sondern Befehle entgegenzunehmen hatte. Das war ihm so recht. Er fand, dass er sich bislang ganz gut behauptet hatte. Aber die nächsten Momente würden entscheiden, ob er mit dieser Einschätzung richtiglag. Moroni ließ sich noch eine Weile Zeit.

»Noch mal danke, Pierre«, sagte er schließlich. »Hast gute Arbeit geleistet. Ich werde die Sache jetzt in die Hand nehmen und brauche dich dabei. Du hältst Augen und Ohren offen und beobachtest, was in der Camargue so alles passiert. Berichte mir, wenn irgendwas Seltsames vorkommt oder etwas, von dem du glaubst, dass es mich interessieren könnte. Selbst dann, wenn sich anschließend herausstellt, dass es nichts war.«

Chirosi nickte, wobei ihm klar war, dass Moronis Forderung nur schwerlich zu erfüllen war und jede Menge Interpretationsspielraum ließ.

Moroni fuhr fort. »Was anderes – Girondou hat einen holländischen Bodyguard namens Henk van der Togt. Ich möchte alles über ihn wissen, seine Stärken und Schwächen, und wie wir an ihn herankommen könnten.«

Chirosi nickte. Er ahnte, dass sein Boss einen Coup plante, und der würde sich abspielen, während alle auf die Sache in der Camargue fokussiert waren. Es würde spannend werden, dachte er, sehr spannend.

4. Gimeaux

Schon seit einem Jahr liefen die Vorbereitungen auf die Corrida. Das Komitee hatte seine Arbeit getan und der Öffentlichkeit vorgestellt. Die Regeln für die Feria du Riz waren bekannt. Arles veranstaltete jedes Jahr zwei Ferias – eine am Osterwochenende und die andere am zweiten Wochenende im September zur Feier der Reisernte. Diese zweite Feria war um einiges populärer, nicht zuletzt des verlässlichen Wetters wegen, während sich die erste natürlich nach dem Kalender richten musste. Wenn Ostern auf ein frühes Datum fiel, konnte es noch recht winterlich sein. Smith hatte im Amphitheater schon viele Male auf kalten Steinbänken gesessen, dick eingepackt und von beiden Seiten bedrängt, weil auch die übrigen Zuschauer wegen der nötigen zusätzlichen Kleidung mehr Platz brauchten. Im September war es dagegen heiß, ansonsten blieb das Format des Festivals mehr oder weniger dasselbe. An drei Tagen fanden sechs Kämpfe statt. Am beliebtesten war die Corrida Goyesque, zu der die Stierkämpfer schlichte Anzüge trugen anstelle der traditionell bunten Tracht. Die Robe ging auf Sujetbilder des großen spanischen Malers Francisco de Goya zurück. Der Sand in der Arena wurde von einem berühmten Künstler farbig gestaltet, und vor dem großen Kampf fanden Paraden, Gesangsdarbietungen und Tänze statt. Natürlich war zu dieser Zeit die ganze Stadt auf den Beinen, und in sämtlichen Bodegas, Cafés und Restaurants herrschte Hochbetrieb bis in die frühen Morgenstunden.

In diesem Jahr lockte das Festival in Arles mit einem zusätzlichen und eher seltenen Angebot. Wenig bekannt war, dass Gimeaux, ein kleiner, ansonsten unbedeutender Flecken an der Straße nach Saintes-Maries-de-la-Mer, eine recht angesehene Schule für angehende Stierkämpfer unterhielt. Schüler aus nah und fern bekamen dort eine Art Grundausbildung. Manche von ihnen schafften den Sprung in die Reihen derer, die sich in Kämpfen mit zunehmenden Schwierigkeitsgraden bewähren mussten, um sich schließlich für einen Platz in den oberen Rängen der Matadore zu qualifizieren. Ehe ein talentierter Kandidat seine *alternativa* – seine Reifeprüfung im Wettstreit mit erfahrenen Kollegen – angeboten bekam, hatte er einen langen, schwierigen und notgedrungen gefährlichen Weg als *novillero* zurückzulegen. Sie, die *alternativa*, war der erste Höhepunkt in der frühen Laufbahn eines Stierkämpfers und entsprechend populär.

Für die Herbst-Feria in diesem Jahr war eine solche Prüfung angesetzt, und im Fokus sollte ein junger Mann stehen, der der bäuerlichen Welt der Camargue angehörte. Wer sich in dieser Gegend für Stierkämpfer interessierte – und das waren schlichtweg alle, die dort lebten –, platzte förmlich vor Stolz. Die schon etliche Wochen vor der Feria über die sogenannten Carteles verbreiteten Ankündigungen waren aufmerksamer als üblich verfolgt und eifrig diskutiert worden. Sie enthielten die Namen der drei Matadore, die die

Corridas bestreiten würden, und stellten nicht nur deren *Cuadrillas* vor (die aus zwei Picadores, drei Banderilleros und deren Pferden bestanden), sondern auch die jeweiligen Helfer und Assistenten sowie die Stiere und deren Herkunft.

Emile Aubanet war einer der Ersten gewesen, die die Namen der *novilleros* erfuhren, und hatte sich mit Smith schon Wochen vor dem Ereignis darüber unterhalten.

»Der junge Cordiez bekommt im nächsten Monat seine *alternativa.* Die hätten wir uns natürlich ohnehin nicht entgehen lassen, aber jetzt hat uns seine Familie zu sich in ihre Loge eingeladen. Martine und ich würden uns freuen, wenn du uns begleiten würdest.«

»Von Herzen gern«, erwiderte Smith dem Alten zuliebe. In Wahrheit war er über dieses Angebot alles andere als glücklich. Normalerweise belegte er einen Platz in den sogenannten *secondes* auf der Westseite hoch über der Arena. Die Reihen dort lagen nachmittags im Schatten und boten den besten Kompromiss zwischen Überblick und Preis. Für gewöhnlich saß er inmitten eines sehr gemischten Völkchens, das mehrheitlich aus der unmittelbaren Umgebung kam, bestens Bescheid wusste und häufig ziemlich ausgelassen war. Snobs gab es darunter keine, Touristen nur wenige. Erstere saßen zumeist auf den tiefer gelegenen Plätzen nahe am Ring, den *tribunes*, während sich Touristen meist in der Ostkurve versammelten, weil sie fälschlicherweise darauf hofften, sich nebenbei eine hübsche Sonnenbräune zulegen zu können. Tatsächlich wurden sie dort bei lebendigem Leib gebrutzelt. Wenn er, Smith, und Martine allein in der Arena waren, saßen sie auf einem seiner bevorzugten Plätze und hatten Gefallen daran; zwischen den Reichen und Schönen eingekeilt zu sein, war seine Sache nicht. Aber einen Kampf aus nächster Nähe verfolgen zu können, hatte natürlich durchaus was für sich. Außerdem war die Einladung ein weiterer Hinweis darauf, dass Martine in ihrer zukünftigen neuen Rolle akzeptiert wurde. Und er sah sie dankbar lächeln.

»Man hat uns auch gebeten, an einer Feier zu Ehren des jungen Cordiez in Gimeaux teilzunehmen. Er will uns eine kleine Show bieten. Könnte ganz unterhaltsam sein.«

Smith nickte. Darauf hatte er wirklich Lust. Die Partys der Stierkämpfer waren häufig ziemlich raue Veranstaltungen.

Vom Mas des Saintes, dem Anwesen der Aubanets, gelangte man nach Gimeaux auf der Straße, die auch weiter nach Arles führte. Wie immer wurden Martine, Emile und Smith von Jean-Marie chauffiert.

»In welchem Alter beginnt man eigentlich mit der Ausbildung zum Stierkämpfer?«, wollte Smith von Emile wissen. Sie saßen auf der Rückbank des gepanzerten Range Rovers.

Emile gefiel es, über ein Thema zu sprechen, das ihm am Herzen lag, und es freute ihn, einen Wissbegierigen zu belehren.

»Nun, das hängt von den Eltern ab. Manches lässt sich einem Kind schon zu einem frühen Zeitpunkt beibringen. Nicht, dass alle hiesigen Eltern ihre Kinder zu Stierkämpfern erziehen wollen, aber viele Familien wissen um die Wichtigkeit, dass die Kinder etwas davon verstehen. Sonst wär's mit der Tradition vorbei. Wer es aber wirklich ernst nimmt, fängt mit der Ausbildung schon sehr früh an.«

»Wie viele nehmen es wirklich ernst?«

»Sehr viele, wenn man die miteinbezieht, die für die *cour-*

ses camarguaises trainieren oder *razateurs* werden wollen. Das ist hier so populär wie die Mitgliedschaft in euren britischen Pony Clubs. Es hat eine soziale Funktion, die weit über den Kampf mit Stieren hinausgeht. Junge Leute lernen, Disziplin zu üben und mit anderen klarzukommen, vor allem, wie man sich in einer gefährlichen Situation aufeinander verlassen kann. Die meisten Eltern sind der Meinung, dass es besser ist, den Umgang mit Stieren und Ausbildern zu pflegen, als an Straßenecken herumzulungern und auf Drogendealer zu warten. Kinder, die in Gimeaux zur Schule gehen, sind in der Gemeinschaft hoch angesehen.«

Smith fand mehr und mehr Gefallen an den Ausführungen des alten Herrn, der offenbar ein leidenschaftlicher Anhänger dieser Tradition war. Es schien ihm sehr daran gelegen zu sein, auch Smith dafür zu erwärmen.

»Und wie lange dauert es, um Stierkämpfer zu werden?«

»Ah, das lässt sich nicht so einfach beantworten. Die Schule siebt schon zu einem frühen Zeitpunkt diejenigen aus, die sich überhaupt nicht eignen. Andererseits ist sie für junge Burschen, die später einmal an den *courses camarguaises* teilnehmen wollen, auch nicht der richtige Ort. Die Standards sind sehr hoch und die Prüfungen äußerst streng. Wir reden schließlich über einen Beruf, in dem jeder Fehler mit dem Tod oder schweren Verletzungen bestraft wird. Ein zukünftiger Stierkämpfer hat einen sehr schweren Weg vor sich. Pro Jahr qualifizieren sich höchstens zwei Schüler als sogenannte *novilleros* für eine Anwärterschaft auf die höhere Laufbahn.«

»Und wie lange braucht ein *novillero* bis zur Meisterschaft?«

»Kommt drauf an, wie gut er ist. Wer nicht spitze ist, wird als Kämpfer entweder gar nicht unter Vertrag genommen oder nur an kleinen, wenig bekannten Orten mit kleinen Arenen. Viele scheiden irgendwann frustriert aus, wenn sie merken, dass sie es nicht bis zur *alternativa* schaffen.«

»Und wie viele schaffen es?«

»Die allerwenigsten. Vielleicht einer aus hundert, wenn überhaupt.«

»Ah.« Mehr fiel Smith dazu nicht ein.

Martine störte es, außen vor gelassen zu werden, und sie drehte sich auf dem Beifahrersitz um.

»Deshalb fahren wir jetzt zur *école* von Gimeaux. Dort passiert nämlich gerade etwas ganz Besonderes. Roger Cordiez, der Sohn unseres Nachbarn, hat sie viele Jahre lang besucht, um sich zum Stierkämpfer ausbilden zu lassen. Zwei Jahre war er anschließend als *novillero* in Spanien, und heute soll öffentlich bekannt gemacht werden, dass ihm seine *alternativa* zuerkannt worden ist, von der wir hoffen, dass sie während der Feria du Riz im September stattfindet. Aber heute wirst du erst einmal an einer guten alten provenzalischen Stierkampfparty teilnehmen.«

Ihre Begeisterung ließ Smith lächeln. »Und dazu gehören ...?«

»Jede Menge Reden, ein paar Vorführungen in der schuleigenen Trainingsarena und Getränke in Strömen. Es ist, wie gesagt, ein besonderes Ereignis, und wir sind alle sehr stolz, daran teilnehmen zu dürfen. Es kommt nur selten vor, dass einer von uns bis in die Topränge aufsteigt.«

Emile räusperte sich. »Vielleicht gelingt es uns sogar, Rogers miesepetrigem Vater ein Lächeln zu entlocken.«

Martine widersprach. »Ach, Papa, so schlimm ist er doch auch wieder nicht.«

»Doch, das ist er, und das weißt du auch.«

Smith lehnte sich zurück und genoss das Geplänkel zwischen Vater und Tochter. Er war gespannt auf die Feier am Nachmittag und schätzte sich wieder einmal glücklich, in eine regionale Tradition miteinbezogen zu werden. Sie erreichten ihr Ziel: ringförmig angelegte, flache Gebäude und Ställe, die mehrere umzäunte Höfe mit Betonbelag umschlossen. Darin pferchte man die Stiere ein, die für die beiden Ferias in Arles aus Spanien oder Portugal herbeigeschafft wurden. Im Zentrum befand sich eine kreisrunde Arena, die natürlich viel kleiner war als normale Arenen, aber trotzdem als solche genutzt werden konnte, ein Platz, auf dem viele junge Männer ihre Hoffnungen auf Ruhm und Ehre setzten, die sich allerdings nur für die wenigsten erfüllen würden. Aber heute sollte verkündet werden, dass Roger Cordiez dieses Glück vergönnt sein würde.

Kaum hatte der Rover gehalten, wurde die Tür auf Martines Seite von einem schlanken, braun gebrannten jungen Mann geöffnet. In der einen Hand einen Hut mit breiter Krempe, streckte er die andere aus, um Martine aus dem Wagen zu helfen.

Martine lächelte und legte ihm ihre Rechte symbolisch auf den Unterarm. Als sie ausgestiegen war, küsste sie ihn überschwänglich auf beide Wangen. »Roger, das ist heute dein großer Tag.« Er trug die adrette Tracht eines Stierknechtes: weißes Hemd mit dünnem Binder, eine dunkelbraune Lederhose und dunkle Halbschuhe mit Absatz – eine schlichte Aufmachung im Vergleich zu dem schillernden

Stierkämpferkostüm, das er später tragen würde. »Ich gratuliere dir und auch deinem Vater.« Schnell ging sie an ihm vorbei und begrüßte Cordiez, der stolz ein wenig abseits stand.

»Monsieur Cordiez. Herzlichen Glückwunsch und danke für die Einladung. Ihr Sohn bringt nicht nur seiner Familie große Ehre, sondern uns allen hier in der Camargue.«

Er schaute ein bisschen verlegen drein, schaffte es aber noch, ein »Danke, Madame Aubanet« zu murmeln.

Derweil hatte Jean-Marie seinem Chef aus dem Wagen geholfen, Smith war auf sich allein gestellt. Es war ihm aber recht, die Szene vom Rand aus zu beobachten. Roger Cordiez ging um den Wagen herum und schüttelte Emile Aubanet die Hand. Für Smith war interessant zu sehen, dass er dabei den Kopf ein wenig neigte.

»Glückwunsch, junger Mann. Wir sind alle sehr stolz auf Sie. Ich wünsche Ihnen alles Gute.«

»Danke, Monsieur.«

Schließlich gab er auch Smith die Hand.

»Gut gemacht, Monsieur Cordiez. Sie haben schon viel erreicht.«

Der junge Mann strahlte über das ganze Gesicht.

»Danke. Es freut mich, dass Sie und die Aubanets gekommen sind und an unserer kleinen Feier teilnehmen. Das bedeutet mir sehr viel.«

Die Gästeschar füllte die Tribüne über dem Ring und stand dicht gedrängt um die *barrestre* herum. Die meisten Zuschauer hielten ein Glas Wein oder Pastis in der Hand. Auch Smith hatte einen Drink ergattert, bevor er und die Aubanets zu den besseren Plätzen auf die Haupttribüne geführt wurden. Es war heiß, aber ein Sonnendach, das etwas baufällig wirkte, spendete immerhin ein wenig Schatten. Die Familie Cordiez setzte sich in die erste Reihe der Haupttribüne, von wo der Sohn heruntergebeten werden konnte, um seinen Beifall entgegenzunehmen.

Wie erwartet folgte eine Rede auf die andere. Gesagt wurde mehr oder weniger das Gleiche, und Smith ertappte sich dabei, dass er in Gedanken abdriftete. Die Schulanlage machte einen recht armseligen Eindruck auf ihn, so wie viele Bauernhöfe der Umgebung, die in einem permanenten Zustand des Verfalls zu sein schienen. Den meisten Gebäuden ringsum hätte ein frischer Anstrich gutgetan, aber wahrscheinlich fehlte es an Geld für solche Schönheitsmaßnahmen. Die Zuschauermenge war freundlich und respektvoll. Die meisten hörten den Rednern aufmerksam zu und klatschten von Zeit zu Zeit. Alle trugen Anzüge oder regionale Tracht.

Endlich kam es zu der Ankündigung, auf die alle gewartet hatten, auch wenn sie natürlich nichts Überraschendes enthielt. Roger Cordiez würde also tatsächlich bei der Feria du Riz im September zu seinem Kampf kommen. Neu war, dass der Zeremonienmeister, also der erfahrene Matador, der dem jungen *novillero* nach altem Brauch die *capote* und das Schwert überreichen würde, kein anderer sein sollte als Juan Bautista. Bautista stand an der Spitze seiner Zunft, aber noch wichtiger war, dass er ebenfalls aus Arles stammte und seine eigene *alternativa* 1999 in der Arena von Arles bestritten hatte. Und ebendieser, von dessen Anwesenheit in der Schule bislang niemand etwas gewusst hatte, trat nun unter stürmischem Beifall zu dem jungen Protegé in den Ring.

Schließlich ging die offizielle Party los, und alles strömte zur Bar, während Smith einen kleinen Spaziergang unternahm. Von den Verwaltungsgebäuden und dem Trainingsring abgesehen, bestand die weitläufige Anlage aus mehreren, von hohen Mauern eingeschlossenen Pferchen. Darin wurden die Kampfstiere nach ihrer anstrengenden Reise aus Spanien oder Portugal untergebracht, um sich zu erholen. Jetzt aber waren sie leer. Smith spürte plötzlich, dass ihm jemand folgte. Als er sich umdrehte, erkannte er Emile, der sich offenbar ebenfalls für die leeren Korrals interessierte.

»Wir sind hier an einem sehr geschichtsträchtigen Ort, Peter«, sagte er. »Unsereinem in der Camargue bedeutet Geschichte viel. Komm, ich möchte dir was zeigen.«

Er führte Smith zurück zu einem der eingeschossigen Gebäude, in denen Büros, Unterrichtsräume und Lager für Ausbildungsmaterial untergebracht waren. Vor dem Eingang standen ein paar Gäste mit Gläsern in der Hand und unterhielten sich miteinander. Emile öffnete die Tür und ging voran durch einen Korridor bis zu einer verschlossenen Tür.

»Unser Archiv«, erklärte er und öffnete sie. »Man könnte auch sagen: unser Museum.«

Sie betraten einen großen Raum voller Stierkampf-Memorabilia. An den Wänden hingen in einem chaotischen Durcheinander Poster, Flugblätter und Fotos zwischen Bücherregalen, die vollgestellt waren mit Karteikästen und kleinen Figurinen. Scheinbar willkürlich verteilt standen sechs Aktenschränke, ein kleiner Tisch und zwei Stühle im Raum. Auf dem Boden lag ein abgewetzter Teppich, auf dem sich zahllose Kartons stapelten, jeweils drei, vier, fünf übereinander. Emile sah sich zu einer Erklärung genötigt.

»Stör dich nicht an diesem Chaos. Der Raum enthält fast alle Unterlagen über unsere Stierkämpfe in den letzten fünfzig Jahren«, meinte er. »Hinter der Wand dort drüben befindet sich eine noch größere Sammlung, die mehr als ein ganzes Jahrhundert dokumentiert. Wenn man so will, schlägt in diesen beiden Räumen das wahre Herz der Camargue. Wir pflegen hier unsere Traditionen. Schließlich sind wir alle Bauern. Und am Anfang stand bei uns die Bullenzucht, die, wie du weißt, von den Römern eingeführt worden ist. Bullen sind der Kitt, der uns über all die Zeit zusammengehalten hat. Arles hat als Stadt seine eigene Geschichte, die sich von der der Camargue unterscheidet. Den Unterschied nicht zu sehen ist ein Fehler, den die meisten Touristen machen oder diejenigen, die nur die Bullenzucht und den Stierkampf im Auge haben und nicht zur Kenntnis nehmen, was uns diese zweitausendjährige Geschichte bedeutet. Und all das, was du hier in diesen beiden Räumen versammelt siehst, ist ein Resultat aus dieser uralten Tradition.«

Beide standen eine Weile schweigend auf der Stelle und ließen die vorgestellte Flut an Informationen und Erinnerungen auf sich wirken.

»Ich glaube, dass du, Peter, im Unterschied zu den meisten Zugereisten unsere Welt sehr wohl verstehen kannst. Und du wirst auch nachvollziehen können, was die heutige Feier nicht nur für Roger Cordiez und seine Familie bedeutet, sondern für uns alle, die hier leben und arbeiten. Wir haben viele Widersacher, ich weiß, aber heute kann ich dir zeigen, dass wir uns nicht in die Knie zwingen lassen. Wir haben zweitausend Jahre überlebt und werden hoffentlich, wenn wir Glück haben, auch die nächsten beiden Jahrtausende überleben. Ich wollte einfach, dass du das hier siehst.«

Smith schaute sich um und wusste nicht viel zu sagen. Ihm war, als hätte man ihn in ein großes Geheimnis eingeführt. Der alte Mann fuhr lächelnd fort.

»Ich komme ab und zu hierher, um mich daran zu erinnern, was uns lieb und teuer ist. Und ich frage mich dann immer, ob ich nicht ein bisschen Zeit und Geld investieren sollte, damit hier ein anständiges Archiv entsteht. Aber im Grunde gefällt mir dieses Durcheinander so, wie es ist.«

Damit verließen sie den Raum. Emile Aubanet schloss sorgfältig hinter sich ab. Als sie zur Party zurückgingen, hakte sich Smith bei ihm unter.

»Danke, dass du mir diesen Raum gezeigt hast, Emile.«

Zur Antwort erhielt er nur einen kleinen Druck von Emiles Arm. Er spürte, dass der alte Herr ihn als eine Art Sohn betrachtete, wenn auch nur für einen kurzen Moment.

5. Ein Treffen in Lyon

Dass es einmal zu diesem Treffen kommen würde, hatten sie kaum für möglich gehalten. Doch jetzt saßen sie sich an einem großen Restauranttisch gegenüber. Beide waren Mitte vierzig, in körperlich guter Verfassung, sonnengebräunt, aber nicht übertrieben, und makellos gekleidet. Moroni ließ sich seine Anzüge bei Cifonelli in Paris schneidern, Girondou bei Anderson & Sheppard in der Savile Row. Girondou hatte eine Vorliebe für Gucci-Schuhe, Moroni bezog seine von Lobb. Zufälligerweise trugen beide Hemden von Turnbull & Asser. Die Eleganz der beiden stach hervor, selbst in diesem gehobenen Restaurant und unter Gästen, die sich allesamt ebenfalls in Schale geworfen hatten. Die in Collonges-au-Mont-d'Or an der Saône gelegene *Auberge du Pont* war schon seit gut hundert Jahren in Familienbesitz gewesen, als sie in dritter Generation von einem jungen Mann namens Paul Bocuse übernommen wurde, der aus ihr eines der besten Restaurants in Frankreich machte, also eines der weltbesten.

Die beiden Männer ähnelten einander: gleiche Größe, gleiche Statur, dunkle Haare, die an den Schläfen leicht angegraut waren. Sie sahen aus wie zwei sehr erfolgreiche Geschäftsmänner beim Arbeitsessen, im Gespräch über ein neues Projekt, das sie noch reicher machen würde. In gewisser Hinsicht war dies auch der Fall. Ein aufmerksamer Beobachter hätte bemerkt, dass an ihrem Tisch im hinteren Drittel des Speisesaals eine Atmosphäre herrschte, die weniger entspannt war, als man hätte erwarten können. Beide saßen sehr aufrecht auf ihren Stühlen. Beide nippten an gekühlten, mit Clos du Mesnil gefüllten Champagnerschalen, während sie die Speisekarte studierten.

Es war Moroni, der das Gespräch in Gang setzte.

»Ich war nie sonderlich beeindruckt von dir, Alexei, das weißt du, aber ich muss gestehen, dass ich es jetzt bin.«

Girondou betrachtete sein Visavis mit einem Argwohn, den man für gewöhnlich gegenüber einer schlafenden Schlange hegte. »Ach ja?«, war alles, was er zu entgegnen für nötig empfand.

In einem sarkastisch amüsierten Tonfall fuhr Moroni fort.

»Ja. Ich dachte immer, es wäre unmöglich, hier so kurzfristig einen Tisch zu bekommen. Man muss wohl schon Stammgast in diesem Tempel der französischen Gastronomie sein, um so etwas zu erreichen. Und doch sitzen wir beide hier, und du hast gleich zwei Tische reservieren können. Unglaublich.«

Er warf einen Blick auf den Tisch nebenan, an dem zwei Männer saßen, die kein Wort miteinander wechselten, sich aber mit mürrischer Miene wechselseitig musterten. Auch sie waren vornehm gekleidet, wenn auch nicht im selben Stil wie ihre Bosse. Immerhin hätte man auch sie für Geschäftsleute halten können, wenngleich solche, die sich in der Gesellschaft des anderen nicht gerade wohlfühlten. Vor ihnen standen Wassergläser, und beide hielten ebenfalls eine Speisekarte in der Hand.

»Kann der da überhaupt lesen?«, fragte Girondou.

»Schießen kann er wahrscheinlich besser«, entgegnete Moroni. »Aber er wird wohl nicht verhungern. Ich hoffe bloß, dass du es dir leisten kannst, für uns alle zu bezahlen.«

»Oh«, machte Girondou, »das wird kein Problem sein. Ich habe auf deinen Namen reserviert.«

Moroni versteifte sich kurz; vielleicht dachte er an die bevorstehende Diskussion. Dann brach er in schallendes Gelächter aus.

»Touché, mein Freund. Touché. Also, was wollen wir essen?«

»Ich nehme das Tagesmenü. Soll ganz gut sein. *Quenelle de brochet* und *Beef Rossini* wären ganz nach meinem Geschmack«, antwortete Girondou.

»Für mich auch das Beef«, stimmte Moroni zu, »aber ich starte mit *foie gras*. Zum Fleisch vielleicht eine Flasche Margaux. Im besten Restaurant der Welt schickt es sich schließlich, auch den besten Wein zu trinken, der je gekeltert wurde, nicht wahr?«

Moroni winkte den Kellner herbei. Diesmal war Girondou beeindruckt.

»Hier mag man es nicht, herbeizitiert zu werden. Darüber rümpft man hier die Nase.«

Moroni grinste düster. »Ich darf das.«

Der Kellner nahm ihre Bestellungen entgegen.

»Wir bleiben beim Champagner für den ersten Gang und trinken zum Fleisch eine Flasche 82er Margaux.«

Der Kellner verschwand, und Moroni setzte die Unterhaltung fort.

»Wie geht's der wundervollen Angèle und den Kindern?«

Girondou presste die Lippen aufeinander. Ihm war klar, dass die Frage weit entfernt war von einer höflichen Erkundigung. Aber bevor er nicht wusste, worauf Moroni abzielte, blieb ihm nichts anderes übrig, als dessen Spiel mitzuspielen.

»Es geht ihnen gut, sehr gut. Danke der Nachfrage.«

»Schön zu hören. Ich hoffe, die Mädchen kommen in der Schule gut zurecht. Sie sind ja jetzt in einem Alter, wo junge Frauen sich mehr für Jungen als für ihr Lernpensum interessieren, besonders wenn sie so hübsch sind wie deine beiden.«

»Ja, sie bringen sehr gute Noten mit nach Hause.« Girondou erinnerte sich daran, dass sein Gegenüber seit den Vorfällen vor sechzehn Jahren unverheiratet war.

Der Kellner kam wieder an ihren Tisch und servierte *amuse-bouches*. Sie bestanden aus einer winzigen Portion Avocado-Mousse, einer halben Tasse kalter Erbsensuppe und ein paar Shrimps in einer Zitronen-Joghurt-Soße. Für gewöhnlich hatten weder Moroni noch Girondou Zeit und Geduld für Appetitanreger dieser Art, aber sie mussten diesmal zugeben, dass alle drei Häppchen vorzüglich schmeckten. Die Unterhaltung pausierte für eine Weile. Als sie fertig waren, hatte Girondou genug von dem Geplänkel.

»Sebastien, du hast dieses Treffen angeleiert, und jetzt sitzen wir hier zusammen. Vielleicht verrätst du mir endlich, was dich nach all den Jahren bewogen hat, wieder mit mir zu sprechen. Um miteinander zu Mittag zu essen, hätten wir nicht so weit fahren müssen. Womit ich nichts gegen dieses Restaurant gesagt haben will.«

Moroni nickte nachdenklich. »Ja, wir haben auch im übertragenen Sinn einen weiten Weg zurückgelegt seit unserem letzten Treffen. Ich kann mich noch lebhaft daran erinnern, unter welch unangenehmen Umständen wir uns damals voneinander getrennt haben.«

Girondou runzelte die Stirn. »Wenn ich mich recht erinnere, gab es einen guten Grund dafür.«

»Ja, den gab es wohl.«

Während das Geschirr abgeräumt wurde und Moroni sofort nach dem nächsten Gang verlangte, füllte ein Schankkellner die Gläser mit dem wohl seltensten und teuersten Tropfen nach, den der Markt zu bieten hatte.

Die *quenelle* kam als Ganzes in einer klassischen Normandie-Soße, deren Eigengeschmack dezent genug war, um das Aroma des Hechtes nicht zu überlagern. Etwas Gemüse und eine Jakobsmuschel dienten als Dekoration. Girondou hatte gehört, dass dieses Gericht meist mit einer *sauce nantua* gereicht wurde, fand aber, dass deren Bechamel-Basis und Krebsgeschmack dem Fisch nicht wirklich gerecht wurden. Moronis *foie gras* war wie üblich eine großzügig portionierte Schnitte an einem Früchte-Chutney, wozu einige Scheiben Melba-Toast serviert wurden.

Moroni kam nun endlich auf sein Anliegen zu sprechen.

»Alexei, ich würde gern wieder mit dir zusammenarbeiten. Es ist doch albern, dass wir umeinander herumschleichen, als hätten wir beide eine ansteckende Krankheit. Wir könnten viel erreichen, wenn wir wieder miteinander kooperierten. Wir waren doch einmal Partner. Als wir vor sechzehn Jahren auseinandergingen, haben wir den Süden Frankreichs gerecht zwischen uns aufgeteilt. Für dich den Osten, für mich den Westen. Es ist uns gelungen, uns nicht gegenseitig ins Gehege zu kommen. Aber inzwischen hat sich einiges verändert. Die Welt rückt zusammen, und Gott ist dieser Tage aufseiten der größeren Bataillone. Gemeinsam könnten wir viel erreichen.«

Girondou schnaubte. »Ich glaube kaum, dass ein Gott, an den wir beide glauben könnten, sich auf unsere Seite schlagen würde, Sebastien. Auch wenn wir feinen Zwirn tragen, gut essen und edlen Wein trinken, zählen wir doch wohl eher zum Verein der Gottlosen.«

»Ja, vielleicht hast du recht«, erwiderte der Gangster von Toulouse. »Aber trotzdem wären wir zusammen stärker.«

»Wolltest du dich deshalb mit mir treffen? Um mir vorzuschlagen, nach all den Jahren wieder zusammenzuarbeiten?«

»Wie laufen deine Geschäfte?«

»Prima. Ich kann nicht klagen. Zugegeben, manchmal gibt's Probleme mit übereifrigen Gendarmen oder mit manchen dieser neuen Immigrantengruppen, die glauben, sie seien besonders kernig und wir Franzosen ein verweichlichter Haufen. Aber dass sie da einem Irrglauben aufsitzen, haben sie in der Regel schnell verstanden. Und wie geht's dir?«

»Ähnlich. Die Mafia hält zwar Abstand, aber neuerdings fallen uns die Russen auf die Nerven. Momentan scheinen sie sich allerdings vor allem für den Aufkauf von Hotels, Marinas und dergleichen zu interessieren und kommen uns eher selten in die Quere. Offenbar wollen sie lieber in Frankreich Ferien machen, statt sich mit uns rumzuschlagen. Sie brauchen wohl Parkmöglichkeiten für ihre riesigen Jachten und enormen Hinterteile. Sie könnten jedoch zum Problem werden, wenn nicht jetzt, dann später. Gleiches gilt für die Orientalen. Noch halten sie sich weitestgehend bedeckt; warum, weiß ich selbst nicht. Nein, geschäftlich läuft alles bestens.« Moroni wechselte das Thema. »Erzähl mir was über deinen Guard. Bist du zufrieden mit ihm?«

Girondou warf einen Blick auf die beiden Männer am Nachbartisch. Sie saßen vor einem Essen, das ihnen bisher wohl noch nie vorgesetzt worden war, und schienen von ihrer wechselseitigen Antipathie ein Gutteil verloren zu haben.

»Er ist Holländer. War beim DKDB, dem *Dienst Koninklijke en Diplomatieke Beveiliging,* und hat auf Diplomaten aufgepasst. Scheint ziemlich was draufzuhaben, hat aber bei mir zum Glück nicht allzu viel zu tun. Von Angèle weiß ich, dass er Solange schöne Augen macht. Und deiner?«

»Oh, ein Gorilla im Anzug. Kann aber gut mit Waffen umgehen.«

»Nun, mehr willst du doch nicht.«

Sie beendeten ihren zweiten Gang, und wieder kamen Kellner. Das *Tournedos Rossini* wurde in seiner inzwischen traditionellen Türmchenform serviert, aufgebaut aus Filetstückchen und einer Scheibe gerösteter *foie gras* obenauf. Ein Holzstäbchen hielt den delikaten Aufbau zusammen, dessen Fundament von einem Klecks getrüffelter Madeirasoße eingerahmt wurde. Beide Männer machten sich sofort über ihr Essen her und verteilten es auf dem Teller, um besser sehen zu können, woraus es bestand. Moroni winkte ab, als der Sommelier ihm den Margaux zu kosten anbot – sehr zu dessen Missfallen, wollte er doch so gern beweisen, was er gelernt hatte. Moroni aber wollte einfach nur sein Glas gefüllt wissen. Wenn ihm der Wein nicht schmeckte, würde er schon Bescheid geben, so oder so.

»Trinken wir auf den Geist der Zusammenarbeit.«

Girondou fand den Trinkspruch einigermaßen übereilt, hob aber dennoch sein Glas an die Nase. Zu kosten brauchte er nicht. Was seine Flimmerhärchen erreichte, war das Bouquet des vielleicht besten Weins überhaupt. Schweigend genossen beide den Inhalt ihrer Gläser. Ja, es war ein großartiger Wein. Wenn sie auch sonst in vielen Fragen uneins waren, so stimmten sie doch in dieser Einschätzung überein.

»Sebastien«, sagte Girondou großzügig, »ich muss dich loben. Du hast eine gute Wahl getroffen. Ich kann mich nicht erinnern, jemals einen so guten Tropfen getrunken zu haben.«

Moroni nickte nur.

Beide aßen mit Gusto. Das Fleisch war – natürlich – vorzüglich. Das Gespräch mäanderte ein wenig. Sie erinnerten sich an gemeinsam Erlebtes und sparten Details aus, die zu Spannungen hätten führen können. Für Girondou waren es die nettesten fünf oder fünfzehn Minuten, die er in Gesellschaft seines Gegners bislang gehabt hatte. Sie waren fast so nett, dass er darüber beinahe die Gewitterwolken vergaß, die wahrscheinlich noch vor dem Kaffee aufziehen würden; spätestens dann, wenn serviert werden würde, was das große Restaurant Paul Bocuses als *Delicacies & Temptations* oder *Fantasies & Chocolates* zu bezeichnen pflegte, musste die Eintracht ein Ende haben – es sei denn, Girondou und Moroni sprangen weit über ihren Schatten.

»Angesichts der Tatsache, dass Frankreich immer kleiner und neurotischer wird, halte ich es für angebracht, dass wir enger zusammenarbeiten. Gemeinsam sind wir stärker als im Alleingang«, versuchte es Moroni erneut.

Die Sache lag auf der Hand. Girondou war sehr viel besser aufgestellt als Moroni. Er fischte an der französischen Riviera mit all ihren Touristenhochburgen, Hotels und Restaurants, von denen es Tausende gab. Er schöpfte aus verborgenen Kassen und hatte in den Casinos von Monte Carlo seine Hand im Spiel. Auch an den Industriebetrieben rund um Marseille verdiente er mit. Er kontrollierte den Hafen von Toulon. Millionen von Arbeitnehmern in zahllosen Jobs boten Girondou die Möglichkeit, in irgendeiner Form abzukassieren. Moronis Pfründe waren dagegen sehr viel bescheidener, was ihn schon lange fuchste. Sein Kuchenstück reichte nur von Montpellier bis an die spanische Grenze. Die Großstadt Toulouse gehörte zwar dazu, hatte aber nur halb so viele Einwohner wie Marseille. Und letztlich bemaß sich der Umsatz krimineller Geschäfte immer an Kopfzahlen. Toulouse war eine Stadt der Technologie, und dieser Sektor baute Arbeitsplätze ab. Ansonsten war auch nicht allzu viel zu holen. An der Küste lebten Menschen, die sich die Côte d'Azur nicht leisten konnten. Im Landesinneren wurde fast ausschließlich Landwirtschaft betrieben. Toulouse mochte der Stützpunkt seines Vaters gewesen sein, aber sein ältester Sohn hatte nur das schmale Stück vom Kuchen abbekommen. Umso mehr trachtete er nach dem Terrain seines Bruders, und das Essen war nichts weiter als ein offensichtlicher Versuch, es ihm wieder einmal abspenstig zu machen, ohne allzu offensichtlich vorzugehen.

Girondou ließ sich nicht anmerken, dass er voller Verachtung für Moroni war. Schließlich war die Flasche Margaux erst halb leer.

Sie hatten das Hauptgericht verzehrt, restlos. Dass die Teller auch noch mit einem Stück Brot blank gewischt worden waren, entsprach nicht ganz der Etikette. Der blasierte Oberkellner mochte darüber die Nase rümpfen, doch weiland Maître Bocuse hätte es bestimmt gefallen, wie Girondou vermutete. Wie zugeknöpft musste ein Kellner sein, wenn ihm beim Anblick eines Gastes, der die Soße bis auf den letzten Tropfen genießt, nicht das Herz aufging?

Beide ließen die enorme Auswahl an Desserts unberücksichtigt und entschieden sich für Käse als Abschluss und als Begleiter für den restlichen Wein. Es war Girondou, der das Gespräch fortsetzte.

»Die jüngste Operation bei La Plagette ist wohl nicht so gut gelaufen, nicht wahr, Sebastien? Woran lag's?«

»Wir sind offenbar verpfiffen worden. Die *flics* wussten im Vorhinein Bescheid.«

»Aber wer hat euch verpfiffen?«

»Du wirst es kaum glauben – irgendein verdammter Engländer.«

Girondou schluckte. Er dachte natürlich sofort an seinen Freund Smith, konnte sich aber nicht vorstellen, wie der ins Spiel gekommen sein mochte.

»Ein *Engländer?*«

»Ja, jemand vom Militär, der in Pau Piloten ausbildet, unter der Regie einer Spezialeinheit mit dem Kürzel SAS. Dieser Typ hat was mit der Tochter eines unserer Leute. So haben wir davon erfahren. Die beiden, der Typ und die Tochter, sind jetzt jedenfalls tot. Er fliegt im Leichensack nach Hause. Ende der Fahnenstange. Ich sollte in Zukunft vielleicht noch vorsichtiger sein.«

Girondou fragte sich, ob die Sache mit dem britischen Soldaten wirklich so tot war, wie Moroni glaubte, ging aber nicht weiter darauf ein. Ein anderes Thema interessierte ihn mehr.

»Dieses Schleusergeschäft gefällt mir nicht. Ist mir politisch zu heiß. Zugegeben, es kommt eine Menge dabei rum. Ich habe selbst schon mit dem Gedanken gespielt, aber wie gesagt, ein solches Geschäft ist mir zu heikel. Es ruft nicht nur die Polizei, sondern insbesondere auch die Bonzen in Paris auf den Plan. Und wir wollen es uns mit unseren politischen Freunden doch nicht verscherzen, oder? Sie halten uns die *flics* vom Hals und freuen sich über unsere Zuwendungen, aber wenn wir etwas machen, das ihnen politisch schadet, könnte sich das ändern.«

Moroni winkte geringschätzig ab. »Pah! Unsinn. Die tun, was ich ihnen sage. Dafür kriegen sie jede Menge Geld von mir. Die stecken doch ihr Gewissen in dieselbe Tasche wie ihr Portemonnaie.« Er schwieg eine Weile und fragte dann: »Na, was denkst du?«

Girondou seufzte. Er sah keinen Grund mehr darin, das Unausweichliche länger aufzuschieben, zumal der Margaux getrunken war.

»Sebastien. Wir sind seit Langem verfeindet. Wir wissen beide warum, und es juckt mich nicht weiter. So ist es nun mal. Eine Zusammenarbeit kommt für mich nicht infrage, das dürfte dir klar sein. Für mich wäre nichts drin, ich hätte keinen Profit dadurch. Außerdem passen wir einfach nicht zusammen, persönlich nicht, geschweige denn geschäftlich. Wenn ich mich richtig erinnere, warst du es, der in Toulouse bleiben wollte. Es war deine Entscheidung, und für mich blieb nur, was für dich der schäbige Rest war. Dumm für dich, dass sich manches verändert hat und ich nun das bessere Blatt in der Hand halte. Ich habe einfach den besseren Job gemacht. Ich schlage vor, wir genießen den Rest unserer Mahlzeit und verständigen uns darauf, alles so zu belassen, wie es ist. Mehr ist nicht drin.«

Moronis Gesicht lief rot an. Er konnte nicht ertragen, dass ihm jemand widersprach. »Du warst schon immer ein scheinheiliges Arschloch, Alexei. Aber das wirst du noch bereuen. Denk an meine Worte. Deine Zeit ist begrenzt, und wenn sie abgelaufen ist, bin ich der Grund dafür.«

Er sprang auf, griff in seine Tasche und zog eine Rolle Banknoten daraus hervor. Er fischte sechs Fünfhunderteuroscheine heraus und warf sie verächtlich über den Tisch auf seinen Bruder zu.

»An dir mache ich mir nicht die Finger schmutzig. Stattdessen bringe ich deine Familie um.«

Er stürmte aus dem Gastraum, gefolgt von einem verdutzten Bodyguard. Girondou blieb wie benommen am Tisch sitzen.

Nach einer Weile nahm Henk auf dem leer gewordenen Stuhl Platz.

»Alles in Ordnung, Monsieur?«, fragte er leise.

Girondou nickte langsam. »Bring mich nach Hause, Henk«, war alles, was er sagte. Er stand auf und ging zur Tür, begleitet von den Blicken der anderen Gäste, die er aber nicht zur Kenntnis nahm.

Henk ordnete die hingeworfenen Scheine und legte eine von Girondous Visitenkarten obendrauf. Dann rief er den Oberkellner herbei und drückte ihm das Geld in die Hand.

»Wenn's nicht reicht, melden Sie sich bei mir.«

Es dauerte seine Zeit, bis sich Moroni wieder beruhigt hatte. Er saß im Fond seines Mercedes S 600, der mit hoher Geschwindigkeit auf der Transeuropéenne in Richtung Clermont-Ferrand raste, der ersten Etappe ihrer Fahrt zurück nach Toulouse. Nachdem er eine Weile nachgedacht hatte, rief er Chirosi über sein Mobiltelefon an.

»Hast du schon etwas über diesen holländischen Bodyguard in Erfahrung gebracht?« Als Pierre Chirosi verneinte, fuhr Moroni fort. »Dann lass sofort alles stehen und liegen, das genießt jetzt Priorität. Finde heraus, was er so treibt und wo er sich aufhält. Ich will mit ihm reden.«

Er lehnte sich auf der Rückbank zurück und starrte für den Rest der Fahrt zum Fenster hinaus, ohne etwas zu sehen. Stattdessen reifte ein Plan in seinem Kopf.

6. Neue Allianzen

Cordiez trug einen Anzug, ein eher schäbiges Modell, doch er zeigte damit immerhin seinen Sinn für Etikette. In Stierkämpfer- und Züchterkreisen war es nach wie vor Usus, sich gut zu kleiden, auch wenn das Publikum in der Hinsicht sehr viel nachlässiger geworden war. Für gewöhnlich war er unter den Zuschauern, wenn sein Sohn kämpfte, es sei denn, er hätte allzu weit anreisen müssen. Roger und seine Leistungen waren das Einzige, was für ihn noch zählte. Seine Frau hatte ihn vor zehn Jahren verlassen, weil es ihr nicht mehr möglich gewesen war, seine fast ununterbrochen schlechte Laune länger zu ertragen. Die gemeinsame Tochter war mit ihr gegangen. Er wusste nicht, wo sie sich aufhielten. Es hieß, dass sie noch in Südfrankreich lebten, vielleicht bei ihrer Familie in Avignon, doch die hatte gleich nach der Trennung den Kontakt zu ihm abgebrochen. Von ihr erfuhr er nichts. Der Junge war ganztägig zur Schule gegangen, und als auch noch das Training in Gimeaux immer mehr Zeit in Anspruch nahm, hatte er überhaupt nicht mehr auf dem Gut mithelfen können, und Cordiez war auf den zusätzlichen Kosten für Rogers Ausbildung sitzen geblieben. Normalerweise halfen private Sponsoren aus, doch zumindest in der Anfangszeit blieben sie aus, zumal der Vater ein geringes Ansehen genoss.

Jetzt saß er voller Missbehagen in dem Hotel, wo das Treffen mit den beiden Männern stattfinden sollte, und nippte an einem Glas Bier. Natürlich hatte er von den beiden schon gehört. Das hatten die meisten Anwohner in dieser Gegend. Aber begegnet war er ihnen noch nie. Jedenfalls hatte der Anrufer, der das Treffen arrangiert hatte, gesagt, es werde sich für ihn lohnen, seinen Boss kennenzulernen. Und in diesem Hotel untergebracht zu sein war auch nicht das Schlechteste.

Warum nicht?, dachte er.

Wie immer chauffiert in seinem Mercedes S 600, erreichte Moroni, direkt von Toulouse kommend, den Parkplatz des Hotels. Er selbst hatte nur wenig bis gar kein Interesse am Stierkampf. Für ihn war zu wenig Geld daran zu verdienen, es sei denn durch Wetten, und die meisten Buchmacher hatte er ohnehin in der Tasche. Chirosi hingegen war ein Fan und hatte sich den Kampf angesehen, nicht zuletzt deshalb, weil er Cordiez ins Visier nehmen wollte. Die kleine Arena lag in der Stadtmitte an der Rue du Cami Ral, umgeben von schäbigen Wohnblocks und ein paar Supermärkten. Sie war wie viele der kleineren Arenen, die es überall im Süden Frankreichs gab, und fasste nur etwa dreitausend Zuschauer. Seit aber in Katalonien auf der anderen Seite der Grenze Stierkämpfe verboten waren, verzeichnete sie enormen Zulauf. Auch Chirosi fuhr einen Mercedes, allerdings das etwas bescheidenere Modell GLS. Er hatte seine Ankunft so getimt, dass er unmittelbar vor seinem Boss beim Hotel war und sich sofort zu ihm in den Fond der Limousine setzen konnte.

»Er ist zur Stelle und wartet auf uns. Sein Sohn hatte einen guten Kampf und ist mit beiden Ohren belohnt worden.«

Moroni nickte gelangweilt. Er hatte nur eine vage Vorstellung von dieser Art Auszeichnung, vermutete aber, dass der junge Cordiez damit zufrieden sein würde.

»Na schön. Wir treffen uns im Restaurant.«

Chirosi brauchte zehn Minuten, um seinen Gast abzuholen und ins Restaurant zu geleiten. Moroni zeigte sich von seiner besten Seite.

»Monsieur Cordiez, danke, dass Sie gekommen sind und sich Zeit für uns genommen haben.«

Ein bisschen überwältigt sowohl von dem Hotel als auch vom Restaurant, überspielte Cordiez seine grantige Grundstimmung mit einem freundlichen Lächeln. Es schmeichelte ihm auch, dass dieser fast schon legendäre Pate der südfranzösischen Unterwelt daran interessiert war, sich mit ihm zu unterhalten. Aber er war kein Narr und ahnte, dass dessen großzügige Gastlichkeit ihren Preis hatte.

»Ich gratuliere Ihnen zu Ihrem Sohn«, fuhr Moroni fort. »Was für ein Erfolg! Beide Ohren!«

Schmeicheleien kamen immer gut, und Moroni tat nicht nur so, als interessierte er sich für Stierkämpfe, sondern erweckte auch den Eindruck, den jüngsten Auftritt seines Sohnes mit eigenen Augen gesehen zu haben. Im Gegenzug bedankte sich Cordiez bei Moroni für dessen Lob, zumindest im Rahmen seiner Möglichkeiten. Moroni hatte bereits die Speisenauswahl getroffen und führte die beiden an den reservierten Tisch. Er spekulierte darauf, dass sein Gast nicht nur von den Preisen tief beeindruckt sein würde, sondern auch von den blasierten Bezeichnungen der einzelnen

Gänge, mit denen viele, wenn auch nicht immer die besten Köche ihre Kreationen zu umschreiben versuchten.

»Monsieur Cordiez, ich gehe davon aus, dass Sie wissen, wer ich bin und womit ich meinen Lebensunterhalt bestreite.«

Der Mann nickte unsicher und fragte sich, ob man über das, was sein Gastgeber ansprach, in einem öffentlichen Restaurant überhaupt frei reden konnte. Ihm war noch nicht aufgefallen, dass an allen Tischen in Hörweite ausschließlich Moronis Leute saßen.

»Ich möchte Ihnen ein Geschäft vorschlagen – nicht ohne Sie vorher um absolutes Stillschweigen zu bitten. Sie dürfen mit keinem Menschen darüber reden, außer mit mir oder Monsieur Chirosi. Sie wissen wohl, in welchem Ruf ich stehe und was Leute zu erwarten haben, die meiner Bitte nicht Folge leisten. Wenn Sie auf meine Bedingungen nicht einzugehen bereit sind, schlage ich vor, dass wir einfach nur das gute Essen genießen und dann im Frieden auseinandergehen.«

Cordiez dachte eine Weile nach und nickte dann. Was hatte er schon zu verlieren? Einen mächtigen Mann zum Freund zu haben war ja doch nicht schlecht, zumal dann, wenn man herzlich wenig Freunde, welcher Art auch immer, an seiner Seite wusste.

»Monsieur Cordiez. Ich will offen und ehrlich mit Ihnen sein. Mir wurde gesagt, dass Sie mir vielleicht helfen können. Ich sehe es als meine Aufgabe an, Migranten aus Nordafrika bei ihrer Suche nach einem neuen Zuhause hier bei uns oder in einem anderen europäischen Land zu unterstützen.« Er lächelte ein wenig.

»Nun, so viel Selbstlosigkeit haben Sie jetzt vielleicht nicht von mir erwartet. Ich kann Ihnen aber versichern, dass Sie richtigliegen: Was ich tue, ist illegal, gleichzeitig aber auch sehr profitabel. Mir persönlich kann es egal sein, ob Flüchtlinge ein neues Zuhause finden, aber schon für die vage Aussicht darauf sind viele bereit, eine Menge Geld zu zahlen. Sie lesen bestimmt Zeitungen, die davon berichten, wenn in Italien oder sonst wo irgendetwas schiefläuft. Aber die Grenzen rund um das Mittelmeer sind unmöglich zu überwachen, und es gibt wahrscheinlich sehr viel mehr erfolgreiche Überfahrten als solche, die scheitern und Schlagzeilen produzieren. Wir haben im Zuge eines ersten Testlaufs die Erfahrung gemacht, dass sich auf dem von uns kontrollierten Küstenabschnitt allzu viel Polizei und zu viele deutsche Ökotouristen aufhalten. Einschlägige Operationen im größeren Maßstab wären dort zu riskant. Anders ist die Lage an den Stränden der Camargue. Tagsüber wimmelt es zwar auch dort von Touristen, doch die sind abends wieder verschwunden, weil es in dieser Region weit und breit keine Unterkünfte gibt. Es führen auch nur sehr wenige Straßen ans Meer, die regelmäßig patrouilliert werden, und die Küstenwache kümmert sich vor allem um die Interessen reicher Jachteigner, die allerdings auch fast nur an häufiger besuchten Stränden zu finden sind.«

»Verstehe.« Cordiez hatte sich gerade einen Happen von der Vorspeise in den Mund gesteckt, stellte aber trotzdem die naheliegende Frage. »Und ich kann Ihnen versichern, dass mir das Thema Migration wurst ist, so oder so. Hauptsache, diese Flüchtlinge halten sich von meinem Landgut fern. Aber was wollen Sie in dem Zusammenhang ausgerechnet von mir? Was könnte ich Ihnen bieten für das Geld, von dem Monsieur Chirosi gesprochen hat? Ich bin nur ein Bauer und nicht der Einzige in der Camargue.«

»Ja, Sie sind nicht der Einzige, Monsieur Cordiez. Aber Ihr Bauernhof liegt besonders günstig für uns. Sie wohnen an der einzigen Straße, die zum Strand von Beauduc führt, und wissen wahrscheinlich, wer sich wann darauf bewegt. Sie kennen bestimmt auch die Wasserwege in den Marschen aus dem Effeff. Es könnte sein, dass wir die für unsere Transporte nutzen werden. Dafür brauchen wir Ihre Augen und Ihre Ortskenntnisse. Nicht mehr, nicht weniger. Wir sind bereit, Ihnen eine Menge Geld zu zahlen.«

»Wie viel?«

Moroni grinste. Dieser Mann stammte aus derselben Kaste wie er.

»Zehntausend Euro für jede Sendung, plus eine Prämie von noch mal zehntausend, wenn alles glattläuft.«

Cordiez merkte interessiert auf. »Und wie oft soll es zu einer solchen ›Sendung‹, wie Sie sagen, kommen?«

»Mindestens einmal im Monat.«

Cordiez rechnete im Stillen und jonglierte mit Summen, von denen er bislang nicht einmal geträumt hatte. Dabei lagen die Zahlen, wie Chirosi wusste, deutlich unter denen, die sein Boss auszugeben bereit wäre. Auch für ihn war die Höhe dieses Angebots neu.

»Tja, dann würde ich sagen, wir sind Partner.«

Moroni ließ nicht erkennen, dass er weit davon entfernt war, Cordiez als eine Art Partner zu akzeptieren. Manövriermasse wäre der treffendere Ausdruck gewesen, aber er ging nicht weiter darauf ein.

»Prima. Stoßen wir an auf unsere ... ähm ... Partnerschaft.«

Nachdem die Gläser wieder abgestellt waren, setzten sie die Mahlzeit fort. Moroni griff sein Thema erneut auf.

»Unser Pierre hier wird Ihr Kontaktmann sein. Er zahlt Sie aus und organisiert alles, wenn eine neue Sendung erwartet wird. Er gibt Ihnen gleich seine Telefonnummer. Sie sprechen nur mit ihm, zum Beispiel dann, wenn es Schwierigkeiten gibt. Und es wäre mir lieb, wenn Sie ausschließlich das tun, wofür Sie bezahlt werden.«

Damit war zu diesem Thema alles gesagt, und sie unterhielten sich beim Essen eine Weile über Belanglosigkeiten, wie über Cordiez' Sohn Roger, Stierkämpfe und die Camargue. Moroni aber war auf weitere Informationen aus und kam irgendwann auf einen Punkt zu sprechen, der ihm sehr viel wichtiger war.

»Sie kennen doch Emile Aubanet. Er scheint ja eine große Nummer in der Region zu sein. Wie kommt's?«

Cordiez' Miene verfinsterte sich. Seine Verachtung war unverkennbar. »Oh, der ist einfach nur größenwahnsinnig geworden. Wie viele seinesgleichen. Sie scheinen zu glauben, was Besseres zu sein, nur weil sie größere Flächen und besseres Ackerland haben als andere. Sie sollten mal versuchen, mit meinem Boden zurechtzukommen. Dann würden sie erfahren, was Arbeit ist.«

»Ich habe gehört, er hätte irgendeine Führungsposition inne und wäre eine Art Boss der Bosse«, hakte Moroni nach.

»Pah!«, spuckte Cordiez aus. »Dummes Zeug. Er ist bloß ein Möchtegern, der zufällig aus einer Familie kommt, die immer schon glaubte, ihr gehöre alles. Mein Land gehört jedenfalls nicht ihm. So viel ist sicher.«

»Was würde Monsieur Aubanet wohl von unserem kleinen Plan halten? Wäre er damit einverstanden?«

Cordiez lachte. »Das bezweifle ich. Er glaubt doch, die Moral gepachtet zu haben. Was leicht ist, wenn man reich wie Krösus ist.«

»Und wie würden andere Bauern darüber denken, über unseren Plan, meine ich?«

Cordiez zuckte mit den Achseln.

»Keine Ahnung, aber die meisten wären wahrscheinlich dagegen. Migranten sieht man bei uns nicht so gern. Was nicht viel heißen will, weil alle, die nicht aus der Camargue stammen, für uns Migranten sind. Ich kenne aber auch Nachbarn, die wie ich jede Gelegenheit ergreifen würden, ein bisschen dazuzuverdienen. Prinzipien, wie sie Monsieur Aubanet hochhält, können wir uns nicht leisten.«

Moroni und Chirosi tauschten Blicke, die einander zu bestätigen schienen, dass sie in diesem Mann die richtige Wahl getroffen hatten. Die Teller waren geleert. Moroni stand auf und schüttelte seinem Gast die Hand.

»Es war mir ein Vergnügen, Sie kennengelernt zu haben, Monsieur Cordiez. Ich freue mich auf eine gute und für beide Seiten lukrative Zusammenarbeit. Leider muss ich jetzt gehen. Monsieur Chirosi wird aber noch eine Weile bleiben. Wir halten Kontakt.«

Moroni verließ das Restaurant und stieg in seinen Mercedes, der wie von Zauberhand vor dem Eingang aufgetaucht war.

Chirosi hatte auch keine Lust, sich länger mit Cordiez zu

unterhalten. Er brachte ihn in sein Hotel und verabschiedete sich von ihm im Foyer.

»Ich muss jetzt auch los, Monsieur Cordiez. Sie sind hier im Hotel natürlich weiterhin unser Gast. Die Rechnung geht an uns. Kümmern Sie sich nicht drum, und nutzen Sie die Bar nach Belieben. Und ehe ich's vergesse, hier ist noch ein kleiner Beitrag für Ihre Unkosten.«

Er zog einen prall gefüllten Briefumschlag aus der Innentasche seines Jacketts und drückte ihn Cordiez in die Hand. Er enthielt fünftausend Euro.

7. Zepterübergabe

Ein sanftes Lüftchen spielte in den Wipfeln, und unter den Bäumen in dem ummauerten Garten herrschten angenehme Temperaturen. Hier hatten sich die Gäste zu einer Lunch-Party eingefunden, die Emile Aubanet und seine Tochter Martine veranstalteten. Es war Anfang August, und nach den letzten Wochen sengender Hitze tat die leichte Abkühlung gut, selbst denen, die an dieses Wetter gewöhnt waren. Smith stand ein wenig abseits, neben sich Arthur, seinen treuen Windhund. Er hielt ein Glas Whisky mit viel Eis und Soda in der Hand und nickte lächelnd jenen zu, die er wiedererkannte – oder auch nicht. Es war natürlich nicht seine Party. Nur, weil Martine darauf bestanden hatte, nahm er daran teil. Er war nie ein Partylöwe gewesen, und je älter er wurde, desto weniger behagten ihm solche Veranstaltungen. Aber noch bevor Martine ihn hätte einladen können, hatte Emile darum gebeten, er müsse unbedingt kommen, und angedeutet, dass ihm eine besondere Rolle zukommen würde.

»Halt bitte die Augen auf, Peter«, hatte er gesagt.

»Worauf soll ich achten?«

Der alte Herr hatte mit den Schultern gezuckt. »Halt einfach nur die Augen auf.«

Smith wollte sich damit nicht zufriedengeben, war aber von Emile ausgebremst worden, der wie zur Entschuldigung die Hand gehoben hatte.

»Du kennst dich in solchen Sachen besser aus.«

Also stand er jetzt im Garten, in den immer mehr Gäste strömten und Emile und seine Tochter begrüßten. Der alte Herr trug ein weißes Hemd, dunkle Hosen und eine Trachtenweste in bunten Farben. Auch Martine war nach Art der Camargue gekleidet: in einen floral gemusterten Rock mit weißer Schürze, einer weißen Bluse und bestickter Weste. Ihre Schuhe hatten einen kleinen Absatz. Das Haar war hochgesteckt und mit schwarzen Seidenbändern geschmückt; um den Hals trug sie eine eng anliegende Perlenkette, und am Westenaufschlag steckte eine kleine, mit Edelsteinen besetzte Brosche, die das Kreuz der Camargue darstellte. Wieder einmal staunte Smith über ihre hinreißende Schönheit. Wenn sie seinem bewundernden Blick begegnete, lächelte sie. Ihr war bewusst, dass er gesellschaftliche Ereignisse dieser Art verabscheute, sie wusste aber auch, wie sehr sie ihm in ihrer Aufmachung gefiel.

Als alle Gäste begrüßt und mit einem gekühlten Glas Crémant versorgt worden waren, begaben sie sich an einen langen Tisch im Schatten der Bäume, wo sie kleine Gruppen bildeten und miteinander plauderten. Smith beobachtete eine dieser Gruppen, die sich in der Nähe der Gartenpforte aufhielt, durch die alle Gäste gekommen waren, obwohl normalerweise der Zugang durchs Haus führte. Er zählte sechs Personen, die alle jünger waren als er und von denen er nur zwei persönlich kannte. Sein Freund Deveraux hatte wie er in der Provence einen Ort gefunden, an dem sich die Vergangenheit vergessen ließ, und wie er war er frisch verliebt in eine junge Frau, die ebenfalls provenzalisch gekleidet war und, vielleicht gerade deshalb, bezaubernd aussah. Auch Deveraux hatte sich für seine Verhältnisse herausgeputzt und trug ein leichtes Jackett – wie die meisten männlichen Gäste, jene aber vor allem der Schicklichkeit halber, während Smith und Deveraux eher auf Sicherheit bedacht waren. Eine Glock im Hosenbund mitzuführen war kaum möglich, wenn sie sich nicht mittels Jackett verstecken ließ. Aus dem kurzen Gespräch mit Emile hatte Smith geschlossen, dass dieser neben dem etatmäßigen Fahrer Jean-Marie noch einen zweiten Bodyguard – Deveraux – im Rücken wissen wollte.

Nach ein paar belanglosen Wortwechseln mit Gästen, die ihn besser zu kennen schienen als er sie, sah Smith ein freundliches Gesicht auf sich zukommen. Tatsächlich waren es vier. Fast hätte er seinen Drink verschüttet, als ihm zwei ausgesprochen hübsche Teenager um den Hals fielen. Auf mysteriöse Weise wurde ihm das Glas aus der Hand genommen, damit er auf die stürmische Begrüßung angemessen reagieren konnte. Als sich die beiden von ihm gelöst hatten, umarmte ihn eine etwas ältere, aber ebenso schöne Frau und drückte ihm drei dezente *bisous* auf die Wangen. Schließlich trat ein äußerst elegant gekleideter Mann auf ihn zu und streckte die rechte Hand aus. In der linken hielt er ein Whiskyglas. Die Familie Girondou war eingetroffen.

In den knapp zwei Jahren seit der ersten Begegnung hatte sich eine enge Verbindung zwischen ihm und der Familie des Mannes entwickelt, der im Südosten Frankreichs von der Küste bis hoch nach Lyon einen Großteil der Organisierten Kriminalität kontrollierte. Er sah aus wie der Archetyp eines erfolgreichen Geschäftsmannes. Was nicht verwundern konnte, denn genau das war er auch, nur dass seine Geschäfte eben nicht ganz sauber waren.

»Schön, dich zu sehen, Peter.«

»Längst nicht so schön wie das, was ich in deiner Begleitung sehe, Alexei.«

Girondou lächelte vor Vergnügen. »Oder wie deine Martine«, erwiderte er und warf einen Blick über den Garten. »Wie ein Mann deines Jahrgangs eine solche Schönheit für sich gewinnen konnte, ist mir ein Rätsel. Vielleicht hat's was damit zu tun, dass du aus Wales kommst.«

Smith lächelte und genoss den Moment.

»Was gibt's eigentlich zu feiern?«, fragte sein Freund. »Es ist mir natürlich eine Ehre, eingeladen worden zu sein, aber was ist der Anlass? Doch hoffentlich kein Geburtstag. Wäre mir peinlich, denn wir sind mit leeren Händen gekommen.«

Smith schüttelte den Kopf und fand, dass eine kleine Flunkerei in Ordnung war. »Nein, nichts dergleichen. Um ehrlich zu sein, weiß ich es selbst nicht. Warten wir's ab, vielleicht erfahren wir noch, worum's geht.«

Als alle geladenen Gäste eingetroffen waren, klatschte Martine in die Hände und bat darum, am lang gezogenen und schmalen Tisch Platz zu nehmen. Ungewöhnlich insbesondere für provenzalische Verhältnisse war, dass man für jeden Gast ein Namensschildchen hatte drucken lassen. Emile saß natürlich an dem einen Kopfende, Martine ihm gegenüber am fernen anderen. An den Flanken fanden jeweils rund zwanzig Gäste Platz, Männer und Frauen gemischt. Üblicherweise genossen diejenigen, die den Tischenden näher saßen, einen gewissen Vorzug im Verhältnis zu den Gastgebern. So auch hier.

Der Ehrenplatz zur Rechten Emiles war seltsamerweise Smith vorbehalten; Alexei Girondou durfte sich an dessen linke Seite setzen. Rechts neben Martine saß Madame Durand, ihr altes Kindermädchen, die gleichzeitig Haushälterin gewesen war; ihr gegenüber, also zur Linken Martines, setzte sich Angèle Girondou. Wie es sich mit dem Gefüge der übrigen Gäste verhielt, wusste Smith nicht. Es freute ihn jedenfalls wahrzunehmen, dass Deveraux und dessen Freundin in der Mitte des Tisches einander gegenübersaßen. Von ihren Plätzen aus hatten sie den besten Überblick. Smith kannte die meisten vom Sehen, aber nicht alle. Ein kleiner Teil bestand aus Führungskräften der aubanetschen Betriebe, viele waren Bauern aus der Umgebung.

Auf dem Tisch reihten sich Servierteller voller Köstlichkeiten der Region aneinander, Wurstspezialitäten aus Bullenfleisch, alle möglichen Salate, geröstete Auberginen- und Paprikascheiben, Meeresfrüchte, mit Fisch gefüllte *paupiettes* und Reis aus der Camargue. Fast alle Zutaten kamen von den landwirtschaftlichen Betrieben der Aubanets, so auch der Wein, Rot und Rosé, der in großen Krügen abgefüllt war. Jeder bediente sich selbst. Es herrschte eine festliche Stimmung; angeregte Gespräche und herzhaftes Lachen breiteten sich entlang der Tafel aus.

Arthur war im Himmel. Der Windhund fühlte sich ohnehin längst auf dem Anwesen der Aubanets wie zu Hause und war noch schneller Teil der Familie geworden als Smith. Er war wahrscheinlich auch am glücklichsten mit der Sitzverteilung, die Smith und Emile, sein Herrchen und seinen dicksten Freund, nebeneinander platziert hatte. Zwar bettelte er auch an anderer Stelle, kam aber immer wieder zu den beiden zurück. Smith beobachtete, dass Arthur auf seinen Beutezügen bestimmte Personen mied. Er hatte immer schon ein so gutes Gespür für Menschen gehabt, sodass sich Smith auf sein Urteil verlassen konnte.

Nach dem Hauptgang wurden die Servierteller abgeräumt und durch Käseplatten und Obstkörbe ersetzt. Alle waren gesättigt und in Gespräche mit ihren Tischnachbarn vertieft. Smith schaffte es, Konversation zu betreiben und gleichzeitig, wie von ihm gewünscht, die Gäste an seinem Tischende diskret zu beobachten. Gleiches tat auch Deveraux von seinem Platz aus, wie er registrierte. Ein flüchtiger Blickkontakt zwischen beiden bestätigte, dass ihnen bislang nichts Ungewöhnliches aufgefallen war.

Plötzlich, und für alle überraschend, erhob sich Emile Aubanet von seinem Stuhl. Er brauchte nicht mit einem Messer an sein Glas zu schlagen, um sich Ruhe zu erbitten. Aubanet stand schon seit fast fünfzig Jahren an der Spitze der Camargue-Gesellschaft. Er hatte sie beraten, unterstützt und wenn nötig verteidigt, legitimiert von der Autorität der Tradition und seiner Persönlichkeit. Das festliche Gelage hatte offenbar seinen Anlass und Höhepunkt gefunden. Alle verstummten und richteten die Augen auf den Gastgeber.

»Liebe Freunde. Zuerst möchte ich mich für euer Kommen herzlich bedanken. Ich freue mich, euch alle als meine und Martines Gäste auf dem Mas des Saintes begrüßen zu dürfen, insbesondere Alexei Girondou und seine Familie, die aus Marseille gekommen sind. Vor über zweitausend Jahren zogen Julius Cäsar und sein Widersacher Pompeius eine Grenzlinie zwischen Arles und Marseille, wie Kinder im Sandkasten, und schufen damit einen Graben, der bis heute nicht überwunden ist. Ich finde, dass es Zeit ist, diese Dummheit zu revidieren, und so begrüße ich Alexei und Angèle, Solange und Amy in unserer Mitte.«

Er schaute auf Girondou hinab und blickt dann auf die versammelte Gesellschaft.

Viele applaudierten, und Smith registrierte, wer sich enthielt. Er wusste, dass auch Deveraux sein Augenmerk darauf legte. Der alte Herr fuhr fort und deutete kurz mit seiner Hand zur rechten Seite.

»Diese, ich möchte sagen, historische Versöhnung wäre ohne Peter Smith wohl nicht zustande gekommen. Ich denke, ihr alle kennt Peter, und viele von euch sind wahrscheinlich dankbar für diese Bekanntschaft. Ich jedenfalls bin es. Es wäre ihm vielleicht peinlich, wenn ich ins Detail ginge, aber so viel muss gesagt sein: Ich schulde ihm mehr, als ich zurückgeben könnte. Zum einen verdanke ich ihm mein Leben, zum anderen, und das ist mir noch wichtiger, macht er meine Tochter so glücklich, wie ich sie seit dem Tod ihrer Mutter vor zehn Jahren nicht mehr gesehen habe.«

Gedämpftes Murmeln wurde am Tisch laut. Die meisten erinnerten sich an Martines Mutter. Smith verzog das Gesicht; es war ihm nicht recht, dermaßen hervorgehoben zu werden. Und der feixende Deveraux machte die Sache nicht besser. Deveraux wusste sehr wohl, dass Smith es kaum aushalten konnte, im Scheinwerferlicht zu stehen. Aubanet fuhr fort.

»Ihr verzeiht mir hoffentlich, dass ich ihn fast wie einen Sohn ins Herz geschlossen habe.«

»Wie wär's mit ihm als Schwiegersohn?«, rief jemand.

Alle drehten die Köpfe in Richtung Madame Durand, die wie ein Schulmädchen ihren neunzig Jahre alten Zeigefinger gehoben hatte und dem Gastgeber ein breites Lächeln präsentierte. Als Martines Kindermädchen und Haushälterin der Familie hatte sie jahrelang für Emile geschwärmt. Sie bewohnte jetzt eines der wenigen eleganten Stadthäuser in Trinquetaille, dem Stadtteil von Arles am Nordufer der Rhone. Martine sah in ihr immer noch eine Vertraute, und Smith und Arthur besuchten sie regelmäßig. Als spürte er, dass das Kindermädchen besondere Aufmerksamkeit auf sich gezogen hatte, trippelte Arthur zum anderen Tischende und nahm vor den Füßen der alten Dame Platz. Auch Emile grinste breit, als er seine kleine Rede fortsetzte, wurde aber schnell ernst.

»Liebe Freunde, ich habe fast ein halbes Jahrhundert lang euch allen zu dienen versucht. Als Oberhaupt der Familie Aubanet habe ich es immer als meine Pflicht angesehen, euch durch dick und dünn zu helfen. Diese Verantwortung wird, wie ihr wisst, in meiner Familie seit dreihundert Jahren weitergegeben, und ich hoffe, dass wir unseren Job bislang gut gemacht haben.«

Es gab Zeichen der Zustimmung rund um den Tisch, anderslautende Meinungsbekundungen, falls es die denn gab, wurden nicht geäußert.

»Ich bin jetzt fünfundsiebzig Jahre alt, und es ist an der Zeit, meine Verantwortung an meine Nachfolgerin abzutreten. Ich will mich hier auf unserer *ferme* zur Ruhe setzen und mich nur noch meinen Pferden und Bullen widmen. Bevor ich meiner Tochter, bildlich gesprochen, die Zügel übergebe, möchte ich euch daran erinnern, dass ihr das Recht habt, Einspruch zu erheben oder Bedenken zu äußern. Ihr habt eine Woche Zeit, dies in schriftlicher Form zu tun, wobei auch anonyme Zuschriften berücksichtigt werden. Sollte mir innerhalb der genannten Frist ein Einspruch vorliegen, werde ich die Vertreter der zwölf Familien, die hier in der Camargue leben und arbeiten, zu einem weiteren Treffen einladen. Wie manche von euch vielleicht wissen, hat ein solches Treffen das letzte Mal 1879 stattgefunden.«

Manche lachten mehr oder weniger leise.

»Wenn schließlich niemand Einspruch erhebt, werde ich Martine zu meiner Nachfolgerin bestimmen.«

Der alte Herr ging um den Tisch herum und blieb vor seiner Tochter stehen. Unter allgemeinem Beifall ergriff er ihre Hand, führte sie zu seinem Platz und kehrte ans andere Kopfende zurück. Der Machtwechsel war damit symbolisch vorweggenommen.

Mit einer Handbewegung ließ er alle wieder Platz nehmen, blieb selbst aber noch einen Moment stehen und schaute in die Runde. Dann nickte er bedächtig und setzte sich. Damit hatte es sein Bewenden. Es gab keinen Redebedarf, und man plauderte wieder. Martine ergriff Smiths Hand. Auch ihm war jetzt klar, was es mit der Sitzordnung auf sich hatte. Es waren nicht nur zwei Plätze getauscht worden, und das Schauspiel hatte ihm gefallen. Martine würde – ausbleibender Widerspuch vorausgesetzt – jetzt Chefin über sehr viel mehr als die Firmengruppe Aubanet sein, was an sich niemanden verwunderte. Die meisten hatten damit gerechnet. Etwas unbehaglich wurde ihm aber, weil er, ohne dass er selbst den Stuhl gewechselt hätte, vom Ehrengast in eine deutlich wichtigere Position vorgerückt war, eine, die auch ihm mehr Verantwortung auferlegte. Arthur schien zu spüren, wie seinem Herrchen zumute war, und kam angelaufen. Auf seinen langen Beinen reichte er mit dem Kopf bis auf die Tischplatte, und seine Schnauze kam direkt vor den ineinander verschränkten Händen zu liegen. Smith schaute ihn an und sah ein warnendes Auge auf sich gerichtet. Er lächelte unwillkürlich, nahm die Warnung aber durchaus ernst.

Die Sonne stand noch hoch über den Schatten spendenden Bäumen, als die Tafel aufgehoben wurde. Die Gäste verabschiedeten sich nach und nach. Smith registrierte amüsiert, dass die neue Ordnung schon in Kraft getreten war. Alle, die aufbrachen, traten zuerst an Martines Stuhl. Die Männer verneigten sich über der Hand, die sie sacht auf die von ihnen dargebotene legte. Die Frauen, jung wie alt, deuteten einen Knicks an. Erst dann verabschiedete man sich auch von Emile am anderen Kopfende des Tisches. Angèle, Alexei und die Mädchen gehörten zu den Letzten, die sich vom Tisch erhoben. Inzwischen hatten sich Emile und Madame Durand zu Smith und Martine gesetzt. Arthur, glücklich darüber, dass seine Lieblinge beieinandersaßen, hatte sich auf dem Boden ausgestreckt und gleich darauf zu schnarchen angefangen. Smith sah, wie Alexei auf Deveraux und seine Freundin zuging, worauf diese ihm den Respekt erwies und aufstand. Erst jetzt fiel Smith wieder ein, dass Deveraux' Freundin zu Girondous Leibwächtern gehörte. Eine ausgesprochen schöne Frau, wie Smith wieder einmal feststellte. Sie stand in dem Ruf, besonders gut mit Messern umgehen zu können. Er fragte sich, ob sie Deveraux deswegen für sich eingenommen hatte. Auf Messer verstand sich Deveraux zwar auch, doch eigentlich lehnte er sie ab. Er fand sie als Waffe unelegant. Im Zusammenhang mit seiner Freundin schien er jedoch bereit zu sein, von seiner Abneigung abzusehen.

»Vielen Dank, dass wir hier sein durften«, sagte Alexei, als er bei Martine und Smith angelangt war. »Es war uns eine große Ehre und ein großes Vergnügen, zu diesem besonderen Ereignis eingeladen worden zu sein. Ich kann mir vorstellen, dass nicht wenige der heutigen Gäste voller alter Vorurteile und Animositäten waren.«

Martine erwiderte sein Lächeln. »Ich hoffe, dass wir in Zukunft all diesen Unsinn hinter uns lassen.«

»Das hoffe ich auch. Sei versichert, dass ich alles in meiner Macht Stehende tun werde, damit sich diese Hoffnung erfüllt.«

»Danke, Alexei. Deine Hilfe bedeutet uns, meinem Vater und mir, sehr viel. Auch ich werde alles versuchen, damit ein Neuanfang gelingt. Wir profitieren alle davon.«

»Wohl wahr. Bei der Gelegenheit möchte ich mich auch noch einmal bei dir, Peter, bedanken. Ohne dich wäre wohl all das hier nicht zustande gekommen.«

Smith winkte mit einer Handbewegung ab, von der er sich versprach, dass sie möglichst lässig wirkte und der sentimentalen Stimmung die Spitze nahm. Martine kicherte, was zu erkennen gab, dass ihm nur eine Geste gelungen war, die seine Töchter als »uncool« bezeichnet hätten. Um seine Verlegenheit zu überspielen, stand er plötzlich auf und richtete den Blick auf das Haus.

»Ich weiß nicht, wie es euch geht, aber ich brauche jetzt einen Whisky.«

Seinen Fluchtversuch vereitelte Martine, indem sie eine Frau vom Personal herbeiwinkte, die damit begonnen hatte, vom anderen Tischende das Geschirr abzuräumen. Wenig später wurde Smith ein Glas Whisky mit Soda und Eis serviert. Girondou lachte über Smiths betretene Miene. »Ich glaube, sie ist die einzige Person, die dir an Durchtriebenheit gleichkommt, Peter«, meinte er. »Ihr seid ein wirklich gutes Paar.«

Smiths anschwellender Groll ebbte sofort ab, als Martine seine Hand ergriff und an ihre Lippen führte.

»Nein, dahinter steckt sehr viel mehr, und das weißt du, Peter«, erwiderte sie.

Natürlich wusste er das. Trotzdem missfiel ihm die zunehmend verbindliche Intimität. Nicht zum ersten Mal verspürte er den Wunsch, in Gentrys ruhiger Gesellschaft zu sein, die ihm nicht mehr abverlangte als seine Konzentration auf eine Partie Schach.

Als er Familie Girondou und Deveraux' Freundin nachschaute, fand er wieder einmal bestätigt, dass Bodyguards keinen Feierabend kannten. Bald verließ auch Madame Durand die verbliebene Runde, und sie wurde von einem Chauffeur in ihr schmuckes Haus nach Trinquetaille zurückgebracht. Es war eines der wenigen Gebäude, die bei dem Bombardement der Amerikaner im August 1944 verschont geblieben waren. Das hatte den Eisenbahn- und Straßenbrücken von Arles gegolten, aber auch einen Großteil der Vorstadt am Nordufer der Rhone in Schutt und Asche gelegt.

Emile und Martine zogen sich wegen einer geschäftlichen Angelegenheit ins Haus zurück. Am Tisch zurück blieben Smith und Deveraux, beide mit einem Glas Whisky in der Hand.

Sie hatten sich schon vor vielen Jahren kennengelernt, als sie beide im Auftrag Ihrer Majestät unterwegs waren, und waren fast ebenso lange miteinander befreundet. Ihr Verhältnis basierte auf absolutem Vertrauen in die Loyalität und die Fähigkeiten des anderen, einem Vertrauen, das schon etliche Male auf die Probe gestellt worden war und sich ebenso oft bewährt hatte. Im Alleingang hatte Deveraux seinen Freund Smith aus einem Foltergefängnis in Mogadischu befreit, und das mit einer dermaßen wüsten und entschlossenen Vorgehensweise, dass die Gefängnisleitung bis heute überzeugt davon war, eine mehrköpfige Spezialeinheit habe hinter der Aktion gesteckt. Seine Bestrafung eines jungen amerikanischen Geheimdienstagenten, der in einer Bar zu viel getrunken und mit seiner Prahlerei dafür gesorgt hatte, dass Smith gefangen genommen worden war, hinderte ihn immer noch daran, in die USA einzureisen. Theoretisch jedenfalls. Denn Deveraux tauchte überall und nach Belieben auf und ab. Ihm hatte nur das Bild seines Freundes Smith vor Augen gestanden, den er nackt, geschunden, eingekotet und an eine Eisenpritsche gekettet vorgefunden hatte, als er den jungen Idioten aus ebenjener Bar entführt, in einen ausgeliehenen Hubschrauber gepackt und aus dreihundert Metern Höhe über einem amerikanischen Botschaftskomplex ausgesetzt hatte. Und damit kein Zweifel darüber aufkommen konnte, wer diese Exekution zu verantworten hatte, beugte er sich damals weit aus dem Hubschrauber heraus, lange genug, um den Zeugen am Boden Gelegenheit zu geben, ihn zu fotografieren.

Erinnerungen wie diese stiegen in beiden auf, als Smith nun mit Deveraux anstieß. Deveraux war vielleicht der effektivste Killer in der Branche, konnte aber nebenbei auch Klavier spielen wie ein junger Gott. Was Smiths Beziehung zu ihm auszeichnete, waren genau die wenigen Essentials, auf die er gesteigerten Wert legte und die für ihn noch höher rangierten als Liebe und dergleichen: Vertrauen und Loyalität. Wem es daran mangelte, hatte bei Smith keine Chance. Deveraux war dagegen sein Freund. Einer von sehr wenigen.

»Und? Ist Ihnen was aufgefallen, Dev?«

Deveraux ordnete seine Gedanken und ließ mit der Antwort auf sich warten. Ein bisschen zu lange für Smiths Geschmack.

»Nein, nichts Besonderes. Ich schätze, alle wussten längst Bescheid und hatten Zeit, sich an den Gedanken von einer Frau an der Spitze zu gewöhnen. Der eine oder andere war alles andere als glücklich, aber konkrete Anzeichen von Feindseligkeiten gab es nicht. Mir ist nur aufgefallen, dass die weniger Zufriedenen mehrheitlich Frauen waren, aber das war vielleicht zu erwarten.«

Smith nickte. Er hatte Ähnliches beobachtet.

»Machen Sie mir bitte eine Liste, die ich dann mit meiner abgleichen kann.«

Es entstand ein längeres Intervall des Schweigens, bis Deveraux sich ein Herz fasste. »Alles in Ordnung, Boss?«

Die Frage überraschte Smith ein wenig. Sie war für sein Gegenüber nicht gerade typisch. »Wie meinen Sie das, Dev?«

Sein Freund war so freundlich, eine leicht betretene Miene aufzusetzen.

»Tja, um ehrlich zu sein, habe ich mir unter Ihrem Ruhestand etwas anderes vorgestellt, Boss. Ich sah Sie in einem kleinen Stadthaus mit dem Hund, all den Büchern und so. Ab und zu auch mal bei der Arbeit im Garten, wenn's denn absolut nötig ist. Aber ...«, er holte tief Luft, »nicht wirklich als Familienmensch.«

Smith runzelte die Stirn und plierte über den Rand des elegant geschliffenen Glases, warf dann plötzlich den Kopf zurück und lachte laut auf.

»Um ehrlich zu sein, hatte ich das auch nie im Sinn.«

Er wollte den Freund fragen, wie es um dessen Affäre mit Alexeis Aufpasserin bestellt sei, und es reizte ihn, sich vorzustellen, was sich zwei professionelle Leibwächter im Schlafzimmer zu erzählen hatten. Allerdings fürchtete er, mit seiner Neugier eine undefinierte Grenze zu überschreiten, und verzichtete darauf. Schließlich sorgten sich Deveraux und Martines Chauffeur Jean-Marie verlässlich um die Sicherheit des Mas, und darauf kam es an.

Smith dachte noch darüber nach, als er wenig später einen kleinen Ausritt unternahm und Arthur hinter sich herlaufen ließ. Zum Schutz vor der Sonne trug er einen alten Strohhut von Lock; am Sattelknauf hing eine große Flasche Wasser. Sein Ziel war Martines kleine *cabane*, wo er übernachten würde. Die einst von Hirten bewohnte, mit Stroh gedeckte Hütte hatte Martine von ihrer verstorbenen Mutter geerbt, und sie war ihr Zufluchtsort, den sie mit kaum einem anderen Menschen teilen mochte. Selbst ihr Vater wartete bis zum heutigen Tage auf eine Einladung.

Arthur freute sich über die Möglichkeit, frei umherzustreifen. Sein Jagdinstinkt hatte mit den Jahren allerdings ein bisschen nachgelassen, und er verausgabte sich nicht mehr so schnell in rasanten Sprints. Stattdessen schien er Landschaft und Fauna einfach genießen zu können, und nur wenn ein potenzielles Beutetier in seine Nähe kam, gab es für ihn kein Halten mehr.

Smith versuchte wieder einmal, in stiller Kontemplation sein Leben zu überdenken, wusste aber, dass er damit nichts erreichte. Normalerweise brauchte er nur wenige Sekunden, um einen Entschluss zu fassen. Es passte nicht zu ihm, stundenlang an einer Frage herumzudoktern, um nach Abwägung aller Vor- und Nachteile zu einer durchdachten Antwort zu gelangen. Im Allgemeinen stellte er sich nur solchen Problemen, die in kürzester Zeit zu lösen waren. Also ließ er den Versuch bleiben und nutzte die Gelegenheit, sich zu entspannen, während sein Hund im Schatten nebenhertrottete, den das Pferd ihm bot.

Schließlich hielten sie an. Smith stieg aus dem Sattel, gab Arthur zu trinken und setzte sich eine Weile ins Gras. Plötzlich kam ihm die Anekdote um den Besitzanspruch eines Eselschattens in den Sinn. Die Geschichte handelte von einem griechischen Bauern, der mit einem Touristen einen Ausflug machte und ihm dafür seinen Esel vermietete. Die Sonne brannte heiß, und sie machten irgendwann Rast. Der Tourist wollte sich in den Schatten des Esels setzen, worauf der Bauer mit der Begründung mehr Geld verlangte, dass er ihm nur den Esel und nicht dessen Schatten vermietet hatte.

Smith setzte mit Pferd und Hund seinen Streifzug fort. Arthur hatte anscheinend neue Kraft geschöpft und rannte plötzlich los. Obwohl schon lange im wohlverdienten Ruhestand, hatte er noch die Schnelligkeit, mit der er sich auf den Rennbahnen im Südosten Englands so manchen Sieg erlaufen hatte. Smith folgte ihm im Galopp über eines der wenigen weiten Grasfelder, die zur *ferme* gehörten, und sah, wie in einiger Entfernung eine kleine Staubwolke aufwirbelte.

Als er sie erreichte, lag Arthur keuchend am Boden, neben ihm ein toter Camargue-Hase. In seiner Jugend war es häufiger zu solchen Jagdszenen gekommen, später aber kaum noch, und dass Arthur, in die Jahre gekommen, eines der seltenen Tiere hatte erbeuten können, erfüllte sein Herrchen mit Stolz und Zuneigung. Es freute ihn auch, dass der Hund seine Beute nicht zerrissen hatte und zu apportieren versuchte. Wie sehr sich doch Herrchen und Hund auch in dieser Hinsicht ähnelten, dachte er. Er setzte sich zu ihm auf den Boden, wartete, bis Arthur wieder zu Atem gekommen war, und ließ ihn aus der Wasserflasche trinken. Dann band er den Hasen an den Sattel, saß wieder auf und machte sich auf den Rückweg; dank Arthurs Beute musste die *cabane* eben warten.

Die kleine Episode erinnerte ihn an die Vergangenheit und das, was er als seine persönlichen Prioritäten betrachtet hatte, ehe Martine Aubanet in sein Leben getreten war. Er fand, dass sich dringend etwas für ihn ändern musste und die Ereignisse des Tages vielleicht als Anlass dafür herhalten mochten.

Nachdem er in den Mas zurückgekehrt war und das Pferd versorgt hatte, brachte er den Hasen in die Küche. An einem Camargue-Hasen war nicht viel dran, bei Weitem nicht genug, um mit einem einzelnen Exemplar eine Mahlzeit zu bestreiten. Für Arthur aber mochte es reichen. Schnell zog er dem Tier das Fell über die Ohren, weidete es aus und steckte es in einen großen Kochtopf. Arthur würde nichts dagegen haben, dass er darauf verzichtete, das Fleisch abhängen zu lassen oder mit Gemüse und einem Bouquet garni zuzubereiten. Der Hund stellte keine hohen Ansprüche, worauf Smith ein wenig neidisch war. Er schenkte sich noch einen verwässerten Whisky ein, nahm mit einem Buch in der Hand in einem der Lehnsessel Platz und wartete auf Martine. Arthur lag schon schlafend auf dem Sofa. Als er seine Lektüre fortsetzte – Edgar Winds *Heidnische Mysterien in der Renaissance* –, legte er unwillkürlich die Stirn in Falten, weil sich Deveraux' Bemerkung zu seinem häuslichen Glück im Hinterkopf festgesetzt hatte.

Es war schon spät geworden, als Martine zu ihm kam. Sie trug immer noch ihr provenzalisches Kostüm und sah entsprechend großartig aus, noch großartiger als sonst. Sie trat zur Tür herein, setzte sich ohne Umstände auf seinen Schoß und nahm einen großen Schluck aus seinem Glas, das Smith bereits zum wiederholten Mal aufgefüllt hatte, wie er zugeben musste. Zu warten machte durstig.

»Herzlichen Glückwunsch zu deiner Beförderung. Ich wünsche dir natürlich gutes Gelingen.«

Sie drückte ihm noch einen zärtlichen Kuss auf die Lippen. »Danke. Möchtest du was essen, oder sollen wir mit der Flasche gleich zu Bett gehen?«

»Nun, wenn du so fragst, sehe ich keine wirkliche Wahlmöglichkeit. Ich müsste Arthur aber zuerst seinen Hasen zu fressen geben.«

Sie grinste. »Er hat einen Hasen gefangen?«, fragte sie überrascht.

»Ja«, antwortete er und verspürte einen kleinen Anflug von Stolz. »Für uns ist er nicht groß genug. Ich habe ihn für ihn gekocht.«

Martine sprang von seinem Schoß auf, ließ sich neben Arthur aufs Sofa fallen und machte viel Aufhebens um ihn, was der wach gewordene Hund großmütig über sich ergehen ließ.

»Du könntest ja schon duschen. Ich werde Arthur schnell füttern und komme dann mit der Flasche nach.«

Smith klaubte das Fleisch von der Karkasse, vermengte es mit einer großzügigen Portion Trockenfutter und rührte einen Teil der Kochflüssigkeit darunter. Arthur verschlang das Ganze in wenigen Sekunden. Bald hatte auch Smith geduscht, und als er ins Schlafzimmer kam, saß Martine vor einem Berg aus Leinenkissen in ihrem Bett. Sie trug ein weit ausgeschnittenes Nachthemd und hielt ein großes Glas gekühlten Crémant in jeder Hand. Smith gesellte sich zu ihr, und sie tranken, ohne vorher anzustoßen. Martine wusste, wie sehr ihm dieser Brauch missfiel.

»Danke, Liebster. Ich weiß, was du von solchen gesellschaftlichen Veranstaltungen hältst. Dass du trotzdem dabei warst, rechnen Papa und ich dir hoch an.«

Smith war sich über den Grund im Klaren, warum. An diesem Tag hatte ein weiteres Mitglied der Familie Aubanet die Position des – nicht gewählten – Oberhauptes der Bauern in der Camargue übernommen, was an sich nicht ungewöhnlich war, außer dass es sich zum ersten Mal um eine Frau handelte. Dass ihm, ihrem Freund, einer der

Ehrenplätze am Tisch eingeräumt worden war, hatte die Zweifler beschwichtigen sollen, insbesondere diejenigen, die Smith kannten und wussten, was er für die Familie getan hatte.

Nun lag er neben ihr, nippte an seinem Drink und war stinksauer. Weil er nichts sagte, blieb ihr nichts anderes übrig, als das Gespräch selbst fortzusetzen.

»Es ist doch alles gut gelaufen. Findest du nicht auch?«

Smith hatte keine Lust auf eine Nachlese. Viel lieber hätte er über Arthurs Triumph gesprochen, aber er wusste um die Bedeutung dieses Tages für sie.

»Ja. Ein paar Gesichter wirkten etwas länger als gewöhnlich, aber das hat wohl nicht viel zu sagen. Deveraux und ich haben uns deren Namen aufgeschrieben. Schön, dass Girondou mit dabei war. Das hat die Traditionalisten wahrscheinlich zum Nachdenken gebracht. Nein. Alles in allem war's doch ein Erfolg.« Er legte eine kurze Pause ein, bevor er ihr eine Frage stellte, die ihm besonders wichtig erschien.

»Was kommt jetzt? Verzeih, dass ich frage, aber ich bin nicht gerade vertraut mit den Ritualen eines solchen Thronwechsels.«

»Nun, als Nächstes steht eine kleine Rundreise an. Wir werden all diejenigen besuchen müssen, die der Einladung heute nicht gefolgt sind. Und manche, die gekommen sind, wünschen ein ausführliches Gespräch. Das Ganze wird ein paar Tage dauern. Papa und ich würden uns sehr freuen, wenn du uns begleitest.«

Klar, als Quotenmann, dachte er. Davon hielt er überhaupt nichts. »Danke, aber ich sollte nach Arles zurückfahren«, antwortete er. »Ich habe da noch einiges zu erledigen, unter anderem in Haus und Garten. Macht diese kleine Rundreise ohne mich. Sie ist ja doch eine aubanetsche Angelegenheit.«

Sie versuchte, den leicht gereizten Ton aus ihrer Stimme herauszuhalten, schaffte es aber nicht.

»Warum hast du dir nicht längst eine Hilfe für den Garten zugelegt? Es ist doch überhaupt nicht dein Ding, Unkraut zu zupfen.«

Die Spannung zwischen ihnen war spürbar. Er hielt ihr sein Glas hin, worauf sie sich zur Seite drehte, um nach der Flasche zu greifen, die neben dem Bett stand. Dabei ließ sie einen besonders reizenden Ausschnitt ihres Hinterteils aufblitzen. Die Versuchung, einen Kuss darauf zu pflanzen, war unwiderstehlich. Zum Glück ließ sie die Flasche nicht fallen. Auch schien sie länger als nötig zu brauchen, um sich wieder in die Aufrechte zu begeben.

Als sie ihre Sitzposition wieder eingenommen hatte und die Gläser gefüllt waren, kam er auf die praktischeren Dinge des Lebens zu sprechen.

»Ihr lasst euch von Jean-Marie im Range Rover durch die Gegend kutschieren. Und komm bitte jeden Abend nach Hause zurück. Ich werde Deveraux bitten, ein besonderes Auge auf euch zu werfen, ohne selbst in Erscheinung zu treten. Und ich will, dass Jean-Marie bei den Gesprächen, die ihr führt, anwesend ist. Wenn es Einwände gibt, musst du darauf bestehen. Ich weiß nicht, wie viele Feinde ihr habt, aber der eine oder andere könnte die Gelegenheit eurer Rundreise nutzen, um euch zu schaden.«

»Du malst den Teufel an die Wand, Peter. Wir haben nichts zu befürchten.«

»Martine, ich will nicht mit dir darüber diskutieren, was der gesunde Menschenverstand empfiehlt. Du hast in der Vergangenheit meine Vorsichtsmaßnahmen akzeptiert. Wenn du glaubst, in deiner neuen Position darauf verzichten zu können, werde ich mich mit weiteren Vorschlägen zurückhalten.«

Er leerte sein Glas und machte es sich in der Bauchlage bequem. Dabei sah er sich von Arthur beobachtet, der auf dem Sofa am anderen Ende des Raums lag. Der Hund schien zu wittern, dass etwas nicht stimmte. Aber da es nicht sein Problem war, senkte er den Kopf wieder auf die Vorderläufe ab und setzte sein Schläfchen fort.

Auch Martine hatte ihr Glas bald leer getrunken, streckte sich aus und legte ihren Kopf an seine Schulter.

»Ich meine es ehrlich, Liebster«, flüsterte sie. »Ich war heute sehr nervös und habe mich über deine Anwesenheit umso mehr gefreut. Danke.«

Nicht dass Smith seine Bedenken abgelegt hätte, aber seine Gedanken fingen zu wandern an, abgelenkt von einer wunderschönen Frau, der schönsten, die ihm je begegnet war, nur ein verführerisches Leinenhemd trug und sich an ihn schmiegte. Ihre streichelnden Hände taten ein Übriges.

Er lauschte den nächtlichen Geräuschen der Camargue und dem Atem der Frau, die längst einen wichtigen Part in seinem Leben spielte und neben ihm lag. Die Geräusche, die Arthur am anderen Ende des Raums von sich gab, klangen überraschend ähnlich. Smith fühlte sich durchaus wohl, zumal es ihm gelungen war, sich der geplanten Rundreise zu entziehen. Er würde für eine Weile seine Alltagsroutine wiederaufnehmen, sein Haus in Ordnung bringen und ein wenig im Garten arbeiten. Es war weit nach Mitternacht, die Luft immer noch heiß. Alle Fenster standen offen, doch es wehte nur ein leichter Hauch mit den Geräuschen und Düften einer provenzalischen Nacht hinein. Ein langer Tag voller gewichtiger Momente lag hinter ihm. Er ließ ihn Revue passieren und hielt dabei Martines Hand, dankbar, dass ihre Antipathie gegenüber moderner Technik im Allgemeinen und Klimaanlagen im Besonderen – eine Antipathie, die er im Übrigen teilte – sich nicht auf wirksame Systeme zur Abwehr von Mücken erstreckte.

8. Spaziergänge und Weisheiten

Am nächsten Morgen beobachtete Smith, wie der schwarze Range Rover vom Hof fuhr. Vater und Tochter Aubanet machten sich auf den Weg zu ihrer ersten Verabredung. Smith war froh, dass Jean-Marie die beiden chauffierte. Sie hatten versprochen, von der geplanten Reiseroute nicht abzuweichen. Über die Strecke war auch Deveraux informiert. Im Handschuhfach lagen ein aufgeladenes Satellitentelefon und eine Glock G 42. Smith wusste, dass Jean-Marie eine schwerere Glock, nämlich eine G 30, Kaliber .45, mit sich führte. Er hatte auch sichergestellt, dass sich in einem geheimen Fach unter der Rückbank immer noch eine weitere G 30 sowie eine Heckler & Koch MP 5 befanden. Unter normalen Umständen hätte ein solches Arsenal lächerlich übertrieben gewirkt, aber während der beiden vergangenen Jahre waren die Aubanets wiederholt das Ziel von Anschlägen gewesen und entsprechend gewarnt. Nicht zuletzt von Smith, der sie beharrlich zur Vorsicht mahnte.

Als der Wagen hinter einer Staubwolke verschwunden war, begaben sich Smith und Arthur in ein sehr viel bescheideneres Gefährt, nämlich seinen verbeulten alten Peugeot. Wie er amüsiert feststellte, hatte sich irgendjemand während der vergangenen Tage seiner erbarmt und ihn mit einem Wasserschlauch abgespritzt. Arthur, den die Abfahrt des anderen Fahrzeugs kurzzeitig etwas stutzig gemacht hatte, sprang nun freudig auf die Rückbank, und sie verließen das Anwesen auf der langen, von Pappeln und Oleanderbüschen gesäumten Zufahrt in Richtung Arles.

Sein kleines Haus war natürlich in einem guten Zustand. Von Zeit zu Zeit kamen Freunde von Martines Familie zu Besuch, weshalb alle Zimmer immer aufgeräumt und sauber, die Lebensmittelvorräte aufgestockt und die Betten frisch bezogen waren. Er öffnete in der Küche die Doppeltür zum Garten und sah, dass dort während der zwei Wochen seiner Abwesenheit alles mächtig ins Kraut geschossen war. Zwar gab es für ihn Schöneres als Gartenarbeit, aber mit einer Schere gegen Wildwuchs vorzugehen tat er nicht ungern. Er freute sich sogar darauf, ein bisschen Ordnung ins Chaos zu bringen.

Die Sonne stand hoch am Himmel, und es war so heiß, dass er mit der Arbeit nur langsam vorankam. Er war auch nicht wirklich bei der Sache. Nicht dass er an etwas Besonderes gedacht hätte, als er sich an den Weinreben zu schaffen machte, die er gleich nach seiner Ankunft in Arles gepflanzt und über die Terrasse hatte ranken lassen. Sie waren schwer von Trauben und standen in vollem Laub, mit dem sie den Tisch und die Stühle darunter fast vollständig überschatteten und dafür sorgten, dass es dort gut zehn Grad kühler war als in der prallen Sonne. Die Gärten der benachbarten Häuser waren durch unterschiedliche Zäune voneinander getrennt, die meisten überwuchert von Efeu oder anderen Kletterpflanzen. Das Gelände stieg leicht an bis zur *Église de la Major*, weshalb sein Garten rund einen Meter tiefer lag als der seines Nachbarn. Eine niedrige Steinmauer bildete die Grenze.

Vor dieser Mauer hatte er ein Hochbeet angelegt, das bis zum Fuß des vier Meter hohen Oleanderbuschs neben der Terrasse heranreichte. Dass er ausgerechnet Tomaten darin wachsen ließ, war eigentlich zum Lachen, musste er sich selbst eingestehen, schließlich gab es in Arles und Umgebung wahrhaftig keinen Mangel an dem Nachtschattengewächs. Er hatte jedoch Gefallen daran gefunden, grüne Tomaten zu Chutneys zu verarbeiten, und musste selbst für Nachschub sorgen, weil unreife Früchte nirgends aufzutreiben waren, weder bei den Erzeugern noch auf den Märkten. Wozu unreife Tomaten gut sein sollten, verstand einfach niemand, zumal es Sorten gab, die auch in reifem Zustand grün blieben. Die aber wollte er nicht für seine Chutneys, und so musste er sein eigenes Fruchtgemüse heranziehen.

Der Oleander blühte prächtig von Dunkelrot bis Rosa. Ihn ließ er ungeschoren, denn zum Zurückschneiden war jetzt nicht die Zeit. Die andere Gartenseite sah noch ungepflegter aus. Sie wurde von einem Maschendrahtzaun begrenzt, an dem sich Efeu breitmachte, so sehr, dass er das Geißblatt, das ebenfalls daran rankte, zu überwuchern drohte. Zu beiden Seiten der Weinpergola hatte Smith Jasmin gepflanzt. Auch der musste ausgedünnt werden. An dem schmalen Ende des Gartens erhob sich eine drei Meter hohe Mauer aus der Römerzeit, an der Kletterrosen heraufrankten. Ein Olivenbaum und ein kleiner Orangenbaum, der voller Früchte war, komplettierten das Ensemble.

Es hatte eine Weile gedauert, bis alles so gut gedieh. An dem Olivenbaum, den er gepflanzt hatte, waren überhaupt erst nach fünf Jahren erste Veränderungen zu sehen gewesen. Was ganz normal sei, wie er von Alteingesessenen erfahren hatte. Unter seinem und den Gärten der Nachbarschaft verbargen sich in nicht allzu großer Tiefe riesige römische Zisternen, von denen manche voller Wasser waren. Hatten die Bäume ihre Wurzeln erst einmal bis in die feuchteren Erdschichten durchgeschlagen, ging es erst so richtig mit dem Wachstum los. Da bildete die Olive keine Ausnahme.

Nach ungefähr einer Stunde hatte Smith zwei schwarze Müllsäcke mit Grünschnitt gefüllt und die Tageshitze ihren Höhepunkt erreicht. Nach einer kurzen Abkühlung unter der Dusche machte er es sich im Liegestuhl bequem, in der Hand ein Glas Gin Tonic und im Kopf ein paar komplizierte Gedanken. Angesichts der friedlichen kleinen Szene – Arthur lag neben ihm im Schatten und schlief – fiel ihm wieder ein, warum er vor zwölf Jahren an diesen Ort gezogen war und was sich seit dem Nachmittag vor drei Jahren, als er im Amphitheater buchstäblich über eine Leiche gestolpert war, ereignet hatte. Von der erhofften Idylle eines beschaulichen Ruhestands unter der provenzalischen Sonne war nicht viel übrig geblieben.

Was ihm durch den Kopf ging, war nicht gerade strukturiert, aber so dachte er ohnehin nicht. Selbst als er Kunstgeschichte an der University of California in Berkeley gelehrt oder später von Zeit zu Zeit im Auftrag Ihrer Majestät für Großbritanniens Sicherheit gearbeitet hatte, waren ausführliche und detaillierte Analysen nie sein Fach gewesen. Er verließ sich lieber auf seine Intuition, was andere bisweilen auch als Impulsivität bezeichneten. Probleme und deren

Lösungen sah er in der Regel sehr schnell und sehr klar. Dabei unterliefen ihm zwangsläufig Irrtümer und Fehlentscheidungen, die er aber ebenso schnell korrigierte, schlimmstenfalls mit brachialen Methoden. Von einem typischen Akademiker war Smith weit entfernt, zumal er sich im Grunde nur für die römische Sarkophagskulptur interessierte, einem Spezialgebiet, in dem er sich aber immerhin einen gewissen Namen gemacht hatte. Noch viel weiter entfernt war er von seinem Freund Gentry, der zur gleichen Zeit wie er nach Arles umgesiedelt war. Gentry arbeitete methodisch bis zur Obsession, was ihn für Smith zum idealen Pendant machte, wenn es galt, unter der Hand irgendwelche weniger orthodoxen Streifzüge durch die Schattenwelten der internationalen Diplomatie zu planen. Gentry hatte einen Großteil seines Berufslebens in einem fensterlosen Souterrainbüro im Londoner Süden verbracht und war derjenige gewesen, der Smith mit Aufträgen versorgt hatte. Längst verstanden sich die beiden als Freunde.

In seinem Liegestuhl beschlich Smith nun das vage Gefühl, dass irgendetwas aus dem Ruder gelaufen war. Dabei konnte er sich glücklich schätzen. Er lebte noch und war dem allfälligen Herzinfarkt wie auch so mancher Kugel aus gegnerischer Waffe entgangen. Ersteres eher zufällig. Darüber hinaus war er einer umwerfend schönen und reichen Frau aus der Gegend begegnet, die außerdem noch sehr viel jünger war als er, hatte sich in sie verliebt und ein paar aufregende Abenteuer mit ihr erlebt, als gewisse Restgrößen aus seiner Vergangenheit, die er hinter sich zurückgelassen zu haben glaubte, wieder aufgetaucht waren und seinen Ruhestand gestört hatten. Überraschend und beglückend zugleich war, dass sie seine Gefühle teilte. Und dass sein geliebter Windhund Arthur immer noch lebte und sich bester Gesundheit erfreute, machte sein Glück fast vollkommen.

Liebevoll betrachtete er den alten Hund, der zu seinen Füßen lag, und sah, dass er nur so tat, als ob er schliefe. Eines seiner Augen war halb geöffnet und beobachtete ihn unverwandt. Es dauerte nicht lange, und Smith erriet den Grund dafür. Wie sein Herrchen war Arthur ein Gewohnheitsstier. Es war nach Mittag, und der Hund hatte noch nichts zu fressen bekommen. Smith stand auf, ging in die Küche und warf einen Blick in den Kühlschrank. Er enthielt den üblichen Käse, etwas Fleisch und ein Stück Melone – nichts, was den Appetit angeregt hätte. Hinter der Melone entdeckte er schließlich noch etwas: ein paar Eier. Küchenpraktischen Ratschlägen zum Trotz bewahrte er Eier tatsächlich im Kühlschrank auf. Aus Eiern zum Frühstück machte er sich nichts, aber sie gehörten nun einmal in Smiths Version einer Aioli, die er sich gelegentlich gönnte. Als er sie herausfischte, erkannte er, dass die Eier braun, unterschiedlich groß und ohne den Stempel versehen waren, der Charge, Herkunft und Haltbarkeitsdatum verriet.

Innerhalb weniger Minuten hatte er ein paar Zehen aus dem Knoblauchstrang gepult, der draußen an der Pergola hing, und Olivenöl, Salz und Pfeffer, eine Zitrone und Senfpulver von Colman's zusammengetragen, von dem ein stattlicher Vorrat in seinem Küchenschrank lagerte. In einem Mörser zerstieß er den Knoblauch mit Salz und Pfeffer und verrührte das Ganze mit dem Senfpulver, zwei Eigelb und einem guten Schuss Olivenöl. Er lächelte, als ihm bewusst wurde, dass er den Schneebesen im Uhrzeigersinn bewegte, ohne groß darüber nachzudenken. Vor Jahren hatte ihm einmal jemand gesagt, dass dem Teufel Tür und Tor geöffnet werde, wenn man sein Aioli gegen den Uhrzeigersinn verrühre. Lieber nicht, dachte er.

Smiths Variante dieser traditionellen Creme war denn auch nicht wirklich traditionell. Aioli, eine Zusammenziehung der okzitanischen Wörter *all* für Knoblauch und *oli* für Öl, bestand eben daraus: aus Knoblauch und Öl, wobei eine ziemlich scharfe Mischung entstand. Schwierig war auch, beide Zutaten zu vermengen. Das Eigelb diente als Emulgator, wie in herkömmlicher Mayonnaise. Senf und Zitrone waren ebenfalls später hinzugekommene Beigaben. Smith begnügte sich mit einer sehr viel geringeren Menge Knoblauch als in Südfrankreich üblich, wo der Konsum von Knoblauch häufig als Ausweis von Potenz verstanden wurde. Seine Version war eher eine Mayonnaise mit Knoblauchgeschmack.

Als er die zubereitete Aioli zusammen mit einem Baguette, das er auf der Rückfahrt eingekauft hatte, nach draußen in den Garten trug, stellte er fest, dass er gar nicht besonders hungrig war. Er aß nur ein paar Happen, eigentlich bloß, um zu testen, ob ihm die Creme gelungen war. Der große Rest ging an Arthur, der wieder hellwach und ganz aufmerksam war. Er hockte reglos auf den Hinterbeinen, schnappte blitzschnell zu, sobald ein in Aioli getunktes Stück Brot in seine Richtung flog, und patzte kein einziges Mal.

Smith hatte ein Problem. Martine und das Leben, in das er allmählich hineingezogen wurde, waren schwierig. Vielleicht mochte ein Spaziergang mit dem Hund ein wenig helfen, um die Gedanken und Gefühle zu ordnen. Es war zur heißesten Stunde in Arles; viele Touristen standen jetzt entweder Schlange vor einem der wenigen Restaurants, die im August noch geöffnet hatten, oder sie waren in ihre klimatisierten Hotelzimmer zurückgekehrt und schliefen, um ein weiteres scheußliches Mahl zu verdauen. Arles war im August nicht der Ort, an dem man gut essen konnte, schon gar nicht zu Mittag. Eine hohe Geldinvestition verringerte zwar die Wahrscheinlichkeit, enttäuscht zu werden, das aber auch nur geringfügig. Arthur schaffte es, auf sein postprandiales Schläfchen zu verzichten, ja, freute sich sogar auf den Gang zur ungewohnten Stunde. Smith bewaffnete sich mit seinem Spazierstock, setzte seinen ramponierten, aber ehrwürdigen Strohhut auf und nahm den Hund an die Leine.

Vielleicht vermochten ein paar Schritte die Sturmwolken zu vertreiben, die sich in seinem Kopf zusammenbrauten. In Anbetracht der Vorfreude seines Hundes, der aufgeregt an der Leine umhersprang, schämte er sich ein bisschen, denn Arthur hoffte natürlich, freien Lauf zu haben und Hasen nachsetzen zu können wie auf den Feldern der Camargue. Er würde sich nun zügeln lassen müssen, weil sein Herrchen eigensinnig war und dem Mas des Saintes für eine Weile den Rücken kehren wollte. Doch es dämpfte Arthurs Begeisterung nicht, als er die vier Stufen vor dem Haus hinuntergesprungen war und sich statt auf einem Feld auf einer Straße wiederfand. Umso stärker drückten Smith Schuldgefühle. Weil er dem Hund etwas Gutes tun wollte, schlug er die größere Runde ein, am Amphitheater vorbei hinunter zur Rhone. Für Arthur aber war es letztlich einerlei, auch eine längere Strecke konnte ihn nicht im Entferntesten ermüden. Smiths jüngere Tochter nahm an Marathons teil. Wenn sie aus London zu Besuch kam und mit Arthur von einem strammen Lauf über etliche Kilometer zurückkehrte, hechelte er nicht einmal.

Sehr viel gemütlicher war das Tempo, das Smith nun vorlegte. Die Hitze ließ ein wenig nach; stattdessen machte sich eine stille Schwüle breit. Das Wasser in der Flussbiegung schien sich kaum zu bewegen. Die Römer hatten an dieser Stelle einst eine Pontonbrücke errichtet, um das letzte Teilstück auf ihrer Straße zwischen Rom und Barcelona zu schließen. Zweitausend Jahre später war sie immer noch die weit und breit erste und einzige Stelle, an der Straße und Schiene den Fluss in Richtung Meer überqueren konnten. Smith ging am Kai entlang, der endlich nach vielen Jahren planloser Arbeit über die gesamte Länge zwischen dem archäologischen Museum *Musée départemental Arles antique* im Südwesten und dem Bootsanleger im Nordosten fertiggestellt worden war – auf zwei bis drei Kilometern.

Leider hatten auch viele Touristen den Kai für sich entdeckt, von denen etliche selbst mit Hunden spazieren gingen, die entsprechend viele Tretminen zurückließen. Und da er kaum weiterkam, weil die Hunde und ihre Halter jede Menge Aufhebens um Arthur machten, bog er schon bald entnervt ab und stieg die Stufen hinauf auf das Straßenniveau vor der Brücke, die nach Trinquetaille führte. Er konnte sich darauf verlassen, dass die Touristen, die vor allem daran interessiert waren, sich mit ihren Smartphones vor einem Hintergrund mit Erkennungswert abzulichten, geringe Lust verspürten, die andere Seite der Stadt aufzusuchen. Im frühen zwanzigsten Jahrhundert urteilte der bekannte Reiseschriftsteller Karl Baedeker, Trinquetaille lohne nicht, den Fluss zu überqueren, und sein Eindruck machte wohl Schule. Tatsächlich war die Vorstadt am Nordufer des Flusses besonders schwer vom amerikanischen Bombardement im Sommer 1944 betroffen gewesen. Trotzdem war einiges erhalten geblieben, was noch von der Eleganz früherer Zeiten zeugte.

Auf der Brücke waren nur noch wenige Leute anzutreffen, was Smiths Laune entsprechend hob. So sehr, dass er auf halber Strecke stehen blieb und auf das permanent vertäute Flussboot hinabschaute, das den vielleicht schlechtesten Restaurantbetrieb der Stadt beherbergte. Sein Blick war voller benigner Verachtung – verächtlich durchaus, aber immerhin auch gutartig.

Smith war kein romantischer Typ, so dachte er jedenfalls. An Übernatürliches oder Mystisches glaubte er nicht. Er verstand sich vor allem als Pragmatiker. Als Student war er von mehreren staubtrockenen, linksgerichteten, jüdischen Dozenten mit unerbittlicher Strenge unterrichtet worden, die einst aus Deutschland geflohen waren und alles und jedes hinterfragt sowie nichts für selbstverständlich erachtet hatten. Sie waren für ihn immer noch maßgeblich. Vor seiner Studienzeit hatte er fünf Jahre in einem extrem altmodischen Internat in Edinburgh zugebracht, wo ihm in den Disziplinen klassische Bildung und Rugby – Letzteres hatte ihm Mumm und Durchsetzungsfähigkeit verliehen – Selbstständigkeit regelrecht eingebläut worden war.

Wie erwartet waren die Straßen auf der anderen Flussseite menschenleer, wenn auch sehr heiß. Er nutzte so weit wie möglich schattigere Passagen und spazierte am Nordufer der Rhone entlang. Sie war so träge wie die Stadt selbst und strömte so langsam, dass sie sich, vom Kehrwasser unter der großen Flussbiegung abgefangen, in Gegenrichtung zu bewegen schien. Vielleicht war es vorherbestimmt – oder auch nicht –, jedenfalls bemerkte er plötzlich, dass er, ohne eine bewusste Entscheidung getroffen zu haben, auf ein elegantes Stadthaus in der Nähe jenes Friedhofs zusteuerte, der auf wundersame Weise der Aufmerksamkeit der 5. US-Luftflotte entgangen war. Die schlichten, funktionalen Betonkästen ringsum waren – wie auch sein Haus – typisch für die Wiederaufbauten nach dem Zweiten Weltkrieg. Das Haus aber, dem er sich näherte, hatte durchaus stattliches Format. Eine solide, schmuckvolle Eingangstür aus dunkel gebeizter Eiche mit blank polierten Messingbeschlägen wurde von jeweils zwei hohen Fenstern flankiert. Jedes der beiden Geschosse darüber hatte ebenfalls vier, allerdings weniger hohe Fenster. Arthur wusste natürlich längst, wo sie waren. Normalerweise ließ er sich anstandslos an der Leine führen; nie zerrte er daran. Jetzt aber erlaubte er sich einen für ihn fast uncharakteristischen Zug nach vorn, weil er es nicht erwarten konnte, einen seiner größten Fans wiederzusehen.

Wie Smith verteilte Arthur seine Loyalität nur sparsam. Seine Zeit auf den Rennbahnen im Osten Londons hatte ihn gelehrt, nicht leichtfertig Freundschaften zu schließen. Mit Smith – ja, natürlich, er war ja sein Herrchen; mit Martine – klar; mit Gentry – bedingt. Ansonsten übte er eher Zurückhaltung. Aber die Person, der sie jetzt einen Besuch abstatten würden, zählte zu seinen wenigen besten Freunden. Freudig und mit dem Schwanz wedelnd, wartete er darauf, dass die Tür geöffnet wurde, nachdem Smith vorsichtig angeklopft hatte.

Madame Durands runzliges Gesicht von neunzig Jahren grinste breit beim Anblick der Gäste. Smith drückte ihr vorschriftsmäßig drei Küsse auf die wechselseitig dargebotenen Wangen. Die Hand, die nicht von Smith gehalten wurde, senkte sich auf den Kopf des Hundes, der für eine Weile wohlig die Augen schloss.

»Kommen Sie doch herein, bitte«, sagte sie. »Ich habe Sie erwartet.«

Smith ließ Arthur von der Leine, der sofort zwischen ihnen hindurchschlüpfte und verschwand. Madame ging voran durch den kühlen Flur in ihr Wohnzimmer. Smith folgte gemächlichen Schritts. Der Hund hatte es sich schon auf seinem angestammten Platz, der dunkelgrün gepolsterten Chaiselongue, bequem gemacht, wo er darauf wartete, dass sich Madame neben ihn setzen und er seinen Kopf auf ihren Schoß würde betten können.

»Bedienen Sie sich, bitte, mein Guter. Sie wissen, wo alles steht.«

Smith nickte und ging in die Küche im hinteren Teil des Hauses. Das Fenster ging nach Süden auf einen perfekt gepflegten Garten voller Licht- und Farbenspiel hin. Verschiedene Nadelgehölze sorgten für kühlenden Schatten. Die Küche war überraschend modern eingerichtet und selbstredend von makelloser Sauberkeit. Ihm fiel auf, dass bereits ein silbernes Tablett mit zwei geschliffenen Tumblern, einem Eiskübel und einer kleinen Karaffe, passend zu den Gläsern, bereitstand, dazu eine halb volle Flasche Whisky seiner Lieblingsmarke, wie bereits erwähnt ein einfacher Verschnitt aus dem Supermarkt. Im Kühlschrank fand er Eiswürfel und eine Flasche Perrier. Es gefiel ihm zu sehen, dass nicht auch die schwer verdaulichen Knabbereien im Angebot waren, die außerhalb Großbritanniens so häufig einen Umtrunk begleiteten. Er füllte den Kübel mit Eis und die Karaffe mit dem Perrier – Madame duldete keine Plastikflaschen in ihrem Haushalt. Als er mit dem Tablett in das gediegen eingerichtete Wohnzimmer zurückkehrte, hatte sich Madame erwartungsgemäß auf die Chaiselongue gesetzt. Den Kopf auf ihrem Schoß, war Arthur schon eingeschlafen und schnarchte leise. Sie betrachtete seinen eleganten Kopf mit zufriedenem Lächeln.

Smith stellte das Tablett auf der Anrichte ab und füllte die Gläser, seines mit Wasser und Eis, ihres nach amerikanischem Vorbild lediglich mit Eiswürfeln. Beide enthielten ein ordentliches Quantum Whisky. Er stellte ihr Glas auf den kleinen Beistelltisch neben der Chaiselongue und nahm ihr gegenüber in einem Ohrensessel Platz, der überraschend bequem war, verglichen mit den sonst eher sperrigen Sitzmöbeln, für die Franzosen eine Vorliebe zu haben schienen. Sie hoben die Gläser.

»*Cheers*«, sagte sie.

»*Santé*, Madame«, erwiderte er.

Sie wartete auf seine Gesprächseröffnung, schließlich war er es, der sie unangekündigt besuchte.

»Sie haben mich erwartet, Madame?«

Sie nickte. »Ja, nach unserem gemeinsamen Mittagessen im Mas des Saintes wusste ich, dass Sie kommen würden. Nur habe ich, um ehrlich zu sein, nicht damit gerechnet, dass es so bald sein würde.«

Er schaute sie fragend an. Wie um alles in der Welt konnte sie etwas wissen, das er bis vor wenigen Minuten nicht einmal selbst gewusst hatte? Er schwieg. Sie würde es ihm sagen, wenn sie wollte, und beweisen.

»Ich habe Sie bei Tisch beobachtet, Peter. Sehr intensiv, um genau zu sein. Sie haben es nicht bemerkt, weil ich wohl nicht zu denen gehörte, die Sie beobachtet haben – Gott sei Dank. Sie waren gewissermaßen im Dienst, wie auch Ihr Freund Deveraux. Sie haben getan, wofür Ihnen Familie Aubanet auch weiterhin dankbar sein kann. Sie haben sie beschützt. Es gab für Sie keinen Grund, Ihr Augenmerk auf mich zu richten. Ich aber habe Sie beobachtet.«

»Und was ist Ihnen aufgefallen?«, fragte er etwas verunsichert.

Sie hörte seiner Stimme auch eine leichte Gereiztheit an und hob ihre Hand elegant zu einer abwehrenden Geste. »Mir ist aufgefallen, junger Mann, dass Sie ein wenig bekümmert waren.«

Er krauste die Stirn, nicht aus Verärgerung, sondern enttäuscht darüber, dass er sich hatte anmerken lassen, was in ihm vorgegangen war.

»Ja«, fuhr sie fort, »Sie waren bekümmert, und ich nehme an, dass es dafür mehrere Ursachen gab. Zum einen waren Sie wohl besorgt, dass dem einen oder anderen in der Runde Martines Beförderung missfallen könnte, aus Gründen, mit denen wir uns hier und jetzt nicht weiter zu beschäftigen brauchen. Darum haben Sie und Ihr Freund genau beobachtet, wer auf die Neuigkeit wie reagiert.«

»Zugegeben, Madame, genau so war es.«

»Ich glaube, mein lieber Peter, Sie hatten – haben – aber auch noch andere Sorgen.«

Weil es offenbar unausweichlich war, etwas zu hören,

das er eigentlich gar nicht hören wollte, unterbrach er das Gespräch und stand auf, um ihr und sich neu einzuschenken. Arthur öffnete ein Auge und folgte ihm damit, bis er wieder Platz genommen hatte. Madame Durand schien entschlossen zu sagen, was womöglich nicht gut aufgenommen werden würde, so wohlmeinend ihre Absichten auch sein mochten.

»Ich habe den Eindruck, Peter, dass es Ihnen bei aller Liebe zu Martine nicht recht ist, durch den Führungswechsel noch stärker an die Familie gebunden zu werden. Sie fürchten, in eine Falle getappt zu sein. Ihre Unabhängigkeit ist Ihnen heilig, aber natürlich wollen Sie Martine auch nicht wehtun. Und was Ihnen am meisten zu schaffen macht, ist wohl der Gedanke, dass Sie sich Treulosigkeit vorwerfen müssten. Dabei ist, soweit ich weiß, Loyalität das Einzige, woran Sie glauben. Sie sind sich gegenüber ehrlich genug, um zu wissen, dass Sie in diesem Dilemma Hilfe brauchen, können sich Martine aber nicht anvertrauen, jedenfalls zurzeit noch nicht. Und Ihr gutes Verhältnis zu Ihrem alten Freund Gentry scheint auf Eis gelegt zu sein, hoffentlich nicht auf Dauer. Wie dem auch sei, ich glaube, sein Rat in Herzensdingen wäre wahrscheinlich ohnehin nicht wirklich sinnvoll.«

Smith war ein bisschen angefasst, musste aber über die letzte Bemerkung unwillkürlich lächeln. Was ihr natürlich nicht entging.

»Schon besser. Nun, an wen sollten Sie sich in dieser Sache wenden, wenn nicht an mich? Dass Sie gekommen sind, verstehe ich übrigens als Kompliment, denn anscheinend halten Sie mich für so weise wie alt.«

Die alte Dame bewies wieder einmal erstaunliche Klarsicht. Sie hatte völlig recht. Und es war ihm lieb, dass sie ihre Hilfe anbot. Er schaute sie an und schlug den Tonfall einer Bühnenstimme an, um nur ja nicht grob zu klingen: »Tja, alte Frau, was soll ich jetzt machen?«

Bevor sie auf seine Frage antwortete, hob sie das Glas, das noch halb voll war.

»Aber dass Sie diesmal den Whisky bitte nicht vergessen, junger Mann. Hiervon lässt sich nicht einmal eine Mücke derangieren.«

Er gehorchte und schenkte ein Schlückchen Whisky sowie einen zusätzlichen Eiswürfel nach.

»Was würde wohl Martine davon halten, wenn ich Ihnen allzu viel Whisky einschenkte und Sie ... ähm, krank machte?«

Sie warf den Kopf zurück und lachte. »Wenn Sie mich damit umbringen würden, meinen Sie? Ja, das würde ihr nicht gefallen. Aber sie hätte Verständnis dafür und würde uns beiden verzeihen.«

»Wahrscheinlich«, erwiderte er.

Es blieb eine Weile still zwischen ihnen. Er wartete, zumal Gespräche über Herzensangelegenheiten auch nicht seine Stärke waren.

»Die Antwort liegt auf der Hand. Sie müssen mit ihr reden. Sie ist klug, und die blödsinnige Frage, wer nun in der Camargue das Sagen hat, wird ihren Blick auf Ihre Sorgen nicht verstellen.«

Smith staunte. »Blödsinnig, Madame?«

»Ja, blödsinnig. Mittelalterlich, taktlos, irrelevant und gefährlich. Es ist schon eine Ironie der Geschichte, dass nach all den Jahrhunderten zum ersten Mal eine Frau die Chance hat, den historisch unterfütterten Irrsinn einer männerdominierten, Bullen züchtenden Monokratie endlich als solchen aufzudecken. Das ganze System ist längst obsolet geworden. Ja, blödsinnig ist das richtige Wort. Ich habe oft mit Emile darüber gesprochen und ihm vorgeworfen, dass er daran nichts geändert hat. Als Vater einer einzigen Tochter hätte er vorausschauen und etwas tun können. Aber das hat er nicht, und jetzt gibt er stattdessen den Schwarzen Peter an Martine weiter. Sosehr ich ihn liebe, und Sie wissen, dass ich ihn immer lieben werde, so sehr verabscheue ich dieses ganze Theater.« Sie nippte an ihrem Drink. »Gott sei Dank wird Martine als Letzte in dieser Reihe stehen, und sie weiß es. Der Übergang wird schwierig sein. Sie könnten es ihr leichter machen und ihr dabei helfen. Das wäre ein Liebesbeweis. Wenn sie von ihrer Rundreise zurückkommt, sollten Sie sich mit ihr hinsetzen und reden. Das ist mein Rat. Mit ihr reden.«

Sie hatte natürlich wieder einmal recht, und unterbewusst fasste er einen Entschluss, ohne sich selbst im Klaren darüber zu sein.

»Sie haben mir etwas zum Nachdenken gegeben, Madame, vielen Dank. Wenn Sie mich so gut kennen, wie ich vermute, werden Sie vielleicht wissen, dass ich Sie verstehe und ganz Ihrer Meinung bin. Was immer geschehen mag, ich werde immer zu Ihnen halten.«

»Peter, mein Freund, ich hätte nie etwas anderes erwartet. Deshalb sind Sie hier immer willkommen.«

Er schickte sich an aufzustehen, es war an der Zeit zu gehen. Doch sie hielt ihn mit einer Handbewegung zurück.

»Bleiben Sie bitte noch ein Weilchen, Peter. Ich möchte Ihnen noch was sagen. Und schenken Sie sich doch noch einmal ein. Mir nicht, bitte.«

Er tat, wozu sie ihn aufgefordert hatte, hatte schon bald wieder Platz genommen und wartete gespannt.

»Es gibt da noch was. Ich versuche Ihnen zu erklären, worum es geht, aber vorher muss ich Ihnen eine Frage stellen. Wie viele Gäste saßen am Tisch, die den Gastgebern feindlich gesinnt sind?«

Die Frage erschreckte Smith in ihrer Direktheit. Aber sie war wohl berechtigt.

»Deveraux und ich haben hinter vier Personen ein Fragezeichen gesetzt, alles Männer. Sie waren alles andere als ...«

Sie unterbrach ihn. »Lassen Sie mich raten: Cordiez, Maneschi, Baroncelli und Brun.«

Smith staunte. Sie lag genau richtig.

»Wie ...?«

»Ich beobachte die Herrschaften schon eine Weile länger als Sie und weiß etwas, das weder Ihnen noch Martine bekannt sein dürfte.«

Smith wartete mit einiger Spannung, dass sie ihre Erklärung fortsetzte.

»Vor zwei Wochen habe ich Verwandtschaft in Le Cailar besucht, einen Neffen mit seiner Frau und deren Kinder. Drei Jungen. Ich erzählte ihnen, dass wir auf der Hinfahrt – ein anderer Neffe von mir saß am Steuer – von einer großen schwarzen Limousine fast von der Straße gedrängt worden sind. Sie kam in rasendem Tempo auf uns zu, viel schneller als zulässig auf Landstraßen, und ließ uns kaum Platz zum Ausweichen. Ein Wunder, dass wir nicht im Graben gelandet sind. Ich erzählte davon bei Tisch und beklagte mich über die Rücksichtslosigkeit mancher Touristen, vor allem der deutschen, worauf Georges, mein Großneffe, fragte, ob es sich um ein großes, schwarzes Fahrzeug gehandelt habe. Ja, sagte ich.

Der Junge schwieg eine Weile und sagte dann: ›Ich kenne es. Es war vor ein paar Tagen hier.‹

›Was soll das heißen?‹

›Ich habe den Wagen gesehen. Einen Mercedes S 600, mit getönten Scheiben, wahrscheinlich gepanzert, und mit Runflat-Reifen. Das sind die ganz flachen, mit denen man auch über Nägel fahren kann, ohne dass sie platzen.‹

›Wovon redest du da eigentlich?‹, fragte seine Mutter.

Der Junge ist autoverrückt und steht vor allem auf deutsche Fabrikate. Ich glaube, er kennt sämtliche Modelle, die seit dem Kriegsende gebaut worden sind.

Er sagte, in dem Wagen wären bestimmt keine Touristen unterwegs gewesen. Touristen führen eher japanische Geländewagen mit Wohnanhängern oder alte Volkswagen mit Fahrrädern hinten drauf.

Und dann erzählte er noch Folgendes: ›Am nächsten Tag war ich mit Freunden unterwegs. Ein paar von ihnen haben den Wagen auch gesehen, an verschiedenen Orten. Die Männer darin hätten Anzüge getragen und anscheinend Bauern in der Umgebung besucht.‹

Das fand ich interessant. Ich bat den Jungen, noch einmal mit seinen Freunden zu reden und sie zu bitten, die Zeiten und Orte zu notieren, an denen sie diesen Wagen gesehen haben. Und ich wollte von Georges mehr über dieses Fahrzeug wissen.

Er sagte: ›Ich habe es vor dem Haus des alten Baroncelli parken sehen, ganz aus der Nähe. Es ist ein AMG mit Vierfachauspuffanlage.‹ Auf den Fensterscheiben prange das Wort ›gepanzert‹.

Nun, er hat mir gern geholfen und schon einen Tag später eine Liste gegeben.«

Sie reichte Smith ein Stück Papier. Darauf standen zehn Adressen und die genauen Daten, wann der Wagen dort gesehen worden war, alle im Zeitraum von drei Tagen. Sogar das Kennzeichen war notiert. Smith musterte sie mit bedeutungsvollem Blick. Sie nickte. Die Namen der vier Männer, die ihr auf der Feier bei den Aubanets aufgefallen waren, standen auf der Liste. Er dachte nicht lange darüber nach, das brauchte er in solchen Situationen eigentlich nie. Er zog sein Telefon aus der Tasche, entschuldigte sich bei seiner Gastgeberin, indem er seine Brauen hochzog, und drückte die Schnellwahltaste zwei. Ein überraschter Gentry antwortete, kam aber nicht zu Wort.

»Gentry? Hier Smith. Ich muss wissen, wer der Halter eines schwarzen Mercedes S 600 mit dem Kennzeichen HY 675 HAT ist. Schnell.«

Gentry zögerte nicht, was ihm hoch anzurechnen war, und legte auf. Für Small Talk war später noch Zeit. Wenn ihn Smith aus dringendem Anlass anrief, hatte er es wirklich eilig. Smith und Madame schwiegen, bis das Telefon läutete.

»Sebastien Moroni. Wohnhaft in Toulouse.«

»Könntest du bitte mehr über ihn in Erfahrung bringen?«

»Aber natürlich. Ich weiß sogar schon einiges über ihn.«

»Nämlich?«

»Er ist in Toulouse das Äquivalent deines Freundes Girondou.«

»Ich rufe später zurück«, versprach Smith.

»Okay. Aber keine Minute zu früh.«

Smith ignorierte den Scherz, brach die Verbindung ab und wählte die dritte Schnellruftaste. Wie gewöhnlich antwortete Girondou schon vor dem zweiten Klingeln. Wie er das schaffte, war Smith immer wieder ein Rätsel.

»Peter, schön, dich zu hören. Hattest du …«

»Später, Alexei«, fiel ihm Smith ins Wort. »Kennst du einen Moroni aus Toulouse? Es scheint, er tourt durch die Camargue und nimmt Kontakt zu Bauern auf, die die Aubanets nicht leiden können.«

Es dauerte eine Weile, bis sich der Mann aus Marseille äußerte. Seine Stimme klang jetzt ganz anders. Wenn Sandpapier auf dem Boden eines Papageienkäfigs hätte sprechen können, würde sich Smith jetzt damit unterhalten.

»Bist du sicher?«, fragte er.

»Ziemlich.«

»Dann müssen wir uns treffen. Bald.«

»Dachte ich mir. Heute Abend habe ich schon was vor, aber vielleicht morgen.«

»*D'accord.* So gegen eins bei mir?«

»Einverstanden.«

Auch dieser Anruf endete ohne die üblichen Floskeln.

Über die Schnellwahltaste eins meldete sich Smith an anderer Stelle. Als Martine dranging, ließ er sie ebenso wenig wie die ersten beiden zu Wort kommen.

»Liebste. Du fehlst mir. Essen wir heute gemeinsam zu Abend? Vielleicht bei deinem Cousin?«

»Gern«, antwortete sie spontan. »Aber nur, wenn ich bei dir auch übernachten kann.«

Er lachte. Eine solche Bedingung ging er gern ein.

»Also um neun im Restaurant. Setz dich nicht selbst ans Steuer.«

»Natürlich nicht«, erwiderte sie. »Bring Arthur mit.«

Er beendete das Gespräch.

»Gut gemacht, junger Mann.« Madame Durand lächelte zufrieden. »Es macht Sie viel interessanter, wenn Sie weniger verschlossen sind. Mir gefallen Männer der Tat besser, und ich weiß, dass Martine ebenso denkt.«

Er betrachtete die zerbrechliche kleine alte Frau mit dem schlafenden Hund auf dem Schoß – zumindest gab er sich schlafend. »Was sind Sie nur für eine verschlagene, durchtriebene Eule?«

Sie grinste über das ganze Gesicht. »Ich weiß.«

»Dafür liebe ich Sie«, sagte er.

»Auch das weiß ich. Und jetzt sollten Sie sich auf den Weg machen und mit ihr reden.«

Diesmal stand er wirklich auf. Wenn auch widerwillig, folgte Arthur ihm zur Haustür, wo sich Smith von Madame mit einem *bisou* auf beide Wangen verabschiedete.

»Emile und Martine dürfen sich glücklich schätzen, Sie zur Fürsprecherin zu haben, Madame.«

Sie nickte. »Um eine gute Frau und Mutter sein zu können, muss man nicht verheiratet sein, Monsieur.«

Unterwegs zurück zur Place de la Major kam Smith eine Idee. Er schrieb eine SMS an Gentry: *Wie wär's mit einer Partie Schach morgen früh um acht?*

Die Antwort kam prompt. *Okay.*

Als er wieder zu Hause war, gab er Arthur zu saufen; sein Fresschen würde er erst später bekommen. Er duschte, zog sich etwas Anständiges an und ging mit dem Hund in ein kleines Café in La Roquette, dem alten Flussfischer- und Werftarbeiter-Viertel, wo Martines Cousin sein Restaurant eingerichtet hatte. Wie viele der kleineren Aubanet-Betriebe wurde es nicht nach üblichen Standards geführt. Es war zweifellos eins der besten Restaurants der Stadt, vielleicht sogar das beste, zumindest für diejenigen, die keinen Wert auf Chichi oder neunmalkluge Vorträge seitens der Kellner legten. Martines Cousin kochte unvergleichlich gut und stellte unter Beweis, dass man dafür keine Lehre absolvieren oder mit einem Michelin-Stern dekoriert werden musste. Das Restaurant lag versteckt im Labyrinth der winzigen Sträßchen und Gassen, die das Quartier durchzogen. Es akzeptierte weder Kredit- noch EC-Karten und nahm auch keine Vorbestellungen entgegen. Die meisten seiner Gäste kamen aus der näheren Umgebung und hatten nicht viel Geld, manche aßen hier sogar umsonst. Touristen wurden mitunter abgewiesen, auch wenn das Lokal leer war, was natürlich nicht ohne Schmähungen und dem Versprechen einer deftigen Negativbewertung in den einschlägigen Portalen abging. Selbst wenn der Gastraum nur zur Hälfte gefüllt war, wurden oft die Türen geschlossen. Manchmal machte man erst nach elf auf, manchmal überhaupt nicht. Es herrschte eine Art kulinarischer Snobismus. Willkommene Gäste wussten, wann geöffnet war, und das reichte.

Smith betrat das kleine Lokal und ließ Arthur sogleich von der Leine. Der Hund war besonders herzlich willkommen und blitzschnell in der Küche verschwunden, wo zahllose Köstlichkeiten auf ihn warteten. Erst wenn sein Herrchen nach Hause wollte, würde er wieder hervorkommen; er war dann meist so vollgefressen, dass er kaum mehr laufen konnte.

Martine, wie immer schon zur Stelle, kam ihm in dem schmalen Gastraum entgegen. Sie sah bezaubernd aus. Ihre weiße Seidenbluse war tief aufgeknöpft, oder so schien es zumindest. Bei näherem Hinsehen, was ihr Anblick verdiente, stellte Smith fest, dass es gar keine Knöpfe gab, die zu öffnen gewesen wären. Der enge schwarze Rock endete über den Knien. Darunter trug sie nicht ganz blickdichte Strümpfe oder eine Strumpfhose – er wagte nicht zu erraten, was – und an den Füßen schwarze Louboutin-Pumps mit schwindelerregenden Absätzen. Sie hatte wie immer nur wenig Schmuck angelegt: ein kleines silbernes Croix de Camargue an einer Kette, die bis in den Ausschnitt fiel. Was immer sie damit beabsichtigte – Smith konnte nur mutmaßen und sich auf alles Weitere freuen.

»Sieh dir an, was dir entgangen wäre, wenn du mich nicht eingeladen hättest«, sagte sie lächelnd in der für sie charakteristischen Direktheit.

Er drückte sie an sich. »Nie und nimmer, Liebste.«

»Schön«, erwiderte sie und schmiegte sich an ihn.

Der innige Moment endete abrupt, als Smith über ihre Schulter hinweg das ganze Personal erblickte. Es drängte sich am Eingang zur Küche und beobachtete sie feixend.

Auf der Tageskarte stand eine Bouillabaisse. Sie zählte, wie hätte es anders sein können, zu den besten, die Smith je gekostet hatte. Sie schmeckte nach Fisch und zugleich nach

Fleisch, war dankenswerterweise ohne die marktüblichen Zutaten wie Muschelschalen, gummiartige Weichtierteile, Grünzeug, Croutons oder all dem anderen Unsinn, den Touristen im Allgemeinen verlangten. Nichts trieb auf der kräftig braunen Oberfläche, von der ein unvergleichliches Aroma aufstieg. Die köstlichste Suppe der Welt wurde lediglich mit Brot und einer kleinen Schale Rouille serviert.

Wie es sich schickte, kam der Fisch auf einem Extrateller, nur ein paar kleine Stücke Rascasse rouge und Grondin. Das reichte, um daran zu erinnern, womit die Brühe zubereitet worden war, ohne von ihrem Geschmack abzulenken. Smith schwelgte im Genuss der ausgewogenen Aromen. Alle Zutaten waren in Maßen verwendet worden, insbesondere der so häufig überbeanspruchte Knoblauch spielte in dieser Rouille nur die Nebenrolle, die ihm zukam. Desgleichen der Safran, der anders als in den meisten Restaurants rund um den Vieux Port in Marseille hier seine eigentliche Bestimmung fand. Der Fisch war behutsam gedämpft worden, genau auf den Garpunkt gebracht, sodass Smith den Unterschied zwischen beiden Arten tatsächlich herausschmecken konnte.

Wie immer, wenn sie miteinander aßen, sprachen sie kaum. Beiden missfiel die Unterhaltung bei Tisch, wenn es Wichtigeres zu tun gab. Als sie aber gegessen hatten, brachte Smith Martine auf den aktuellen Stand. Sie hörte aufmerksam zu. Zum Ende seiner Ausführungen hin irritierte ihn, dass sie die ganze Zeit über gelassen blieb.

»Es wäre wohl angebracht, du machtest dir ein paar Sorgen, Liebste. Die Sache ist ernst.«

»Das ist auch die Bouillabaisse.« Sie nickte und zwinkerte ihm zu. »Und ich weiß, dass sich in beiden Fällen der richtige Mann darum kümmert. Abgesehen davon möchte ich den Abend mit dir genießen. Ich habe einige Zeit darauf verwendet, so sexy wie möglich auszusehen, und möchte nicht, dass Gangster, Kriminelle und dergleichen mir die Show stehlen. Wir können ein anderes Mal darüber reden. Jetzt will ich dir sagen, Peter Smith«, sie ergriff über den Tisch hinweg seine beiden Hände, »dass ich dich vorbehaltlos liebe. Ich würde alles für dich tun – auch alles mit dir zusammen. Das solltest du wissen und keinen Augenblick bezweifeln.«

Falls er sich vorstellte, aus der Küche gedämpften Applaus zu hören, war es bloß das: eine Vorstellung. Während sie das Essen sacken ließen, erzählte sie ihm von der Rundreise an diesem Tag und den für morgen geplanten Etappen. Er registrierte, dass die *ferme* von Cordiez mit auf ihrem Programm stand, und verzichtete darauf, Einwände zu erheben. Schließlich wusste sie um die drohende Gefahr und brauchte keine zusätzliche Ermahnung. Außerdem würden Jean-Marie und Deveraux auf sie aufpassen, Letzterer aus der Distanz. Er überlegte kurz, ob er seinen Freund briefen sollte, ließ den Gedanken aber sofort wieder fallen. Deveraux verstand sich auf seinen Job.

Es war schon fast Mitternacht, als sie sich zum Gehen wandten. Auf Nachtisch oder einen Kaffee hatten sie verzichtet und stattdessen nur ein Glas Rotwein aus dem Weingut der Familie am Ufer der Rhone getrunken. Sie verabschiedeten sich von ihrem Gastgeber, holten einen widerwilligen und überfressenen Hund ab, der in der Küche eingeschlafen war, und verließen das Lokal. Direkt vor dem

Eingang wartete der Range Rover der Aubanets. Jean-Marie hielt Martine bereits die Tür auf und lächelte. Darüber, wer dem anderen in dieser Hinsicht zuvorkam, lagen er und Smith schon seit Langem im Wettstreit. Als vollendete Gentlemen schauten beide weg, da der sehr enge Rock Martines dafür sorgte, dass sich ein elegantes Einsteigen in den hohen Wagen etwas schwierig gestaltete. Smith war froh, dass selbst für den kurzen Rückweg zu sich nach Hause ein Fahrzeug zur Verfügung stand. Für Martines Sicherheit zu sorgen war zunehmend mühselig, was Jean-Marie bestätigte, als er für Arthur die Heckklappe öffnete.

»Quatsch«, kommentierte sie, »es sind nur diese verdammten Absätze.«

Jean-Marie setzte sie vor dem Haus ab und verschwand in der Nacht. Er würde am Morgen wiederkommen. Ohne viele Worte zu verlieren, gingen die beiden nach oben in das kleine Schlafzimmer und machten sich schnell bettfertig. Smith nutzte das Badezimmer vor ihr, weil er weniger Zeit brauchte. Als er sich ins Bett legte, hatte Arthur schon seinen Platz auf dem kleinen Sofa in der Ecke eingenommen. Wenig später stieg Martine zu Smith ins Bett. Nackt lagen sie sich schweigend in den Armen. Smiths Bedenken in Richtung Zukunft schwanden schnell; er hatte kein Bedürfnis, darüber zu reden. Mit ihrem Kopf auf seiner Schulter trieben sie auf den Schlaf zu.

Oder dachte er zumindest, spürte dann aber plötzlich einen sanften Fußtritt. Seine Liebste war anscheinend nicht vollständig entkleidet und hatte Monsieur Louboutin mit ins Bett genommen. Notgedrungen musste die Nachtruhe für eine Stunde oder so aufgeschoben werden.

9. Vorsichtsmaßnahmen

Als er auf dem Weg zu Girondou von Fos-sur-Mer und Martigues nach Sausset-les-Pins fuhr, fiel Smith auf, dass entlang der Autoroute in letzter Zeit immer mehr Kameras zur Verkehrsüberwachung installiert worden waren. In anderen europäischen Ländern, vor allem in Großbritannien, gab es sie schon länger. Natürlich sollten damit auch Raser ausgebremst werden. Über die meisten dieser neuen CCTV-Kameras ließen sich auch automatisch Kennzeichen identifizieren, und wenn jemand zu schnell fuhr, blinkte sein Kennzeichen auf der Anzeige der jeweiligen Signalbrücke auf.

Während der Fahrt überkamen ihn plötzlich Sorgen um Martine, daher holte er sein Handy aus dem Handschuhfach.

»Hi, Deveraux. Alles klar?«

Dumme Frage. Deveraux hätte sich längst gemeldet, wenn dem nicht so wäre.

»Ich wollte nur mal hören, wie es bei Ihnen so läuft«, präzisierte Smith.

»Bislang reibungslos. Jean-Marie macht seine Sache gut. Auch der andere Kollege scheint durchaus verlässlich zu sein. Ein echtes Talent am Steuer. Ziemlich unfranzösisch in dieser Beziehung.«

Smith grinste. »Ist Ihnen zufällig ein großer schwarzer Mercedes aufgefallen, zugelassen in Toulouse, ein AMG, gepanzert und mit Runflat-Reifen?«, fragte er.

Deveraux antwortete wie immer präzise. »Ja, in zwei Tagen ganze vier Mal. Scheint nicht gerade zufällig zu sein.«

»Glauben Sie, dass Jean-Marie über den Rest der Rundreise allein klarkommt? Sie soll morgen, wenn ich richtig informiert bin, zu Ende sein.«

»Bestimmt.«

»Dann möchte ich Sie bitten, sich an den Mercedes zu hängen, wenn er noch mal auftaucht. Darin sitzen ein dicker Fisch aus Toulouse und wahrscheinlich seine Nummer zwei, plus Fahrer und Bodyguard. Ich will wissen, wohin sie fahren und ob sie vielleicht jemanden im Umkreis des Étang de Berre besuchen.«

»Okay.«

Wahrscheinlich waren nur wenige Verkehrsteilnehmer, die von der Autobahn abbogen, aufmerksam genug, um zu bemerken, dass auf der D 5 nicht weniger, sondern *mehr* Überwachungskameras installiert waren. Smith verkniff es sich mit bewundernswerter Zurückhaltung, im Vorbeifahren zu winken. Die Aufzeichnungen der meisten dieser Kameras wurden direkt an Girondous privat installiertes Sicherheitssystem übertragen. Nicht willkommene Besucher wurden identifiziert, lange bevor sie das massive Tor vor der langen Einfahrt zu seiner Villa erreichten, die auf einem Hügel mit weitem Ausblick aufs Meer thronte.

Die Fahrt von Arles nach Marseille genoss Smith immer sehr. Sie führte über die Schottersteppe der Crau, dann in südlicher Richtung am Ostrand der Camargue entlang, weiter durch eine völlig andersgeartete Industrielandschaft im Norden des Étang de Berre und schließlich auf die ausufernde Großstadt zu, das Zentrum von Girondous Machtbasis und Einflussbereich, der sich von der italienischen Grenze über die Südküste bis hinauf nach Lyon erstreckte. Die Kontraste der Landstriche machten diesen Teil der Welt so attraktiv für ihn. Es gefiel ihm, innerhalb einer Autostunde von seinem Haus aus die Camargue erreichen zu können, die großen Mittelmeerstrände, die Berge der Alpillen und die Kalksteinfelsen des Luberon.

Martine hatte heute Morgen mit ihrem Vater die Rundreise fortgesetzt, und zwar früh genug für Smith, um noch im Laden von Madame Leblanc vorbeizuschauen, der berühmten Chocolatière von Arles. Dort erstand er eine kleine Auswahl sündhaft teuren Konfekts, sein übliches Mitbringsel für Girondous Frau und deren beiden Töchter. Die Kalorienbomben konnten den ausnahmslos schlanken, attraktiven Frauen nichts anhaben. Jetzt, nach etwas mehr als einer Stunde Fahrzeit, passierte er das geöffnete Tor mit seinem kleinen, rustikal aussehenden Pförtnerhaus, das wie gewöhnlich besetzt war von einem alten Mann mit aufgeknöpftem Trachtenhemd und ramponiertem Strohhut. Die beiden Stahlpoller in der Einfahrt waren versenkt, konnten aber in Sekundenschnelle ausgefahren werden und sogar einen Lastwagen aufhalten.

Der freundliche alte Pförtner winkte grüßend mit der linken Hand. Die rechte war nicht zu sehen, schwebte aber, wie Smith wusste, über einem Knopf, mit dem er ein in den Oleanderbüschen fünfzig Meter neben der Einfahrt fest installiertes Maschinengewehr vom Typ L1A1 abfeuern konnte. Smith versuchte, nicht daran zu denken, dass es genau auf die Stelle zielte, über die er hinwegrollte. Eine Salve von zwanzig 12,7-mm-Geschossen pro Sekunde würde alles niedermähen, was die Poller überwunden hätte.

Girondou wirkte ungewöhnlich angespannt, als er ihm aus dem Schatten der weitläufigen Villa entgegentrat. Sie gaben sich kurz die Hand, und sofort erkundigte sich Smith nach Angèle und den Töchtern.

»Sie sind bei ihren Eltern in Grasse. Und bevor du fragst, Henk und ein paar andere passen auf sie auf.«

Henk van der Togt war Soldat der niederländischen Streitkräfte gewesen und führte seit einiger Zeit Girondous Sicherheitspersonal an. Was immer Girondou Smith zu sagen hatte, schien sehr ernst zu sein. Sie setzten sich auf die von Weinranken überwucherte Veranda mit Blick auf die weite Bucht von Marseille, von der sich auch schon Cézanne vor über hundert Jahren hatte inspirieren lassen. Aber an der Aussicht waren diesmal weder Girondou noch Smith sonderlich interessiert. Ihnen wurde ein kleiner Imbiss serviert, sehr viel bescheidener als zu sonstigen Einladungen der Familie und bestehend aus gebratenem kalten Fleisch, Käse, Früchten und dergleichen. Die beiden aßen sporadisch und schenkten den Speisen ebenso viel oder ebenso wenig Aufmerksamkeit wie der Aussicht.

Girondou machte sich offenbar Sorgen, was Smith deutlich spürte. Er hatte den Freund schon einige Male nervös erlebt. Vor knapp zwei Jahren war seine Frau entführt worden, um Girondou auszubooten. Das Problem war dank Smiths Intervention schnell gelöst gewesen. Smith mochte Angèle sehr, und dass der Freund auch diesmal wie aus dem Ei gepellt aussah – gebügelte Hosenbeine, gestreifter Hemdkragen, ein lose über die Schulter geworfener, pastellfarbener Kaschmirpullover und Gucci-Halbschuhe mit den obligatorischen Quasten –, konnte nicht darüber hinwegtäuschen, dass er angefressen war. Er machte einen übermüdeten Eindruck und hatte sich beim Rasieren offenbar zwei Mal geschnitten. Man musste kein Genie sein, um zu erkennen, dass es ihm schon seit einiger Zeit dreckig ging. Entsprechend schwierig war es, ein Gespräch mit ihm zu führen.

»Lass mich raten, Alexei«, sagte Smith. »Raten, warum du ein Gesicht machst, das so lang ist wie der Rove-Tunnel. Dein Gegenspieler aus Toulouse, dieser Moroni, will sich auch hier breitmachen und versucht, dich aus dem Geschäft zu drängen. Das ist nicht nett und irritiert dich offenbar so sehr, dass du deine Rasierklinge nicht mehr sicher führen kannst. Ich vermute, er hat von deiner *entente cordiale* mit den Bauern der Camargue erfahren und fürchtet seinerseits, dass du ihm auf den Pelz rückst. Vorher waren es wohl deren Abneigung gegen euch Marseillaner auf der einen Seite und die Rhone auf der anderen, die euch auf Abstand gehalten haben. Über die jüngste Zepterübergabe von Emile an Martine ärgern sich nun ein paar Bauern, und Moroni hält nach neuen Verbündeten Ausschau. Wenn mich nicht alles täuscht, trommelt er gerade Unterstützung zusammen und verspricht, die alte Ordnung umzuwerfen, Geld fließen zu lassen oder beides.«

Girondou machte einen vergrätzten Eindruck – zumindest vom Hemdkragen an aufwärts. Auch Smith geriet in Wallung. Es gefiel ihm nicht, dass sein Freund und Gastgeber so wenig Entgegenkommen zeigte. Also versuchte er es mit einer anderen Taktik, wobei er sich durchaus im Klaren darüber war, dass er einiges riskierte.

»Ich finde einigermaßen seltsam, Alexei, dass du deine Lockerheit verloren zu haben scheinst. Der Versuch feindlicher Übernahmen dürfte dir doch nicht fremd sein. Normalerweise würdest du diesen Moroni wie eine lästige Mücke abklatschen. Stattdessen sitzt du da und siehst aus, als hätte dir deine Katze was Unappetitliches auf den teuren Teppich gelegt. Deine Angst ist größer, als du zugeben möchtest, und du willst darüber nicht reden. Trotzdem hast du mich zu dir gebeten, nur weil ich am Telefon einen bestimmten Namen genannt habe. Das wiederum irritiert mich einigermaßen.«

Girondou rührte sich endlich. »Warum sollte dich eine Einladung von mir irritieren, Peter? Es war schließlich nicht die erste.«

»Das Essen ist scheußlich.«

Immerhin grinste Girondou ein wenig. »Das tut mir leid. Der Koch ist krank.«

Unsinn, dachte Smith, ging aber nicht weiter darauf ein. Es langweilte ihn allmählich, dass sein Freund nicht mit der Sprache herausrückte.

»Entweder sagst du mir jetzt, was Sache ist, oder ich fahre wieder nach Hause«, sagte er mit deutlich gehobener Stimme. »Es gibt wahrhaftig Erfreulicheres, als mit dir heute am Tisch zu sitzen, Alexei. Außerdem könnte ich mal wieder meine Sockenschublade aufräumen. Wenn ich aber helfen kann, schlage ich vor, dass du als Erstes deine Familie zurückkehren lässt. Auf welchem Berghang hältst du sie eigentlich versteckt? Hier ist sie besser geschützt als zwischen bimmelnden Kühen. Wofür hast du deine Leibwächter? Wenn sie nichts taugen, schaff dir bessere an. Und wenn alle Stricke reißen, passe ich auf deine Frauen auf. Du weißt, dass ich das kann. Angèle und die Kinder werde ich nicht hängen lassen – dich schon, wenn du jetzt nicht endlich Klartext sprichst.«

Es kam zu einer sehr langen Pause, während der sich Girondou unter Smiths standhaftem Blick zunehmend unwohl fühlte.

»Peter«, sagte er schließlich. »Ja, ich brauche deine Hilfe. Wichtiger noch, meine Familie braucht sie. Ich habe das vage Gefühl, dass du uns sowieso helfen wirst, ob's mir gefällt oder nicht. Aber bitte versteh, dass ich dir einstweilen nicht alles sagen kann.«

Jetzt war es an Smith, nachzudenken und zu entscheiden, wie er mit Girondous Zurückhaltung umgehen sollte. Dessen Frau und Töchtern gegenüber verstand er sich gewissermaßen *in loco parentis*, wenn sein Freund unpässlich war. Im Stillen fasste er schon einen Plan, wie er am besten für ihre Sicherheit sorgen konnte. Girondou war momentan so nützlich wie eine Teekanne aus Schokolade.

»Sag mir, wo sie sich aufhalten, oder gib mir die GPS-Daten.«

Girondou zögerte, warf aber dann einen Blick auf sein Smartphone, kritzelte etwas auf ein Stück Papier und schob es Smith zu.

»Verdammt, Alexei. Die Daten hast du in deinem Handy gespeichert? Na schön, wie setzt du dich mit ihnen in Verbindung?«

»Ähm ... Ich rufe sie an.«

»Übers normale Funknetz oder via Satellit?«

»Funknetz.«

»Soll das heißen, sie haben ihre Handys dauernd eingeschaltet?«

»Ja.«

»Verflucht, was zum Teufel ist nur mit dir los? Ich kann nur hoffen, du hast gute Gründe, in den Wind zu schlagen, was ich dir eingetrichtert habe.«

Girondou schien noch ein Stück weiter auf seinem Stuhl zusammenzusacken. Es hatte ihm offenbar die Sprache verschlagen.

Smith zog sein Handy aus der Tasche und rief Gentry an.

»Gentry, ich brauche einen Helikopter, der Girondous Frau und Kinder abholt, irgendwo aus den Alpen. Und das so schnell wie möglich.«

»Das sind an die achthundert Kilometer hin und zurück, alter Knabe. Dafür bräuchtest du eine große Maschine, mindestens eine Cheyenne.«

»Na und?«

»Zufälligerweise ...«

»Mach hin, Gentry. Girondou kommt für die Kosten auf. Schalte auf Satellitenempfang; ich texte dir die Details. Bitte schnell.«

»Nur die drei, oder sonst noch jemand?«

»Die können von mir aus zu Fuß gehen. Auch van der Togt. Ich weiß nicht, was in ihn gefahren ist, dass er sie ihre Handys benutzen lässt.« Plötzlich kam ihm ein Gedanke. »Augenblick noch. Van der Togt soll mit an Bord gehen. Ich möchte ein paar Worte mit ihm wechseln. Seine Hauptaufgabe besteht darin, Girondou zu bewachen. Was macht er mit den dreien da oben in den Bergen? Darauf will ich eine Antwort.«

Als Nächstes meldete er sich bei Deveraux. »Dev, lass Moroni für eine Weile von der Leine und komm zu Girondous Haus. Bring das ganze Besteck mit. Und wir brauchen noch ein paar Männer. Sechs würde ich sagen. Und pack ein paar Satellitentelefone ein.«

Schließlich rief er Martine an.

»Peter, Liebling, wie schön, dass du anrufst.«

Er musste lächeln, obwohl ihm eher nicht danach zumute war. »Martine, Liebste. Girondou steckt in Schwierigkeiten. Ihr müsst eure Rundreise abbrechen und sofort zum Mas zurückkommen. Bleibt dort, ich werde später anrufen. Und auch Jean-Marie Bescheid geben. Es ist etwas im Busch, und ich fürchte, euch könnte was passieren, wenn ihr weiter durch die Gegend tourt. Ihr solltet den Rest eures Programms um ein, zwei Tage verschieben, oder so lange, bis sich die Lage geklärt hat.«

Er richtete seine Aufmerksamkeit wieder auf Girondou, der sich die ganze Zeit nicht gerührt hatte.

»Also, wo sind die drei, Alexei?«

»Ich habe sie fortgeschickt, Peter. Zu ihrer eigenen Sicherheit.«

Damit war die Frage nicht beantwortet. Smith wartete geduldig. Girondou zögerte und schien irgendetwas verheimlichen zu wollen, aber dann machte er doch endlich den Mund auf.

»Sie sind in den Alpen.«

»Geht's etwas genauer?«

»In unserem Haus dort.«

»Wer ist bei ihnen?«

»Henk natürlich, und die beiden anderen. Die kennst du nicht.«

»Personal?«

»Eine Haushälterin und ein Gärtner. Sie arbeiten beide schon seit Jahren für uns.«

Smith fand, dass es nicht an der Zeit war, deutlich zu machen, dass langjährige Dienste keine Garantie für Loyalität waren. Er musste behutsam vorgehen, da Girondou einen äußerst verunsicherten Eindruck machte. Also schlug er einen konzilianten Ton an, obwohl er ihm am liebsten an die Gurgel gegangen wäre.

»Alexei, du siehst sie offenbar bedroht und hast sie in Sicherheit gebracht. Wie es um die Sicherheit im Haus bestellt ist, sei dahingestellt. Ich bin nur froh, dass Henk bei ihnen ist. Aber glaubst du nicht auch, Alexei, dass deine Familie hier besser geschützt wäre als in einem fremden Land sechshundert Kilometer entfernt?«

Girondou nickte zerknirscht. »Vielleicht hast du recht. Wie gewöhnlich. Es war wohl dumm von mir.«

Das Verlangen, den Mann zu würgen, nahm zu, und Smith musste ein beträchtliches Maß an Willenskraft aufbringen, um nicht aus der Haut zu fahren. Sein Tonfall wurde noch sanfter, gefährlich sanft für alle, die ihn kannten.

»Alexei, ich schlage vor, wir rufen sie so schnell wie möglich zurück. Hier sind sie, wie gesagt, besser geschützt.«

Girondou hob eine schlaffe Hand und ließ sie wieder auf die Armlehne zurückfallen. »Wenn du es für richtig hältst, Peter …«

Smith wurde fast übel.

»Angèle ist also über ihr Handy zu erreichen, stimmt's?«

Girondou nickte, worauf Smith seines aus der Tasche zog und sie anrief.

»Angèle? Hier ist Peter.«

»Hallo Peter, wie geht es dir?«

»Ich bin hier bei Alexei und mache mir Sorgen. Es wäre besser, ihr kämt zurück nach Sausset. Ich weiß zwar selbst noch nicht genau, was gespielt wird, bin aber überzeugt davon, dass ihr, du und die Mädchen, hier weniger gefährdet seid als auf irgendeiner fernen Alm.«

»Ehrlich, Peter, wir sind hier in Sicherheit. Henk passt auf, und wir erholen uns prächtig.«

Es war in der Vergangenheit schon ein- oder zweimal vorgekommen, dass ihr Leben davon abgehangen hatte, genau das zu tun, was Smith verlangte. Daran erinnerte er sie nun, und danach hatte sie keine Einwände mehr.

»Na gut, was sollen wir jetzt tun?«

»Packt eure Sachen zusammen. In etwa zwei Stunden kommt ein Helikopter und holt euch ab. Euch und Henk. Wahrscheinlich wird's eine Militärmaschine sein. Sie ist laut und schnell, aber auch unbeheizt. Zieht euch was Warmes an, nehmt ein paar Kissen mit und steckt euch Stöpsel ins Ohr. Okay?«

»Okay. Ich werde Henk rufen und ihm Bescheid sagen. Danke, Peter.«

»Ach was …«

»Doch. Danke, dass du zur Stelle bist. Irgendetwas stimmt nicht, und Alexei scheint damit nicht fertigzuwerden. Er braucht jemanden, der ihm hilft, und ich bin mir sicher, dieser jemand bist du.«

»Dafür hat man Freunde, Angèle«, erwiderte er und beendete das Gespräch. Er selbst war sich nicht so sicher.

Henk war als Nächster dran. Zusammen mit Gentry hatte er den jungen Holländer, der damals noch beim Militär gewesen und mit Personenschutzaufgaben betraut war, angeworben und an die Spitze von Girondous Sicherheitspersonal gestellt. Nach seinem physisch wie mental ziemlich harten Training war er mehr als kompetent für diesen Job. Was Smith allerdings überhaupt nicht gefiel, war die Tatsache, dass er auf Girondous ältere Tochter ein Auge geworfen hatte.

»Henk? Hier Smith.«

Am anderen Ende der Verbindung war es lange still. Smith grinste. Der Mann hatte wirklich was gelernt.

»In ungefähr zwei Stunden kommt ein Hubschrauber, der Madame Girondou, die Töchter und Sie zurück nach Sausset-les-Pins fliegt. Eine Militärmaschine ohne Komfort. Sorgen Sie dafür, dass es die Frauen halbwegs bequem haben. Wenn Sie wieder hier sind, erstatten Sie mir bitte Bericht. Verstanden?«

Henk klang eher zurückhaltend als überrascht, ein bisschen knurrig sogar.

»Darüber sollte ich vielleicht lieber erst mit Monsieur Girondou reden. Schließlich ist er mein Chef.«

»Gehen Sie mir nicht auf den Wecker, Henk. Sie wissen, für wen Sie arbeiten, auch wenn es Monsieur Girondou selbst nicht so genau weiß. Bringen Sie die Frauen zurück. Sie sind für deren Sicherheit verantwortlich und mir gegenüber rechenschaftspflichtig. Bleiben Sie beim Hubschrauber, wenn Sie gelandet sind. Ich komme dann zu Ihnen.«

Nachdem das geregelt war, wandte er sich wieder seinem Gastgeber zu, der wie versteinert am Tisch saß.

»Sie werden in etwa vier Stunden zurück sein, Alexei. Derweil will ich mich hier einmal umsehen.« So elend sein Gegenüber auch aussah, verspürte er nicht die geringste Neigung, ihm gut zuzureden. »An deiner Stelle würde ich aufhören zu trinken, Alexei. Angèle wird's nicht gefallen, dich mit Schlagseite zu sehen. Deinen Töchtern auch nicht.«

Ohne ein weiteres Wort stand er auf und machte sich auf einen längeren Inspektionsgang über das Anwesen. In Wahrheit wollte er eigentlich nur weg. Mit einem verdrossenen, unkommunikativen Gangster war es nicht zum Aushalten. Außerdem hatte er das Gefühl, dass Girondou nicht offen mit ihm war, und das ärgerte ihn mehr als alles andere.

Girondous kleiner Himmel auf Erden erstreckte sich über einen Großteil des Hügels im Osten der kleinen Ortschaft Sausset-les-Pins. Der Ausblick auf L'Estaque war spektakulär. Wer Cézannes berühmtes Gemälde dieser Szenerie kannte, fand sie hier tatsächlich in realiter wieder. Smith ging über einen gewundenen Pfad bergan. Die Männer, die ihn verdeckt im Auge hatten, waren leicht auszumachen. In solchen Dingen hatte er sehr viel mehr Erfahrung als sie. Im Übrigen war das ganze Gelände bestens abgeschirmt. Wer über die Straße kam, war schon von Weitem zu sehen. Abgesehen von dem kleinen Rondell unterhalb des Hauses gab es nirgends sonst die Möglichkeit, aus der Luft zu landen. Das Wohnhaus lag ziemlich genau in der Mitte des weitläufigen Areals, was einen Überfall zu Fuß ebenfalls überaus schwierig machte. Smith setzte sich auf einen Felsblock, um den herum die für diese Gegend typischen Sträucher wuchsen.

Der Hang war nach Süden ausgerichtet und entsprechend heiß. Die Flächen in der Nähe des Hauses wurden bewässert, weshalb dort Oleander und Rosen gedeihen konnten, während weiter oben auf dem trockenen, kargen Boden nur verwilderte Olivenbäume, Steineichen und Wacholder wuchsen. Dazwischen hatte die Natur Rosmarin und Thymian angelegt, Zistrosen und Kreuzkraut wie auch Artemisia. Es war ein Herbarium, wie man es sich in der Provence vorstellt.

Er versuchte, seine Gedanken zu ordnen, die sich zahlenmäßig glücklicherweise in Grenzen hielten. Vorläufig wusste er nur, dass Girondou von seinem Rivalen im Westen unter Druck gesetzt wurde, der irgendwelche unzufriedenen Bauern der Camargue auf seine Seite zu ziehen versuchte. Offenbar machte sich Girondou Sorgen, so große Sorgen, dass er seine Familie, überhastet und ohne vorher seinen Verstand eingeschaltet zu haben, an einen vermeintlich sicheren Ort hatte reisen lassen. Das war in etwa alles. Also wirklich nicht viel, um daraus schlau zu werden. Aber da schwirrte ihm noch irgendetwas durch den Kopf. Es dauerte eine Weile, bis er den Finger darauflegen konnte, und was ihn ein wenig irritierte, war der Fakt, dass es ihn tatsächlich ein wenig irritierte. Er starrte auf die Bucht hinunter und erhoffte sich von dort etwas mehr Klarheit. Er hatte das ungute Gefühl, dass ihm sein Leben zu entgleiten drohte. Nicht dass er glaubte, sterben zu müssen. Wie sich das anfühlte, wusste er nur zu gut. Nein, was ihn verstörte, war der Eindruck, dass sich in seinem Leben Dinge ereigneten, die nur noch wenig mit ihm zu tun hatten. Oder die ihn eigentlich gar nichts angehen sollten.

Er war vor einigen Jahren nach Arles gekommen, um dort seinen Ruhestand zu genießen. Mit seinem Hund spazieren zu gehen, zu kochen – ambitioniert, wenn auch ein bisschen ungeschickt –, zu lesen, was er wollte, und akademische Aufsätze zu schreiben, die nie verlegt werden würden. Vielleicht auch ein Buch. Das Internet hatte solche Vorhaben sehr viel leichter gemacht. In einer etwas nostalgischen Anwandlung dachte er an Zeiten zurück, in denen er Bibliotheken aufgesucht hatte, um zu recherchieren. Wenn man etwas herausfinden wollte, musste man buchstäblich nachschlagen. Er erinnerte sich an den großen, vielbändigen Bestandskatalog in der *British Museum Library*, der zwar der Idee nach alphabetisch geordnet, aber auf seinen riesigen Seiten voller Leerstellen war, Platzhaltern für neue Einträge, die – auf kleine Zettel geschrieben – mit weißem Kleber und einer kurzen Bürste eingearbeitet wurden. In diesem Katalog etwas zu finden, machte die Entdeckung umso kostbarer. Oder das vielleicht auch nur im Rückblick. Vorläufiges bekam erst im Nachhinein seine Eigenartigkeit. So schien Königin Elisabeth I. vor der Krönung von Elisabeth II. gar nicht existiert zu haben, und der Erste Weltkrieg wurde erst als solcher benannt, als der Zweite ausbrach. Und damals hielt eben noch ein Buch in der Hand, wer seinen Nektar daraus ziehen wollte. Das Internet hatte Bibliotheksbesuche obsolet gemacht. Dieser Tage wussten nur noch alte und sentimentale Vertreter seiner Generation, wie es gewesen war, einen jener riesigen Lesesäle aufzusuchen und die Luft darin zu atmen. Sie waren heute allenfalls noch Bildmotive für Fotografen wie Candida Höfer, in deren Werken man Menschen vergeblich suchte.

Er mäanderte in Gedanken auf alten Pfaden und hatte seinen Spaß daran. Doch allzu bald geriet er wieder in die trübere Stimmung von vorher. Andere Dinge verlangten seine Aufmerksamkeit, und er war ehrlich genug, um sich einzugestehen, dass sie ihm nicht etwa aufgedrängt worden waren. Martine, Girondou, die Camargue – sie alle gehörten inzwischen zu dem Leben, das er selbst gewählt hatte. Sich darüber zu beschweren war sinnlos. Es war nun einmal so, und aus den alten Tagen zurückgeblieben waren nur Gentry und Deveraux. Ihn beschlich ein schlechtes Gewissen, als ihm bewusst wurde, dass er das schon fast vergessen hatte. Dabei mussten gerade alte Loyalitäten gepflegt werden.

Sein Gesäß hatte sich endlich an die harte Felsunterlage gewöhnt, sie störte ihn nicht mehr. Er rief Gentry an, von dem er wusste, dass er den Helikopterflug überwachen würde.

»Sie werden in etwa einer Dreiviertelstunde bei dir sein.«

Smith staunte, wie lange er, in Gedanken versunken, dagesessen hatte. »Danke, Gentry.«

Es entstand eine kurze Pause. Dann wurde mit überraschender Leichtigkeit eine Entscheidung getroffen.

»Alles Weitere wie gehabt, Peter?«

»Alles Weitere wie gehabt.«

Wie sehr diese kurze Floskel doch erleichtern konnte!

»Es ist eine EC 725 Super Cougar.«

»Himmel, Gentry. Ich hätte wetten können, die wären alle im Einsatz.«

»Sind sie ja auch«, erwiderte Gentry trocken.

»Schick die Rechnung an Girondou.«

»Das werde ich, keine Sorge. Oh, und noch etwas …«

»Ja?«

»Bei dem Flug handelt es sich offiziell um eine Übung. Für eine Zwischenlandung vom Radar zu verschwinden, ist nicht vorgesehen. Sie kommen also schnell, fliegen tief und bleiben nicht lange.«

»Gut. Vielen Dank noch mal. Übrigens, würdest du dich in meiner Abwesenheit bitte um Arthur kümmern? Ich bin bald wieder zurück.«

Gentry legte auf, und Smith schickte sich an zu gehen. Er wollte Girondou informieren. Aber dann blieb er doch sitzen. Wozu die Eile?, dachte er. Der Freund würde ohnehin bald Bescheid wissen. Smith winkte dem Mann zu, der sich seit der letzten Stunde hinter einem Busch in fünfzig Metern Entfernung versteckt hielt. Als er Smith erreichte, hatte er seine Verlegenheit darüber, entdeckt worden zu sein, halbwegs überwunden.

»Wie viele Kollegen sind hier auf dem Gelände verteilt?«

»Sechs, Monsieur.«

»Trommeln Sie drei zusammen, und gehen Sie mit ihnen runter zum Hubschrauberlandeplatz. Die anderen können bleiben, wo sie sind.«

In weniger als fünf Minuten waren die Männer auf ihren Posten. Der Landeplatz war nicht mehr als ein kleines Betonrund mit aufgemaltem weißen Kreuz in der Mitte. Büsche oder Bäume, hinter denen sich ein Scharfschütze hätte auf die Lauer legen können, gab es im weiteren Umkreis keine.

»In Kürze werden Madame Girondou, ihre beiden Töchter und Henk van der Togt mit einem Militärhubschrauber eintreffen. Er wird aufsetzen und sofort wieder abheben. Sie bringen Madame Girondou und die Mädchen sofort ins Haus und bleiben dort. Ich komme mit van der Togt später nach.« Er wandte sich dem Dienstältesten zu. »Der Pförtner soll das Tor schließen und die Poller hochfahren.«

Gut eine halbe Stunde später war das dumpfe Wummern von Rotorblättern zu hören, überlagert von den schrillen Pfeiftönen zweier Turboshaft-Motoren. Die Maschine kam tatsächlich sehr schnell angeflogen, von Norden her über das Haus hinweg. Kurz vor dem Landeplatz bäumte sie sich auf und stieg ab wie ein fallender Stein. Das Fahrgestell setzte ziemlich wuchtig auf. Eine Seitentür wurde aufgerissen, und die vier Passagiere stürzten heraus, als wären sie gestoßen worden. Ein paar Gepäckstücke flogen hinterher. Sofort wurde die Seitentür wieder zugeschlagen. Die Maschine stieg auf, flog talwärts und verschwand nach einem weiten Bogen im Westen.

Smith wartete, bis sich der Fluglärm gelegt hatte, und war der Erste bei der Reisegruppe.

»Angèle«, sagte er, nachdem er die drei Frauen umarmt hatte. »Bring die Mädchen bitte ins Haus. Die vier Herren hier begleiten euch. Ich komme gleich nach.«

Die Begrüßung war sehr viel weniger herzlich als sonst. Insbesondere Solange schien wenig erfreut, ihn zu sehen.

Was soll's?, dachte er. Vielleicht lag es auch nur an dem unbequemen Heli-Flug in einem Militärtransporter.

Er wandte sich an den Holländer. »Augenblick noch.« Erst als die drei Frauen außer Hörweite waren, fuhr er fort. »Henk, Monsieur Girondou und ich halten es für besser, wenn sich die Familie für eine Weile ins Haus zurückzieht. Versetzen Sie die Wachposten in erhöhte Alarmbereitschaft.

Niemand verlässt das Anwesen; Besucher werden eng überwacht.«

Der Holländer ließ erkennen, dass es ihm nicht gefiel, herumkommandiert zu werden. Dabei war schon von Anfang an, als Gentry und Smith ihn zum Schutz Girondous angeheuert hatten, unmissverständlich klargestellt worden, wer das Sagen hatte, und Smith bemerkte nun, dass sich in dieser Hinsicht einiges verändert zu haben schien. Normalerweise würde er sich darum keine weiteren Gedanken machen. Girondou war durchaus in der Lage, sich um seine Sicherheit selbst zu kümmern. Aber von normal konnte in letzter Zeit nicht mehr die Rede sein; jemand musste ihm über die Schulter schauen. Dass sich Henk von Smith abzugrenzen schien, mochte mit dessen Loyalität seinem Boss gegenüber zu erklären sein. Aber Girondous gegenwärtige Verunsicherung machte ihn verletzlicher als sonst, weshalb Smith beschloss, ein wachsames Auge auf ihn zu werfen.

»Monsieur Girondou hat momentan einiges um die Ohren, Henk. Ich versuche ihn ein wenig zu entlasten. Also tun Sie bitte, wozu ich Sie auffordere.« Er ignorierte seinen düsteren Blick. »Die Männer sind bereits informiert.«

Der Bodyguard wandte sich ab und folgte den Frauen hinauf zum Haus. Smith holte sein Handy hervor und brachte Gentry auf den aktuellen Stand.

»Ich fasse zusammen«, erwiderte der. »Du fragst dich, was mit Girondou los ist, und willst, dass ich Henk van der Togt noch einmal auf den Prüfstand stelle und gegebenenfalls für Ersatz sorge. Außerdem soll ich mich mit Deveraux in Verbindung setzen und ihm sagen, dass du noch eine

Weile verhindert bist und er sich allein um Sebastien Moronis seltsame Manöver in der Camargue zu kümmern hat.«

Smith musste unwillkürlich grinsen. Gentry lag natürlich wieder einmal genau richtig. Als der Freund aufgelegt hatte, stellte sich Smith vor, wie er über die schmale Treppe hinauf in sein Büro – einen Glaskasten auf dem Flachdach seines Hauses – stieg und sich an die Arbeit machte. Smith stieg nun ebenfalls hinauf, und zwar zur Villa, wo er die ganze Familie vorfand. Zu seiner Erleichterung bemerkte er, dass sich Girondou wieder einigermaßen gefangen und einen starken Kaffee getrunken hatte. Den drei Frauen schien zwar der raue Flug nichts ausgemacht zu haben, aber sie waren merklich verstimmt und erwarteten offenbar eine Erklärung von ihm. Dummerweise wusste er ihnen nichts zu sagen außer dem, was nahelag. Das mochte unter den gegebenen Umständen reichen.

»Wir halten es für besser, wenn ihr eine Weile das Haus hütet. Es gibt da ein paar Dinge, die geklärt werden müssen, und es ist einfach gut zu wissen, dass ihr in Sicherheit seid.«

10. Nächtliche Streifzüge

Es gab für Smith keine schönere Zeit, um mit dem Hund spazieren zu gehen, als diese Nachtstunde. An den meisten Sommertagen war die Stadt entweder überlaufen, oder es war zu heiß. Viele Touristen führten dann ihre Hunde aus, meist ohne Leine, und die wenigsten machten sich die Mühe, deren Dreck einzusammeln.

In dieser Nacht konnte Smith nicht schlafen. Selbst um eins war es noch drückend heiß, und anstatt sich ruhelos im Bett zu wälzen, beschloss er, mit Arthur durch die Stadt zu bummeln. Im Winter tat er das häufiger, denn dann waren auf den Straßen nur selten Menschen anzutreffen, Hunde noch viel seltener. Also stieg er aus dem Bett, zog sich eine alte Baumwollhose und ein Hemd an und weckte Arthur auf, der auf dem Sofa lag und schlief, aber immer und zu jeder Tages- und Nachtzeit für einen Spaziergang zu haben war. Und ob er auf Katzen Jagd machen konnte oder auf Camargue-Kaninchen, war ihm letztlich egal. Im Flur holte Smith seinen Stock aus dem Schirmständer, ein recht elegantes kurzes Modell aus Carbonfaser mit einem Knauf aus Tamboti-Holz, hergestellt von dem südafrikanischen Spezialisten Burger. Neben dem Design schätzte Smith an ihm vor allem die im Schaft eingebaute, fünfundvierzig Zentimeter lange Klinge. Ohne Jackett auszugehen, also auch ohne eine Glock im Hosenbund, die sich unter den Rockschößen hätte verbergen lassen, erschien Smith zu dieser nachtschlafenden Zeit nicht gerade empfehlenswert. Mit dem Stock ließen sich auch allzu interessierte Hunde auf Abstand halten.

Er ging an der Arena vorbei und über die Rue de la Cavalerie auf das alte Stadttor im Norden zu. In dem Viertel, das er durchquerte, wohnten mehrheitlich arabische Familien, was eine nächtliche Exkursion ironischerweise weniger gefährlich machte, denn sie bildeten eine eng verflochtene Community, in der Väter und Großväter beflissener als anderswo für Disziplin sorgten. Die Quartiere jenseits der Place Lamartine waren da schon ein bisschen wilder. Dort, in der Griffeuiller Gegend und an der Avenue de Stalingrad, ragten zwischen niedrigen Wohnhäusern hohe Mietskasernen auf, geschmückt mit Girlanden trocknender Wäsche und Satellitenschüsseln. Auch in ihnen lebten vor allem Bewohner arabischer Herkunft.

Also machte er kehrt und schlenderte durch das enge Gassengeflecht südlich der Place Voltaire. Dieses Viertel war von dem amerikanischen Bombardement der Rhonebrücken im Sommer 1944 besonders schwer getroffen worden. Der wiederaufgebaute Teil war ein Durcheinander aus sehr alten restaurierten Häusern und neueren Betonkästen, die man in den Fünfziger- und Sechzigerjahren auf die Schnelle hochgezogen hatte. Um diese Zeit waren natürlich alle Restaurants und Bars geschlossen, manche schon seit Langem. Überhaupt machten viele Lokale, wie Smith beobachtete, immer früher zu. Als er das erste Mal als Jugendlicher nach Arles gekommen und es in der Stadt noch üblich gewesen war, erst nach acht oder neun Uhr abends essen zu gehen, hatten die Restaurants bis nach Mitternacht geöffnet. Heute aß man um sechs und ging schon um halb elf ins Bett. Vielleicht, vermutete Smith, lag es daran, dass sich der Tagesablauf inzwischen vornehmlich nach den Touristen richtete, die häufig mit Kindern Urlaub machten. Jedenfalls zeigte die Gastronomie sich gegenüber den kürzeren Geschäftszeiten durchaus aufgeschlossen, zumal keine Überstunden und Spätzuschläge bezahlt werden mussten, wie es die neuen Gesetze verlangten. Auch die Bars, die üblicherweise nach einem Restaurantbesuch frequentiert wurden, schlossen mittlerweile früher, sodass die Straßen nach halb zwölf wie leer gefegt waren. In anderen Stadtteilen traf man dann nur noch Drogendealer und andere Ganoven an, doch hier, im arabischen Quartier, herrschte Selbstkontrolle. Vereinzelt waren sogar noch Anwohner zu sehen, die in kleinen Gruppen vor Hauseingängen standen, miteinander schwatzten und die etwas kühlere Nacht genossen. Der eine oder andere erkannte Smith beziehungsweise Arthur wieder und grüßte.

Auf dem Rückweg zur Arena und seinem Haus in der Rue Augustin Tardieu kam er an dem sogenannten Cybercafé vorbei, einem kleinen Internet-, Telefon- und Western-Union-Shop jener Art, die in südfranzösischen Städten oft zum inoffiziellen Treffpunkt für Jung und Alt avancierten. Es schien immer geöffnet zu sein, war auch jetzt hell erleuchtet und voller Leute. Draußen saßen mehrere alte Männer an einem kleinen Tisch und tranken Tee.

»Arathar!«, rief einer von ihnen, ein Araber namens Scheich Nasir, dem Smith auf seinen nächtlichen Spaziergängen fast schon in schönster Regelmäßigkeit über den

Weg lief. Einmal hatte er ihn und Arthur mit zu sich nach Hause genommen und voller Stolz auf ein Foto an der Wand hingewiesen, auf dem sein Vater und Großvater inmitten einer Meute weizenfarbener Windhunde zu sehen waren, beide mit einem toten Wüstenhasen in der erhobenen Hand.

Nasir winkte ihn zu sich.

»Setzen Sie sich doch zu uns, Monsieur Smith. Wir haben Sie und Ihren herrlichen Hund lange nicht gesehen.«

Er war verrückt nach Hunden und hatte sich mit beiden schon vor Jahren angefreundet. Es gefiel ihm, Geschichten aus seiner Heimat Algerien zu erzählen, die sich vor dem Krieg mit Frankreich ereignet hatten. In seiner Gemeinschaft war er, inzwischen über achtzig, ein hoch angesehener Mann und predigte in der kleinen Moschee des Viertels. Smith unterhielt sich gern mit ihm, zumal er immer wieder auf die Schönheit der Windhunde zu sprechen kam, aber auch auf tagespolitische Themen. Er war einer der weisesten und moderatesten Menschen, die er kannte. Ihm und seinen Anhängern war es wohl, wie Smith vermutete, in erheblichem Maße zu verdanken, dass die arabischen Migranten in Frieden mit den alteingesessenen Franzosen lebten.

»*As-Salamu Alaikum*«, sagte er und gab Smith einen Kuss auf die Wange.

»*Wa-Alaikum-Salam*«, erwiderte Smith.

Danach machten alle am Tisch viel Wirbel um Arthur. Tee wurde gebracht und ein Teller *griouech* – kleines frittiertes Gebäck mit Honig und Sesam.

»Schön, Sie wiederzusehen, mein Freund«, sagte Smith. »Tut mir leid, dass ich mich so rargemacht habe.« Und als der alte Mann eine beträchtliche Anzahl an *griouech* an Arthur verfütterte, sah sich Smith genötigt einzuschreiten. »Wenn Sie damit nicht aufhören, wird der arme Hund so fett wie Ihre verwöhnten Salukis.«

Der Araber richtete sich auf und zwinkerte ihm zu. »Es ist nicht besonders klug, mein lieber Freund, unwissend zu tun, wenn allen in Ihrer Gesellschaft klar ist, dass Sie es nicht sind.«

Die Männer am Tisch lächelten. Sie kannten den Waliser und wussten, wie sehr ihr Anführer ihn und seinen *alsuluqi* mochte.

Arthur streckte sich schließlich vor seinem Wohltäter auf dem Boden aus; der streifte die Sandalen ab und legte seine Füße auf den Hund.

Smith erkundigte sich nach seinen Angehörigen und bekam einen in schnellen Worten vorgetragenen Abriss der jüngsten Ereignisse im Leben einer Familie zu hören, die wohl in die Hunderte ging – eine Zusammenfassung, die so präzise war wie Gentrys Briefings. Da der Imam auch mit der halben Einwohnerschaft des Quartiers verwandt zu sein schien, war Smith bald bestens informiert über alle aktuellen Vorkommnisse in der Nachbarschaft. Nach einer Weile verabschiedeten sich die anderen Männer am Tisch und gingen. Scheich Nasir wandte sich an Smith.

»Allah sei Dank, dass er Sie heute zu uns geführt hat. Ich muss Ihnen nämlich etwas sagen und hatte schon vor, Sie aufzusuchen. Würden Sie mich bitte zu mir nach Hause begleiten? Natürlich nur, wenn es Ihnen nicht ungelegen kommt. Es gibt da etwas, über das ich vertraulich mit Ihnen reden möchte.«

Im Unterschied zu Arthur war Smith noch hellwach. »Natürlich, mein Freund. Gehen wir.«

Der Imam weckte Arthur mit sanfter Gebärde, schlüpfte in seine Sandalen und stand auf. Das sehr ungleiche Trio machte sich auf den Weg. Es dauerte nicht lange, und sie passierten einen niedrigen Torbogen, hinter dem sich ein kleiner Innenhof verbarg. Es war für Smith das zweite Mal, dass er im Haus des Imam einkehrte, und bald fand er sich in einem kleinen Wohnzimmer wieder.

»Machen Sie es sich bequem, mein Freund«, sagte der Imam. »Ich bin gleich zurück.«

Smith entdeckte das Foto wieder, das der Anlass seines ersten Besuchs gewesen war. Er betrachtete es mit so großem Interesse, dass er die Rückkehr seines Gastgebers nicht bemerkte.

Als er sich schließlich zu ihm umdrehte, sah er, dass er das unverzichtbare Glas Tee für sich und einen Whisky-Soda mit viel Eis für Smith zubereitet hatte.

»Die sind wahrhaftig alle miteinander verwandt, diese Windhunde«, sagte er mit Blick auf Arthur. »Die Cousins und Cousinen in meiner Heimat sind entweder auf der Jagd oder sie schlafen. Vielleicht trifft das auch auf unseren Schöpfer zu. Ich hoffe zwar nicht, aber manchmal kommt es mir so vor.« Er legte eine kurze Pause ein und kam dann zur Sache. »Kann ich Sie wirklich noch mit meinen Sorgen behelligen, Peter? Es ist schon spät – oder richtiger gesagt: früh am Morgen.«

»Nur zu, ich bin ganz Ohr. Ich habe ohnehin nicht schlafen können.«

»Nun, neben meinen Diensten als Imam hier in meinem

Stadtteil bin ich auch noch verantwortlich für die Gemeinde von Mas-Thibert in der Camargue.«

Smith kannte die kleine Ortschaft auf halbem Weg nach Port-Saint-Louis.

»Als ich das letzte Mal dort war, hatte ich eine ziemlich verstörende Unterhaltung mit einem Bruder. Ich weiß nicht, ob Ihnen bekannt ist, dass gegen Ende des Algerienkriegs 1962 eine große Fluchtbewegung einsetzte. Zahllose Algerienfranzosen, bekannt auch als *pieds-noirs*, verließen das Land, insbesondere die sogenannten Harkis, die dem französischen Militär als Hilfstruppen gedient hatten. Tausende suchten Zuflucht in Frankreich und nahmen ihr Recht auf Rückkehr in Anspruch, das ihnen in den Évian-Verträgen zugesichert worden war, also den Verträgen, die den Krieg beendet und Algerien die Unabhängigkeit gebracht hatten. Es kam ein wahrer Flüchtlingsstrom. Die französische Regierung musste die *camps d'accueil* wieder öffnen, die während der Dreißigerjahre für Flüchtlinge des Spanischen Bürgerkriegs erbaut und im Zweiten Weltkrieg von den Deutschen als Gefangenenlager genutzt worden waren. Lager wie die von Rivesaltes oder Bourg-Lastic. Dort herrschten schreckliche Zustände, doch die Regierung wusste nicht, wohin mit all den Menschen, darunter mehr als eine Viertelmillion Muslime. Man versuchte, sie auf kleinere Ortschaften zu verteilen. Eine davon war Mas-Thibert. Dort gelang die Eingliederung vorzüglich, nicht zuletzt dank der Hilfe Ihrer Freunde, der Aubanets.«

Smith wusste einiges über die Geschichte der Camargue, davon hatte er allerdings noch nichts gehört. Es überraschte ihn aber nicht besonders.

»Wie haben sie denn dazu beigetragen?«

»Als die Harkis kamen – es waren vier- oder fünfhundert –, wurden auf die Schnelle Notunterkünfte eingerichtet. Die Bedingungen dort waren fast so menschenunwürdig wie in den Auffanglagern. Und womit sollte man sie beschäftigen? Sie waren Soldaten, keine Bauern. Denis Aubanet, Emiles Vater, und einige andere Gutsherren führten sie in die Landwirtschaft ein und sorgten mit Material und zusätzlichen Arbeitskräften dafür, dass sie ihre eigenen Häuser bauen konnten. Eine überaus großzügige Geste, bedenkt man, dass sie Katholiken waren. Aber ich glaube, damals gab es mehr Verständnis für die Nöte anderer. Man hat Muslime nicht gehasst, wie es heute häufig der Fall ist. Wie dem auch sei, es herrschte gegenseitiger Respekt unter den Bewohnern von Mas-Thibert. Es muss aber wohl auch gesagt werden, dass es viel Kritik an der französischen Regierung gab, die sehr wenig getan hat, um zu helfen.«

»Wovon haben Sie denn nun gehört?«, kam Smith auf das ursprüngliche Anliegen des Imams zurück.

Der alte Herr blickte ein wenig verlegen drein. Es schien, er fürchtete, dass Smith ihm Klatscherei unterstellte. Dabei wusste Smith, der ja den Imam sehr gut kannte, dass ihm nichts ferner liegen konnte. Es musste da etwas geben, das ihm Sorgen bereitete. Warum er sich ausgerechnet Smith anvertrauen wollte, war natürlich eine andere Frage.

»In Mas-Thibert gehen Gerüchte um, wonach die Strände der Camargue von Schleuserbanden okkupiert werden sollen.«

Smith ließ sich nichts anmerken und wartete auf weitere Informationen.

»Wie gesagt, es sind wahrscheinlich nur Gerüchte. Konkrete Hinweise gibt es offenbar nicht. Aber es heißt, dass Flüchtlinge aus Algerien zu erwarten sind, und das macht die Sache so brisant.«

Smith wurde hellhörig. »Und warum, wenn ich fragen darf, erzählen Sie mir das alles?«

Die Antwort klang etwas verdruckst. »Nun, Peter, Sie sind nicht nur bestens vertraut mit den Verhältnissen in der Camargue, sondern genießen auch einen … ähm, gewissen Ruf.«

»Wie soll ich das verstehen, Scheich?«

Der Imam hob wie zur Abwehr die Hände. »Verstehen Sie mich nicht falsch, Peter, ich will nicht unhöflich sein. Aber mir ist zu Ohren gekommen, dass Sie schon einige Male entscheidend helfen konnten.«

Er wurde beim Sprechen etwas leiser und schien sich für den Gesprächsverlauf ein wenig zu schämen. Smith wollte sich ebenfalls nicht weiter darüber auslassen. Er mochte den Mann, der mit seiner bescheidenen, menschenfreundlichen Art in seiner muslimischen Gemeinde viel Gutes zu bewirken schien, fand aber seine versteckten Andeutungen unangebracht. Mit seiner Entgegnung umschiffte er das Problem.

»Sie haben sich mit Ihrem Verdacht doch bestimmt an die Polizei gewandt, oder? Sie wäre die richtige Adresse.«

Wieder hob der Imam eine Hand, wobei aber nicht deutlich wurde, was er damit zum Ausdruck zu bringen versuchte.

»Kann es sein, dass Mitglieder Ihrer Gemeinschaft ihre Hand im Spiel haben oder Angehörige, die noch in der Heimat leben?«, fragte Smith.

Sein Gegenüber zeigte sich schockiert. »Nein, nein, Peter, gewiss nicht.«

»In Anbetracht der Geldsummen, die bei dieser Art von Geschäften herausspringen können, würde ich an Ihrer Stelle nichts ausschließen«, fuhr Smith fort. »Wie dem auch sei, ich wüsste nicht, wie ich Ihnen helfen könnte. Gehen Sie zur Polizei.«

Der Imam wirkte jetzt bekümmert. »Bedauerlicherweise halten manche meiner Brüder nicht gerade viel von der Polizei.«

Smith stand auf. »Das ist dann Ihr Problem und das Ihrer Gemeinde, mein Freund, nicht meins«, erwiderte er scharf. »Vielleicht gelingt es Ihnen ja, das Verhältnis Ihrer Brüder zur Polizei günstig zu beeinflussen und ihnen beizubringen, dass sie nicht nur aus Arschlöchern besteht.«

Der Imam blickte sehr traurig drein, als er Smith die Hand gab.

»Das könnte schwierig werden«, seufzte er.

»Ob schwierig oder nicht, ich finde, das gehört zu Ihrem Job.«

Nachdem sich der Imam auch von Arthur mit einem liebevollen Klaps verabschiedet hatte, verließen Smith und sein Hund das kleine Haus und stiegen hinauf zur Place de la Major. Es war nach drei, als er endlich im Bett lag und sich das Gespräch mit dem Alten noch einmal durch den Kopf gehen ließ. Irgendwann musste er eingedöst sein, war aber schon wieder wach, als die Sonne aufging. Und weil die immer selben Fragen an ihm nagten, griff er zum Telefon.

»Morgen, Gentry. Falls du gerade nichts Besseres zu tun

hast – würdest du dich bitte für mich über jemanden erkundigen?«

»Klar«, kam die Antwort, der nicht anzuhören war, ob er Gentry durch den Anruf geweckt hatte oder nicht. »Wer ist es diesmal?«

»Scheich Nasir, der Imam vor Ort. Er wohnt in der Rue Augustin Tardieu Nummer 13b. Sein voller Name ist, wenn ich mich richtig erinnere, Nasir ibn Salman ibn Amin al-Farsi.«

»Dringend?«, fragte Gentry, ohne überrascht zu klingen.

»Nicht besonders. Iss erst einmal dein Müsli.«

»Ich melde mich dann.«

Den Vormittag nahmen Haushaltsaufgaben in Anspruch. Er hätte zwar Martines Rat aufgreifen und eine Hilfskraft engagieren können, die ihm von Zeit zu Zeit mit den gröbsten Arbeiten half, schaffte aber lieber selbst Ordnung. Nicht dass er es gern tat. Im Gegenteil, er musste sich jedes Mal überwinden. Aber es war sein Haus, und auch wenn Martine regelmäßig zu Besuch kam, blieb es seines. Von ihr hingen nur ein paar Kleider im Schrank, und im Badezimmer hatten sich zahlreiche Tuben, Fläschchen und Cremetiegel angesammelt, die augenscheinlich allesamt völlig unnütz waren. Seinerseits bewahrte er in ihrer *cabane* auch nur ein paar Sachen von sich auf, allerdings weniger Kosmetika. Er ging mit dem Staubsauger durchs Haus, putzte das Badezimmer und stopfte die Wäsche in die Maschine. Arthur glaubte anscheinend, seinem Herrchen sei etwas Schlimmes widerfahren, und verzog sich auf die sonnenbeschienene Terrasse, wo ihn nichts anfechten konnte.

Der ungewöhnliche Putz- und Aufräumkoller verdiente, als er sich wieder gelegt hatte, eine ausführliche Erholungsphase. Er setzte sich mit einem Glas Whisky zu Arthur und widmete sich seinem jüngsten Projekt: einem Artikel für irgendeine obskure amerikanische Fachzeitschrift über Hundesymbolik an altrömischen Sarkophagen. Auf die Idee war er gekommen, als man ihn gebeten hatte, ein durch und durch mittelmäßiges Buch zu rezensieren, geschrieben von einem übereifrigen jungen und gerade erst promovierten Amerikaner über ein paar neu entdeckte Steinsärge aus dem Museo Nazionale in Rom. Die vielen Illustrationen, die einen Großteil des Buches ausmachten, ließen darauf schließen, dass dem Autor Bilder wichtiger waren als Worte, und von »neu entdeckt« konnte überhaupt nicht die Rede sein, denn die Särge lagerten seit Jahrhunderten im Fundus des Museums, wo sie verdientermaßen in Vergessenheit geraten waren. Es war schwierig gewesen, das Buch einigermaßen freundlich zu rezensieren. Eine der Illustrationen aber hatte Smiths Aufmerksamkeit erregt. Sie zeigte einen Steinsarg, auf dem die mythische Jagd Meleagers auf den Kalydonischen Eber dargestellt war. Trotz des schlechten Zustands, in dem sich das Relief befand, waren etliche Hunde darauf zu erkennen, wie üblich in solchen Abbildungen große Doggen, aber in dieser unverkennbar auch ein Windhund. Nicht selten schmückten Windhunde römische Sarkophage, doch im Zusammenhang mit der Kalydonischen Jagd sah Smith ein solches Tier hier zum ersten Mal. Sein Interesse war geweckt, und über einen längeren Zeitraum entstand jetzt eine ikonografische Abhandlung über Hunde auf Sarkophagen. Einer seiner Lektoren aus seiner Zeit als Kunsthistoriker wollte sie veröffentlichen, und nun sah sich Smith unter Zeitdruck gesetzt und mit der Aufgabe einer möglichst sorgfältigen Revision konfrontiert. Beides schmeckte ihm nicht recht, aber er versuchte trotzdem, am Tisch auf seiner Terrasse sitzend, sich zu konzentrieren, worüber er die Probleme der Migranten und Schleuserbanden vergaß, zumindest für eine Weile. Arthur, von dem man hätte meinen können, dass auch er sich für das Thema interessierte, holte an Schlaf weiter nach, was ihm in der kurzen Nacht vorenthalten geblieben war.

Gerade als sich Smiths Magen meldete, um ihn daran zu erinnern, dass er noch nichts gegessen hatte, rief Gentry zurück.

»Es ist nicht zu fassen, aber wohl typisch für dich.«

»Was?«

»Mir scheint, nur du schaffst es, eine harmlose Freundschaft mit einem älteren Nachbarn zu schließen, der eine Stütze seiner Gemeinde ist, obendrein ein Imam, und wohl der Einzige in ganz Südfrankreich, der Heeresgeneral und Chef der OAS in Algerien war. Während des Zweiten Weltkriegs hatte er als Harki den *Forces françaises libres* gedient und war 1944 im Zuge der Operation Dragoon an der Landung der Alliierten und der Befreiung Südfrankreichs beteiligt gewesen. Später hat er in Indonesien gekämpft und bei Dien Bien Phu nicht weniger als ein volles Regiment angeführt. Während des Algerienkriegs trat er den französischen Streitkräften bei und schaffte es nur knapp, einer Gefangennahme durch die FLN zu entgehen.

»Ach, du Scheiße«, entfuhr es Smith.

»Du sagst es«, reagierte Gentry.

»Jetzt weißt du, mit wem du es zu tun hast, wenn du in dem kleinen Café an der Place Voltaire viel zu süßen Tee trinkst. Dieser Mann trägt das Offizierskreuz der Ehrenlegion, den *Ordre de la Libération*, die *Médaille Militaire* und so viel Lametta, dass er damit Idi Amin in den Schatten gestellt hätte.«

Es dauerte eine Weile, bis sich Smith so weit erholt hatte, dass er wieder etwas sagen konnte. »Auf welcher Seite steht er?«

Gentry nahm die Frage ernst, obwohl er nicht genau wusste, wie sie gemeint war.

»Nun, ich vermute, aufseiten Allahs, wenn man sein gegenwärtiges Amt in Betracht zieht. Jedenfalls wird jemand, der so viele Orden bekommen hat, nicht ganz in der Versenkung verschwinden. Ich glaube, die Frage ist nicht, auf welcher Seite er steht, sondern wie ernst er seine Pensionierung nimmt. Himmel, er hat wahrscheinlich mehr Kontakte auf beiden Seiten der moralischen Wetterscheide als ich.«

»Hmmm. Warum erzählt er dann *gerüchtehalber* etwas von einem Flüchtlingsprojekt Moronis, wenn er weiß, dass es mehr als ein Gerücht ist? Und warum ausgerechnet mir?«

»Tja, das musst du ihn schon selbst fragen. Wenn's hilft, kann ich dir eine Telefonnummer geben, die er bestimmt nicht hat.«

Smith machte sich eine Notiz. »Übrigens, in welchem Rang stand er, als man ihn rausgeworfen hat?«, wollte er noch wissen.

»*Général de Division*. Und ich glaube nicht, dass er rausgeworfen wurde. Wahrscheinlicher ist, dass jemand hoch oben in der Hierarchie gemerkt hat, dass man es bei ihm mit einem sehr ernst zu nehmenden und einflussreichen Araber zu tun hat und nicht mit irgendeinem dummen Kommisskopp. Und der hat dem guten alten Scheich wohl nahegelegt, dass es langsam an der Zeit ist, in den Ruhestand zu treten.«

Es dauerte, bis Gentry fortfuhr.

»Bevor du dir den Kopf zerbrichst: Er war mit Anfang sechzig ziemlich weit oben in der Befehlskette. Nicht schlecht für einen Araberjungen aus Ouargla.«

Als er aufgelegt hatte, schaute Smith auf den Notizzettel, den er nun schon eine Weile in der Hand hielt. Er hatte keine Ahnung, was Gentry mit dieser Telefonnummer zu bezwecken versuchte. Nun, dachte er, um das herauszufinden, empfahl es sich, den genannten Anschluss anzurufen.

»Ja?«, antwortete jemand nach dem ersten Klingelzeichen.

»Guten Tag, General.«

Am anderen Ende der Leitung war stutzendes Rätselraten spürbar.

»Ah, Monsieur Smith«, erklang es dann. »Was man über Sie sagt, scheint also zu stimmen.«

»In der Hinsicht unterscheiden wir uns wohl, *mon général.*«

Durch den Äther hallte ein herzhaftes Lachen. »*Touché*, Peter, *touché.*«

»Wir sollten reden, mein Freund. Möglichst bald.«

Dass der alte Herr schnell in Fahrt kam, sprach für ihn.

»Ich werde gleich nach Mas-Thibert fahren, vielleicht begleiten Sie mich«, schlug er vor. »Sie werden dort ein paar Leute kennenlernen, und Zeit zu reden finden wir wohl auch.«

»Einverstanden.«

»Ich hole Sie in einer Stunde ab. Arathar kommt hoffentlich auch mit. Während wir uns unterhalten, könnte er ja ein bisschen jagen. Meine Freunde würden sich über ihn freuen.«

»Sie meinen, Ihre ›Streitkräfte‹, nicht wahr?«

»Streitkräfte, Gemeindeglieder, Schäfchen – das ist doch letztlich alles eins, insbesondere für uns Araber.«

Der Scheich hatte einen Honda SUV, groß und hässlich, aber praktisch und sicher. Er verfügte allerdings nicht über einen Hundekäfig. Kaum war Arthur durch die Heckklappe in den Wagen gesprungen, stieg er auch schon weiter über die Rückbanklehne, streckte sich auf dem Polster aus und tat so, als sei er gar nicht vorhanden. Scheich Nasir lächelte mild. Er hatte offenbar ein Faible für Hunde.

Es dauerte eine Weile, bis er und Smith auf ihr Thema zu sprechen kamen. Sie waren auf der D 35, die nach Mas-Thibert führte, schon sehr weit vorangekommen, als Smith das Wort ergriff.

»Wie soll ich Sie anreden: mit Scheich oder General? Oder hängt das davon ab, welchen Hut Sie gerade tragen?«

»Oh, heutzutage trage ich ausschließlich eine Takke. Scheich oder Imam wären also zutreffender. Und wie darf ich Sie anreden?«

»Mit meinem Namen, das soll reichen.«

Er krauste die Stirn und blinzelte, was wohl nicht nur an der Sonne lag, die ihnen durch die Windschutzscheibe ins Gesicht fiel. »Sie haben in bemerkenswert kurzer Zeit viel über mich in Erfahrung gebracht, Peter. Wie Sie das angestellt haben, will ich gar nicht wissen. Mich interessiert eher: wie viel?«

»Ich würde sagen, genug«, antwortete Smith.

»Dann haben Sie mir einiges voraus, denn ich habe nichts über Sie herausgefunden. Und das werde ich wohl auch nicht.«

Smith schwieg und schaute zum Fenster hinaus. Die städtische Bebauung verlief sich allmählich in der Plaine de la Crau. Die Straße, auf der sie nach Süden fuhren, folgte dem Ostufer der Rhone von Arles nach Port-Saint-Louis, wo der Fluss ins Meer mündete. Sie markierte auch den Rand der fruchtbaren Landschaft rund um den Étang de Berre bis hin nach Aix-en-Provence im Osten, die sich deutlich von den salzigen Marschen der Camargue unterschied. Der Boden ließ sich gut bewirtschaften und brachte die vielen verschiedenen Obst- und Gemüsesorten hervor, für die diese Region bekannt war. Auf derselben Straße gelangte man auch nach Martigues, Istres und das Gebiet, das Girondou für sich beanspruchte. Mas-Thibert war dank einer regen Landwirtschaft recht wohlhabend, zumindest für die Verhältnisse der Camargue. Die Ortschaft bestand vor allem aus kleinen Betrieben, die ihre Produkte auf den Märkten von Arles und Port-Saint-Louis oder auch auf denen weiter entfernter Städte wie Salem-de-Provence und Aix verkauften.

Die Ortschaft hatte sich rund um eine Brücke gebildet, die den Canal d'Arles à Bouc überspannte. Der Scheich machte vor einem Haus halt, an das ein kleiner Fußballplatz grenzte. In ihm hatte sich eine kleine Gruppe von Arabern versammelt, die respektvoll aufstanden, als Smith und Nasir hereinkamen. Tee wurde serviert, und die Diskussion begann.

Wenn Smith auf Informationen gehofft hatte, wurde er enttäuscht. Jeder erzählte in etwa die gleiche Geschichte. Ja, man hatte von Gerüchten gehört, wonach Flüchtlinge aus Algerien eingeschleust werden sollten. Nein, niemand hatte etwas gesehen. Und wer dahinterstecken mochte, wusste auch keiner. Nein, es war offenbar niemand auf Einzelne zugegangen, und eine Meldung an die Polizei hatte es auch nicht gegeben. Ja. Das sei alles nicht schön, man verstehe sich schließlich als gesetzestreue Bürger. Nicht einer war unter ihnen, der nicht zumindest einen flüchtigen Blick auf den Imam warf, wenn er etwas zu sagen hatte. Alle bestätigten, von Smith schon gehört zu haben. Man wusste, dass er einen guten Ruf genoss und der Imam ihm vertraute. Aber leider, nein, man könne ihm nicht viel sagen.

Das Gespräch gelangte an sein Ende – oder zumindest der Teil, der Smith angeblich etwas angehen mochte. Also verließ er mit Arthur das Haus und schlenderte durch die Ortschaft. Sie bestand wie die meisten kleineren Ortschaften der Camargue aus einer überschaubaren Menge ein- oder zweigeschossiger Häuser mit weiß getünchten Mauern und roten Ziegeldächern. Ein paar Läden, die üblichen Handelsniederlassungen und das eine oder andere Café komplettierten das Bild. Smith stellte fest, dass es neben dem Kanal, der mitten durch die Ortschaft führte, noch einen zweiten gab, der in etwa fünfhundert Metern Abstand parallel dazu verlief. Dank eines hilfreichen Orientierungsplans am Straßenrand lernte er, dass es sich dabei um den Canal du Vigueirat handelte. Er folgte ihm in südlicher Richtung und ging davon aus, über eine Seitenstraße zurück in die Ortschaft gelangen zu können.

Bald sah er eine Gestalt auf sich zukommen, die ebenfalls einen Hund an der Leine führte, einen Windhund, wie sich herausstellte. Smith fasste Arthur kürzer. Er war anderen Hunden gegenüber nicht gerade kontaktfreudig, was Smith im Tierasyl von Deptford, einem der raueren Bezirke von Ostlondon, damals spontan für ihn eingenommen hatte. Unter einer erschreckend großen Anzahl von Hunden, die verzweifelt auf ein neues Zuhause hofften, hatte er einen Zwinger für sich allein gehabt – gleichwohl hatten alle Windhunde, die noch lebten, irgendwie Glück gehabt, weil sie nach einer erfolgreichen Rennkarriere eventuell noch zur Zucht taugten und nicht wie die meisten anderen in einem großen Erdloch verscharrt worden waren. Das Geschäft mit Rennhunden war nichts für zarte Gemüter.

Es war ein Araber, der sich ihnen näherte und wie alle Hundeliebhaber, insbesondere diejenigen in Begleitung eines Vertreters derselben Art, sofort ein Gespräch anfing. Er trug den traditionellen Thawb, aber ohne Kopfbedeckung. Man tauschte Nettigkeiten und Komplimente in Bezug auf die Hunde, ehe der Mann auf das zu sprechen kam, was ihm offenbar wichtig war.

»Monsieur«, sagte er, »wenn ich mich nicht irre, sind Sie mit Scheich Nasir gekommen und interessieren sich für das Gerücht um die Migranten.«

Smith fragte sich, woher dieser Mann das wusste, hatte er doch an dem Treffen nicht teilgenommen, kam aber schnell dahinter, dass in der Ortschaft längst alle Bescheid wussten. Er nickte einfach. Es war ihm auch klar, dass ihm dieser

Mann und sein Hund nicht zufällig über den Weg gelaufen waren.

»Ich vermute, niemand will so recht zugeben, dass man irgendetwas Konkretes weiß.«

»Sie sagen es«, erwiderte Smith.

»Nun, die Wahrheit ist, dass manche von uns, unter anderem ich selbst, in dieser Sache angesprochen worden sind. Vor zwei Tagen hat mich ein Mann namens Chirosi aufgesucht. Er kam in einem Mercedes SUV mit einem Kennzeichen von Montpellier.«

»Was wollte er?«

»Er hat sich erkundigt, ob es bei uns irgendwelche *fermes* gibt, die ans Meer grenzen. So was Dummes. Der nächste Strand liegt hinter Port-Saint-Louis, und da wird keine Landwirtschaft betrieben. Die ganze Gegend ist, glaube ich, immer noch im Besitz der Salz-Betriebe. Auf seine Frage hin haben die meisten von uns nur mit den Achseln gezuckt.«

»Ist von illegaler Migration die Rede gewesen?«

Der Mann schüttelte den Kopf. »Nein, er war nur an bestimmten Höfen interessiert. Aber dass dieses Gerücht umgeht, wundert mich nicht. Ich kann mir nicht vorstellen, dass dieser Typ Grundbesitz erwerben will, jedenfalls nicht von uns, denn wir pachten unser Land.«

Smith merkte auf. »Wem gehört denn das Land?«

»Scheich Nasir, nicht alles, aber ein Großteil. Es gehörte ihm schon, als er hier ankam.«

»Und wann war das?«, fragte Smith, hellhörig geworden. »Können Sie sich erinnern?«

Der Mann lachte. »Nicht persönlich, aber ich vermute, seine Ankunft fiel mit der der Harkis zusammen, die aus dem

Lager von Rivesaltes bei Perpignan hierhergebracht worden sind, einschließlich meiner Eltern. Das war 1962 oder 1963, ganz schlechte Zeiten. In demselben Lager hatten die Nazis während des Krieges Juden interniert und dann nach Deutschland deportiert. Das war schrecklich für meine Eltern, zumal sie Frankreich gegenüber loyal waren. Noch viele aus ihrer Generation sind voller Groll deswegen.«

»Und Sie sagten, Scheich Nasir sei zu dieser Zeit hierhergekommen?«

»Genau weiß ich das nicht. Ich weiß nur, dass er hier große Ländereien besitzt. Wie dem auch sei, viele von uns fänden es schrecklich, wenn Flüchtlinge durch unser Gebiet geschleust würden. Es wäre uns lieber, wir könnten ihnen helfen. Wir sind ehrliche Leute, die mit ehrlicher Arbeit ihren Lebensunterhalt verdienen.«

Smith war jetzt mehr als interessiert. »Wenn ich richtig verstanden habe, sind einige ihrer Freunde von diesem Chirosi aufgesucht worden, ohne dass der Andeutungen über ein Schleuserprojekt gemacht hätte.«

Der Mann nickte.

»Wer hat denn dann überhaupt davon gesprochen?«

»Ich glaube, es war Scheich Nasir.«

Plötzlich machte sich für Smith ein Geruch bemerkbar, den er immer wahrnahm, wenn etwas faul war. Er musste unbedingt mit Gentry telefonieren und schaute, dass er weiterkam.

»Danke, mein Freund. Es war schön, Sie und Ihren tollen Hund kennengelernt zu haben.«

Er gab dem Mann die Hand und spürte, dass dieser zögerte, sie wieder loszulassen.

»Monsieur, wir kennen uns kaum, und trotzdem habe ich mich Ihnen anvertraut. Ich weiß nur, dass Sie einen guten Ruf in der Camargue genießen und ein Mann von Ehre und Tatkraft sind. Es wäre mir nicht recht, wenn Scheich Nasir erführe, dass ich mit Ihnen über diese Dinge gesprochen habe. Er ist zwar mein Imam, aber ich … ich traue ihm nicht wirklich. Das geht vielen von uns ähnlich, besonders den Jüngeren.«

Smith nickte und lächelte. »Wir haben uns ausschließlich über die Schönheit unserer Hunde unterhalten.«

Der Mann zeigte sich erleichtert.

»Danke für Ihr Verständnis, Monsieur Smith. Übrigens, mein Name ist Sadik al Asri. Wenn ich und meine Freunde Ihnen irgendwie behilflich sein können, lassen Sie es uns bitte wissen. Wir wohnen hier und werden unseren Ort, wenn nötig, verteidigen.«

Er bückte sich, um sich von Arthur zu verabschieden, und ging davon. Smith schaute ihm nach, beugte sich dann vor und zog den kleinen Zettel unter Arthurs Halsband hervor, den Sadik daruntergeklemmt hatte. Er steckte ihn in die Tasche und rief auf dem Weg zurück in die Ortschaft Gentry an.

»Finde bitte für mich heraus, unter welchen Umständen unser demütiger Imam aus Algerien geflohen ist und vor allem, wann. Und wie es kommt, dass ihm ein Großteil der Ländereien rund um Mas-Thibert gehört.«

»Okay. Wie gefällt's dir in dem hübschen kleinen Harkis-Weiler?«

»Verdammt heiß hier«, antwortete Smith.

Als er die Ortsmitte erreicht hatte, sah er den Imam vor

seinem Auto stehen, umringt von einer kleinen Männergruppe. Er hatte es offenbar eilig aufzubrechen, und schon bald waren sie auf der Straße zurück nach Arles.

»Ich hoffe, ich habe Sie nicht warten lassen. Mir ist unterwegs ein interessanter Kerl begegnet, der ebenfalls einen Windhund hat. Wir mussten uns natürlich über unsere Schätzchen austauschen.«

»Natürlich. Wir Araber lieben unsere Hunde. Übrigens, ich habe wohl falschen Alarm geschlagen. An dieser Schleusergeschichte scheint nichts dran zu sein. Vielleicht steckt nur ein Ablenkungsmanöver dahinter, ein *red herring*, wie Sie in England sagen würden.«

»Vielleicht«, entgegnete Smith. »Ja, wir Waliser verwenden diese eigentümliche Metapher«, erklärte er und schaute seinem Gegenüber, als sie sich voneinander verabschiedeten, mit ungerührter Miene ins Gesicht.

Gentry antwortete präzise.

»Er ist nach dem Massaker von Oran im Juli '62 ziemlich schnell außer Landes. Anderslautenden Berichten zufolge war er zu diesem Zeitpunkt schon hier. Es gibt Belege dafür, dass er der Terrororganisation OAS angehört hat, und das bis in die Sechzigerjahre hinein. Tatsächlich stand er für eine Weile in Arles unter Hausarrest, ehe de Gaulles Amnestie ihn und die meisten seinesgleichen laufen ließ. Zwar ist auszuschließen, dass er der FLN angehörte, aber auf welcher Seite er eigentlich stand, ist nur schwer zu beantworten. Du erinnerst dich vielleicht, dass die Grenzen zwischen den einzelnen Organisationen fließend waren, und sie gewannen auch nach dem Abzug der Franzosen aus Algerien nicht an Kontur. Die OAS muss einstigen Gefährten gegenüber ziemlich brutal vorgegangen sein und viele von ihnen auf französischem Boden liquidiert haben. Fast hätten sie sich auch an de Gaulle gerächt. Dass Nasir in ihren Reihen stand, ist ziemlich ungewöhnlich, da die OAS zur überwiegenden Mehrheit aus weißen Franzosen bestand und nicht so ohne Weiteres bereit war, einen Araber auf die Soldliste zu setzen. Er muss etwas Besonderes für sie gewesen sein, oder sie wollten ihn vielleicht auch nur mehr im Auge behalten. Ich vermute, er war eine Art loses Ende der Kolonialgeschichte, und die politisch Verantwortlichen beschlossen, ihn mit einer Schenkung größerer Ländereien ruhigzustellen, zumal in einer Gegend, wo sich Landsleute von ihm niedergelassen haben, denen er als Imam vorstehen kann, bis er den Löffel abgibt.«

»Also im Grunde mehr oder weniger legal das Ganze?«

»Es scheint so. Wie gesagt, die Beziehungen zwischen Algerien und Frankreich waren in den Sechzigern ziemlich verwickelt. Jedenfalls hat er immer für die Heimmannschaft, also die Franzosen, gekämpft, auch wenn er für eine Weile nach rechtsaußen abgedriftet ist. Ins terroristische Lager aber scheint er nie gewechselt zu sein. Dafür hat er zu viel Lametta. Aber ja, zugegeben, man kann nie wissen.«

»Hmmm. Danke, Gentry«, sagte Smith und legte auf.

Red Herring, dachte er. Vielleicht saß er seinen eigenen Verschwörungstheorien auf, und es war im Grunde nichts dran an der Geschichte.

11. Eine Partie Schach

Gentrys wunderschönes, von Büchern ausgekleidetes Arbeitszimmer war auf Sommer eingestellt, das heißt, die Holzscheite im Kamin brannten nicht. Die Schlagläden waren dicht, und die polierten Mahagoniregale schimmerten im Licht der Lampen, die darüber hingen. Die beiden ziemlich zerknautschten Ledersessel standen an ihrem üblichen Platz links und rechts der Feuerstelle; ein Chesterfield-Sofa mit Knöpfen im tiefen Leder komplettierte das quadratische Ensemble. Es war, wie Smith aus Erfahrung wusste, unsagbar bequem, was wohl auch Arthur fand, der geradewegs darauf zusteuerte und es sich auf der Sitzfläche zufrieden grunzend gemütlich machte.

Auf die Regale war ein Teil von Gentrys Büchersammlung verteilt. Smith fragte sich, inwieweit sein Freund sich immer noch als Antiquar verstand. Er setzte jedenfalls alles daran, potenzielle Käufer, die sich an seine Haustür verirrten, so schnell wie möglich wieder loszuwerden. Von einer Haustür zu sprechen war nicht ganz richtig, denn der Eingang zu dem alten fünfgeschossigen Haus lag in der dunkelsten Ecke eines von hohen Mauern umschlossenen Innenhofs am Rande einer der engen Gassen, wie es sie zwischen der Arena und dem Fluss zuhauf gab. An der Tür hing kein Schild, das über den Besitzer des Hauses oder sein Gewerbe Auskunft gegeben hätte. Wohl aber war jede Menge Hightech installiert, die mehr oder weniger zufällig Vorbeikommende in Augenschein nahm. Smith hatte keine Ahnung, warum Gentry immer noch so tat, als handelte er mit Büchern. Vielleicht aus steuerlichen Gründen, was aber auch nicht gerade einleuchtend war. Ihn selbst tangierten Steuern herzlich wenig.

Die Figuren – ein Original-Staunton-Set von 1849 – standen bereits auf dem eleganten Sheraton-Schachtisch, der von zwei Stühlen mit Armlehnen vom selben Hersteller flankiert wurde. Natürlich gab es unzählig viele verschieden gestaltete Sets aus aller Herren Länder, von denen manche so weit zurückreichten wie die Schachgeschichte. Doch Gentry bevorzugte die klassische Variante für den alltäglichen Einsatz, die der Journalist Nathaniel Cooke 1849 entworfen hatte und die von seinem Schwager John Jacques in dessen berühmter Londoner Firma für Spiele hergestellt worden war. Cooke war Herausgeber der *Illustrated London News* gewesen und hatte seinen Figurensatz nach dem englischen Meister Howard Staunton benannt, der für das Magazin gelegentlich Artikel zum Thema Schach schrieb. Sein Satz war millionenfach aufgelegt worden und kam immer noch standardmäßig bei internationalen Wettbewerben zum Einsatz. Es war typisch für Gentry, zugunsten dieses traditionellen englischen Sets auf ausgefallenes Design und exotische Materialien zu verzichten. Typisch war auch, dass seines zur ersten Fünfhunderter-Auflage gehörte und von Staunton persönlich nummeriert und signiert worden war. Es zählte zu den ersten, dessen Türme und Springer auf der

Seite des Königs den Stempel einer Krone trugen, um sie von denen auf der Damenseite zu unterscheiden – eine hübsche Spielerei, die späteren Ausführungen verloren ging.

Beide Seiten hatten ihr übliches Gedeck: Single Malt für den Gastgeber, ein Scotch-Verschnitt aus dem Supermarkt mit viel Eis und Wasser für Smith. Die Getränke wirkten in ihren antiken Gläsern der Marke Treveris wie zu Hause. Smith hatte den Freund einmal gefragt, warum er es vorziehe, aus deutschen Gläsern zu trinken. Die Antwort war, dass Gentry es hasste, seinen Single Malt aus tonnenschwerem, mehr oder weniger kugelsicherem Bleikristall zu nippen. Die alten Treveris-Schwenker von Villeroy & Boch, zwar auch aus Kristallglas und mit feinem Facettenschliff, waren sehr viel leichter und dünner und dabei noch erschwinglich gewesen, als er sie im Saarland aufgetrieben hatte. Smith musste ihm irgendwie recht geben.

Ohne langes Getue setzten sie sich an den Tisch und fingen an. Gentry hatte nicht vergessen, dass er an der Reihe war, mit Weiß zu eröffnen. Sie wechselten einander ab.

Die Partie nahm einen unorthodoxen Verlauf. Normalerweise wurde nicht gespielt, sondern intellektuell miteinander gerungen. Gentry ging methodisch und logisch vor, vermied Risiken und sorgte für eine möglichst gefahrlose Stellung. Nicht, dass er es mit der Defensive übertrieb, auch Angriffsstrategien beherrschte er durchaus. Aber er zog es vor, seine Stellung mit Bedacht zu entwickeln und keine unnötigen Risiken dabei einzugehen.

Smith hingegen war sehr viel impulsiver, schlug gern unkonventionelle Wege ein und verließ sich oft auf spontane Einfälle. So legte er häufig ein höheres Tempo vor als sein Gegner. Wenn er verlor, lag es meist an ebenjener Impulsivität, und das wusste Gentry. Er wusste auch, dass Smith, wenn es von ihm verlangt wurde, sehr wohl zu einer methodischen, schulbuchmäßigen Partie in der Lage war und aus einem reichhaltigen Repertoire an berühmten Eröffnungen und Strategien schöpfen konnte. Und eben weil er dies wusste, fürchtete er den alten Freund, nicht nur beim Schach, sondern auch im wirklichen Leben. Es gab kaum einen ernster zu nehmenden Gegner, der beides war, vorhersehbar und doch von Zeit zu Zeit völlig unvorhersehbar agierte. Davon konnten viele ein Lied singen.

Über viele Jahre hatten sie die meisten der einfachen oder gängigen Eröffnungen ausprobiert. Ruy Lopez natürlich, die Sizilianische oder Französische Verteidigung. Sie waren Standard, boten dabei aber eine Reihe flexibler Varianten, für Amateure wie Profis gleichermaßen. Sowohl Smith als auch Gentry waren recht kompetente Amateure, doch hätte keiner von ihnen behauptet, mehr als das zu sein. Sie hatten keine Verwendung für jene eher esoterischen Eröffnungen, die sich Großmeister einfallen ließen. Ihre Liebe zum Schach war geprägt von freundlicher Rivalität, wie sie nur unter Freunden und Kollegen möglich war. Hinzu kam, dass sie sich während einer Partie angeregt unterhielten, was für ernsthafte Spieler selbstredend ein Tabu war. Das Spiel half ihnen, sich auf anstehende Probleme jenseits des Bretts zu konzentrieren. So auch an diesem Abend. Gentry spielte Weiß, entschied sich für ein Gambit und eröffnete mit e2-e4, Sg1-Sf3, Lf1-c4, die zur vierten und vielleicht ältesten aller aufgezeichneten Eröffnungen führten, der Italienischen Partie. Daraus ergab sich zumeist ein lebhaftes und einfallsreiches Spiel zwischen ihnen, das gerade Smith immer wieder zum Anlass nahm, verblüffende Richtungen einzuschlagen.

Während der ersten zehn oder zwölf Züge sagten sie kein Wort. Erst als sich das Spiel auf weniger verlässlichen Bahnen bewegte, ließen sie auch wieder ihren Gedanken freien Lauf. Das Tempo hatte ein wenig nachgelassen, weil sich beide eine Taktik für das Mittelspiel zurechtlegten. Gentry hatte sein recht aggressives Spiel fortgesetzt, worauf sich Smith einließ. Alles deutete auf eine lebhafte zweite Hälfte hin. Smith machte den Anfang einer Unterhaltung.

»Tja, wo fangen wir an?«

»Ich hätte da einige Informationen für dich, aber keine, die in der anstehenden Sache wirklich weiterhilft. Erstens wäre da was zu Henk zu sagen.«

Smith nickte und wartete.

»Ich habe mir die letzten drei Jahre seiner Anstellung bei Girondou angesehen, vom Tag seiner Sicherheitsprüfung an. Du hast offenbar recht mit deiner Einschätzung, dass er ein bisschen zimperlich ist, was die raueren Seiten seines Jobs angeht. Er hat es irgendwie bislang immer geschafft, kitzligen Situationen aus dem Weg zu gehen. Abgesehen von dem Vorfall mit Todesfolge am Strand von Beauduc, an dem du nicht unbeteiligt warst, ist er bis heute in keine gewaltsame Auseinandersetzung oder Schießerei geraten, und das ist ein bisschen ungewöhnlich für jemanden, der für Girondou arbeitet. Ansonsten scheint er einen guten Job zu machen. Es gab keinerlei Beschwerden. Bemerkenswert ist nur noch, dass er seit Kurzem Girondous Tochter Solange ziemlich nahesteht. Dem Vater scheint's nichts auszumachen. Vielleicht sieht er seine Tochter umso besser geschützt.«

Smith runzelte die Stirn. »Froh bin ich darüber nicht«, erklärte er. »Mir gefällt seine Art nicht, die er in letzter Zeit an den Tag legt. Ich frage mich, warum Girondou ihn mit seiner Familie auf Reisen geschickt hat. Oder ob nicht Girondou, sondern irgendjemand anders dahintersteckt. Schließlich ist es Henks Job, seinen Boss zu schützen, und das müsste ihm klar sein. Er behauptet, Girondou habe ihn abkommandiert. Mein Eindruck aber ist, dass er sich selbst ins Spiel gebracht hat.«

Gentry nickte. »Wie's wirklich war, wirst du herausfinden müssen, mein Freund.«

Sie sprachen weiter, während die Partie Schach ein wenig vernachlässigt wurde.

»Zweitens, Moroni. Es kann durchaus sein, dass er Girondou ernstlich Konkurrenz zu machen versucht. Er hat gerade eben sein *territoire* bis zur spanischen Grenze und nach Norden bis Lyon ausgedehnt. Weiter konnte er nicht, weil die Pariser Gangs was dagegen haben, und die Spanier im Süden lassen keine grenzüberschreitenden Spielchen zu. Bleibt eigentlich nur der Osten, das reichste Revier in ganz Frankreich. Girondou zu verdrängen ist aber kaum möglich.«

Smith biss die Zähne aufeinander und machte einen Zug mit etwas mehr Kraftaufwand als nötig. Gentry schaute aufs Brett, gespannt darauf, ob sein Gegner einen Patzer gemacht hatte. Aber dem war nicht so.

»Girondou scheint allerdings zurzeit so entkräftet zu sein, dass er nicht mal die Haut von einem Reispudding herunterziehen könnte. Vielleicht wittert Moroni seine Chance.«

»Klappert er deshalb die Bauern in der Camargue ab? Aber was bezweckt er damit?«

»Wer weiß? Dass Martine jetzt die Führung übernommen hat, schmeckt nicht allen, am wenigsten denen, die einer Frau nichts zutrauen oder die sich selbst gern auf ihrem Posten gesehen hätten. Wichtig wäre auch festzuhalten, dass Toulouse Moronis Zentrale ist und die von Girondou Marseille. Dazwischen liegt die relativ blockfreie Camargue. Vielleicht sieht Moroni in ihr eine Art Einfallstor zu Girondous *territoire*. Oder er will einfach nur herausfinden, inwieweit sich die neue Allianz zwischen seinem Rivalen und den Aubanets auswirkt.«

Während Gentry über seinem nächsten Zug grübelte, stand Smith auf, um seinem Freund und sich nachzuschenken.

»Drittens würde ich gern noch ein paar Worte über Girondou verlieren«, fuhr Gentry fort. »Er verhält sich zurzeit in der Tat ziemlich merkwürdig. Es wird über ihn gemunkelt, aber Konkretes ist nicht zu erfahren. Möglich, dass er bei all den Geschäften, an denen er beteiligt ist, den Überblick verloren hat oder dass an der einen oder anderen Stelle Probleme aufgetreten sind, von denen außer ihm niemand etwas weiß.«

»Das wäre ungewöhnlich. Ich habe in Sausset-les-Pins mit Angèle zu reden versucht, aber von ihr genauso wenig erfahren wie von Alexei. Mir kommt's fast so vor, als hätten sie Stillschweigen vereinbart.«

»Wenn sie nicht reden wollen, sollten wir das vielleicht respektieren.«

Anders als Smith, der sich wieder ganz auf das Spiel

konzentrierte, tat sich Gentry schwer mitzuhalten. Smith machte häufiger seinem Ärger beim Schach Luft, und wenn er das tat, kannte er kein Pardon. Es kam für ihn nicht infrage, seinem Freund Girondou in seinen Geschäften dazwischenzufunken, zumal dieser ihm deutlich zu verstehen gegeben hatte, dass er dabei nicht willkommen war. Aber einfach vergessen konnte er auch nicht. Girondous seltsames Verhalten hinderte ihn daran. Ganz davon abgesehen, stand für Smith Martine an erster Stelle, und diese Moroni-Geschichte war für ihn von vordringlicher Wichtigkeit.

»Nehmen wir diesen Moroni unter die Lupe. Grab über ihn aus, was auszugraben ist. Ich will alles über ihn wissen, nicht nur, was er vorhat. Ich werde veranlassen, dass Madame Durand ihren kleinen Kreis aus jungen Informanten dazu bewegt, sich in der Camargue umzuhören. Falls Moroni tatsächlich versucht, sich dort breitzumachen, könnte Martine in Gefahr geraten. Ich glaube nicht, dass sie mit Gangstern aus Toulouse fertigwird.«

Gentry setzte eine Figur und schnaubte leicht. »Mir scheint, die Camargue-Bauern können ziemlich gut auf sich selbst aufpassen. Aber vielleicht hast du recht: sicher ist sicher.«

Smith wechselte das Thema, ohne den Freund vom Haken zu lassen. »Mir sind die neuen Schlösser aufgefallen.«

»Aufgefallen?« Gentry grinste.

»Ich hab sie *gehört*, wenn du's genau wissen willst.«

Gentry nickte. Seinem alten Freund war nichts vorzumachen. Im Innenhof waren drei elektronische Türschlösser installiert, die sich nur manuell bedienen ließen. Gentry hatte nach seinem letzten Abenteuer mit Smith tatsächlich alle drei ausgewechselt. Gegen schwerere amerikanische Fabrikate. Er wusste zwar nicht, wie man solche Schlösser knacken konnte, aber wenn jemand dazu in der Lage war, dann Smith. Und jetzt hatte der Kerl die Neuanschaffung doch wahrhaftig an den Geräuschen der einzelnen Schlösser bemerkt.

»Ja, nachdem wir im letzten Jahr den Kräften des Bösen, darunter einem umgepolten GIGN-Kommando und gewissen Elementen aus irgendwelchen Hinterzimmern des Élysée nur mit knapper Not entkommen sind, hielt ich es für angebracht, mein System ein bisschen nachzurüsten.«

»Sehr vernünftig«, bemerkte Smith trocken.

»Moroni scheint gegen Girondou mobilzumachen und ihm über die Camargue auf den Pelz rücken zu wollen. Fassen wir zusammen. Dieser unangenehme Mensch aus Toulouse bietet einem Mann aus Marseille Paroli, den du für weniger unangenehm zu halten scheinst als andere Ganoven seines Schlags, weil er mit dir befreundet ist. Das Schlachtfeld der Wahl zwischen beiden Oberschurken ist deine geliebte Camargue, in der deine *inamorata* jüngst eine formlose, aber doch recht reale Führungsposition übernommen hat. Das geht so manchem Traditionalisten gehörig gegen den Strich, weil sie wie ihre Vorväter eine Frau in dieser Position für ungeeignet halten. Du siehst dich nun genötigt, Ehre und Amt dieser Dame zu verteidigen, so auch die deines Freundes Girondou – obwohl im letzteren Fall durchaus strittig ist, ob er überhaupt eine Ehre hat, die es wert ist, verteidigt zu werden. Du beabsichtigst, dich für beide starkzumachen, ohne dich mit ihnen darüber verständigt zu haben, also auf eigene Faust.«

Smith lächelte in sich hinein. Nach seiner Einschätzung würde er spätestens morgen Mittag Unterstützung erfahren. Gentry fuhr fort.

»Du versprichst dir von mir Informationen, die nur ich liefern kann, und glaubst wahrscheinlich, alles andere allein in Erfahrung bringen zu können. Ich verstehe, warum du dich engagierst, und werde dir natürlich helfen. Du würdest dich ohnehin nicht aufhalten lassen.«

Die Partie endete Remis, vor allem, weil Smith die Lust daran verloren hatte. Er war mit seinen Gedanken woanders. Gentry hatte recht. Wieso kümmerte er sich eigentlich um Girondou und seinen Anhang? Dessen Probleme waren schließlich nicht seine.

Als er und Arthur nach Hause zurückkehrten, war es schon nach Mitternacht. Es war warm in der Stadt und absolut still. Auf Höhe des Amphitheaters drängten sich ihm Erinnerungen aus früheren Zeiten auf. Seit seiner frühen Jugend hatte er Arles immer wieder besucht, zuerst mit seinem Vater, später allein. Damals war die Stadt während der Frühlings- und Sommermonate voller Touristen gewesen; die Betreiber von Cafés und Hotels hatten genug Umsatz gemacht, um sich im Herbst und Winter zur Ruhe zu setzen. Aber wie überall war auch hier die Zeit nicht stehen geblieben. Vor zehn Jahren noch hätte er um diese Uhrzeit jede Menge Touristen auf den Straßen angetroffen; die Bars wären überlaufen gewesen, und auch in die Restaurants hätte man noch einkehren können. Alles wäre noch voller Leben gewesen. Nicht so jetzt. Es kamen fast nur noch Tagesausflügler, viele von ihnen auf den riesigen Flussbooten herunter von Lyon, die an der neuen Anlegestelle festmachten, häufig drei bis vier nebeneinander. Sie schliefen dort, sie aßen und tranken an Bord, alles inklusive zum Pauschalpreis. Zu festen Zeiten schlenderten sie in geführten Kleingruppen durch die Stadt, über Kopfhörer auf Sehenswürdigkeiten aufmerksam gemacht und mit Texten versorgt, die die Eindrücke für sie verarbeiteten, sodass sie sich kein eigenes Urteil mehr bilden mussten. Bezahlt waren auch schon die Eintrittskarten für die Museen, und wenn sie darüber hinaus noch Geld ausgaben, dann höchstens für eine Tasse Kaffee oder Ansichtskarten. Sie alle lagen wohl jetzt in ihren Kabinen und schliefen. Eine weitere Besucherkohorte übernachtete in Wohnmobilen auf einem der städtischen Campingplätze, wo sie sich selbst versorgten. Selbst in der Hochsaison waren die Hotels nur zur Hälfte belegt, und die Bars und Restaurants machten schon um zehn Feierabend, weil sich kein Kunde mehr blicken ließ.

Smith ging durch vereinsamte Straßen. Sogar die Zikaden hatten aufgegeben und waren verstummt. Als er den letzten Anstieg hinter sich gebracht und am Amphitheater die sogenannte *Hauteur*, den höchsten Punkt der Stadt, erreicht hatte, beschlich ihn ein anderer Gedanke. Und weil er überhaupt nicht müde war, setzte er sich, wieder zu Hause, mit einem Glas Whisky auf die Terrasse und dachte nach. Arthur lag ihm zu Füßen und schlief. Nach einer Weile griff er zum Telefon.

»Guten Abend, Boss.«

Trotz der späten Stunde war in Deveraux' Stimme nicht die Spur von Verärgerung zu hören.

»Dev. Könnten Sie sich morgen für ein oder zwei Stunden freimachen? Ich würde Sie gern zum Mittagessen einladen.«

»Schön. Madame Aubanet wird unterwegs sein. Sie inspiziert irgendwelche Getreidespeicher. Jean-Marie kommt allein klar, ich muss da nicht auch noch mit. Wo treffen wir uns?«

»In der Nähe von Alyscamps gibt's ein nettes kleines Restaurant namens *Le Jardin de Manon.* So gegen eins?«

Mit einem zwanglosen »Abgemacht« endete das Gespräch.

12. Gedankenkost

Deveraux und Smith saßen an einem Tisch im Garten von *Le Jardin de Manon.* Es war mitten in der Woche, und die hohen Temperaturen brachten es mit sich, dass nur die Hälfte der anderen Tische besetzt war. In Arles gab es viele gute bis bessere Restaurants, von denen das eine oder andere weniger bekannte von Martines Familie geführt wurde. *Le Jardin de Manon* zählte zu Smiths bevorzugten Lokalen, und das erste Mal war er schon vor zwanzig Jahren darin eingekehrt. Es lag an einem unscheinbaren Platz neben den Alyscamps, der römischen Nekropole jenseits der Stadtmauern. Ihn hatten damals laute Musik und Gelächter angelockt, die von einer Party zur Feier des neuen Restaurants herrührten. Während Freunde und Familienangehörige das Betreiberehepaar beglückwünscht und miteinander angestoßen hatten, war ein kleines Mädchen namens Manon im Garten um sie herumgetollt. Aus Manon war inzwischen eine groß gewachsene und elegante Frau geworden, die in Montpellier eine Arztpraxis unterhielt. Das Restaurant stand auf Smiths Favoritenliste immer noch ganz oben, und er konnte sich zu den Stammgästen zählen. Der *Guide Michelin* empfahl es mit dem vergleichsweise bescheidenen Tellersymbol – der *assiette.*

Smith betrachtete sein Gegenüber mit einem Ausdruck, der beinahe Zuneigung verriet. Deveraux war für ihn seit vielen Jahren ein verlässlicher Freund. Galt Gentry für ihn als der planende Gefährte, sah er in Deveraux so etwas wie seinen verlängerten rechten Arm. Der hatte seinen Mut sowie seine Loyalität schon viele Male unter Beweis gestellt und sich für ihn in die Bresche geworfen, ohne auf seine eigene Sicherheit zu achten. Diese Art von Hilfsbereitschaft beruhte allerdings auch auf Gegenseitigkeit. Nicht zuletzt deshalb waren sie häufig als Zweierteam im euphemistisch so bezeichneten »Feld« eingesetzt worden, nicht selten in ziemlich gefährlicher Mission. Man wusste von ihnen, dass sie den Preis für den Erfolg notfalls auch mit ihrem Leben bezahlt hätten.

»Da ist was im Busch, und ich möchte nicht untätig bleiben.«

Deveraux zweifelte nicht daran, dass eine Erklärung folgen würde, also schwieg er und nippte an seinem Pastis. Die Hintergründe waren ihm hinlänglich bekannt. Als der erste Gang aufgetragen wurde – ein Stück Bullenfleisch-Paté –, legte Smith los.

»Es sind in letzter Zeit Dinge passiert, die, wie es auf den ersten Blick scheint, nichts miteinander zu tun haben. Ich glaube jedoch, sie hängen zusammen, nur wie, ist im Moment noch nicht klar. Zum einen wären da Girondou und seine Frauen, die ein seltsames Verhalten an den Tag legen und sich nicht erklären wollen. Zum anderen taucht Moroni, sein Rivale aus Toulouse, immer wieder in der Camargue auf und nimmt Kontakt zu Bauern auf, die nicht glücklich sind über Martines neue Führungsrolle.«

Deveraux nickte besonnen.

»Es bringt wahrscheinlich nichts, wenn wir uns in das Gerangel zwischen Girondou und Moroni einmischen, selbst wenn man uns darum bäte, was aber nicht der Fall ist. Jeanne meint, man habe sich längst daran gewöhnt, dass die beiden immer wieder aneinandergeraten.« Smith bezog sich auf Deveraux' neue Freundin, die zu Girondous Leibwächtergarde gehörte. »Mir machen eigentlich nur Moronis Umtriebe in der Camargue Sorgen, weil sie Konsequenzen für Familie Aubanet haben könnten. Ich habe keine Ahnung, wie Moroni es anstellen will, die Antipathien mancher Bauern untereinander für sich auszunutzen. Dass er es versucht, kann jedenfalls nichts Gutes bedeuten. Zugegeben, Girondous Geschäfte sind nicht unser Bier, aber ich mag den Mann, und wenn er Hilfe braucht, würde ich sie ihm geben.«

Als Hauptgericht wurden gegrillte Fischfilets – Loup de Mer und Dorade – aufgetragen; dazu gab es einen einfachen Salat und junge Kartoffeln. Beide unterbrachen ihr Gespräch und aßen.

»Wie könnte ich helfen, Boss?«

»Wir brauchen zuerst einmal weitere Informationen. Dafür will Gentry sorgen. Vielleicht erklärt sich einiges anhand der laufenden Geschäfte der beiden. Sie möchte ich bitten, etwas anderes ins Auge zu fassen. Mir ist unser Freund Henk nicht ganz koscher, und das eigentlich bereits seit unserer ersten Begegnung. Meine Vorbehalte habe ich anfangs darauf zurückgeführt, dass er keiner ›von uns‹ ist. Gentry hat ihn zwar gründlich durchleuchtet und als absolut sicher eingestuft, aber es fällt doch auf, dass er große Zurückhaltung übt, wenn von ihm etwas verlangt wird, das eigentlich selbstverständlich sein müsste.«

Deveraux grinste. »Ihre Maßstäbe sind aber auch besonders anspruchsvoll, Boss.«

Smith zuckte mit den Schultern.

»Mag sein. Ich möchte, dass Sie ihm auf die Finger sehen. Vielleicht kann Ihre Freundin dabei helfen. Sie arbeitet ja mit ihm zusammen. Und ich will wissen, in welcher Beziehung er zu Girondous Tochter Solange steht. Die beiden scheinen sich ausgerechnet in dem Moment einander genähert zu haben, da Girondou aus dem Konzept zu kommen scheint. Und weder Gentry noch mir gefällt, dass wir darüber nicht unterrichtet worden sind. Offenbar ist in Vergessenheit geraten, dass Henk, obwohl er für Girondou arbeitet, immer noch unser Mann ist. Ich mag diese Art von Selbstständigkeit nicht.«

»Okay. Sonst noch was?«

»Ja. Ich möchte einen detaillierten Bericht über Moronis Besuche in der Camargue. Madame Durand unterhält ein nettes kleines Informantennetzwerk aus autoverrückten Youngstern. Von denen ist wohl einiges zu erfahren. Ich will wissen, worauf Moroni aus ist.«

»Könnte das nicht besser Madame Aubanet herausfinden? Immerhin kennt sie sämtliche Landwirte der Gegend persönlich.«

»Mein eigentliches Interesse an der Sache rührt daher, dass Martine durch sie möglicherweise in Gefahr gerät. Wir wissen, dass manche Bauern ihr ablehnend gegenüberstehen, und sie werden sich mit ihren Bedenken gewiss nicht an sie oder ihren Vater wenden. Außerdem hat Martine in solchen Dingen kaum Erfahrung; sie würde wahrscheinlich mehr preisgeben als in Erfahrung bringen. Vielleicht handelt es sich auch nur um falschen Alarm oder Kleinigkeiten, und ich möchte sie nicht beunruhigen. Nein, wir gehen ganz diskret vor. Wenn Sie Jeanne vertrauen können, wäre sie uns vielleicht eine Hilfe. Wie gesagt, Henk steht auf einem anderen Blatt. Er ist für mich eine unbekannte Größe, und das macht mir zunehmend Kopfzerbrechen.«

»Nun, Jeanne ist täglich mit ihm zusammen. Ihr wird wahrscheinlich am ehesten etwas Ungewöhnliches auffallen.«

»Gut. Aber stellen Sie sicher, dass niemand unnötige Risiken eingeht. Heute Abend kommen Martine und ihr Vater zu mir zum Essen. Es wäre mir lieb, wenn Sie sie vom Mas abholen und sich mit uns an den Tisch setzen.«

Vom Mittagessen zurückgekehrt, beschloss Smith, sich der fälligen Arbeit im Garten zu entziehen. Dafür war es draußen einfach zu heiß und schwül. Stattdessen räumte er für seine Gäste ein wenig im Haus auf. Anschließend setzte er sich mit einem stark verwässerten Whisky in den Schatten der Weinranken auf der Terrasse und nahm Michael Baxandalls interessantes kleines Buch *Die Wirklichkeit der Bilder – Malerei und Erfahrung im Italien der Renaissance* zur Hand. Wie Thomas Manns *Der Zauberberg* und Kenneth Grahames *Der Wind in den Weiden* las er dieses Buch jedes Jahr aufs Neue. Während seiner Lehrtätigkeit als Kunsthistoriker war er von Baxandalls damals revolutionären Ideen stark beeinflusst gewesen; sie empfahlen, die Kunst einer Epoche nicht im Rückblick, sondern vor dem Hintergrund der Gedanken und Gebräuche ihrer Zeit zu betrachten und zu interpretieren. Smith fand diesen Ratschlag in allen Belangen durchaus nützlich. Wie gewöhnlich verlor er sich in der Lektüre und merkte kaum, wie der Nachmittag verstrich. Seine Gäste erwartete er erst später, und er genoss es, ein paar Stunden für sich zu haben. Es war Arthur, der den Wagen kommen hörte. Typisch. Irgendein für Smith rätselhaftes Hundetalent ermächtigte das Tier, den Range Rover der Aubanets vom Lieferwagen des Pizzamannes zu unterscheiden, auch wenn er vermutlich mit beiden das Versprechen auf ein Leckerchen verknüpfte. Smith erging es da kaum anders. Er stand langsam auf und folgte dem aufgeregten Windhund in den Eingangsflur, wo er feststellte, dass sich Martine bereits Einlass verschafft hatte. Überhaupt hatte er erst später mit ihr gerechnet. Trotzdem war es wie immer ein Vergnügen, sie zu sehen. Seltsam nur, dass sie nicht etwa Einkaufstüten, sondern einen großen Picknickkorb mit sich führte. Nachdem sie ihm einen etwas flüchtigen Kuss auf die Wange gegeben hatte, setzte sie den Korb mit Aplomb auf dem Küchentisch ab und holte Tupperware-Behälter in verschiedenen Größen daraus hervor.

»Ich hatte keine Lust, mir große Mühe am Herd zu geben«, erklärte sie, »wenn doch nur alle über das Essen hinwegreden. Also habe ich den Tiefkühlschrank geplündert. Ich hatte ganz vergessen, was für Schätze darin waren. Hier sind ein paar Speisen, die zusammenpassen könnten, vielleicht auch nicht. Probieren wir's aus. Vorräte richtig zu beschriften gehört nicht zu meinen Stärken.«

»Ich bin sicher, es wird uns allen schmecken«, erwiderte Smith. Auch er fand, dass sich gutes Essen und Tischgespräche eigentlich nicht vertrugen, aber selbst Martine, die regelmäßig zu Dinnerpartys in den Mas des Saintes einlud, würde sich nie erdreisten, ihren Gästen beim Essen den Mund zu verbieten. Es musste also einen anderen Grund für ihre scheinbar wahllosen Mitbringsel geben.

»Ich bin früher gekommen, weil einiges davon erst auftauen muss. Verwenden wir die Zeit …«

»Worauf?«

Sie schaute ihn verwundert an. »Na, auf uns beide natürlich. Ich habe angekündigt, dass ich mit dir schlafen möchte, und weil du dummerweise Gäste eingeladen hast und nach dem Essen wahrscheinlich müde bist, dachte ich, es wäre nicht schlecht, schon vorher zur Sache zu kommen.«

Emile traf, von Deveraux chauffiert, zwei Stunden später ein. Schließlich saßen alle am Tisch in Smiths kleinem Garten: Martine, Emile, Deveraux und Smith. Die erste Gesprächsrunde drehte sich um die vor wenigen Tagen vollzogene Wachablösung. Sowohl Emile als auch seine Tochter äußerten sich zufrieden darüber, dass die allgemeine Reaktion auf Martines neue Funktion sehr positiv ausgefallen sei. Man kannte und schätzte sie und wusste, dass ihr die Traditionen und Sitten der Camargue vertraut waren. Alles bestens also. Nach einer Weile konnte Smith seine Bedenken nicht länger zurückhalten.

»Emile, soweit ich weiß, gibt es in Ihrer Nachbarschaft mindestens vier Männer, die weniger positiv reagieren. Ich muss wissen, warum sie opponieren und nach einer Gelegenheit suchen, Ihnen und Martine Schaden zuzufügen. Ich spreche von Brun, Maneschi, Baroncelli und Cordiez.«

Emile nahm einen letzten Happen zu sich, legte Messer und Gabel ab und antwortete.

»Nun, drei der Genannten lehnen uns, die Aubanets, aus unterschiedlichen Gründen ab, die ich aber nicht besonders ernst nehmen muss. Wir sind hier nicht eine große glückliche Familie, und Rivalitäten hat es immer schon gegeben. Aber die werden beiseitegelegt, wenn wirklich wichtige Probleme anstehen und das Wohlergehen der Bauern oder die allgemeine Sicherheit betroffen sind. Im Fall von Laurence Brun, zum Beispiel, geht es in erster Linie ums Geschäft. Die Familie Brun ist vor allem am Reisgeschäft interessiert. Wie Sie wissen, wird in der Camargue Reis seit dem 16. Jahrhundert angebaut, wenn nicht schon länger. Er wurde vor allem als Viehfutter genutzt, und der Anbau sollte verhindern, dass sich das urbar gemachte Land wieder in Salzmarschen zurückentwickelte. Zwischen den Kriegen hat man den Reis auch als Nahrung gebraucht und die Pflanzen entsprechend kultiviert, wobei Immigranten aus Französisch-Indochina geholfen haben. Richtig groß aber wurde das Geschäft erst, als nach dem Zweiten Weltkrieg Gelder aus dem Marshallplan in die Reisproduktion investiert wurden. Es bildeten sich zwei Gruppen rivalisierender Produzenten heraus. Auf der einen Seite wir, die Aubanet-Gruppe, gegründet als Kollektiv einzelner Bauern; auf der anderen Seite die Brun-Gruppe, die ganz in der Hand der Familie ist. Wir konkurrieren seitdem miteinander. Unsere Gruppe ist kleiner, hat aber bessere Böden, die uns die Bruns immer wieder streitig zu machen versuchen. Unsere Bauern halten jedoch zusammen und geben nichts her. Mit persönlichen Animositäten hat das alles nichts zu tun. Das Verhältnis zwischen Laurence und mir ist sogar recht herzlich, wenn wir uns treffen. Wie gesagt, die Probleme sind rein geschäftlicher Natur.«

»Dann war die Einladung von Laurence Brun zum gemeinsamen Mittagessen im Mas also eine Art Friedensangebot?«

Emile nickte und lächelte ein wenig traurig. »Ja, das sollte es sein, war aber wohl nicht gerade erfolgreich. Martine hatte die Idee. Nun, ich kenne die Familie. Wenn es Opposition gibt, ist sie mit Sicherheit nicht politisch oder persönlich motiviert. Es geht den Bruns, wie gesagt, ausschließlich um ihre Geschäfte.«

Martine war sichtlich bekümmert, weil ihr gut gemeinter Versuch gescheitert zu sein schien, und zuckte mit den Achseln.

»Das mit der Familie Maneschi ist ganz einfach zu erklären. Sie leben hier so lange wie wir und ärgern sich darüber, dass die Bauern immer für uns als ihre Schutzpatrone votieren. Sie kommen ursprünglich aus Italien und sind dort immer noch ziemlich stark verwurzelt. Während des Krieges standen sie aufseiten Italiens. Sie wissen wahrscheinlich, dass Italien hier im Süden Besatzungsmacht war. Im Vergleich zu den Deutschen spielten sie nur eine untergeordnete Rolle; sie beherrschten nur das Gebiet zwischen Marseille und der Grenze. Aber daran erinnert man sich noch, und so gibt es Ressentiments auf beiden Seiten. Auch die sind nicht wirklich persönlich motiviert.« Emile machte eine kurze Pause und fuhr dann fort. »Mit den Baroncellis verhält es sich ganz ähnlich. Allerdings stammen sie nicht aus Italien, auch wenn der Name italienisch klingt. Folco de Baroncelli-Javon war ein durch und durch heimisches

Gewächs. Die Familie hatte sich im 15. Jahrhundert in der Provence niedergelassen, also ungefähr zur selben Zeit wie meine Vorfahren. Folco, der aus dem 19. Jahrhundert stammt, war Bauer und Schriftsteller. Er siedelte nach Saintes-Maries-de-la-Mer über, fing damit an, Bullen zu züchten, und interessierte sich mehr und mehr für lokales Brauchtum und Tradition. Er half nicht nur, die Courses Camarguaises zu organisieren, sondern auch die Nacioun Giardino – die Bruderschaft der *gardiens* – sowie die Félibrige, die von Frédéric Mistral gegründete Gesellschaft zur Pflege der provenzalischen Kultur. Man kann sagen, dass ein Großteil des heutigen Erscheinungsbildes der Camargue auf ihn und seine Familie zurückgeht. Viele Bauern waren damit nicht einverstanden, sie fühlten sich bevormundet und sahen ihre Lebensart zu einer billigen Touristenattraktion herabgewürdigt. Baroncelli gerierte sich tatsächlich als eine Art König der Camargue und war darum nicht bei allen gelitten. Nach dem Krieg führte die Familie ihren landwirtschaftlichen Betrieb in kleinerem Maßstab fort und zog sich aus der Öffentlichkeit zurück. Ich habe sie im Grunde aus historischen Gründen eingeladen. Von Animositäten kann kaum noch die Rede sein. Die Bedeutung des Tourismus als wichtige Einnahmequelle wird inzwischen von allen Seiten anerkannt. Man hat sich an die vielen Besucher gewöhnt.«

Smith grinste in sich hinein, weil die Aubanets, wie er wusste, am Tourismus kein geschäftliches Interesse hatten, ließ diesen Gedanken aber unausgesprochen. Emile trank einen großen Schluck Wein, als versuchte er, Kraft zu sammeln für ein heikles Thema.

»Die Cordiez-Familie steht auf einem anderen Blatt. Franco Cordiez ist ein kleiner Bauer und wie seine ganze Familie ein, wie ich finde, ziemlich unangenehmer Zeitgenosse. Eine Ausnahme bildet sein Sohn Roger. Seine Ausbildung als Stierkämpfer hat ihn mit einem größeren Kreis von Leuten in Verbindung gebracht und seinen Horizont erweitert. Sein Vater aber war immer schon ein Querulant, und ich bin mit Sicherheit nicht der Einzige, der Schwierigkeiten mit ihm hat. Ihn habe ich vor allem wegen seines Sohnes eingeladen. Ihm und seiner Familie steht ein großes Jahr bevor, und ich kann nur hoffen, dass Rogers Erfolg uns näher zusammenrücken lässt. Ich glaube nämlich nicht, dass es unüberbrückbare persönliche Differenzen zwischen uns gibt. Franco ist einfach unzufrieden mit der Welt im Allgemeinen.«

Der alte Herr war mit seinem Monolog offenbar am Ende angelangt, deshalb räumte Smith das Geschirr ab. Niemand verlangte es nach einem Nachtisch, und so blieben sie mit einem Glas Wein in der Hand am Tisch sitzen.

»Wozu also das Ganze, wenn ich fragen darf?«, sagte Emile. »Anscheinend geht hinter den Kulissen etwas vor, das uns betrifft. Mir ist klar, dass Sie am liebsten in Eigenregie handeln, aber ich finde doch, dass wir ein Recht haben, in Kenntnis gesetzt zu werden.«

Natürlich hatte er recht, und auch Smith hielt es für angebracht, sich zu erklären.

»Um ehrlich zu sein, tappe ich noch im Dunkeln. Ich bin mir nicht einmal sicher, ob es irgendetwas zu verstehen gibt. Aber Sie wissen vielleicht, dass Girondou einen Rivalen hat, Sebastien Moroni, der in Toulouse zu Hause ist.«

»Ja, aber er hat wohl ähnliche Gründe wie Girondou, uns in Frieden zu lassen«, pflichtete Emile ihm bei.

»Nun, seit ein oder zwei Wochen statten Moronis Leute einigen Ihrer Nachbarn Hausbesuche ab, insbesondere den Landwirten, aber nicht nur. Allen gemein scheint mir, dass sie relativ weit von Ihren engsten Verbündeten entfernt wohnen. Da scheint sich was anzubahnen, aber Genaueres ist nicht zu erfahren. Dass die Hausbesuche zeitlich mit Martines Beförderung zusammenfallen, mag Zufall sein. Vielleicht aber auch nicht. Hinzu kommt, dass Girondou, statt seinem Rivalen auf die Finger zu schauen, Trübsal bläst und sich zurückzieht – wie übrigens seine ganze Familie. Ich kann ihn nicht dazu bewegen, sich zu äußern, und möchte nicht weiter in ihn dringen, zumal mich das alles ja auch nicht wirklich angeht. Aber vielleicht haben Sie eine Erklärung.«

Es blieb eine Weile still am Tisch. Vergeblich warteten alle auf einen Beitrag von Emile. Schließlich ergriff Martine das Wort.

»Natürlich weiß ich nicht, was in Girondous Familie vorgeht. Während unseres gemeinsamen Mittagessens haben er und seine Frauen einen durchaus normalen Eindruck auf mich gemacht. Ich kann mir allerdings durchaus vorstellen, dass sowohl Girondou als auch Moroni ein Interesse daran haben, in der Camargue ihre Duftmarken zu setzen. Sie ist ein weites, offenes Land mit einer Fläche von über neunhundert Quadratkilometern, bekanntermaßen schwer zugänglich, weil durch sie nur einige wenige Straßen führen. Also auch für die Polizei kaum kontrollierbar. Für heimliche Geschäfte geradezu ideal. Ein gut siebzig Kilometer langer und nahezu unbeobachteter Küstenstreifen bietet sich doch an für illegale Importe. Wir erinnern uns an den Schmuggel waffenfähigen Plutoniums. Wenn ihr mich fragt, ist die Camargue der perfekte Ort für kriminelle Unternehmungen. Seit dem Ende des Zweiten Weltkriegs hat die Halbwelt immer wieder versucht, bei uns Fuß zu fassen. Wir aber konnten ihr einen Riegel vorschieben. Jeder weiß, dass mein Vater keine krummen Geschäfte duldet, was ich auch nicht tun werde. Vielleicht sind einige mit uns und unserer Haltung nicht einverstanden und bieten sich Moroni als Verbündete an. Vielleicht glaubt er, dass durch den Wechsel in der Führungsspitze genügend Unmut entstanden ist, um einen neuen Versuch zu wagen. Dass sich dank deiner Vermittlung, Peter, ein recht gutes Verhältnis zu Girondou entwickelt hat, lässt Monsieur Moroni als einzigen Gegner übrig, der uns gefährlich werden könnte. Wenn, wie du vermutest, Girondou etwas zugestoßen ist, das seine Position schwächt, wird Moroni diese Schwäche auszunutzen versuchen.«

Sie lag mit ihrer Einschätzung genau richtig. Die Mittelmeerküste war mittlerweile so dicht besiedelt und streng kontrolliert, dass sie sich als schneller Umschlagplatz kaum noch eignete. Umso begehrenswerter war der Zugriff auf die entlegeneren Gebiete der Camargue, zumal dann, wenn sich Girondous Machtbasis gleich mit einsacken ließ.

»Okay«, sagte Smith. »Da zu fürchten ist, dass die Bewohner der Camargue bedroht werden, sollten wir in Aktion treten. Aber zunächst einmal brauchen wir mehr Informationen. Ich schlage vor, wir nehmen Kontakt zu dem einen oder anderen derer auf, die von Moroni aufgesucht worden sind. Noch ist nicht klar, um wie viele es sich handelt. Ich habe nur die vier genannten Unwilligen ins Visier genommen, weil wir von ihnen wissen, dass sie Besuch bekommen haben. Es gibt mit Sicherheit noch andere.«

Für eine Weile herrschte nachdenkliches Schweigen. Es war schwer, gegen etwas vorzugehen, das noch gar nicht stattgefunden hatte und womöglich gar nicht stattfinden würde.

»Fürs Erste sollten wir vor allem wachsam sein«, fuhr Smith fort. »Die Bauern der Camargue werden am ehesten merken, wenn etwas im Busch ist. Vielleicht könntest du, Martine, ein paar eurer treuesten Freunde einweihen und sie bitten, die Augen aufzuhalten.«

13. Allianzen

Der Bauernhof machte nicht viel her. Hatte er noch nie. Er war einer der kleineren, die an die Salzmarschen grenzten, und musste sich mit wenigen Hektar kulturfähigen Bodens begnügen. Davon zu leben war mühsam. Es gab einige Schweine und ein paar Weiden, auf denen das Vieh anderer Landwirte graste. Cordiez musste sich auf anderen Höfen verdingen, um über die Runden zu kommen. Sein eigenes Land brachte nicht genügend Ertrag. Seine Frau war durchgebrannt, weil sie es mit ihm und seiner ständig gereizten Stimmung nicht hatte aushalten können. Vorbeifahrende Touristen fanden schön, was sie sahen: glitzernde Wasseroberflächen, schilfbewachsene Ufer und Büschel harter Gräser. Rosafarbene Flamingos, friedlich grasende kleine Bullen, vom Wind gebeugte Pinien, kreisende Greifvögel und malerische Wolkengebilde. Niemand schaute näher hin und bemerkte die Kehrseiten. Das taten Touristen nie. Sie machten ihre Fotos, spürten die Hitze und kehrten, wenn der Urlaub vorbei war, in ihre großen Häuser nach Stuttgart oder Manchester, Cincinnati oder Adelaide zurück. Cordiez war nie woanders gewesen und hatte kein Geld für Reisen, aber jetzt bedeutete der Mann aus Toulouse einen kleinen Hoffnungsschimmer für ihn.

Er hatte an diesem Tag wie immer für andere schwer geschuftet und musste jetzt zu Hause aufholen, was an Arbeit liegen geblieben war. Sein spätes Abendbrot bestand aus den Resten eines Eintopfs von vorgestern, aber er legte ohnehin keinen großen Wert aufs Essen; es war ihm egal, ob oder was er aß. Der Eintopf hatte nun schon drei Tage ausgereicht. Heute war's die letzte Portion, die er zu sich nahm. Für den späten Abend hatte sich sein Sohn angesagt; er wollte ein paar Tage bleiben. Er würde auf dem Hof helfen können und vielleicht einen neuen Eintopf zubereiten. Der Junge war ein guter Koch und zauberte, wenn er zu Hause war, aus den Beständen im Kühlschrank und in der Gefriertruhe immer eine leckere Mahlzeit. Die Besuche bei seinem Vater waren ihm wichtig, und trotz seines vollen Terminkalenders kam er regelmäßig, auch und gerade dann, wenn er in einer entfernten Stadt einen Kampf absolviert hatte und sein Vater weder Zeit noch Geld hatte aufbringen können, um ihn zu sehen. Er berichtete ihm dann in aller Ausführlichkeit von seinen Erfolgen. Sein Vater war ungemein stolz auf ihn, und jetzt, da die Frau ihn verlassen hatte, zählten seine Besuche zu den wenigen Dingen, die ihm wirklich Freude machten. Heute hatte er zur Abwechslung einmal dem Jungen Neuigkeiten zu bieten.

Es war schon spät, als sich die beiden an den Tisch setzten und miteinander redeten. Zwischen ihnen standen eine noch ungeöffnete Flasche Whisky und zwei Gläser.

»Donnerwetter. Hast du etwa geerbt, *papa?*«

»Was soll die Frage?«, entgegnete der Vater und markierte dabei einen schroffen Tonfall. »Ist doch wohl mehr als angebracht, ein bisschen zu feiern, wenn mein berühmter Sohn nach Hause kommt.«

Roger lachte. »Ich sag ja nichts. Mich wundert's nur, eine Flasche Whisky im Haus zu sehen.«

»Ich hatte vor Kurzem halt ein bisschen Glück. Bedien dich und erzähl: Was gibt es Neues?«

»Nun, der Auftritt in Istres war ein voller Erfolg, aber das weißt du ja, du warst schließlich dabei. Es sieht alles danach aus, dass ich nächste Ostern, wenn meine *alternativa* durch ist, in Nîmes kämpfen werde. Ich bin wohl billiger als die meisten anderen. Dass sie dort aufs Geld achten müssen, ist ja bekannt.«

»Die zahlen aber doch das branchenübliche Honorar, oder? Zumal für jemanden, der wie du für ein volles Haus sorgt. Enttäusche sie nicht.«

Der Junge lächelte und kam wieder auf die Überraschung zu sprechen. »Erzähl's mir, *papa*, wo kommt das Geld her?«

»Ich habe mich mit einem Mann aus Toulouse getroffen, der mir ein Geschäft vorgeschlagen hat, eines, das ordentlich was einbringt.«

»Und?«, hakte Roger nach.

»Tja, die Sache ist nicht ganz sauber.«

Der Sohn lachte wieder. »Welche Geschäfte, die für unsereins übrig bleiben, sind schon sauber?«

»Sie wollen irgendwas ins Land schmuggeln und sind bereit, ordentlich was springen zu lassen, wenn sie unseren Strand nutzen können.«

»Einfach nur nutzen? Wir brauchen selbst nichts dafür zu tun? Heißt das, wenn sie hoppsgenommen werden, könnten wir behaupten, nichts von alledem gewusst zu haben?«

Franco Cordiez nickte. »Ja, so ungefähr. Wir werden dafür bezahlt, dass wir uns nicht darum kümmern, was sie tun.«

Roger zuckte mit den Achseln.

»Klingt ganz okay. Wie viel lassen sie denn springen?«

»Das steht noch nicht ganz fest, wird aber irgendwo bei zehntausend Euro pro Lieferung liegen.«

»O Mann, das ist viel Geld fürs Nichtstun. Weißt du denn, was sie an Land bringen sollen?«

Franco hatte mit der Frage gerechnet und ahnte, dass seinem Sohn die Wahrheit nicht gefallen würde. Also blieb er in seiner Antwort vage.

»Dazu haben sie sich nicht klar geäußert, ich vermute aber, dass es die übliche Schmuggelware sein wird.«

Der Junge merkte auf. Es war untypisch für seinen Vater, um den heißen Brei herumzureden. Er hatte mit Sicherheit in Erfahrung gebracht, was genau geplant war und wie viel Geld er einstreichen würde.

»Mach mir nichts vor, *papa*. Du lässt dich doch nicht mit Halbheiten abspeisen. Für dich kommt nur ein Deal zustande, wenn alle Einzelheiten auf den Tisch gekommen sind.«

Franco hoffte, mit einer kleinen Lüge durchzukommen.

»Nun, wie gesagt, zehntausend pro Lieferung. Geschmuggelt wird das Übliche: Zigaretten, Fusel, Drogen und dergleichen. Vielleicht kommt es auch das ein oder andere Mal zu einer Speziallieferung. Für die erhielten wir dann … ähm, das Doppelte.«

»Wie bitte? Zwanzigtausend? Wofür? Was könnte so wertvoll sein, dass man für die Nutzung unseres Strands so viel Geld springen lässt?«

Die Stimme des Vaters fing leicht zu zittern an. »Sie haben gesagt, dass sie ab und zu Leute an Land bringen wollen.«

Der Junge ließ nicht locker. »Leute? Was für Leute?«

»Keine Ahnung«, antwortete Franco, inzwischen leicht gereizt. »Woher zum Teufel soll ich das wissen?«

Roger schwieg für eine Weile. Sein Vater leerte sein Glas mit einem Schluck und schenkte sich nach.

»Verdammt, es geht um Flüchtlinge, nicht wahr? Diese Typen schleusen Migranten ins Land. Ich habe davon in der Zeitung gelesen. Andernorts sind sie inzwischen so oft aufgeflogen, dass sie jetzt mit ihren schmutzigen Geschäften zu uns kommen. So sieht's doch aus, stimmt's?«

Der Vater nickte nur schwach und hob wieder das Glas an den Mund.

»Nein, *papa*. Das kannst du nicht machen. Dass du für ein paar Euro wegsehen willst, wenn Schnaps oder von mir aus auch Drogen geschmuggelt werden, kann ich ja noch verstehen. Aber das hier ist was anderes. Wenn du geschnappt wirst, hast du richtig Probleme.«

Cordiez senior ging in die Gegenoffensive. »Was soll daran verkehrt sein?«, blaffte er. »Man könnte sagen, wir geben diesen Leuten die Chance auf ein neues Zuhause. Es sind verdammt noch mal Flüchtlinge. Irgendwas hat sie in die Flucht geschlagen.«

»Jetzt mach bloß nicht auf Nächstenliebe, *papa*. Du und deine neuen Freunde, ihr wollt am Elend anderer verdienen. Gütiger Himmel! Was, wenn das rauskommt? Und irgendwann kommt es raus; du weißt, wie hellhörig unsere Nachbarn sind, und dann hast du hier ein für alle Mal verschissen. Man wird dich rädern und vierteilen.«

»Und was haben die lieben Nachbarn mir all die Jahre Gutes zukommen lassen?«, schnaubte Franco. »Erzähl mir das mal. Mir können sie alle gestohlen bleiben. Sobald ich die Taschen voll habe, mach ich mich vom Acker.«

Statt noch mehr Öl ins Feuer zu gießen, schlug er einen versöhnlichen Tonfall an in der Hoffnung, seinen Vater beruhigen zu können. Was aber auch unter günstigeren Umständen nicht leicht wäre, wie er wusste.

»Hör zu, *papa*. Du solltest dir das Ganze vielleicht noch einmal durch den Kopf gehen lassen. Bitte. Ich halte es für keine gute Idee.«

Franco Cordiez aber hatte sich in Rage geredet.

»Funk mir nicht dazwischen. Es geht hier um meinen Hof und um mein Leben, und ich tue, was ich will. Du hast doch keine Ahnung, wie beschissen es mir hier geht, tagein, tagaus. Du gehst auf Tournee, stichst teure Stiere ab und hängst mit aufgeblasenen Blödmännern ab, die du zu deinen Freunden zählst. Pass auf, was passiert, wenn was schiefgeht. Sie werden dir den Rücken kehren. Ich habe endlich mal die Chance, Geld zu machen, und die werde ich mir nicht entgehen lassen, ob es dir recht ist oder nicht. Wenn du damit nicht einverstanden bist, kannst du ja zu deinen Freunden gehen oder zu deiner Mutter und mich in Ruhe lassen. So, ich hab noch einiges zu tun.«

Er stand auf, ging mit der Whiskyflasche hinaus und knallte die Tür hinter sich zu. Roger saß noch lange am Tisch und starrte in sein gefülltes Glas, das er noch nicht angerührt hatte.

14. La Chassagnette

Vor allem war Smith neugierig. Zur Besorgnis gab es keinen besonderen Grund. Er wusste besser als die meisten, dass er sehr gut auf sich selbst achtgeben konnte. Es amüsierte ihn auch ein wenig zu sehen, dass der Fremde, so clever er auch sein mochte – und er schien wirklich clever zu sein –, dumm genug war, einem Reiter mit Hund auf offenem Gelände zu folgen, offenbar in Unkenntnis darüber, dass ein Windhund wie Arthur mit den Augen jagt und nicht der Nase nach. Gleichwohl hatte er einen durchaus ausgeprägten Geruchssinn, der besonders dann in Aktion trat, wenn es galt, versteckte Küchen in den Restaurants von Arles zu erschnüffeln. Noch viel besser als ein Labrador konnte er aus weiter Entfernung den Duft von *Bœuf en Daube* wahrnehmen.

Wie sein Herrchen zeigte Arthur keine Angst. Auch er fand das, was sich im Hintergrund abspielte, eher seltsam als besorgniserregend. Vielmehr interessierte er sich für einen Hasen, der sich trotz sengender Hitze ins Freie gewagt hatte. Sein jüngster Jagderfolg war immer noch lebhaft in Erinnerung. Sie passierten gerade einen der trockeneren Abschnitte von Emile Aubanets Manade, wo er schon häufiger Beute aufgestöbert hatte. Dass sich der Fremde nicht abschütteln ließ, irritierte ihn ein wenig. Er folgte ihnen, seit sie das Pferd gesattelt und ihren Ausflug gestartet hatten.

Smith war schon etliche Male beschattet worden, aber noch nie zu Pferd. Das war neu. Möglich, dass jemand seinen Scherz mit ihm trieb. Deveraux wäre so etwas durchaus zuzutrauen, doch der hatte sich, wie Smith wusste, mit seiner neuen Freundin zu einem Besuch im Museum *Musée des Civilisations de l'Europe et de la Méditerranée* in Marseille verabredet, wie es etwas sperrig hieß. Abgesehen davon wäre weder ihm noch Arthur aufgefallen, wenn Deveraux höchstpersönlich sich ihnen an die Fersen geheftet hätte, dafür war er einfach zu gut. Vielleicht hatte Jean-Marie beschlossen, ihm ohne Vorankündigung und aus Übungszwecken zu folgen. So etwas tat er ab und zu, was Smith ausdrücklich befürwortete. Er sah sich in diesem Zusammenhang an das Verhältnis zwischen Inspector Clouseau und dessen treuem Diener Cato erinnert, was er aber ihm, Jean-Marie, oder gar Martine nie sagen würde. Franzosen auf die Schippe zu nehmen wie Peter Sellers in seiner bravourös gespielten Filmrolle, würde sich Smith nie gestatten. Aber auch Jean-Marie konnte es nicht sein, denn er chauffierte Martine auf einer Geschäftsreise nach Nîmes.

Es verstand sich wohl von selbst, dass jemand, der einen anderen beschattete, wissen wollte, wohin dieser ging. Wenn sich für eine Antwort auf diese Frage mehrere langweilige Lebensstunden lohnten, musste sie von einiger Bedeutung sein. Smith wollte zu Mittag essen, allein, was an sich nicht gerade bedeutsam war. Sein Ziel war ein ländliches, recht renommiertes Restaurant namens *La Chassagnette*, und er hatte beschlossen, querfeldein auf direktem Weg mit dem

Pferd dorthin zu reiten, anstatt mit dem Auto Umwege in Kauf zu nehmen und sich ein zweites oder drittes Glas Wein verkneifen zu müssen. Der größte Teil der Strecke führte über das Land der Aubanets beziehungsweise ihrer unmittelbaren Nachbarn, die er alle inzwischen gut kannte. Das Restaurant hatte sich seit seinem letzten Besuch zu einem Gourmettempel entwickelt und führte eine Michelin-Rosette im Namen – oder auch »Stern« genannt, obwohl das berühmte Symbol nicht einmal annäherungsweise einem Stern glich. Smith wollte sich selbst ein Bild machen. In Anbetracht des Renommees oder vielleicht auch der Selbstherrlichkeit des Restaurants hatte er sich einen Tisch reservieren lassen und veranlasst, dass sein Pferd versorgt würde, während er aß. Die Person, mit der er telefoniert hatte, klang zunächst wenig begeistert – ob wegen des Pferdes oder weil er sich als einzelner Gast ankündigte? –, bis er den Namen Aubanet hatte fallen lassen. O ja, Monsieur, Sie und Ihr Pferd sind herzlich willkommen. Es war ihm peinlich gewesen, auch noch Arthur zu erwähnen. Wie dem auch sei, er wollte einfach nur zu Mittag essen und konnte nicht verstehen, warum ihm jemand folgte.

Plötzlich kam ihm der Gedanke, dass die Person, die ihm im Nacken saß, nur mit ihm reden wollte. Vielleicht eine etwas unorthodoxe Gesprächsanbahnung, man wusste schließlich nie. Smith schaute auf die Armbanduhr und sah, dass ihm noch reichlich Zeit blieb. Für das Pferd so überraschend, dass es scheute, warf er die Zügel herum. Auch Arthur schien perplex, als er einen Teil der Strecke zurücktrabte. Es dauerte nicht lange, und er stieß auf einen ziemlich jungen Mann auf einem grauen Camargue-Pferd. Es war der junge Stierkämpfer, mit dem er in Gimeaux Bekanntschaft gemacht hatte.

»Monsieur Cordiez, guten Tag.«

Er grüßte zurück, indem er mit den Fingern an die Hutkrempe tippte. »Guten Tag, Monsieur Smith. Ein herrlicher Tag für einen Ausritt, nicht wahr?«

»Ja. Was für ein netter Zufall, dass wir in derselben Richtung unterwegs sind. Wollen Sie auch in der *Chassagnette* einkehren?«

Der junge Mann lächelte. »Wär schön, aber nein, Monsieur. Dazu fehlt mir das nötige Kleingeld.«

»Nach Ihrer *alternativa* könnte sich das ändern.«

»Vielleicht, Monsieur, vielleicht.«

Smith dachte an die Zeit und wollte schnell auf den Punkt kommen. »Warum folgen Sie mir?«

»Weil ich mit Ihnen reden möchte.«

»Das geht auch einfacher. Was haben Sie mir zu sagen?«

Der junge Mann schüttelte den Kopf, leicht verärgert, wie es schien. »Dazu müsste ich weiter ausholen.«

»Dann essen Sie doch mit mir zu Mittag. Ich lade Sie ein.«

»Gern, Monsieur, aber da sind wahrscheinlich Leute, die mich kennen.«

Smith dachte nach. Martine würde erst am späten Abend zurückkommen; er wollte in die Stadt und mit seinem neu gewonnenen Freund Marcel Carbot eine Partie Dame spielen.

»Dann kommen Sie doch heute Abend, wenn es dunkel ist, zu mir in mein Haus an der Place de la Major. So gegen elf.«

Der junge Mann zeigte sich einverstanden.

»Gut«, sagte Smith. »Bis heute Abend. Wenn Sie mich jetzt entschuldigen würden ... Man erwartet mich, und Arthur wird bestimmt froh sein, nicht ständig über die Schulter blicken zu müssen.«

»Ein prächtiger Hund, Monsieur«, erwiderte der junge Mann und trieb sein Pferd an.

»Ja, ich weiß.« Smith setzte seinen Weg fort.

Der Aubanet-Faktor machte sich bemerkbar, kaum dass er das Restaurant erreicht hatte. Zwei junge Männer in schwarzen Hosen und weißen Hemden begrüßten ihn in der Tür. Einer führte das Pferd in den Hinterhof der großzügig restaurierten Anlage. Der andere warf einen leicht verunsicherten Blick auf Arthur. Die meisten französischen Restaurants duldeten Hunde, doch diejenigen, die sich für besser hielten und betuchte Amerikaner zu ihren Gästen zählten, standen ihnen häufig ablehnend gegenüber. Gemeinhin wurden Vierbeiner für schmutziger erachtet als Menschen. Smith kam den Bedenken zuvor, indem er erklärte, dass er lieber draußen essen würde – was nicht ganz der Wahrheit entsprach. Er nickte in Richtung mehrerer langer und einiger kleiner Tische unter einer Schatten spendenden Bambusmarkise, wo anscheinend größere Gesellschaften bewirtet wurden. An einem der längeren Tische hatten bereits mehrere Gäste Platz genommen, die seinen etwas eigenwilligen Auftritt interessiert beobachteten. Nicht ohne Stolz registrierte er, dass ein stattliches Camargue-Pferd mehr Aufmerksamkeit auf sich zog als ein Parkplatz voller Porsches und Ferraris.

»Wäre es Ihnen dort genehm, Monsieur Smith?«, fragte der Mann und zeigte auf einen Tisch neben der Hauswand.

Es gefiel Smith, als einzelner Gast nicht – wie sonst üblich in modischen Restaurants – an einen Katzentisch gesetzt zu werden, sondern an einen, der so groß war, dass Arthur bequem darunter Platz fand. Der junge Mann lächelte mit verschwörerischer Miene.

»Ich habe selbst einen Hund und weiß, was ihnen gefällt«, erklärte der junge Kellner und zog sich zurück.

Smith schaute sich um und dachte zurück an die Tage, als der junge Küchenchef einen großen Bauerngarten angelegt und den Ruf erworben hatte, frische Salate und wundervolles Gemüse auf den Tisch zu bringen. Er war ein guter Koch gewesen und avancierte zu einem noch besseren, und nach ein paar Jahren fand der Maître, dass es für seine Gäste eine Zumutung war, die fünfzehn Kilometer aus der Stadt in die Camargue zurückzulegen. Darum beschloss er, ihnen entgegenzukommen und ein Lokal in der Stadt zu eröffnen. Sein Nachfolger, der es nun führte, war vor Kurzem mit einer Michelin-Rosette ausgezeichnet worden, was nach Smiths Einschätzung der Qualität der Küche nicht immer dienlich war, weil so mancher solcherart geehrte Koch häufig nur noch mit sich selbst beschäftigt war.

Der Kellner brachte die Karte, auf der Smith eine Auswahl von Menüs mit unterschiedlicher Gangfolge fand, jeweils begleitet von einem vom Haus empfohlenen Wein. In seinem Hinterkopf ertönte ein Alarm, doch weil er gehört hatte, dass das Essen vorzüglich sei, beschloss er, seine Vorbehalte beiseitezulegen und dem Gastgeber zu vertrauen. Und darauf zu hoffen, dass die Qualität den Preis rechtfertigte. Nach einer noch angemessenen Zeitspanne nahm ihn ein anderer Kellner zur Kenntnis und kam zu ihm an den Tisch.

»Ich hätte gern das *Menu découverte.* Und ein großes Glas sehr kühlen Crémant, wenn ich bitten darf. Oh, und eine Schale Wasser für meinen Hund.«

Die Mimik des Kellners veränderte sich ziemlich deutlich; etwaige Erwartungen waren schnell verflogen.

»Habe ich etwas Unmögliches verlangt?«, sah sich Smith bemüßigt zu fragen.

»Ähm … nein, Monsieur.«

»Gut, dann bitte … Ich bin mit dem Pferd gekommen, und wir, mein Hund und ich, haben großen Durst. Wenn Sie für den Crémant nur Null-Zweier-Gläser haben, bringen Sie mir bitte gleich zwei. Vielen Dank.«

Der Mann machte einen etwas gequälten Eindruck und ging.

Das Restaurant hatte schon vor Jahren und als eines der ersten mit dem Label »Biologisch vegetarisch« für sich geworben, wofür Smith damals nicht viel übrighatte. Rein pflanzliche Ernährung war für ihn etwas, das er weder verstand noch goutierte. Neben verschiedenen vegetarischen Gerichten, auf die er keine Zeit verschwenden wollte, hatte er auf der Karte aber glücklicherweise ein paar interessante Ausnahmen entdeckt. Die Benennung eines Hauptganges wie etwa eines Lammgerichts erklärte üblicherweise eine bestimmte, exotische Zubereitungsart, zu der auch eine Soße gehörte, gefolgt von einer Liste von Gemüsesorten und einer umständlichen Beschreibung dessen, was dem Koch an schmückendem Beiwerk sonst noch so eingefallen war.

Hier wurde die Ordnung der Dinge umgekehrt und dem Gemüse Priorität eingeräumt. Auf eine lange und ausführliche Beschreibung ihrer Lese, Garzeit und Anrichte folgte eine kurze, irgendwie schamhaft anmutende Auskunft zum Thema Fleisch oder Fisch. Drei der fünf angebotenen Hauptgerichte versteckten die Hinweise auf Thunfisch, Brasse und Täubchen hinter einer Gemüsekredenz, die wie eine Primaballerina herausgeputzt war. Zwischen diesen drei Gerichten waren, sozusagen zur Entspannung, zwei rein vegetarische Gänge eingeschaltet. Zum Auftakt wurden in allen Fällen rein vegetarische *amuse-bouches* versprochen. Früchtekreationen bildeten den Abschluss. Spezielle Weine standen nicht im Angebot, nur die Empfehlung des Hauses.

All dies ging Smith gegen den Strich, doch war er durchaus gewillt, sich überraschen zu lassen.

Der erste Kellner – der mit dem Hund – brachte ein großes mit Crémant gefülltes Weinglas und eine Schale Wasser für den Hund, während Smith den anderen anscheinend vergrätzt hatte. In *besseren* Restaurants war er schon des Öfteren auf einen feinen Unterschied aufmerksam gemacht worden: Es gehörte sich für einen Gast nicht, Wünsche zu äußern; vielmehr ließ er sich vom Kellner sagen, was er bekommen würde.

Beide, Herr und Hund, tranken durstig und warteten auf den Beginn der Inszenierung. Und ausharren mussten sie. Smith vertrieb sich die Zeit damit, die Blicke schweifen zu lassen, und sah, dass die meisten der anderen Gäste ebenfalls auf ihr Essen warteten. Es dauerte, bevor der zweite Kellner einen kleinen Teller servierte, darauf einen hübsch angerichteten – oder vielleicht wäre angegossenen das richtigere Wort gewesen – *velouté* aus bitteren Kräutern, Kohlrabi-Fondants und Blätterschaum. Smith wurde schwer ums Herz: Für diese Kreation waren Zähne gewiss nicht vonnöten. Und als wäre das nicht schlimm genug, hob der junge Kellner zu einer Rede an, mit der er wortreich ausführte, was er dem Gast da vorgesetzt hatte und warum dieser gut beraten war, in Ehrfurcht zu erstarren. Smith platzte der Kragen.

»Junger Mann, bringen Sie mir bitte mein Essen, ohne Vorträge zu halten. Wenn ich Fragen habe, werde ich sie stellen. *D'accord?*«

Der junge Mann senkte den Blick und ging, außerstande, seinem Küchenchef Genüge zu tun, der darauf bestand, die Gäste wissen zu lassen, wie und womit sein wunderbares Essen zubereitet wurde. Smith registrierte, dass die Last, ihn zu bedienen, wieder dem ersten Kellner aufgebürdet wurde, der recht zügig servierte und nicht viele Worte verlor. Die einzelnen Gänge kamen in rascher Folge. Jeder sah großartiger aus als der vorherige, und jedes Mal hatte Smith Mühe, den Fisch oder das Fleisch unter dem barocken Gemüsearrangement zu entdecken. Und es war ihm unmöglich, zwischen den vielen verschiedenen »Geschmackserlebnissen«, die ihm versprochen worden waren, zu unterscheiden. Er sah sich an seine Schulzeit und den Umstand erinnert, dass es die Schulküche tatsächlich fertiggebracht hatte, jedes Grün zu einem geschmacklosen Papp zu zerkochen. Immerhin wusste man damals, die jeweiligen Gemüsearten zu benennen. Ganz anders hier. Selbst das erste der beiden Desserts – *mille-feuille aux pommes*, der tatsächlich nach Apfel schmeckte – verschwand unter einer Reispuddingexplosion mit hauchdünnen Zitronenscheiben und Basilikumeis. Armer alter Apfel, dachte Smith. Apfelkuchen, für den die französische Küche zu Recht berühmt war, zählte zu seinen Lieblingsspeisen. Die zu den einzelnen Gängen eingeschenkten Weine ließen ebenfalls zu wünschen übrig. Smith nippte nur daran.

Er verlangte nach der Rechnung und bekam sie auch schnell. Sie belief sich auf fast zweihundert Euro. Aber das Restaurant war selbst in puncto Barzahlung überfordert. Anscheinend trugen nur ganz wenige Gäste echtes Geld bei sich, und es dauerte, bis jemand wechseln konnte.

Als er sich von seinem Platz erhob, stand ein großer Amerikaner am Nebentisch auf und kam auf ihn zu.

»Entschuldigen Sie die Störung, Sir, aber dürfte ich Ihnen eine Frage stellen?«

»Natürlich«, sagte Smith. »Wie kann ich Ihnen helfen?«

»Nun, meine Frau und ich ...«, er deutete auf eine elegante Dame mit rosigem Teint, die ein gefällig altmodisches, floral gemustertes Baumwollkleid und auf dem Kopf einen Hut mit breiter Krempe trug. »Wir sind hier, um wie Sie zu lunchen, doch im Unterschied zu Ihnen gelingt es uns irgendwie nicht, die Kellner für uns zu interessieren. Gelegentlich kommt zwar der eine oder andere an unseren Tisch, hält aber nur Vorträge und verschwindet wieder. Sie scheinen hingegen einen Kellner gefunden zu haben, der kommt, wenn Sie es wünschen, und nicht viel Federlesens macht. Wie schaffen Sie das?«

Smith bemühte sich um eine ernste Antwort. »Vielleicht, Monsieur, liegt es daran, dass ich einen Hund in meiner Begleitung habe und zu Pferde gekommen bin.«

Er lächelte höflich, wünschte »*bon appetit*« und ging, gefolgt von Arthur.

Als er sein Pferd abholte, gab er dem Kellner, der ihn in den Hof begleitete, ein großzügiges Trinkgeld. »Danke für Ihre Hilfe.«

»Es war mir ein Vergnügen, Monsieur Smith. Meine besten Empfehlungen an Madame Aubanet. Sie und ihr Vater sind Freunde meiner Eltern. Meine Familie bewirtschaftet ein paar Hektar in der Nähe von Salin de Badon. Ich heiße Roger Dumaine. Tut mir leid, wenn unser Essen nicht zu Ihrer Zufriedenheit war.«

Smith saß inzwischen im Sattel und schaute auf den jungen Mann hinab. Arthur hatte sich auf dem Weg hierher von ihm mit Leckereien verwöhnen lassen und blickte erwartungsvoll auf. »Nichts für ungut, Roger. Ich bin wahrscheinlich auch kein Gast nach dem Geschmack Ihres Küchenchefs.«

»Wenn Sie das nächste Mal ausreiten, kommen Sie doch auf unseren Hof. Da gibt's für Ihren Hund noch ein paar Hasen zu jagen, und meine Mutter kocht viel besser als das Essen, was hier geboten wird«, sagte er und nickte in Richtung Restaurant.

Smith nickte dankbar und setzte sein Pferd in Bewegung. »Darauf werde ich vielleicht zurückkommen, junger Mann.«

Es war schon vier am Nachmittag, als er den Mas des Saintes wieder erreichte und feststellte, dass Emile außer Haus und Martine noch nicht zurückgekehrt war. Er erinnerte sich, dass er am Abend mit seinem Freund Marcel Dame spielen wollte, stieg kurz entschlossen mit Arthur in den verbeulten Peugeot und fuhr zurück in die Stadt.

Sie spielten in der internationalen Variante mit zehn mal zehn Feldern und jeweils zwanzig Steinen, und zwar nach den üblichen Regeln, wonach die Steine sowohl vorwärts als auch rückwärts ziehen können und, wenn möglich, schlagen *müssen*. Wird die Schlagpflicht versäumt, kommt es zum sogenannten Blasen, bei dem der Gegner den Stein, der hätte schlagen müssen, vom Brett nehmen darf. Erreicht ein Stein die gegnerische Grundlinie, wird er zur Dame, die beliebig viele Felder vor und zurück springen darf.

Zur Abwechslung spielten die beiden auch manchmal andere Varianten, zum Beispiel die in der Türkei oder in Friesland gebräuchliche, bei der die Dame neben diagonal auch orthogonal bewegt werden kann.

Smith und Marcel Carbot hatten sich unter tragischen Umständen kennengelernt. Dessen Enkel war vor gut einem Jahr am Strand von Beauduc erschossen worden, und Smith hatte den Fall aufzuklären geholfen. Seitdem spielten sie miteinander Dame, ein Spiel, das in Frankreich durchaus ernst genommen wurde, zumal das Land bereits mehrere Weltmeister hervorgebracht hatte. Der alte Mann war ein hartnäckiger Gegner und Smith der wahrscheinlich schlechteste Spieler weit und breit. Doch wie im Schach gewann er dank seiner unorthodoxen Spielweise mehr Partien, als es ihm gerechterweise zugestanden hätte. Der Unterschied zu den Spielen mit Gentry bestand darin, dass dieser auf seine Tricks immer verschnupft reagierte, während sie seinen französischen Gegner amüsierten.

Carbot schwatzte auch gern beim Spielen.

»Ist Ihnen zufällig die Familie Cordiez bekannt, Marcel?«, fragte Smith.

Carbot dachte gerade intensiv über den nächsten Zug nach und ließ sich mit der Antwort Zeit. Als er aber seinen Stein gesetzt hatte, griff er die Frage endlich auf, vielleicht in der Hoffnung, seinen Gegner vom Spiel ablenken zu können.

»Natürlich«, antwortete er. »Die kennt doch jeder.«

Seine Stimme klang nicht sehr freundlich. Smith war auf eine Erklärung gespannt.

»Verstehen Sie mich nicht falsch. Der Sohn ist ein netter Kerl, ein talentierter Stierkämpfer. Vielleicht liegt's daran, dass er noch in der Ausbildung steckt und viel Zeit in angenehmerer Gesellschaft verbringt. Als Stierkämpfer bringt man es nicht weit, wenn man so ein Kotzbrocken ist wie sein Vater.«

»So schlimm?«

»Was soll ich sagen? Regt sich über alles auf, hat für niemanden ein gutes Wort übrig und schiebt ständig schlechte Laune. Alle gehen ihm aus dem Weg. Übrigens, sein Vater war genauso.«

»Aber abgesehen davon, dass er nicht besonders nett ist, ist er doch ganz in Ordnung, oder?«

Der alte Mann zuckte mit den Achseln. Er hatte offenbar kein Interesse an Cordiez. Smith versuchte, sich wieder auf das Spiel zu konzentrieren. Sein Gegner hatte sich bereits einen klaren Vorteil verschafft und ihn in die Defensive gedrängt. Ohne ein paar mutige Opfer würde Smith bald aussichtslos zurückliegen. Sei's drum, dachte er. Schließlich ging es ihm an diesem Abend um etwas anderes als Sieg oder Niederlage. Carbot war bestens informiert über das Leben und Treiben auf dem Land. Er hielt sich wie Madame Durand auf dem Laufenden. Smiths nächste Frage war schon um einiges konkreter.

»Haben Sie schon einmal von einem Mann aus Toulouse mit Namen Moroni gehört? Es scheint, dass er in der Camargue herumschnüffelt.«

Carbot schüttelte den Kopf. Er blieb auf das Spiel konzentriert.

»Nein, aber wenn Sie wollen, erkundige ich mich nach ihm.«

Der Alte schlug Stein um Stein und schaffte es unversehens, eine Blockade zu errichten, die Smiths Manövriermöglichkeiten auf ein Minimum beschränkte. Er sah das Ende kommen.

»Das ging ja schnell«, sagte er. »Kompliment, alter Knabe.«

Carbot grinste zufrieden. »Danke für das Spiel, Peter. War nett, Sie wieder einmal zu sehen. Was diesen Moroni betrifft, werde ich mich umhören, kann aber nichts versprechen. Seit Jean-Claudes Tod habe ich nicht mehr viel Kontakt zur Camargue.«

Er richtete seinen Blick auf den Kaminsims, auf denen gerahmte und mit Trauerschleifen versehene Fotos von seinem Sohn und seinem Enkel standen, beide in Uniform. Darüber hingen mehrere Orden und Medaillen.

»Die Familie Aubanet hat Sie jedenfalls nicht vergessen, Marcel.«

Die Miene des alten Mannes hellte sich auf. »Ja, ich weiß. Madame besucht mich manchmal. Es ist immer sehr schön, sie zu sehen.«

Roger Cordiez erschien pünktlich um elf.

»Monsieur Smith. Danke, dass Sie mich empfangen.«

»Ich hoffe, ich kann helfen. Wie wär's mit einem Drink? Wein? Whisky?«

Der junge Mann lächelte bedauernd. »Nur ein Glas Wasser, bitte. Ich bin im Training.«

Sie setzten sich. »Was kann ich für Sie tun?«, fragte Smith.

»Monsieur, ich möchte Sie um Hilfe bitten. Ich kenne Sie kaum, weiß aber um Ihren Ruf. Es gibt da ein Familienproblem, mit dem ich ein bisschen überfordert bin.«

Smith seufzte lautlos. Er hatte keine Lust, sich in Angelegenheiten der Cordiez' einzumischen, auch wenn der junge Mann, wie sich in Gimeaux gezeigt hatte, den Aubanets recht nahestand. Smith beschloss, sich höflich anzuhören, was Roger auf dem Herzen hatte, und ihm dann mit ein paar guten Gründen zu erklären, warum er nichts weiter für ihn tun könne. Doch es sollte nicht lange dauern, dass er sich eines anderen besann.

»Mein Vater, Franco Cordiez, hat sich offenbar bereit erklärt, einem Mann aus Toulouse zu helfen, einem gewissen Sebastien Moroni. Er will Flüchtlinge einschleusen, und zwar von Beauduc aus über unseren Grund und Boden. Er bietet ihm eine Menge Geld dafür, dass er beide Augen zudrückt, wenn die armen Teufel an Land gebracht werden.«

Smith hatte schnell zwei und zwei zusammengezählt, versuchte aber, mehr zu erfahren.

»Sind Sie sich sicher?«

Der junge Mann nickte. »Absolut.«

»Haben Sie mit anderen darüber gesprochen?«

»Nein.«

»Und was erwarten Sie nun von mir?«

Roger Cordiez schien in Verlegenheit zu geraten. »Sie könnten versuchen, ihm die Sache auszureden.«

Smith erwähnte lieber nicht, dass er auf Anhieb etliche Möglichkeiten sah, einen solchen Plan zu vereiteln, aber eben nicht allzu viele, die dem Sohn Anonymität sicherten.

»Ich nehme an, Sie haben das selbst schon versucht.«

»Klar, aber er hält daran fest.«

»Man hat ihm wahrscheinlich viel Geld angeboten.«

»Insgesamt zwanzigtausend pro Lieferung, wenn alles glattläuft.«

Smith stieß einen Pfiff aus. Das war mehr als genug, um einen erfolglosen Camargue-Bauern in Versuchung zu führen.

»Hat es eine solche ›Lieferung‹ schon gegeben?«

»Ich glaube nicht.«

Smith dachte nach. Moronis Besuche in der Camargue erklärten sich damit. Er versuchte also, Leute zu rekrutieren, die auf die Aubanets nicht gut zu sprechen waren. Natürlich musste das Projekt gestoppt werden. Dafür trug allerdings Martine Verantwortung, nicht er, Smith. Er machte sich um den Jungen Sorgen.

»Roger. Wenn die Sache auffliegt, wird Ihr Vater früher oder später herausfinden, dass Sie geredet haben. Sie sind die einzige Person, mit der er darüber gesprochen hat. Können Sie mit den Folgen leben?«

»Das habe ich mich auch schon gefragt, Monsieur Smith«, antwortete der junge Mann bedrückt. »Mein Vater ist schwierig, aber kein Verbrecher. Ich bin mir sicher, das Geld hat ihm den Kopf verdreht. Eigentlich verstehe ich mich gut mit ihm. Und das wird wahrscheinlich so bleiben, egal wie sauer er auf mich ist. Nach unserem Streit hat er sich auch schon wieder beruhigt.«

»Na schön. Geben Sie mir Bescheid, für wann ein Landungsversuch geplant ist?«

»In Ordnung.«

»Erst dann können wir etwas tun. Drohungen allein werden nicht reichen. Wenn es uns gelingt, einen solchen Versuch zu vereiteln, wird Moroni seinen Plan vielleicht aufgeben oder sein schmutziges Spiel woanders treiben. Ich muss mich mit ein paar Freunden beraten. Lassen Sie von sich hören, sobald sie Genaueres erfahren.«

Cordiez stand auf und reichte ihm die Hand. »Danke, Monsieur Smith. Mein Vater hat nur wenige Freunde und wahrscheinlich niemanden, der ihm helfen würde. Aber wie gesagt, er ist kein schlechter Kerl, doch leider so arm dran, dass er für diesen Moroni leichte Beute ist. Noch mal, vielen Dank für Ihre Hilfe.«

Er ging und ließ Smith mit einer Menge an Gedankenspielen allein.

15. Geheimnisse

Rechtzeitig zum Mittagessen traf er im Mas des Saintes ein. Sie saßen nur zu dritt – Martine, Emile und er – an dem langen rustikalen Tisch in der Küche. Die Köchin hatte frei, und er wusste nicht, wer das Essen zubereitet hatte. Es gab eine kalte *sauce au pistou,* danach eine *pissaladière* und zum Nachtisch Käse und Früchte. Wein wurde aus den unetikettierten Flaschen von den Weinbergen der Aubanets am Unterlauf der Rhone getrunken. Smith verkniff sich die Bemerkung, dass er kalte Suppen eigentlich nicht mochte, zumal er zugeben musste, dass diese immerhin dick genug war. Eine rote Linie zog er bei solchen, durch die man den Boden der Suppenschale sehen konnte. Außerdem war sie köstlich und offenbar erst vor einer Stunde zubereitet worden. Die *pissaladière* war der traditionelle Zwiebelkuchen à la niçoise aus einem Brotteig und mit Anchovis, Oliven und leicht karamellisierten Zwiebeln belegt.

Wortlos hörte er zu, was Martine über ihren jüngsten Abstecher in die Camargue zu erzählen hatte. Sie schien jetzt alle Nachbarn besucht zu haben und mit dem Ergebnis ihrer Rundreise, von einigen wenigen Ausnahmen abgesehen, zufrieden zu sein. Er war froh, dass es damit nun ein Ende hatte. Sicherheitstechnisch waren ihre Ausflüge ein Albtraum gewesen, aber die Camargue war wohl, wie er sich eingestand, ein kleiner Teil der Welt, an dem sie so sicher oder unsicher war wie anderswo. Emile hatte sie in den letzten Tagen nicht begleitet und sich stattdessen den Freuden des Junkertums hingegeben: sich um seine geliebten Bullen gekümmert und die Abende unter engen Freunden und Verbündeten verbracht. Auf sie konnte er sich verlassen, und das seit Jahrzehnten; umgekehrt verhielt es sich genauso. Sie hatten ihn eingeladen, um sich persönlich bei ihm zu bedanken. Als auch er seinen Bericht abgeschlossen hatte, war für Smith die Zeit reif, dass er ein paar unerfreulichere Nachrichten zum Besten gab.

»Ich kenne jetzt den Grund für die mysteriösen Besuche des Mannes aus Toulouse. Du hattest recht, Martine. Sebastien Moroni will die Strände der Camargue nutzen, um illegale Migranten einzuschleusen, und sucht nach Mithelfern unter euren Nachbarn. Er hat gezielt Leute angesprochen, deren Grundbesitz ans Meer grenzt. Ich weiß nicht von allen, aber einer von ihnen ist Franco Cordiez.«

Emile Aubanet sah plötzlich älter aus als fünfundsiebzig. Seufzend lehnte er sich zurück und schüttelte den Kopf.

»Dachte ich mir doch, dass es irgendwann einmal dazu kommt. An unseren Stränden wird schon seit Jahrhunderten geschmuggelt. Sie bieten sich geradezu an. Früher hat man Gewürze und Seide aus dem Orient an Land gebracht, dann waren es Tabak und Spirituosen. Irgendwie haben wir das romantisch verklärt. Während des Krieges wurden wir über die Strände aus- und eingeschifft. Viele britische Soldaten der OSS stiegen von U-Booten auf Fischerboote um und kamen an Land, Flüchtlinge nahmen den umgekehrten

Weg. Die Deutschen konnten die Strände nicht kontrollieren. Man muss schon hier geboren sein, um sich auszukennen, es sei denn, Anlieger helfen einem. Im Grunde waren es immer schon die Bauern, die das Schmugglergeschäft erst ermöglicht haben. In jüngerer Zeit haben es allerdings manche auf eigene Faust versucht, vor allem mit Drogen, aber denen konnten wir in den meisten Fällen einen Strich durch die Rechnung machen. Mit Drogen wollen unsere Leute hier nichts zu tun haben. Tja, jetzt sind es wohl Flüchtlinge. Weiß der Himmel, was sonst noch zu erwarten ist. Jedenfalls sollten wir diesem Spuk ein Ende machen, bevor er überhaupt richtig beginnt.«

Martine wandte sich an Smith. »Was schlägst du vor, Peter? Wir können das nicht zulassen. Mit dem Elend anderer Geschäfte zu machen, ist entsetzlich und verabscheuungswürdig.«

»Bevor wir irgendwelche Maßnahmen treffen, müssen wir uns über Folgendes im Klaren sein: Die Zeiten haben sich geändert, und der Schmuggel von Tabak oder Alkohol ist mit Menschenhandel nicht zu vergleichen. Damals hat man mit den Zöllnern Katz und Maus gespielt, doch jetzt steht sehr viel mehr auf dem Spiel, und die Leute, die Drogen und Menschen umschlagen, sind von ganz anderem Kaliber. Männer wie Moroni gehen über Leichen. Sie verhandeln nicht, sondern fordern mit vorgehaltener Waffe. Bei allem Respekt, aber ein paar ehrbare Bauern werden das Problem nicht lösen. Moroni hat Cordiez zwanzigtausend Euro versprochen, wenn er zulässt, dass Flüchtlinge über sein Land geschleust werden – pro Fuhre. Er selbst braucht keinen Handschlag zu tun. Allenfalls muss er bereitstehen, um den

Schleusern zu zeigen, wo's langgeht. In einem Jahr könnte Cordiez der reichste Anwohner der Camargue sein – zumindest, was die flüssige Barschaft angeht. Was anderes sieht er wahrscheinlich im Augenblick gar nicht, und moralische Aspekte sind wahrscheinlich für ihn das geringste Problem. Er meint wohl, dass mit Geld all seine Schwierigkeiten gelöst sind.«

Es blieb eine Weile still am Tisch.

»Woher wissen Sie das, Peter? Das mit Cordiez, meine ich.«

»Ich weiß nicht, ob er der Einzige ist, der sich von Moroni hat einwickeln lassen. Aber er passt am besten in seinen Plan. Wüssten Sie, Emile, noch jemanden, dessen Grundbesitz so günstig gelegen ist?«

Der alte Herr runzelte die Stirn und dachte nach. »Nun, allein am Küstenstreifen zwischen Piemanso und Le-Grau-du-Roi kämen an die zwanzig oder dreißig Personen infrage.«

»Und wie viele von denen sind so gut gestellt, dass sie so ein Angebot ausschlagen würden?«

»Die meisten wären wohl versucht.« Emile schnaubte. »Das Land gibt nicht viel her. Es besteht doch fast nur aus Salztümpeln und Marschen, und da, wo man Reis anbauen könnte, kommt man mit größeren Maschinen kaum hin. Deshalb gibt es auch so viele Befürworter für die Einrichtung von Naturschutzreservaten. Das bringt ein bisschen Geld für jenes Land, das sonst nicht nutzbar ist. Mit anderen Worten, ja, ich glaube, die meisten sind korrumpierbar.«

»Nun, dann sind wir wohl oder übel auf Mutmaßungen

angewiesen, wenn wir denn in Aktion treten wollen«, meinte Smith.

»Ich höre«, sagte Martine.

»Wir wissen nicht, ob Cordiez der Einzige ist, der Moronis Köder geschluckt hat. Es könnten noch etliche andere sein. Moroni wird wahrscheinlich einen Probelauf starten, um die Risiken eines Landgangs besser einschätzen zu können und in Erfahrung zu bringen, wie lange es dauert, bis eine Bootsladung Flüchtlinge auffällt. Zu diesem Zweck könnte er eine Reihe von Anwohnern entlang der Küste positionieren, ihnen den Auftrag geben, die Augen offen zu halten, sie aber im Unklaren darüber lassen, wo das Boot anlandet. Wie lang ist der Küstenabschnitt, Emile?«

»Oh, ungefähr sechzig Kilometer, wenn wir von Saintes-Maries absehen.«

»Also jede Menge Spielraum. Wie dem auch sei, ich tippe darauf, dass der Probelauf, wenn es denn einen gibt, über Cordiez' Land erfolgen wird.«

»Verstehe ich richtig«, sagte Martine, »dass wir deiner Meinung nach wenigstens einen Versuch durchlassen sollen, bevor wir einschreiten? Müssten wir das nicht sofort?«

»Ich wüsste nicht, wie wir das anstellen sollten. Solange es keine handfesten Beweise gibt, sind wir so gut wie machtlos. Wir können nicht einfach herumspazieren und die Leute auffordern, sich nicht in die Sache verwickeln zu lassen. Sie würden wahrscheinlich so tun, als wüssten sie von nichts. Wenn wir Moroni mit unserem Verdacht konfrontieren, lacht er uns aus, im günstigsten Fall. Uns fehlen einfach die Druckmittel, um Männern wie ihm ins Konzept zu pfuschen.«

»Dann können wir uns auch gleich geschlagen geben. Maschinengewehren haben wir nichts entgegenzusetzen, und er wird vermutlich etliche seiner Männer schwer bewaffnet anrücken lassen«, meinte Martine.

Smith gab ihr im Stillen recht, hatte aber eine Idee.

»Es gibt da vielleicht eine Möglichkeit. Ich muss mit Gentry reden. Wir werden uns was einfallen lassen. Übrigens, Roger Cordiez hat mir versprochen, Bescheid zu geben, wenn sich etwas tut. Es bleibt also noch ein bisschen Zeit zur Planung.«

Sie waren fertig mit dem Essen. Martine ging in ihr Büro, um liegen gebliebenen Papierkram abzuarbeiten. Emile hielt sein Mittagsschläfchen, und Smith ging mit Arthur spazieren. Sie steuerten auf Martines *cabane* zu, wo er sich im Schatten der Veranda niederließ. Nachdem er seine Gedanken vorformuliert hatte, rief er Gentry an und hielt ihn auf dem Laufenden.

»Verstehe«, sagte der Freund, »damit wären die seltsamen Vorgänge in eurem Teil der Welt wohl geklärt. Aber was sich da in Marseille abspielt, wissen wir immer noch nicht.«

»Um ehrlich zu sein, interessiere ich mich für den Alltag im Haus der Girondous immer weniger. Wenn ich helfen kann, soll er mich gefälligst darum bitten. Im Moment mache ich mir andere Sorgen. Ich will nicht, dass das Problem Martine auf die Füße fällt, und das im wahrsten Sinne des Wortes. Cordiez' *ferme* ist nämlich nur ein paar Kilometer von ihrer Haustür entfernt.«

»Zugegeben, bevor nicht etwas passiert, kannst du nichts tun. Moroni lässt sich von seinen Plänen nur abbringen, wenn es dir tatsächlich gelingt, eine Ladung Flüchtlinge abzufangen. Und das geht wohl nicht, ohne die unschuldigen Menschen in Gefahr zu bringen. Ziemlich kompliziert das Ganze.«

»Ja. Deshalb dachte ich an ein etwas anderes Vorgehen. Vielleicht sollten wir die zuständigen Behörden einschalten und die Sache an Leute delegieren, die besser damit zurande kommen.«

»Ein alarmierend konventioneller Vorschlag, alter Knabe«, meinte Gentry lachend. »Wen meinst du mit Behörde? Hast du eine konkrete Adresse im Sinn?«

»Erinnerst du dich an Messailles?«

»Natürlich.«

»Was treibt er so gerade?«

»Moment mal.«

Gentry konsultierte offenbar seinen Computer.

»Ah, da haben wir's. Nachdem du ihn vor einem Jahr mit dem Beauduc-Fall betraut hast, scheint er die Karriereleiter hinaufgefallen zu sein. Damals hat er noch eine regionale PACA-Abteilung der Gendarmerie geleitet. Dank seines erfolgreichen Einsatzes ist er nach Paris berufen worden und dort in leitender Funktion tätig. Stillgestanden – er bekleidet jetzt den Rang eines *Général de Brigade*.«

»Hast du noch seine private Mobilfunknummer?«

»Ja, und wenn er inzwischen eine andere hat, komme ich an sie ran.«

»Überprüf doch gleich auch mal, ob er noch über dieses hübsche, prallvolle Konto in der Schweiz verfügt. Aktuelle Informationen sind immer nützlich. Vielleicht müssen wir's ihm wieder einmal unter die Nase reiben.«

»Mit dem kleinen Hinweis, dass wir, wie du dich ausdrückst, die zuständigen Behörden einschalten könnten, nicht wahr?«

»Genau. Andererseits kann er sich aber auch wieder verdient machen und es womöglich bis zum Divisionsgeneral schaffen.«

»Okay, gib mir eine halbe Stunde.«

Tatsächlich brauchte er nur zwanzig Minuten.

»Ich habe seine Nummer und, ja, er hat ein Schweizer Konto, jetzt aber auf einer anderen Bank. Es scheint, dass er nebenbei immer noch für deinen Freund Alexei Girondou tätig ist und im Vergleich zum Vorjahr ganz schön dazuverdient hat.«

Smith wunderte sich wieder einmal über Gentrys Kontakte. Wie er an seine Informationen herankam, war ihm schleierhaft.

»Ich weiß, dass dich damals Alexei über ihn aufgeklärt hat, aber diesmal wird unser freundlicher Gangster wohl kaum mit dir über ihn gesprochen haben; er scheint ja nicht einmal mit seiner Familie zu kommunizieren. Wie also bist du so schnell dahintergekommen?«

»Berufsgeheimnis, alter Knabe. Girondou war und ist nicht mein Kontakt, aber sein Buchhalter. Sein inoffizieller. Er hat mich auch letztes Jahr über Messailles in Kenntnis gesetzt. Wir sind uns wechselseitig gefällig. Du weißt, wie so etwas funktioniert. Im Grunde ganz einfach.«

»Gratuliere«, lobte Smith. »Bitte sorg dafür, dass ich mich spätestens übermorgen mit Messailles treffen kann. Am selben Ort und zur gleichen Uhrzeit wie voriges Jahr.«

»Ich werde es versuchen. Es dürfte für ihn als Elitegendarm aber nicht so leicht sein, so kurzfristig aus Paris anzureisen. Könnte ja sein, dass er einen konkurrierenden Termin bei seinem Herrenschneider hat.«

»Sag ihm einfach, dass wir von seinem neuen Konto wissen. Das müsste reichen.«

»Wahrscheinlich. In weiser Voraussicht auf die Möglichkeit, dass unser General vielleicht clever sein will und Rückendeckung mitbringt, werde ich ein paar Freunde abstellen, die für den Fall einspringen, dass es brenzlig wird.«

»Danke, auch das kannst du unserem General ja im Voraus verklickern. Ich vermute, er will nicht länger in meiner Gesellschaft sein als unbedingt nötig.«

Er hatte eine WhatsApp-Mitteilung erhalten. Darin hieß es einfach nur »5 Minuten noch«. Gerade genug Zeit, um eine Flasche Crémant und zwei Gläser aus dem Kühlschrank zu holen, sie auf die Veranda hinauszubringen und die Flasche zu öffnen. Arthur erwachte aus seinem Schläfchen im Schatten und rannte zur Tür, um den Gast zu begrüßen. Martine gab Smith einen Kuss, leerte ihr Glas in einem Zug und hielt es ihm hin, damit er neu einschenkte. Gleichzeitig kollabierte sie elegant auf dem Korbsofa.

»Ah, das war genau das, was mir gefehlt hat. Was musste ich mir nicht alles anhören! Geschäfte zu tätigen ist ein Kinderspiel, verglichen mit der neuen Verpflichtung, mich auch noch mit den Beschwerden und Problemen anderer auseinandersetzen zu müssen. Glaub mir, ich habe in der letzten Woche mehr über das Leben unserer Nachbarn in der Camargue in Erfahrung gebracht als in all den Jahren zuvor. Papa hat mich darauf nicht wirklich vorbereitet.«

Smith lachte. »Vielleicht hatte er befürchtet, du lehnst es ab, seinen Job zu übernehmen.«

»Wahrscheinlich«, erwiderte sie und trank einen Schluck. »Und jetzt erzähl mir von deinen Plänen.«

Er berichtete ihr und ließ auch sein bevorstehendes Treffen mit Messailles nicht unerwähnt.

»Das wird ihm nicht gefallen, schätze ich«, entgegnete sie. »Leute, die nach Paris gehen, werden in der Regel großspurig. Liegt am Leitungswasser, wie man hört.«

Smith verzog das Gesicht. Auf englische Art zu blödeln, war typisch für sie. Vielleicht wirkte der Crémant schneller als gedacht.

»Ach, er wird schon kommen. Was ich gegen ihn in der Hand habe, könnte ihn von seinem Pfauenthron in Issy-les-Moulineaux geradewegs ins nahe gelegene Gefängnis La Santé befördern. Wer weiß, vielleicht würde man für ihn eigens die Teufelsinsel wieder in Betrieb nehmen. Nein, er wird kommen, mit Sicherheit.«

»Du willst also, dass die Gendarmerie bei uns aufräumt.«

»Das ist der Plan. Sie tut die Drecksarbeit. Mit ihrer Feuerkraft wird sie die Strandoperation schnell im Griff haben, egal wie viele Männer Moroni zur Seite stehen. Vermutlich wird man die Flüchtlinge aufgreifen, noch ehe sie an Land gebracht worden sind. Die können dann den regulären Weg einschlagen und Asyl beantragen. Für Moroni wäre die Camargue ab sofort tabu. Dein Vater und du, ihr habt mit der ganzen Sache nichts zu tun. Ich werde Messailles bitten, Cordiez unter irgendeinem Vorwand in Schutzhaft zu nehmen. Eigentlich hat er sich nur der Habgier schuldig gemacht, was man ihm durchgehen lassen muss, wenn man seine Situation bedenkt. Von Moroni würde ich gerne erfahren, was es mit der schlechten Stimmung in Marseille auf sich hat. Aber wir sollten im Interesse Messailles' beide Fälle nicht miteinander vermischen. Schließlich ist er nur ein Polizist.«

»Gut«, sagte sie. »Es wäre mir sehr lieb, wenn wir Cordiez heraushalten. Moroni hat ihm nur den Kopf verdreht. Mag sein, dass er sich von uns ausgeschlossen fühlt, tatsächlich aber gehört er zu uns.«

Jetzt werd nicht sentimental, dachte Smith.

»Vielleicht ist er aber auch der unangenehme Mistkerl, für den ihn alle halten, Liebste. Solche Typen gibt's.«

16. Messailles zum Zweiten

Es war fast die Wiederholung einer Szene aus dem Vorjahr. Das irreführenderweise *Café de Paris* genannte Lokal lag direkt unterhalb des Nordtors an der Rue de Cavalerie. Das Essen dort ließ zu wünschen übrig, aber das Bier und der Pastis waren so gut wie anderswo auch. Im Übrigen kehrten dort mehrheitlich Menschen ein, die dem Rassemblement National näherstanden als der Kommunistischen Partei, was Smith einigermaßen komisch fand, weil das Café inmitten eines großen arabischen Quartiers lag. Aus der Nachbarschaft wäre allerdings niemand auf die Idee gekommen, dort etwas anderes zu essen als ein Croissant. Für eine kleine, unbeobachtete Kaffeepause eignete es sich aber durchaus, und Smith war regelmäßiger Gast.

Wie schon bei ihrem Treffen vor gut einem Jahr war Messailles vor Smith zur Stelle. Diesmal machte er einen sehr viel entspannteren Eindruck. Er wusste, worum es ging, und hatte Verständnis dafür, sosehr es ihn auch ärgerte, von einem Engländer hierherzitiert worden zu sein. Aber vielleicht lohnte es sich ja. Messailles trug Zivil, schaffte es aber dennoch, einen völlig deplatzierten Eindruck zu machen. Der Wirt stellte ihm, ohne dazu aufgefordert worden zu sein, eine Tasse Kaffee auf den kleinen runden Tisch, an dem er sich mit der jüngsten Ausgabe von *La Provence* niedergelassen hatte. Wenig später betrat Smith das Lokal, nachdem Gentry ihm mitgeteilt hatte, dass die Luft rein war. Er setzte sich dem Gendarmen gegenüber.

»Guten Morgen, General. Danke, dass Sie meiner Einladung gefolgt sind.«

Messailles war wie immer sichtlich gereizt, umso mehr, als Smith ihm zur Begrüßung nicht die Hand gereicht hatte und ihm so die Möglichkeit nahm, sie auszuschlagen. Er schwieg.

»Und herzlichen Glückwunsch«, fuhr Smith launig fort. »Zu Ihrer Beförderung.«

Messailles schnaubte bloß. Um guten Willen zu zeigen, nickte Smith dem Wirt hinter dem Tresen zu, und bald standen zwei Schwenker Cognac vor ihnen. Für Cognac hatte Smith eigentlich nicht viel übrig, aber die Flasche, aus der eingeschenkt worden war, hatte ihm ein besonders dankbarer französischer Botschafter geschenkt, den Smith und Deveraux vor Jahren aus den Händen von Geiselnehmern befreit hatten. Es war ein 1886er Moyet von legendärer Qualität, und es amüsierte Smith, die Flasche in einem Café aufbewahren zu lassen, dessen gesamter Spirituosenbestand wahrscheinlich nur ein Drittel ihres Wertes erreichte. Smith orderte den Moyet nur sehr selten, das letzte Mal anlässlich seines ersten Treffens mit Messailles vor einem Jahr. Und wieder brachte der gute Tropfen das Eis zum Schmelzen, zumindest teilweise.

»Na schön, Smith, was wollen Sie diesmal von mir?«

Seine Stimme klang widerstrebend, wofür Smith aber Verständnis hatte. Der Mann hatte es nicht leicht. Als einer der führenden Polizisten Frankreichs musste er einem unbekannten Engländer gegenübertreten, der Macht über ihn hatte; zwar nicht über Leben und Tod, wohl aber über die Frage, ob er seine berufliche Laufbahn erfolgreich fortsetzen konnte oder nicht. Smith kam sofort zur Sache. Er schob ihm einen USB-Stick über den Tisch zu.

»Darin, General Messailles, finden Sie umfänglich aufgelistet, wie ein gewisser Sebastien Moroni aus Toulouse eine Konspiration ausgeheckt hat. Er will Flüchtlinge aus Nordafrika in Frankreich einschleusen und die Strände von Beauduc als Anlegestellen nutzen. Ansässige Bauern sollen ihm dabei helfen. Ich dachte, die *Gendarmerie nationale* könnte Interesse an diesen Informationen haben und über Ressourcen verfügen, mit denen sich dieses Vorhaben unterbinden lässt, ohne dass allzu viel Blut fließt. Die Mannschaften, die die Boote in Empfang nehmen, werden schwer bewaffnet sein. Es dürfte Ihnen und Ihren Leuten aber nicht schwerfallen, sich mit angemessenen Mitteln darauf einzustellen. Ich will nicht, dass Anwohner ins Kreuzfeuer geraten. Natürlich steht es mir nicht an, Ratschläge zu erteilen, aber wenn Sie mich fragen, würde ich empfehlen, die Boote abzufangen, bevor sie anlanden. Die Immigranten sollten nicht in die Hände der Banditen fallen, und außerdem wäre es so einfacher, mit besagtem Abschaum am Strand fertigzuwerden. Wie mit den Migranten anschließend verfahren wird, ist Sache der zuständigen Behörden.«

Der kleine Stick verschwand blitzschnell in Messailles' Tasche. Er nahm einen kleinen Schluck Moyet zu sich und ließ ihn über die Zunge rollen.

»Warum?«

»Warum was, General?«

»Warum informieren Sie mich? Und wie kommen Sie überhaupt an diese Informationen?«

Smith nippte ebenfalls an seinem Schwenker. Er hatte vergessen, wie gut der Cognac schmeckte. Sein Gegenüber verdiente in der Tat eine Erklärung.

»Nun, ich informiere Sie, weil ich will, dass Moroni gestoppt wird, und das gelingt Ihnen eher als mir. Gemessen an geltenden Maßstäben habe ich vielleicht ein etwas seltsames Verständnis von Moral, sei's drum, aber hier geht es um ein Geschäft, das mir zuwider ist. Und ich weiß, dass viele Menschen, die in der Camargue leben und arbeiten, ähnlich denken. Jene wenigen Bauern, die sich bereit erklärt haben, Moroni zu helfen, muss man entschuldigen. Wer so arm ist, dass er sich kaum über Wasser halten kann, wird schwach, wenn man ihm einen Haufen Geld fürs Nichtstun anbietet.«

Messailles nickte verständnisvoll.

»An Sie wende ich mich in dieser Sache aus demselben Grund wie vor einem Jahr«, fuhr Smith fort. »Sie pflegen eine etwas unorthodoxe Beziehung zu Alexei Girondou, unorthodox nach den Standards für Personen im gehobenen Staatsdienst. Nichtsdestotrotz halte ich Sie für einen guten Polizisten, wie Alexei übrigens auch. Ihr kleines Gelege in der Schweiz ist mir einerlei. Nein, ich gönne es Ihnen sogar, denn wahrscheinlich ist jeder Cent davon verdient. Ich kenne Girondou und weiß, dass er rechnen kann. Und wenn ich Sie, General, richtig einschätze, werden Sie gegen diesen Moroni und seine Bande vorgehen, nicht nur weil die Gesetze brechen, denen Sie qua Eid verpflichtet sind. Sie werden es auch tun, weil Sie solche Verbrecher, die aus dem Elend anderer Profit schlagen, ebenso verabscheuen wie ich.«

Wieder deutete Messailles ein zustimmendes Kopfnicken an.

»Zur Antwort auf Ihre letzte Frage: Ich weiß von der geplanten Operation von Freunden, die in der Camargue leben und mit dem anstehenden Problem überfordert sind.«

»Und Sie sind das nicht, Monsieur?«

»Nein.«

»Könnten Sie es denn auch ohne meine Hilfe lösen?«

Smith schaute dem Mann in die Augen, ohne mit der Wimper zu zucken. »Ja, das könnte ich. Es würde allerdings einen öffentlichen Skandal heraufbeschwören. Viele würden sterben, und Sie erführen erst davon, wenn alles vorbei ist. Man würde Ihnen als einem der führenden Verantwortlichen für Recht und Ordnung unangenehme Fragen stellen, und die Chance, zum Generalleutnant aufzusteigen, wäre vertan.«

Der Franzose schien Smiths Worte sacken zu lassen.

Smith zuckte mit den Achseln und wartete auf eine Entscheidung Messailles', der genau genommen eigentlich gar nichts mehr zu entscheiden hatte. Smith hatte den Polizisten an der Kandare, und das wussten beide.

»Also gut, Monsieur Smith. Die Gendarmerie nimmt sich der Sache an. Wie viel Zeit bleibt uns?«

»Das weiß ich nicht. Wir müssen warten. Ich glaube allerdings, dass schon in den nächsten Tagen mit einer Aktion zu rechnen ist. Sobald ich mehr weiß, gebe ich Ihnen Bescheid.«

»Gut. Ich schreibe Ihnen meine Mobilfunknummer auf.«

Smith lächelte und hob die Hand. »Machen Sie sich keine Umstände. Ich kenne Ihre Nummer.«

Der Gendarm errötete leicht.

»Noch etwas«, sagte Smith. »Moroni wird sich während der Operation bestimmt in Deckung halten, überführt werden sollte er trotzdem. Ich fände es gut, wenn er für mehrere Jahre hinter Gittern verschwindet.«

Messailles nickte wieder. »Ja, er ist uns schon lange ein Dorn im Auge, aber festnageln konnten wir ihn bislang leider nicht.«

»Nun, das lässt sich ändern«, erwiderte Smith. »Alles deutet darauf hin, dass der Mann, über dessen *ferme* der Transport abgewickelt werden soll, ein gewisser Franco Cordiez ist. Auch ihn würde ich gern vor seiner eigenen Dummheit geschützt wissen. Er ist nur ein Einfaltspinsel, der sich hat bestechen lassen. Aber einen Mann zu treten, der ohnehin schon am Boden liegt, gehört sich einfach nicht. Nehmen Sie ihn einfach, wenn es so weit ist, in Schutzhaft. Ich bin mir sicher, er wird gegen Moroni aussagen.«

»*D'accord.* Das lässt sich einrichten. Und wir werden Moroni für eine Weile aus dem Verkehr ziehen.«

»Gut«, sagte Smith. »Ich gebe Ihnen also Bescheid, der Rest liegt bei Ihnen. Jetzt möchte ich mich verabschieden. Es war schön, Sie wiederzusehen.«

Er stand auf, wurde aber von Messailles zurückgehalten, der noch etwas zu sagen hatte.

»Monsieur Smith, ich möchte Sie um einen kleinen Gefallen bitten.«

Smith setzte sich wieder. »Monsieur General, ich würde

Ihnen gern zu Diensten sein, muss aber darauf aufmerksam machen, dass ich es nicht als meine Aufgabe ansehe, der Polizei zu helfen.«

Messailles lächelte eisig. »Monsieur, ist nicht jeder Bürger dazu aufgerufen, die Polizei zu unterstützen?«

»Sie vergessen wohl, dass ich nicht Bürger dieses Landes bin und nur Aufenthaltsstatus genieße.«

»Der Ihnen auf meine Veranlassung hin entzogen werden könnte ...«

Smith verzog das Gesicht. Er hatte keine Lust auf dieses Spielchen.

»Sie können's versuchen, General, aber ich würde es nicht empfehlen. Sollte ich des Landes verwiesen werden und den Rest meiner Tage auf Englands grünen Auen verbringen, werden Sie, mein Freund, die französische Landschaft durch Gitterstäbe betrachten, bis Ihre Mithäftlinge dahinterkommen, dass sie es mit einem korrupten *flic* zu tun haben. Sie werden wahrscheinlich feststellen, dass an manchen Orten Frankreichs noch die Todesstrafe vollstreckt wird.«

Messailles hob abwehrend beide Hände. »Monsieur, ich habe doch nur gescherzt.«

»Also, was wollen Sie, Messailles?«

»Wenn ich richtig informiert bin, wohnt ein Mann namens Nasir ibn Amin al-Farsi hier in Arles. Er soll eine Art Imam sein. Ich frage mich, ob er Ihnen zufällig über den Weg gelaufen ist.«

Smith dachte nach, natürlich nicht darüber, ob er sich an den genannten Namen erinnerte oder nicht, obwohl er hoffte, dass er genau diesen Eindruck erweckte. Offenbar hatte das Militär den Imam im Visier, was darauf schließen ließ, dass dieser wahrscheinlich dem Radar zu entkommen suchte. Smith hatte kein Interesse und äußerte sich entsprechend.

»Wie schade. Ich hatte auf einen Informationsaustausch gehofft.«

»Ich habe Sie über ein kriminelles Vorhaben hier in der Camargue in Kenntnis gesetzt, Messailles. Sie bitten mich jetzt um Spitzeldienste, und das, wie's scheint, ohne Gegenleistung. Kommt für mich gar nicht infrage.«

»Monsieur Smith. Ich würde gern ein bisschen mehr über Sie erfahren. Sie scheinen eine Menge über mich zu wissen und versorgen mich mit Informationen, die zugegebenermaßen recht nützlich sind. Andererseits weiß ich von Ihnen so gut wie nichts. Und trotz der Möglichkeiten, über die ich verfüge, kann ich über Sie nicht das Geringste in Erfahrung bringen. Das ist doch sehr interessant, nicht wahr?«

Smith gab sich unbekümmert. »Sie wissen genug über mich, Monsieur. Ich lebe hier in Frankreich, dessen Verwaltung alles Mögliche dokumentiert. Mein Finanzamt und die *sous-prefecture* in Arles werden Ihnen das Nötigste über mich mitteilen. Dem habe ich nichts hinzuzufügen.«

»Ja, ich weiß einiges über Sie, aber was bezüglich Ihrer Person wirklich interessant, um nicht zu sagen einzigartig wäre, gibt weder das Internet noch die englische Polizei oder irgendein anderer offizieller Kanal über Sie her. Sie können sich vorstellen, dass ich auch sehr geheime Quellen anzapfen kann. Aber überall Fehlanzeige.«

Smith zuckte mit den Achseln. »Da kann ich auch nicht weiterhelfen. Vielleicht hat man meine Personalakten verlegt? Sie wissen ja, wie schusselig Regierungsbehörden sein können.«

»Verlegt, oder stehen sie nicht vielleicht unter strengem Verschluss?«

Smith schwieg.

»Mir scheint, ich muss noch tiefer graben, Monsieur Smith.«

Smith stand endgültig auf und musterte sein Gegenüber mit stählernem Blick. »Oh, Brigadegeneral. Auch das empfehle ich Ihnen nicht. Wer gräbt, stolpert manchmal selbst in die Grube. Könnte Unannehmlichkeiten nach sich ziehen.«

Er ließ den Blickkontakt abreißen und ging.

»Vielleicht haben Sie recht, Monsieur Smith«, rief ihm der Franzose nach.

17. Vereitelter Landgang

Chirosi war nicht glücklich. Überhaupt nicht. Er hatte die vergangenen Jahre fast ausschließlich im Verborgenen agiert, wie es sich für einen Mann gehörte, der einen beträchtlichen Teil von Moronis östlichen Gebieten kontrollierte. Für gewöhnlich schickte er andere vor, damit er, wenn etwas passierte, nicht selbst ins Schussfeld geriet. Jetzt aber wollte Moroni, dass er sich an vorderster Front zeigte. Strände waren ihm ohnehin zuwider. Schon als Kind konnte er es nicht leiden, wenn ihn seine Eltern zu einem Ausflug nach Palavas-les-Flotes oder Sète oder Adge mitgenommen und behauptet hatten, es würde »Spaß« machen.

Die erste Ausschiffung stand unmittelbar bevor, und als Teil einer sehr kleinen Gruppe am Strand fühlte er sich exponiert, was ihm ganz und gar nicht passte. Ursprünglich hatte sich Moroni für die simpelste Option ausgesprochen: die Flüchtlinge an Land bringen, in Lastwagen stecken und so schnell wie möglich irgendwo verschwinden lassen. Problematisch war eigentlich nur das Stück zwischen Strand und Hauptstraße, eine Piste voller Schlaglöcher, auf der Brummis, wenn überhaupt, nur langsam vorankamen. Dabei würden sie auch noch Lärm machen. Immerhin hatte er Moroni letztlich zu einer etwas teureren Variante überreden können. Die Flüchtlinge sollten von den Fischerbooten aus Nordafrika vor der Küste in kleine Amphibienfahrzeuge umsteigen, mit denen man landeinwärts über die Marschen fahren konnte. So ließe sich eine Menge Zeit gewinnen. Die Fahrt würde geradewegs über Cordiez' Land führen und von dort aus weiter über den Étang de Vaccarès oder den Étang de Monro. Im Westen und Norden der Gewässer verliefen gute Straßen. Das Umsteigen auf Lastwagen könnte an einer x-beliebigen Stelle stattfinden. Chirosi hatte drei achtzehn Fuß lange Delta-Marsh-Boote aufgetrieben und sie mit Elektromotoren von Aquawatt ausgestattet, die über dreißig Kilowatt Leistung verfügten. Wenn nicht für längere Zeit auf Hochtouren gebracht, müssten sie die relativ kurze Strecke hin und zurück ohne Weiteres schaffen.

Schon auf der Fahrt von seinem Zuhause in der Nähe von Montpellier über die von Touristen stark frequentierte Straße durch Aigues Mortes und bei Pont de Sylvéréal über die Petite Rhône hatte er die Augen offen gehalten. Von der D 37 entlang des Étang de Vaccarès war er auf die D 38 B nach Süden abgebogen, die über Cordiez' Land führte und schließlich in die von Schlaglöchern übersäte Spur durch Dünen und Marschen mündete, die sogenannte Route de Fangassier. Als er sich dem Strand näherte, war es später Nachmittag, und es erleichterte ihn zu sehen, dass die wenigen Fahrzeuge, denen er begegnete, den Rückweg einschlugen. Zuvor hatte er auf Cordiez' Hof haltgemacht, ihn aber verlassen vorgefunden. Wahrscheinlich hatte er das Weite gesucht. Wenn er glaubte, nicht mehr für sein Geld tun zu müssen, irrte er gewaltig, dachte Chirosi.

Er schaute sich am Strand um und entdeckte keine Menschenseele. Zu campen war hier, wie er wusste, verboten, und zufriedengestellt fuhr er wieder landeinwärts. Die Landung würde erst in den frühen Morgenstunden erfolgen. Er wollte die Zeit bis dahin nutzen, sich mit der Umgebung vertraut zu machen. Und etwas zu essen.

In einer Höhe von fast achttausend Metern und von ihm unbemerkt schwebte eine Drohne der französischen Armee, eine MQ-9 Reaper. Selbst aus dieser Entfernung hätte sie das Kennzeichen von Chirosis Auto lesen können, wenn es gewünscht gewesen wäre. Sie beobachtete nicht nur ihn, sondern auch ein Fischerboot, das rund zwanzig Seemeilen vor der Küste kreuzte. Sie hatte es schon seit über zwei Tagen im Visier, als es von Jijel an der Nordküste Algeriens aufgebrochen war. Außerdem sah die Drohne die drei Amphibienfahrzeuge, die sich langsam dem Treffpunkt auf hoher See näherten.

Messailles hatte Smiths Rat aufgegriffen. Es würde leichter sein, die Flüchtlinge auf dem Wasser abzufangen, bevor sie das Ufer erreichten. Dank aufgeschnappter Funksprüche hatten sie Hinweise darauf erhalten, dass das Rendezvous zehn Kilometer vor der Küste stattfinden sollte, also innerhalb der französischen Hoheitsgewässer.

Messailles wollte den Trawler mit einem Schnellboot vom Typ A P400 aufbringen lassen, bevor man die Flüchtlinge auf die kleinen Boote umsteigen ließ. Derweil sollten vier Zodiac-Hurricane-Schlauchboote die Amphibienfahrzeuge abfangen. Die Operation an Land war etwas riskanter. Die Drohne hatte trotz einsetzender Dunkelheit zwei Lastwagen identifiziert, die vor einem kleinen Restaurant am Nordrand des Étang de Vaccarès parkten. Einheiten der

Gendarmerie waren in Stellung gebracht worden, um die Straße abzusichern.

Chirosi saß in seinem Wagen und hörte mit Entsetzen über Funk, dass man die beiden Lastwagenfahrer festgenommen hatte. Die Polizei hatte offenbar Wind von dem Plan bekommen, und das Schiff mit neunzig Flüchtlingen an Bord musste wohl abgeschrieben werden. Das Geld war zwar schon eingesackt, trotzdem würde Moroni verdammt sauer sein. Trotz sorgfältigster Vorbereitungen schien auch diese Operation gescheitert zu sein, was die ganze Idee, Flüchtlinge einzuschleusen, infrage stellte. Moroni würde auf einen beträchtlichen Batzen Geld verzichten müssen. Chirosi wartete das Ende der Polizeiaktion ab, holte dann tief Luft und rief seinen Boss an.

Der hörte sich schweigend an, was seine rechte Hand zu melden hatte.

»Wer hat uns diesmal verpfiffen, Pierre?«

Chirosi machte sich keine Illusionen darüber, dass das Verhängnis mit dieser Frage nur aufgeschoben war. Er wusste aber auch, dass sein Boss eine konkrete Antwort erwartete. Bullshit würde er nicht dulden.

»Ich glaube nicht, dass es einer von uns war. Wir waren ja nur herzlich wenige. Die Leute, von denen wir die Boote und die Lastwagen haben, wussten von nichts. Die Fahrer und Bootsmannschaften sind erst am Mittag instruiert und dann permanent von uns beobachtet worden. Die Polizei hätte innerhalb dieser kurzen Zeitspanne gar nicht die Möglichkeit gehabt, eine Razzia zu organisieren, erst recht nicht auf dem Meer. Außerdem haben die Mannschaften die Rendezvouskoordinaten erst kurz vorm Ablegen bekommen. Nein, von uns ist bestimmt nichts durchgestochen worden.«

»Von wem dann?«

»Die einzige Person außerhalb unserer Reihen, die von dem Termin wusste, ist Cordiez.«

»Das kann ich nicht glauben. Er hatte viel Geld in Aussicht. Warum hätte er die Sache vermasseln sollen? Weiß er nicht, was ihm blüht? Kann er sich so sehr in mir getäuscht haben?«

»Möglich, dass er sich verplappert hat. Aus Versehen. Vielleicht hat er dummerweise mit dem Geld gewedelt, und irgendjemand ist dahintergekommen. Als armer Schlucker wird Cordiez mit der Kohle vielleicht überfordert gewesen sein. Ich kann mir vorstellen, dass er mit Freunden oder der Familie darüber gesprochen hat, von denen könnte jemand Lunte gerochen haben. Genaueres weiß ich auch nicht. Aber Tatsache ist, dass außer uns und unseren Leuten in Algerien nur er den Termin im Voraus kannte. Und unsere algerischen Kontakte haben mit Sicherheit dichtgehalten. Die können schließlich rechnen. Nein, ich wette, es war Cordiez. Übrigens, als ich heute bei ihm vorbeischauen wollte, war er verschwunden.«

Es folgte längeres Schweigen. Als Moroni wieder etwas sagte, schien er gedanklich eine völlig andere Richtung eingeschlagen zu haben.

»Setz dich noch einmal mit dem Holländer in Verbindung, der für Girondou arbeitet. Ist mir egal, wie. Ich will mich mit ihm treffen. Wenn nötig, schmier ihn ordentlich. Ruf mich erst wieder an, wenn die Sache unter Dach und Fach ist.«

Mit diesen Worten legte der Mann in Toulouse auf.

18. Corrida und Tod

Smith saß auf einer unebenen Steinbank und verspürte zu seiner eigenen Überraschung tiefes Behagen. Es rührte nicht nur von dem Umstand her zu wissen, dass der Stein unter seinem Gesäß vor zweitausend Jahren während Kaiser Vespasians Herrschaft gesetzt worden war. Er hatte sich auch nicht sonderlich auf das, was ihn erwartete, gefreut. Nicht dass er, was Stierkämpfe anbelangte, gemischte Gefühle gehabt hätte. Ganz im Gegenteil. Für ihn waren die beiden Ferias von Arles die Highlights seines Ruhestands. Er liebte sie, nicht zuletzt deshalb, weil er zu verstehen gelernt hatte, worum es bei diesen Veranstaltungen ging. Er hatte sich Baxandalls Konzept des historischen Auges zu eigen gemacht und sah eine notwendige Folge darin, auch ein kulturelles Auge zu entwickeln. Für ihn war es eine Bringschuld an die Vergangenheit, der Geschichte in angemessener Perspektive Rechnung zu tragen, und so eben auch der Geschichte des Stierkampfs. Was andere darüber dachten, war ihm egal.

Vor einigen Wochen, als in lebhaften Diskussionen Vorbereitungen für die Herbst-Feria getroffen worden waren, hatte er sich, wenn nicht auf das Schlimmste, so doch auf weniger als ein ideales Event gefasst gemacht. Die Aubanets würden natürlich wieder ihre gewohnten Plätze auf der Tribüne C in der Nähe des Präsidenten einnehmen, inmitten der Prominenz von Arles und der Camargue. Er dagegen hätte wieder einmal das Gedränge der Schaulustigen zu ertragen, die zu Tausenden das Amphitheater füllten, ganz zu schweigen von den wildfremden Menschen, auf deren Gesellschaft er eigentlich gut und gern verzichten konnte, die es sich aber in ihrer Begeisterung nicht nehmen ließen, ihm auf die Schenkel zu klopfen. Bevor er Martine kennengelernt hatte, hatte er immer in den *secondes* ganz hinten gesessen, zehn bis fünfzehn Reihen hinter den privilegierten Tribünenplätzen, ganz im Schatten oder *ombra*, wie es in der frankospanischen Mundart hieß, die in südfranzösischen Stierkampfkreisen nach wie vor gepflegt wurde. Sie, die *secondes*, waren auch ein gutes Stück entfernt von den längsseits verlaufenden Flanken des großen Arena-Ovals und boten für gewöhnlich den besten Blick auf das Geschehen, dessen Höhepunkt traditionell am Rand des Rings stattfand. Und für Leute, die wie er nur über ein knappes Budget verfügten, waren sie halbwegs erschwinglich. Die Plätze auf der gegenüberliegenden Seite waren zwar noch günstiger, aber in seinem Alter mochte er sich nicht mehr zumuten, drei Stunden lang in praller Sonne zu sitzen.

Es gab noch einen Grund, warum er seinen angestammten Platz bevorzugte. In den vielen Jahren, die er nun schon das kleine Haus mit Blick auf das zweitausend Jahre alte Amphitheater bewohnte, zeigte es immer wieder ein anderes Gesicht. Im Winter schimmerten die regennassen Mauern schwarz; das Bauwerk wirkte hart und trutzig, wenn der Mistral mit Sturmböen von über hundert Stundenkilometern darüber hinwegfegte. Unter stechend heißer Sommersonne schien die Fassade stumm zu flirren. Einige Male hatte er das Theater auch von Schnee und Eis bedeckt gesehen. Sein Anblick wechselte unaufhörlich, doch für ihn waren es im Wesentlichen tote Steine, die sich auftürmten, Steine voller Geschichte zwar, aber nichtsdestoweniger tot. Vor zwei Jahrtausenden hatte man dieses Bauwerk errichtet, damit sich möglichst viele Menschen darin versammelten, die unterhalten und belehrt werden konnten. So ließ es sich als Instrument der Verwaltung und Kontrolle nutzen und war als ein Symbol der römischen Macht zu verstehen. Heutzutage blieben viele Sitzplätze leer. Die großen Popkonzerte, die einst ausverkaufte Arenen beschert hatten, gehörten auch schon der Vergangenheit an. Dieser Tage konnten nur die wenigsten Events ein volles Haus garantieren, weshalb die Veranstalter auf das kleinere, von Grund auf wieder aufgebaute antike Theater nebenan auswichen. Nein, das große alte Baudenkmal lebte nur noch als Motiv für Abermillionen Kameralinsen oder als Schauplatz der fast wöchentlich ausgetragenen Camargue-Spiele, bei denen athletische junge Männer zum Vergnügen eines vornehmlich touristischen Publikums versuchten, den Hörnern junger Stiere bunte Bänder zu entreißen.

An weniger als zehn Tagen im Jahr war das große Theater Vespasians bis auf den letzten Platz besetzt und voller Leben. Zwanzigtausend Zuschauer lärmten dann begeistert, und eine Blaskapelle spielte nicht weniger enthusiastisch, wenn auch nicht immer klangschön auf, wenn sechs Stierkämpfe, jeweils individuell bis zum Tod in der Nachmittagssonne choreografiert, vorgeführt wurden. Die Zuschauer in den *secondes* um Smith herum waren leidenschaftliche und kenntnisreiche Anhänger des Stierkampfes. Niemand hatte eine Saisonkarte, aber es waren mehr oder weniger immer dieselben, Jahr für Jahr. Natürlich gab es auch Fremde, sprich Touristen oder Aficionados, die von Arena zu Arena pilgerten. Sie alle kamen aus unterschiedlichen Gründen und mit jeweils eigenen Meinungen. Auch er hatte immer wieder Gäste mitgebracht, von denen manche kein Hehl daraus machten, wie entsetzlich und grausam sie das ganze Spektakel fanden. Natürlich hatte er niemanden je gezwungen mitzukommen und stets darauf aufmerksam gemacht, dass es unter zwanzigtausend Menschen kaum auffallen würde, wenn man das Weite suchte. Im Übrigen waren die einzelnen Sitzplätze auf den Steinbänken so eng markiert, dass es für die Sitznachbarn eine Wohltat war, wenn sich eine Lücke auftat. Aber von seinen Freunden und Bekannten war noch keiner vorzeitig gegangen, wie er sich erinnerte. Wohl aber hatten sich etliche schon im Vorhinein entschieden abfällig über ein solches, wie sie sagten, barbarisches Schauspiel geäußert, für das sie auch noch Eintritt zu bezahlen absolut nicht bereit seien. Ihm gefiel es in seinem Abschnitt der *secondes*, und zwar sehr viel besser als auf den teureren Plätzen weiter unten.

Vor gut einer Woche waren Martine und er Arm in Arm über einen der vielen Wege rings um den Mas des Saintes spaziert oder, besser gesagt, geschlendert. Es war ein kühler Frühjahrsmorgen gewesen, und sie hatten sich beide warm angezogen. Ein paar Vögel sausten am weiten Himmel pfeilschnell über sie hinweg. Die Sonne schien, bot aber keine Wärme, nur Licht. Es war das scharfe Winterlicht, das van

Gogh inspiriert hatte, nicht der Sommerglast. Jedes Detail der Landschaft trat klar und leuchtend zutage. Arthur lief wie immer frei umher und jagte allem Getier nach, dessen Witterung er aufnahm. Er war seit Jahren der einzig wirkliche Gefährte Smiths und konnte sich auf den tausend Hektar Land der Aubanets nach Lust und Laune austoben. Dabei war er schnell auf den Trichter gekommen, dass es keinen Spaß machte, Emile Aubanets Preisbullen nachzustellen. Sie waren einfach zu groß und schwerfällig. Also beschränkte er sich darauf, Kaninchen und Ratten, Schermäuse und Otter zu jagen, womit er mehr als zufrieden war.

Martine war vor knapp zwei Jahren in Smiths Leben getreten, und seitdem hatten sie das eine oder andere Abenteuer bestanden; Abenteuer, die nicht ausbleiben konnten, weil sich sein Vorleben nicht wirklich ausblenden ließ. Dabei hatten er und seine ehemaligen Arbeitgeber erhebliche Mühe, Zeit und Geld darauf verwendet, seine Vergangenheit zu begraben und einen unauffälligen Ruhestand für ihn, den leicht übergewichtigen Waliser, einzurichten, der jahrelang an verschiedenen amerikanischen und britischen Universitäten Kunstgeschichte unterrichtet und sich auch als Geschäftsmann versucht hatte. Schließlich aber war Smith seiner Studentinnen und Studenten überdrüssig und zu gleichen Teilen faul und träge im Kopf geworden. Neben diesen beiden Berufswegen hatte er hin und wieder in verdeckten Missionen für den britischen Geheimdienst gearbeitet, wo ihm zu seiner eigenen Überraschung und milden Bestürzung aufgefallen war, dass er nicht nur ikonografische Finessen der Renaissance zu entschlüsseln verstand, sondern auch Talente besaß, die alles andere als schöngeistig waren.

Zu seinem Bedauern musste er feststellen, dass ausgerechnet diese Talente in seinem Ruhestand nützlicher waren als seine Kunstexpertise. Immerhin, so dachte er, hatte er damit die wunderschöne und mächtige Frau für sich einnehmen können, mit der er jetzt einherschlenderte. Wiederum zu seiner Überraschung war ihm während der vergangenen zwei Jahre diese Frau so sehr ans Herz gewachsen, dass er sich eingestehen musste, sie zu lieben. Er war nach Arles gezogen in der festen Absicht, sich faulenzend und trinkend der Vergessenheit hinzugeben und einer Welt zu entsagen, der er sich immer weniger zugehörig fühlte. Seine Ambitionen als Ruheständler entsprachen denen eines seiner Universitätsprofessoren, eines enorm gelehrten Mannes mit scharfem, schroffem Intellekt, der die Frage, was er nach seiner Emeritierung zu tun gedenke, mit den Worten beantwortete, mehr und mehr über weniger und weniger zu lernen. Smith zweifelte daran, dass Arthur ähnliche Ambitionen hegte, aber beide waren von dieser außerordentlich schönen Frau und dem Leben in der Camargue aus ihrer Lethargie herausgerissen worden.

Heute saß er nicht in den *secondes*, sondern auf einem der teuersten Tribünenplätze, in der ersten Reihe gleich hinter der *barrere*, einer Abgrenzung aus Holzbrettern, hinter der sich die Teilnehmer des Stierkampfes notfalls in Sicherheit bringen konnten. Smith hatte noch nie so weit vorn gesessen und fühlte sich entsprechend unwohl. Martine, die zwischen ihm und Emile saß, zog den gebührenden Anteil an bewundernden Blicken auf sich. Ebenfalls einen Tribünenplatz hatte Cordiez' durchgebrannte Frau, die eigens zu diesem Spektakel angereist war. Jetzt stand ihr Sohn Roger vor ihr in der *callejón*, dem schmalen Rundgang vor der *barrere*.

Die nachmittägliche Hitze schien, da der erste Kampf unmittelbar bevorstand, noch an Intensität zuzunehmen. Der Trompeter der Blaskapelle signalisierte den Einlauf des ersten Stieres, der unmittelbar darauf in den *ruedo* gestürmt kam. Der erste Matador wartete ruhig an der rot gestrichenen Umgrenzung, während seine drei Helfer mit gelbpurpurnen Capas den Stier in die richtige Position brachten für den Mann, der ihn in ungefähr zwanzig Minuten töten würde.

Wie die meisten Stiere, die in die Arena von Arles geführt wurden, war auch dieser von spanischer Zucht, ein teures, aber nicht besonders beeindruckendes Exemplar. Er wog rund eine halbe Tonne, auf Smith aber machte er den Eindruck eines auf Show getrimmten Bullen. Seit seiner Kindheit besuchte er Corridas und hatte, wie er selbst zugeben würde, einen etwas altmodischen Geschmack, was Stierkämpfe anbelangte. Sein Großvater hatte in Spanien gegen Franco und für die republikanische Sache gekämpft, die er dann aber von den Bolschewiken pervertiert sah, worauf er sich enttäuscht von der Politik abgewendet und stattdessen eine Leidenschaft für den Stierkampf entwickelt hatte. Smith teilte seine Vorliebe für den eher stillen und würdevollen Stil, der allerdings aus der Mode gekommen zu sein schien. Klamauk und Geschäft schienen Oberhand gewonnen zu haben, so empfand er es jedenfalls. Der Großvater hatte seine Aufmerksamkeit auf die Füße der Akteure gelenkt. Es kam darauf an, dass sie sich möglichst wenig bewegten, wenn der Koloss an ihnen vorbeidonnerte. Heutzutage aber gab es viel Geschrei, Getrampel und Tamtam. Doch wer genauer hinsah, dem konnte nicht entgehen, dass gerade junge Kämpfer immer mehr auf Nummer sicher gingen. Nur noch ermüdete Stiere, die ihnen kaum mehr gefährlich werden konnten, ließen sie näher an sich heran. Die Banderillas wurden mit großer Gebärde in den Nacken gestoßen, aber immer mit großzügigem Sicherheitsabstand. Die Picadores konnten sich auf die robusten Schutzdecken ihrer Pferde verlassen und stachen aus nächster Nähe heftiger auf das Muskelfleisch im Nacken ein als statthaft. Die Matadore hingegen hielten geflissentlich Abstand und gingen kein Risiko ein. Viele Stiere wurden nicht mehr regelkonform getötet, und es war inzwischen gang und gäbe, den Descabello, den Todesstoß, zu versetzen, wenn das Tier schon auf den Knien lag.

Zwei der drei Matadore kamen aus Arles. Der ältere, Bautista, hatte schon vor Jahren Weltruhm errungen und war der Liebling des hiesigen Publikums. Dem Brauch nach lieferte er den ersten und vierten Kampf. Dem jungen Roger Cordiez war der dritte und letzte Stier vorbehalten. Egal, wie ihr Auftritt zu bewerten sein würde – und alle drei Matadore waren gewiss gut –, stand zu erwarten, dass die Menge nach den Ohren der Stiere oder gar nach deren Schwänzen als Trophäe für ihre Helden verlangte. Die Matadore an diesem Tag hatten alle Klasse, so auch die Stiere, was eine gute Corrida garantierte.

Zwei Stiere kamen und starben. Die Kämpfe nahmen ihren unausweichlichen Ausgang und stellten das Publikum zufrieden. Smith aber, dem das Spektakel allzu manieriert vorkam, schweifte in Gedanken ab. Er erinnerte sich, vor vielen, vielen Jahren in ebendieser Arena Antonio Ordoñes hatte kämpfen sehen, und zwar mit jener würdevollen Gelassenheit, die für den inzwischen überkommenen Stil prägend gewesen war. Er hatte sich kaum bewegt und den blindwütigen Stier mal links, mal rechts haarscharf an sich vorbeistürmen lassen. Als der Moment für den Todesstoß gekommen war, hatte er die Klingenspitze des *estoque* hoch über den gesenkten Kopf des Tiers geführt, wobei dessen Hörner seine schmale Brust in die Zange zu nehmen schienen. Es war fast, als hätte er auf dem mächtigen Schädel gelegen. Der Degen durchbohrte die Aorta, wie es sich gehörte, und der Stier starb augenblicklich. Buchstäblich im Stehen, denn die ausbleibenden Signale aus dem Rückenmark hatten die Extremitäten offenbar noch nicht erreicht. Ordoñes zog den Degen aus der Wunde, drehte sich um und ging, unbeeindruckt von der tobenden Menge. Er hatte seinen Job korrekt erledigt, wie es ihm von seinem Vater Cayetano beigebracht worden war, und das reichte. In der Menge wurden Unmutsäußerungen laut, weil ihr das Spektakel vorenthalten blieb. Nach ein paar Schritten hielt er an, drehte sich zu dem Stier um, der sich immer noch auf den Beinen hielt, und hob die Hand zu einem letzten Gruß. Im selben Moment kollabierte das Tier, und die Menge verstummte. Erst jetzt erkannte sie das Genie des Mannes, den sie noch vor wenigen Sekunden ausgebuht hatte. Die Menge jubelte begeistert, doch er verließ mit versteinerter Miene die Arena und schaute kein einziges Mal zurück. Trotz zahlreicher Angebote ließ er sich in der Folgezeit nie wieder blicken.

Nun kam unter dem tosenden Beifall der Zuschauer der dritte Stier der Corrida in den Ring. Roger Cordiez hatte seinen Auftritt. Im Anschluss daran sollte ihm die begehrte *alternativa* überreicht werden.

Der Stier war gut, kräftig und wendig, nicht besonders schwer, aber schnell auf den Beinen und ein guter Gegner für einen jungen Mann, der seine Fähigkeiten zeigen wollte. Der Kampf folgte der üblichen Dramaturgie. Die erste Phase – *tercio de varras* – war den Picadores vorbehalten; in der zweiten – *tercio de banderillas* – steckten die Gehilfen des Matadors ihre mit bunten Bändern verzierten Stäbe in den Nacken des Stieres. Schließlich, im *tercio de muerte*, hatte der junge Cordiez das Feld für sich. Er hatte den Stier seiner Mutter gewidmet und führte ihn mit der Muleta, dem scharlachroten Tuch der Matadore, in einer komplexen Folge von Manövern, *pases* genannt, durch das von Sand bedeckte Rund. Jedes dieser Manöver löste Jubelstürme aus. Der junge Mann agierte, wie Smith anerkennend bemerkte, im alten Stil, mit ruhiger Beinarbeit und ohne einen Mucks. Er verließ sich allein auf das Tuch, um den Stier angreifen zu lassen oder anzuhalten. Es war eine geschickte Darbietung, sehr zum Gefallen des fachkundigen Publikums. Franco, sein Vater, stand in der *callejón* und grinste stolz übers ganze Gesicht.

Die *faena*, der Auftritt des Matadors, ging auf ihr Ende zu. Cordiez hatte das große Tuch und das lange Schwert gegen eine kürzere Muleta und den *estoque* ausgetauscht. Die letzten *pases* erfolgten, und dann war der Moment der *suerte suprema* gekommen. Der Stier stand still und hatte den Kopf gesenkt. Die Schultern glänzten dunkel vom Blut aus den kleinen Wunden, die die Banderillas geschlagen hatten. Die mächtige Brust hob und senkte sich, aber die Augen waren noch klar und waren auf die schlanke Gestalt gerichtet, die zwei Schritte vor ihm stand und die Muleta langsam hin und her schwingen ließ. Der Kopf mit den langen spitzen Hörnern folgte der Bewegung, die, vom Tuch geführt, allmählich auspendelte. Cordiez hatte sich bis auf einen Meter genähert. Das Tuch berührte die Hörner, der Stier verharrte regungslos. Aus der Menge war kein Laut zu vernehmen. Roger rückte noch ein Stück näher an den Stier heran, drehte sich langsam zur Seite, verlagerte sein Gewicht auf das rechte Bein, hob den Degen auf Augenhöhe und zielte über die Klinge hinweg zwischen die Schulterblätter, um dem Tier den tödlichen Stoß zu versetzen. Glitzernd verfing sich das Sonnenlicht in der leicht nach unten gebogenen Klingenspitze. Cordiez hob das linke Bein ein wenig an und senkte die Muleta. Der Stier folgte der Bewegung, was die Schulterblätter ein wenig auseinanderklaffen ließ und damit den Weg für die Degenspitze freimachte.

In absoluter Stille passierte zwei, drei Sekunden lang nichts. Dann ließ der Matador das Tuch am ausgestreckten Arm herabfallen, beugte sich im selben Moment über den Kopf des Stieres und stach mit den Degen zu. Die Klingenspitze war schon in den Nacken eingedrungen, das Ende stand unmittelbar bevor. Die Menge hielt den Atem an, der sich bald in Jubel lösen würde.

Doch plötzlich schien der junge Mann zu wanken. Das auf den Sand herabhängende Tuch zuckte nach links. Für den Bruchteil einer Sekunde war der Bann gebrochen. Das mächtige, mit der Klingenspitze traktierte Tier witterte eine Chance und riss den Kopf in die Höhe. Das linke Horn durchbohrte die Brust des Matadors und trat im Rücken wieder zum Vorschein. Der Stier bäumte sich auf und schüttelte mit einem Schlenker des Kopfes den jungen Cordiez ab. Der flog in hohem Bogen durch die Luft und prallte wuchtig auf. Der Stier wirbelte herum und fiel, Staub und Sand aufwühlend, über den am Boden liegenden Körper her. Zweimal schleuderte er ihn wie eine Stoffpuppe durch die Arena, ehe die Helfer zur Stelle waren und ihn mit ihren großen *capotes* von dem blutenden Matador im Sand ablenken konnten. Cordiez rührte sich nicht mehr. Sanitäter rannten herbei und trugen seinen leblosen Körper eilends aus der Arena.

Die Menge stand unter Schock. Von ihr war nur ein Raunen zu hören, als der zweite Matador, wie unter solchen Umständen erforderlich, die *faena* fortsetzte und auf den Stier zuging, der von den Helfern an der Bande in Schach gehalten worden war. Er versetzte ihm den Todesstoß, und erst als er aus dem Rund der Arena herausbuxiert worden war, stand die Menge auf und applaudierte. Sie applaudierte nicht dem Matador, sondern dem Stier, der bei allen Kämpfen als der eigentliche Held galt, war er es doch, der seinen Mut mit dem Leben bezahlte.

Der Rest der Corrida lief ohne weiteren Zwischenfall ab. Smith hatte sein Interesse daran verloren. Er brütete über dem, was er gesehen hatte oder zumindest gesehen zu haben glaubte. Martine an seiner Seite war ungewöhnlich still. Der vierte und fünfte Kampf, beides mittelmäßige Geschichten, gingen wohl auch an ihr vorbei. Bevor der sechste und letzte Stier in den Ring gelassen wurde, wandte sie sich Smith zu.

»Was geht dir durch den Kopf, Liebster? Als Roger am Boden lag, hast du dich umgeschaut. Ist dir etwas aufgefallen, das alle anderen nicht bemerkt haben?«

Smith hatte tatsächlich einen Blick ins Publikum geworfen, kaum dass Roger auf die Hörner genommen worden war, sich dann genau die Stelle gemerkt, an der der junge Mann im Sand gelegen hatte, und gespürt, dass etwas nicht stimmte. Statt zu antworten, stellte er eine Gegenfrage.

»Sag mal, wohin bringt man eigentlich einen verletzten Stierkämpfer?«

Martine war kurz irritiert, kannte ihn aber gut genug, um zu wissen, dass er nicht ohne Grund fragte.

»In größeren Arenen gibt's meist eine Station für notärztliche Versorgung. Aber die haben wir hier nicht. Stattdessen steht draußen mindestens ein Rettungswagen in Bereitschaft. Man wird Roger ins Krankenhaus gebracht haben.«

Smith erinnerte sich an seine eigene Einlieferung vor gar nicht allzu langer Zeit.

»Wenn er noch zu retten ist, wird man natürlich operieren«, fuhr sie fort. »Wenn nicht, stellt man einen Totenschein aus und gibt den Leichnam frei.«

Smith wusste, dass er Martine mit der nächsten Frage verwirren würde. Er stellte sie trotzdem. »Aber vorher wird er doch obduziert, oder?«

Martine ließ sich mit der Antwort Zeit. Sie schien in der Tat verwirrt.

»Nein, wozu auch? Hier hat doch jeder gesehen, was passiert ist.«

Ihr Gespräch stockte, und das nicht nur, weil der letzte Stier ins Rund gerannt kam.

»Es sei denn, es finden sich Hinweise darauf, dass ihm nicht allein der Stier zum Verhängnis geworden ist«, sagte sie schließlich. »Ist es das, was du denkst? Kann gut sein, dass er sich mit irgendwas gepusht hat – das tun die meisten Stierkämpfer. Aber mir kam es nicht so vor, als wäre er gedopt gewesen.«

Smith nickte, schwieg aber. Nach einer Weile rückte er mit einer anderen verstörenden Frage heraus.

»Könntet ihr, du und dein Vater, eine Autopsie veranlassen, falls Roger stirbt?«

Martine runzelte die Stirn. »Aber warum? Was hast du, Peter? Mit welcher Begründung sollten wir eine Autopsie veranlassen? Aber um deine Frage zu beantworten, ich glaube ja, wir könnten es.«

»Ich hätte da noch eine Bitte. Sorg bitte dafür, dass, wenn alle gegangen sind, ich mich einen Moment lang in der Arena umschauen kann. Ich brauche ungefähr fünf ungestörte Minuten. Danach werde ich auf all deine Fragen antworten.«

Sie beugte sich zu ihrem Vater und redete kurz auf ihn ein. Er runzelte die Stirn, winkte aber jemanden vom Ordnungspersonal zu sich, der hinter ihnen stand. Ein paar ins Ohr geflüsterte Worte reichten. Der letzte Kampf endete, durchaus mit Bravour, aber ohne Reaktion seitens der Zuschauer. Bei der abschließenden Parade stand Smith auf.

»In einer halben Stunde bin ich zu Hause. Ich will nur sicherstellen, dass, wenn Roger tot ist, sein Leichnam einstweilen unangetastet bleibt.«

Er ging durch den *callejón*. Emiles Eingabe zeigte Wirkung. Die wenigen Männer, die im Rund geblieben waren, machten ihm den Weg frei. Manche grüßten sogar, indem sie mit den Fingern an die Kappe tippten.

Er wartete, bis sich die Zuschauerränge fast völlig geleert hatten, ehe er die Arena betrat. Der Sand war noch voll vom

Blut des letzten Stieres. Mit einem der Rechen in der Hand, mit denen nach jedem Kampf der Sand geharkt wurde, suchte er die Stelle auf, an der der junge Mann zu Fall gekommen war, und nahm sie in Augenschein. Vorsichtig fuhr er mit dem Rechen darüber hinweg. Es dauerte nicht lange, und die Zinken brachten einen kleinen metallenen Gegenstand an die Oberfläche. Er bückte sich und fand, was er dort vermutet hatte.

Es war, soweit er auf den ersten Blick einschätzen konnte, ein Projektil der NATO-Standardpatrone, Kaliber 7,62 Millimeter, wie sie zu Hunderttausenden verschossen wurden. Aussagekräftiger war der Umstand, dass das Projektil kaum deformiert zu sein schien. Es schien nicht einmal mit Wucht im Sand aufgeschlagen zu sein. Der Schütze hatte offenbar ein Geschoss mit großer Durchschlagskraft ausgewählt, das nicht im Körper stecken bleiben würde. Auf das Herz gezielt, wäre der Tod innerhalb weniger Sekunden eingetreten. In dem für den Täter günstigsten Fall hätte sich das Horn des Stieres ziemlich genau in den Schusskanal gebohrt. Das Projektil wäre kaum mehr auffindbar gewesen. Smith kauerte auf dem Sand und grinste düster in sich hinein. Auf den Stier war Verlass, dachte er. Er sah, dass die Maserung des Laufes der Waffe auf dem Projektil noch zu erkennen war, was aber, wie er glaubte, nicht viel an Informationen hergab. Vielleicht würde Gentry etwas damit anfangen können. Er steckte es in die Jackentasche, stand auf und schaute sich in dem inzwischen fast leeren Amphitheater um. Der Tod war Dauergast in diesem ehrenwerten Baudenkmal, das sich in seiner unmittelbaren Nachbarschaft befand. Morgen sollten hier zwei weitere Kämpfe stattfinden, ab Montag aber würden die Steine wieder schlafen. Um das Bauwerk für kurze Zeit zum Leben zu erwecken, hatte es des Todes von sechs siebenhundert Kilo schweren Stieren und vielleicht eines jungen Matadors bedurft. Er schüttelte den Kopf. Auf irgendetwas mochte dies eine Parabel sein, dachte er.

Smith verließ die Arena, bedankte sich bei den Männern, die im Hintergrund standen und darauf warteten, den Sand für die Corrida am nächsten Vormittag glatt zu streichen. Er kehrte in sein Haus zurück, das nur wenige Schritte entfernt war. Hinter der Haustür wurde er von Arthur ausgelassen begrüßt. Martine und ihr Vater saßen in seinem Garten, beide mit einem Glas Whisky in der Hand. Ihm hatten sie auch schon eingeschenkt. Smith ließ sich müde in einen Sessel fallen, holte das Projektil aus der Tasche und legte es auf den Tisch.

»Damit wurde Roger getroffen, kurz bevor der Stier ihn aufgespießt hat. Der Schuss war so gut getimt, dass ihn wahrscheinlich niemand bemerkt hat.«

Emile Aubanet seufzte. »Außer dir, Peter, außer dir.«

Smith zuckte mit den Achseln. »Vielleicht habe ich mit so etwas mehr Erfahrung als die meisten.«

»Wie erklärst du dir das Ganze?«, fragte Martine.

»Jemand hat Roger Cordiez aufgelauert in der Absicht, ihn zu töten und die Tat so aussehen zu lassen, als wäre der Stier dafür verantwortlich. Kaum anzunehmen, dass jemand die Todesumstände bezweifelt, wo doch alle Anwesenden bezeugen können, dass dem armen Kerl das Horn in die Brust eingedrungen und zum Rücken wieder ausgetreten ist. Ich muss zugeben, dass ich die Professionalität des

Täters irgendwie bewundere. Er hat sich was einfallen lassen. Vermutlich hat er vom Turm im Osten des Amphitheaters geschossen, also aus ungefähr vierzig Metern und offenbar mit einem schallgedämpften Präzisionsgewehr. Für einen Scharfschützen kein Problem. Es wäre ein Wunder, wenn Roger noch leben würde. Fraglich ist nur, warum jemand einen Stierkämpfer töten wollte, zumal einen jungen aus der Region, und dann auch noch auf so bizarre Art und Weise. Ich kann mir das nicht erklären. Aber aus euren Mienen schließe ich, dass ihr zumindest eine Ahnung habt. Sagt es mir, dann kann ich vielleicht helfen.«

In diesem Moment klingelte Martines Handy. Sie nahm den Anruf entgegen, legte dann eine Hand über das Mikrofon und schaute ihn an.

»Er ist tot. Soll ich veranlassen, dass eine Autopsie vorgenommen wird?«

Smith schüttelte den Kopf, und sie steckte ihr Handy wieder weg.

»Was für einen Zweck sollte sie haben?«, erwiderte er. »Vielleicht werden seine Eltern darauf bestehen. Ich halte es für äußerst unwahrscheinlich, dass irgendetwas dabei herauskommt. Die Verletzung durch das Horn ist viel zu groß. Und wenn eine Verschwörung hinter Rogers Tod steckt, sind wir wahrscheinlich eher als irgendjemand sonst in der Lage, Beweise dafür zu erbringen. Vielleicht sollten wir den Eltern oder anderen gegenüber nichts von unserem Verdacht sagen. Vorläufig jedenfalls nicht. Die Entscheidung liegt natürlich bei euch.«

19. Bittere Wahrheiten

Girondou saß an seinem Schreibtisch und arbeitete. Er lächelte matt bei dem Gedanken, dass sich in seinem Leben als Pate einer kriminellen Vereinigung doch einiges verändert hatte. Sein Vater, der vor vierzig Jahren ins Geschäft eingestiegen war, hatte noch eisenhart durchgegriffen. Aber der Alte hatte gewusst, was er tat. Der junge Girondou war von einer sehr erfolgreichen Karriere in den Straßen Marseilles in prosaischere Gefilde am Collège Adolphe Monticelli von Marseille übergewechselt, dann an die Sorbonne und von dort an das *Institut d'Etudes Politiques de Paris*, besser bekannt als »Science Po«. An der Harvard-Universität hatte er schließlich promoviert. Ein paar Jahre später kam der junge Dr. Alexei Girondou in seine Heimatstadt zurück und übernahm das »Familienunternehmen«. Jetzt, nach vielen Veränderungen, fand er sich zunehmend häufiger am Schreibtisch wieder, nicht um Steuern zu umgehen, sondern um sie zu minimieren.

Er saß auch diesmal wieder vor einem Berg von Papier, als die Tür zu seinem Arbeitszimmer aufflog und seine Tochter Solange hereinplatzte, das Gesicht rot vor Wut und der Hysterie so nahe wie nur möglich. Sie stürmte herbei, schlug beide Hände auf den Schreibtisch und beugte sich darüber, dass sie bis auf wenige Zentimeter an sein Gesicht heranreichte. Die Worte sprudelten nur so aus ihr heraus.

»Mistkerl du! Du mieses Stück Scheiße! Ich bring dich um, glaub mir.«

Girondou war perplex. »Aber mein Herzchen, was soll das heißen?«, stammelte er.

Solange hatte noch nicht genug Dampf abgelassen: »Du verdammtes Arschgesicht! Nach all den Jahren kommt endlich raus ...«

Girondou wusste immer noch nicht weiter. »Was denn? Was kommt raus?«

»Ich bin dahintergekommen, dass du meinen Vater umgebracht, dir seine Frau – unsere Mutter – gekrallt und uns aufgezogen hast, als wären wir deine Kinder. Wahrscheinlich hast du noch mehr verbrochen, so viel nur fürs Erste. Unser ganzes Leben ist eine Lüge. Dieser Moroni und du, ihr seid Brüder, verflucht noch mal. Ich hoffe, er macht dich platt.«

Sie wirbelte herum und verließ den Raum so schnell, wie sie gekommen war. Girondou war wie vom Donner gerührt und saß immer noch reglos da, als Minuten später Angèle das Zimmer betrat und sich weinend in einen der Sessel fallen ließ. Die Kinder kannten jetzt ihr großes Geheimnis, und sie, die Eltern, hatten sich auf den Moment der Wahrheit nicht vorbereitet.

»Wie?«, raunte er mit brüchiger Stimme. »Wie konnte das passieren?«

Seine Frau schaute ihn aus tränennassen Augen an. »Ich habe mit Amy gesprochen. Es war dein Bruder. Er hat ihnen anscheinend aufgelauert, als sie in der Stadt shoppen waren. Keine Ahnung, warum er es ihnen gesagt hat, aber er hat's getan.«

Girondou blickte auf. »Amy?«

»Sie ist auch fix und fertig, scheint aber besser damit umzugehen als ihre Schwester.«

»Warum jetzt, nach all den Jahren? Gütiger Himmel, ich hätte es ihnen schon längst sagen sollen.«

Angèle verzog das Gesicht. »Du hast es ja gewollt, aber ich habe dich nicht gelassen. Ich hatte einfach nicht den Nerv dazu. Das hat uns jetzt dein Bruder abgenommen, und womöglich kostet es uns die Familie, unsere Kinder.«

»Wie genau haben sie davon erfahren? Hast du noch etwas dazu gesagt?«

Angèle schüttelte den Kopf. »Ich weiß nur, dass sie in Marseille einkaufen waren und in einem Café eine Tasse Kaffee getrunken haben, als dieser Mann – ich vermute, es war Moroni – auf sie zugekommen ist und sie angesprochen hat.«

»Waren die Mädchen nicht in Begleitung?«

»Doch, von Henk.«

»Warum, zum Teufel, ist er nicht eingeschritten?«

»Ich weiß es nicht«, antwortete Angèle verzweifelt.

Er blickte hoffnungslos vor sich hin. »Was machen wir jetzt? Moroni hat offenbar was vor. Er wühlt nicht nur schmutzige Wäsche hervor, da steckt mehr dahinter. Er hat erkannt, dass er mich über meine Familie drankriegen kann. Wenn er sie zerstört, zerstört er mich.«

Girolamo, Girondous und Moronis Vater, war vor den Partisanen aus dem faschistischen Italien nach Toulouse geflohen, wo er sich vor der Rache der italienischen Linken sicher fühlte. Er hatte während des Krieges viel Geld verdient und sowohl Mussolini als auch später die Nazis mit allem Möglichen beliefert: Lebensmittel und Waffen, Söldner und Informationen. In dem Machtvakuum, das dem Abzug der Deutschen aus Südfrankreich im Jahr 1944 folgte, hatte er in kürzester Zeit eine Verbrecherorganisation aufgebaut, während die Franzosen darum bemüht waren, ihre Demokratie zurückzugewinnen. In einer Zeit, da buchstäblich alles rationiert war, beherrschte er den Schwarzmarkt im ganzen Süden. Kleidung, Nahrungsmittel, Wein, Medikamente, kurz alles, woran Mangel bestand, wurde von Girolamo und seiner Organisation unter der Hand verkauft. Wer sich ihm widersetzte, zog den Kürzeren. Von Polizei oder Justiz konnte kaum die Rede sein. Die Franzosen waren darauf fixiert, Kollaborateure dingfest zu machen und zu exekutieren. Girolamo profitierte von dieser Situation, und seine drei Söhne mischten in seinen Geschäften bald mit. Der älteste, Sebastien, war für den Westen zwischen Toulouse und der spanischen Grenze verantwortlich, Fernand, der mittlere, für Toulouse und die Rhone-Region, während Alexei das Gebiet zwischen Rhone und der italienischen Grenze beackerte.

Girondou griff jetzt zum Telefonhörer und wählte eine Nummer, die er auswendig kannte, auch wenn er sie nur selten anrief. Moroni antwortete in einem spöttischen Tonfall.

»Alexei, mein lieber Weggefährte. Wie schön, dich zu hören. Wie kann ich dir an diesem herrlichen Sonnentag helfen?«

»Sebastien, was hast du getan? Warum?« Girondou konnte kaum reden. »Wieso hasst du mich und meine Familie so sehr?«

»Du hast offenbar ein schlechtes Gedächtnis, Alexei. Erinnerst du dich nicht, was damals passiert ist?«

»Ich erinnere mich genau, Sebastien, und zwar an Tatsachen, die aber wohl mit der Version, die deiner Fantasie entspringt, nicht viel zu tun haben.«

»Du hast unseren Bruder umgelegt. Daran erinnere ich mich.«

»Er kam mitten in der Nacht in mein Schlafzimmer geschlichen, um mir eine Kugel durch den Kopf zu jagen. Ich musste ihm zuvorkommen.«

»Du hast seine Frau gevögelt.«

»Wir hatten eine Affäre, und das schon eine Weile.«

»Sie war seine Frau, deine Schwägerin«, entgegnete Moroni in einer Stimmlage, die zunehmende Verärgerung verriet.

»Fernand war ein Schweinehund, das weißt du«, sagte Girondou. »Gemein und hinterhältig, ein Psychopath wie er im Buche steht. Er hat sie geschlagen und die Kinder auch. Sie wollte ihn verlassen, und als sie für klare Verhältnisse gesorgt hat, hat er versucht, mich zu töten. Dumm für ihn, dass ich schneller war.«

»Du hast meinen Bruder kaltgemacht.« Moroni spuckte die Worte förmlich aus. »Du hast ihm die Frau und seine beiden Kinder abgenommen und dich mit ihnen nach Marseille verdrückt. Unser Vater hat das nicht verkraften können. Im Grunde geht auch sein Tod auf deine Kappe.«

»Unsinn. Er war achtundachtzig Jahre alt und litt seit Jahren an Lungenkrebs. Es scheint, dass dein Gedächtnis nicht mehr funktioniert, wenn du vergessen hast, dass er die letzten sechs Monate im Bett gelegen hat.«

»Du hast deinen Bruder und deinen Vater auf dem Gewissen, hast uns, deine Familie, verlassen, dir einen neuen Nachnamen zugelegt und dich mit der Hure Angèle und den Kindern in Marseille niedergelassen. Jetzt mimst du da den König.«

Girondou sagte nichts. Es gab für ihn nichts zu sagen, schließlich hatte er sich schon oft genug vor Sebastien zu rechtfertigen versucht.

»So, und jetzt wissen deine geliebten Töchter, dass du gar nicht ihr Vater bist.« Moroni verhehlte seinen Triumph nicht. »Und sie wissen, dass du ein Mörder und ihre Mutter eine Nutte ist, die mit dir rumgevögelt hat, als sie schon auf der Welt waren. Vielleicht dachte ich, dass es an der Zeit ist, ihnen die Augen über dich und ihre Mutter zu öffnen. Alles Weitere kannst du ja mit ihnen klären. Viel Glück dabei, Bruderherz.«

Girondou starrte vor sich hin, als es aus dem Hörer nur noch tutete. Nach einer Weile nahm Angèle ihn sanft aus der Hand und legte ihn auf die Gabel zurück. Sie versuchte, ihren schwer angeschlagenen Mann zu trösten.

»Ich glaube, es ist besser, wenn ich mit den Mädchen rede. Vielleicht gelingt es mir, sie ein wenig zu beruhigen.«

Girondou gab ihr im Stillen recht und nickte mit Tränen in den Augen.

Sie stand auf und half ihm auf die Beine.

»Hab Mut, mein Schatz«, sagte sie. »Irgendwann musste es dazu kommen. Wirklich schlimm ist nur, dass Moroni dir jetzt eins auswischen konnte. Aber wir kennen die Wahrheit und sollten darauf vertrauen, dass auch unsere Kinder – Kinder, die auch du großgezogen hast – zu verstehen lernen.

Sie wissen längst noch nicht alles, wie zum Beispiel, dass Fernand ein Monster war. Ich werde ihnen die ganze Geschichte erzählen und nicht nur die Teile davon, die ihnen gesteckt wurden, um dir zu schaden. Zumindest will ich es versuchen.«

Sie nahm ihn in die Arme und spürte, dass er am ganzen Leib zitterte.

»Na schön«, flüsterte er schließlich. »Ich überlasse es dir. Mir würden sie wahrscheinlich jetzt eh nicht zuhören.«

Zögernd machte sie sich auf den Weg zu ihren Töchtern und ließ ihren Mann stumm und wie betäubt zurück.

Smiths Mobilfunknummer war ein streng gehütetes Geheimnis. Er hatte von jeher eine Abneigung gegen Telefone und ignorierte Anrufe von Personen, deren Nummern er nicht kannte. Zu Anrufbeantwortern hatte er ein ähnlich angespanntes Verhältnis. Es war also sehr ungewöhnlich, dass eine ihm fremde Nummer auf dem Display erschien. Er nahm den Anruf trotzdem entgegen. Eine ihm ebenfalls fremde Frauenstimme meldete sich.

»Monsieur Smith?«

»Ja?«

»Mein Name ist Jeanne Hegeau, Monsieur. Ich bin die Freundin von Derek Deveraux.«

Smith staunte über die prompte Reaktion, denn er hatte Deveraux soeben erst angerufen und gefragt, ob sie möglicherweise würde helfen können.

»Guten Morgen, Madame. Schön, dass Sie so prompt reagieren und anrufen.«

»Monsieur. Sie werden vielleicht nicht wissen, dass es für

gewöhnlich meine Aufgabe ist, Amy Girondou zu schützen, während Henk sich um Solange kümmern sollte. Amy vertraut mir und hat mich darum gebeten, Kontakt zu ihnen aufzunehmen. Sie würde gern vertraulich mit ihnen reden.«

Interessant, dachte Smith. Dass eine der Schwestern, die er stets für unzertrennlich gehalten hatte, ein vertrauliches Gespräch mit ihm suchte, war neu und wohl sehr ernst zu nehmen.

»Warum bittet mich Mademoiselle nicht selbst?«, stellte er die naheliegende Frage.

Madame Hegeau senkte die Stimme und klang ein bisschen verunsichert, als sie sagte: »Sie fürchtet, dass ihr Handy abgehört wird.«

Diese Erklärung klang in Smiths Ohren gar nicht gut. »Na schön, was schlagen Sie vor?«

»Von Amy kam gestern der Wunsch, nach Arles zu fahren. Madame Girondou hat bald Geburtstag, und Amy möchte ein Geschenk für sie kaufen. In Marseille gibt es keine Filiale von Christian Lacroix, wohl aber in Arles. Ich würde sie natürlich begleiten. Ist es Ihnen möglich, dass wir uns irgendwo treffen?«

»Klar. Gute Idee.«

Er warf einen Blick auf die Küchenuhr. Es war halb zehn.

»Wie wär's, Sie kämen in zwei Stunden zu mir nach Hause? Lassen Sie Ihre Handys eingeschaltet. Es könnte sein, dass Sie jemand überwacht und wissen will, wo Sie sind. Wenn Sie die Stadt erreichen, schalten Sie die GPS-Funktion aus. So genau müssen andere Ihre Bewegungen nicht nachvollziehen können. Wir können uns eine Erklärung einfallen lassen, wenn jemand dumm genug ist, Fragen zu stellen.

Wenn Ihnen tatsächlich jemand folgt, was ich bezweifle, ist das auch nicht weiter schlimm. Die Mädchen haben mich schon häufiger besucht. Es wäre sogar eher verdächtig, wenn eine von ihnen in Arles ist und nicht bei mir vorbeischaute.«

»In Ordnung, Monsieur. Danke.«

»Schauen Sie im Auto ein paarmal mehr in den Rückspiegel. Achten Sie auch auf Motorräder. Aber das wird Ihnen bestimmt auch schon Deveraux geraten haben. Bis später. Und fahren Sie vorsichtig.«

Die zwei Stunden waren schnell verstrichen, und schließlich klopfte es an der Tür. Smith öffnete und sah Amy auf der obersten der drei Stufen vor der Eingangstür stehen. Jeanne saß noch am Steuer einer gepanzerten Limousine aus Girondous Fahrzeugpark. Arthur war glücklich über den Besuch. Smith grüßte Amy mit zwei *bisous* und führte sie auf die Gartenterrasse, wo sie sich an den Tisch unter den dichten Weinranken setzten.

»Jeanne wird für mich einkaufen und warten, bis wir fertig sind«, sagte sie fast entschuldigend.

Sie war nicht die sorglose Schönheit, die sie zu sein pflegte, und sah sehr nervös und niedergeschlagen aus. Er schenkte ihr und sich ein Glas gekühlten Orangensaft ein und ergriff ihre Hand.

»Lass dir so viel Zeit, wie du brauchst«, sagte er. »Erzähl mir, was dir auf dem Herzen liegt und wie ich helfen könnte. Alles, was du sagst, bleibt unter uns. Es müssen nicht einmal deine Schwester oder deine Eltern davon wissen.«

Sie zögerte, holte dann tief Luft und fing zu reden an, wobei sie seine Hand nicht losließ.

»Es gibt einiges über unsere Familie, wovon du noch nichts weißt. Papa wird sich dir nicht in allem anvertraut haben. Auch ich würde so manches lieber für mich behalten, aber unsere Familie steckt in großen Schwierigkeiten, und ich sehe außer dir niemanden weit und breit, der uns helfen könnte. Deshalb habe ich beschlossen, dich einzuweihen, obwohl es an Verrat grenzt. Du musst wissen, dass Papa nicht unser wirklicher Vater ist. Maman war ursprünglich mit Papas Bruder Fernand verheiratet. Wir sind seine Töchter, nicht die von Alexei. Fernand wurde in einem Familienstreit getötet, als wir zwei Jahre alt waren. Gleich darauf hat Papa Maman geheiratet.«

Sie legte eine Pause ein und schien Kraft schöpfen zu wollen. Smith intervenierte vorsichtig, um ihr Zeit zu geben. »Wie erklärt sich damit die gegenwärtige Situation?«, fragte er.

Sie hob eine Hand. Anscheinend hatte sie noch mehr zu sagen.

»Solange und ich hatten immer schon einen Verdacht, aber wir haben nie darüber gesprochen und unsere Gefühle irgendwie verdrängt. Bis vor Kurzem wussten wir aber definitiv nicht, dass es drei Brüder gab, die dem von ihrem Vater angeführten Syndikat angehört haben. Es hatte sich fast im gesamten Süden Frankreichs breitgemacht und wurde unter den dreien aufgeteilt.«

Smith wusste immer noch nicht, worauf sie hinauswollte. Nichts von dem, was sie sagte, erschien ihm als Grund für die gegenwärtigen Schwierigkeiten plausibel. Also wartete er, als Amy noch einmal tief Luft holte, tiefer noch, wenn das überhaupt möglich war.

»Gestern waren Solange und ich in Marseille shoppen. Wir haben einen Kaffee getrunken, als ein fremder Mann auf uns zukam und sich als Onkel vorstellte, als der dritte Bruder. Er sagte, der, den wir für unseren Vater halten, also Alexei, habe seinen Bruder, unseren leiblichen Vater, getötet. Grund dafür wären Streitigkeiten innerhalb der Familie gewesen, die es immer wieder einmal gegeben haben soll. Der Mann, der uns das mitteilte, ist Sebastien Moroni.«

Plötzlich fiel bei Smith der Groschen. Doch Amy deutete an, dass sie noch mehr auf Lager hatte.

»Jetzt wird's noch komplizierter. Henk und Solange haben seit einiger Zeit ein Techtelmechtel miteinander. Sie unternehmen regelmäßig lange Spaziergänge, und Henk scheint sich mehr um sie zu kümmern als um Papa und den Rest der Familie, was seine eigentliche Aufgabe wäre. Ich habe mir nicht viel dabei gedacht. Solange hatte schon immer ihren eigenen Kopf. Eines Tages, wir waren zusammen schwimmen, habe ich aus Versehen ihr Handy mit meinem verwechselt. Wir haben das gleiche Modell, und es ist nicht passwortgeschützt. Und da sehe ich, dass sie eine Menge Textnachrichten von Sebastien Moroni erhalten hatte. Ich hatte nicht die Zeit, sie gründlich zu lesen. Trotzdem ist mir aufgefallen, dass Henks Name mehr als einmal erwähnt wurde.

Du weißt ja, dass Maman für ein paar Tage mit uns nach Chamonix geflogen ist. Du hast uns zurückrufen lassen und nicht bedacht, dass das Papa überhaupt nicht recht sein konnte. Moroni hatte ihm nämlich kurz vorher in Aussicht gestellt, dass er uns alles stecken würde. Papa war außer sich. Seitdem sind beide völlig von der Rolle. Papa kriegt nichts mehr gebacken, und manche seiner Leute haben schon die Nase voll von ihm und denken darüber nach, ob sie nicht zu Moroni überlaufen sollen. Das macht ihn zusätzlich fertig. Und jetzt hat Solange die Bombe platzen lassen und ihn zur Rede gestellt. Er ist am Boden zerstört. Ich weiß nicht mehr weiter.«

Smith beugte sich vor. »Amy, hat es zwischen dir und deiner Mutter oder deinem Vater weitere Gespräche gegeben?«

Sie schüttelte den Kopf. »Nein. Natürlich habe ich mir das vorgenommen, aber ich dachte, es wäre besser, erst einmal mit dir darüber zu reden. Maman und Papa brauchen Hilfe, und ich weiß, dass sie dir vertrauen. Solange weiß nicht, dass ich mich an dich wende. Wir standen uns immer sehr nah, und eigentlich wollte ich meine Schwester auch fragen, was sie mit der ganzen Sache zu tun hat. Aber dann habe ich mich doch nicht getraut.«

»Ich kann dir nicht ganz folgen, Amy.«

»Tja«, antwortete sie zögernd, »sie hat sich in letzter Zeit, noch bevor dieser ganze Mist aufgeflogen ist, ziemlich verändert, Peter. Seit sie mit Henk Händchen hält, bin ich bei ihr abgemeldet. Sie spricht nur noch mit ihm, und ansonsten hält sie sich bedeckt. Manchmal weiß nicht einmal Jeanne, wo sich die beiden gerade aufhalten. Um Papa macht sie einen großen Bogen, und selbst Maman kommt kaum mehr an sie heran. Henk hat ihr ein neues Handy besorgt. Ich hab's gesehen. Mit der Nummer rückt sie aber nicht raus. Keine Ahnung, wofür sie das Ding braucht. Jeanne meint, ich solle über meines vorsichtshalber nicht mehr anrufen, es sei denn, es geht um Dinge, die nicht von Belang sind.

Nach unserer Begegnung mit Moroni gestern ist Solange nun völlig durchgedreht ...«

Sie unterbrach sich, so sehr schien es sie mitzunehmen.

Smith stand auf und nahm sie in den Arm. Nach einer Weile ließ er sie wieder auf dem Stuhl Platz nehmen und versuchte auf die Schnelle, sich einen Reim zu machen auf das, was ihm gerade zu Ohren gekommen war. Es erklärte durchaus Girondous Verhalten und die Gefahr, in der er schwebte. Smith glaubte auch zu spüren, dass die ganze Sache in irgendeinem Zusammenhang stand mit den jüngsten Vorkommnissen in der Camargue. Doch bevor er einen näheren Blick darauf werfen konnte, galt es, ein paar praktische Dinge zu organisieren.

»Danke, Amy, dass du mir das alles erzählt hast. Ich verstehe den Ernst der Lage, und es war richtig, dass du zu mir gekommen bist. Ich werde tun, was ich tun kann. Eigentlich ist jetzt dein Vater gefragt, aber ich schlage vor, du sprichst mit deiner Mutter und stärkst ihr den Rücken. Sie weiß am besten, was vor all den Jahren passiert und jetzt wieder an die Oberfläche gekommen ist. Es ist wichtig für sie zu wissen, dass du auf ihrer Seite stehst.«

Er wechselte in einen geschäftsmäßigeren Tonfall über.

»Und jetzt hör mir bitte genau zu. Du solltest jetzt schnell nach Hause fahren. Deine Eltern werden sich sorgen. Wenn sie nicht fragen, wo du warst, sag ihnen lieber nichts von deinem Besuch bei mir. Falls doch, reicht's als Begründung, dass du einfach nur Hallo sagen wolltest. Wenn jemand wissen will, warum du auf dem Handy nicht erreichbar bist, erzähle einfach, dass dein Akku leer ist. Ach, und achte genau darauf, wer dich fragt. Schreib mir bitte deine Handynummer auf, auch die deiner Schwester.«

Sie nickte. »Der leere Akku könnte ja auch der Grund gewesen sein, warum ich nach ihrem Handy gegriffen habe.«

»In ein oder zwei Tagen bekommst du ein neues. Es wird genauso aussehen wie dein jetziges Handy, hat aber eine zweite Nummer, die sicher ist. Jeanne wird es dir geben und zeigen, wie du damit umzugehen hast. Ich möchte, dass wir uns unbelauscht miteinander austauschen können. Auf Jeanne ist Verlass. Sie kann jederzeit über Deveraux mit mir in Verbindung treten. Überhaupt ist das wohl der bessere Weg. Vielleicht hat sich Solange von Henk oder Moroni einwickeln lassen. Zurzeit ist es noch nicht ratsam, ihr den Kopf geradezurücken, zumal du ja eigentlich gar nichts wissen solltest. Verhalte dich möglichst unauffällig, auch Henk gegenüber, aber sieh zu, dass du nie längere Zeit allein mit ihm bist. Und starte nur bitte ja keine eigenmächtigen Versuche als Amateurschnüfflerin. Überlass das mir.«

Sie stand auf und umarmte ihn.

»Sei tapfer, mein Schatz. Wir biegen das wieder hin. Mach dir keine Sorgen.«

Er gab ihr einen Kuss auf beide Wangen und geleitete sie zu dem gepanzerten Wagen mit Jeanne, die vorm Haus auf sie wartete. Als der Wagen bergab am Amphitheater vorbeifuhr, hoffte er, zuversichtlicher geklungen zu haben, als er sich tatsächlich fühlte. Als Nächstes rief er Gentry an.

»Hast du eine halbe Stunde Zeit für mich?«

»Natürlich, alter Knabe. Allerdings habe ich noch nicht viel für dich herausgefunden.«

»Macht nichts. Dafür habe ich dir einiges zu bieten.«

Nach diesem kurzen Telefonat warf Smith dem schlafenden Arthur ein paar Stücke Hundekuchen hin, verließ dann das Haus und machte sich schnellen Schritts auf den Weg zu Gentrys Schlupfwinkel in der Altstadt.

Nachdem er vor dem Freund die Neuigkeiten ausgebreitet hatte, entstand eine längere Pause, in der Gentry sich und dem Gast die üblichen Quanten Whisky einschenkte. Weniger üblich war, dass Gentry seine Vermutungen als Erster äußerte.

»Moroni scheint es also gelungen zu sein, die Harmonie der Familie Girondou gründlich zu stören. Er nutzt Henks zweifelhaften Charme, um Solange gegen ihren Vater aufzubringen, und versucht, den Bruder kaltzustellen. Mir scheint da ein gerüttelt Maß an persönlicher Rache im Spiel zu sein. Mir ist momentan allerdings noch nicht klar, wie Moronis Flirt mit den unzufriedenen Bauern ins Bild passt, zumal wir seinen ersten Versuch, in der Camargue Fuß zu fassen, gründlich durchkreuzt haben. Er wird es bestimmt anderswo weiter versuchen, denn er gibt mit Sicherheit nicht auf, auch dann nicht, wenn du dich in die Schusslinie stellst.«

»Du triffst den Nagel wieder einmal auf den Kopf. Trotzdem, Beweise beizubringen dürfte schwierig sein.«

Aus dem Armsessel gegenüber war ein Schnauben zu vernehmen. »Ich kann mich nicht entsinnen, dass dir jemals solche Petitessen wie fehlende Beweise etwas ausgemacht hätten, alter Freund«, entgegnete Gentry. »Wie sollen wir weiter vorgehen?«

»Behalte Moroni im Visier. Ich mache mir derweil noch ein paar Gedanken. Die Krise wird sich zuspitzen, und irgendwann ergibt sich eine Lösung, so oder so. Ich möchte nur sicherstellen, dass die Kollateralschäden möglichst gering ausfallen. Es wäre schließlich schade, wenn Leute unter die Räder kommen, die es nicht verdient haben.«

»Okay. Aber was die unzufriedenen Bauern anbelangt, sehe ich mich kaum in der Lage, zur Aufklärung beizutragen. Über die liegen einfach keine Unterlagen vor, auf die ich zurückgreifen könnte, geschweige denn elektronische Daten.«

»Daran arbeiten Deveraux und seine neue Freundin. Sie klopfen auf den Busch. Und natürlich wären da auch noch Madame Durand und ihre jungen Spitzel. Vielleicht sollte ich auch einmal mit Emile Aubanet darüber reden. Dass Moroni nach seinem Flop letzte Woche sein Camargue-Programm anscheinend weiter durchziehen will, überrascht mich einigermaßen. Es muss jede Menge Geld für ihn im Spiel sein.«

Gentry seufzte. »Millionen. Im Durchschnitt bringt jeder eingeschleuste Migrant zwischen fünf- und achttausend Dollar ein. Wenn, sagen wir, hundert auf ein Boot passen und er jeden Monat zwei Boote in See stechen lässt, würden im Jahr nach Adam Riese bis zu fünfzehn Millionen Dollar für ihn herausspringen.«

»O Mann, so weit habe ich noch gar nicht gerechnet«, murmelte Smith.

»Mich wundert's nicht, dass es Moroni weiter versucht«, fuhr Gentry nach einer Kunstpause fort. »Die nackten Zahlen sind wohl eine hinlängliche Erklärung. Stattdessen frage ich mich, warum er nicht an seiner bewährten Methode festhält. Man weiß doch, dass er meistens die Muskeln spielen lässt. Hier aber versucht er, arglose Bauern zu schmieren und auf seine Seite zu ziehen. Ahnt er, dass sie sich nicht so behandeln lassen wie seine üblichen Kunden, die kuschen, wenn man ihnen die Pistole auf die Brust setzt? Den Bauern der Camargue hingegen begegnet er geradezu sanft, wenn man mal davon absieht, dass der Mord in der Stierkampfarena als öffentliche Demonstration zu verstehen ist und deutlich macht, was denen blüht, die ihm blöd kommen. Mir scheint, er tritt leise auf, weil er noch einiges in Marseille vorhat.«

»Er wird über diejenigen aus den Reihen Girondous, mit denen er im Gespräch ist, einiges in Erfahrung gebracht haben. Vielleicht sollten wir da ansetzen. Ich schlage vor, wir hören Henk und die beiden Mädchen ab. Hier sind deren Nummern. An Henks Telefondaten müsste auch heranzukommen sein. Amy bekommt von mir ein neues Handy mit einer geschützten zweiten Nummer und einer Sperrvorrichtung für den Fall, dass es in fremde Hände fällt. Darüber werden wir hoffentlich mitverfolgen können, was die Gegenseite ausheckt. Und Amy kann jederzeit mit uns Kontakt aufnehmen. Das alles dauert womöglich seine Zeit, aber sei's drum. Fällt dir noch was auf Anhieb ein?«

Gentry nickte. »Könnte aber teuer werden.«

»Keine Sorge, Girondou wird zahlen«, erwiderte Smith und lächelte.

Damit verabschiedeten sich die beiden, und Smith kehrte nach Hause zurück.

20. Begräbnis

Die kleine *Église de la Nativité de la Vierge* von Le Sambuc war voll besetzt; noch mehr Menschen standen draußen. Die Großen und Guten hatten natürlich Sitzplätze im Inneren, mehr oder weniger bekannte Persönlichkeiten aus Stadt und Land, Stierkampf und Landwirtschaft. Wie überall in der Provence waren ihre Vertreter gesellschaftlich miteinander verknüpft. Manche der Anwesenden kamen sogar aus der Stierkampfszene Spaniens. Dass sich alle hier versammelten, war ein seltener Tribut für einen jungen Mann, der nicht einmal seine *alternativa* erreicht hatte. Smith hatte sich entschuldigen lassen. Er wollte nicht neben Martine und Emile die Kirchbank drücken unter lauter Fremden und wartete lieber draußen, abseits der Menge. Auch wenn er schon irgendwie dazugehörte, würde er nie wirklich Teil des provenzalischen Lebens sein. Was ihm seltsamerweise nicht viel, im Grunde gar nichts ausmachte. Er war immer schon Einzelgänger gewesen und damit gut bis sehr gut zurechtgekommen. Seine Ex-Frau hätte das bestätigen können. Wenn es sich nicht umgehen ließ, in Kontakt mit Menschen jenseits seines unmittelbaren Kreises zu treten, beschränkte er sich auf die Rolle des Beobachters. So auch diesmal. Und dass er beobachtete, war nicht so beiläufig, wie es schien.

Abgesehen von den Aubanets und Deveraux, der mit Sicherheit in der Nähe war, aber wie immer unsichtbar blieb, war er wohl die einzige Person weit und breit, die wusste, was sich während der Corrida zugetragen hatte. Während alle den Tod eines jungen Stierkämpfers betrauerten – eine glücklicherweise sehr seltene Tragödie in der Arena –, interessierte Smith insbesondere die Frage, ob auch jemand, der ebenfalls von den wahren Hintergründen wusste, zugegen war. Was er aber für unwahrscheinlich hielt. Moroni mochte viele negative Eigenschaften haben, aber ein Voyeur war er gewiss nicht. Er hatte schon so viele Menschen umgebracht, dass dieser Mord nichts Besonderes für ihn war, ungeachtet der ungewöhnlichen Umstände. Er hatte einfach ein Zeichen setzen wollen, und das war ihm gelungen, denn die kleinen Landeier würden ihn jetzt ernst nehmen.

Die Kirche von Sambuc lag ein wenig abseits der Ortschaft an einer Sackgasse, die am Rhoneufer endete. Sie war die Verlängerung der Rue de L'École, entlang der sich die meisten Häuser des Dörfchens aufreihten.

Smith hatte sich vorher schon kurz auf der Begräbnisstätte umgesehen, einem ruhigen kleinen Friedhof, wo auch die Aubanets ihr Familiengrab hatten. Er lag auf der anderen Seite der Straße hinter einer weiß getünchten Mauer und verfügte, was ungewöhnlich war, über jede Menge Platz. Ein flüchtiger Blick auf die Grabsteine und deren Inschriften ließ erkennen, dass die biblischen siebzig Jahre einer durchschnittlichen Lebensspanne in dieser Region offenbar keine Gültigkeit hatten. Ein erstaunliches Zeugnis davon hatte die in Arles geborene, legendäre Jeanne Calmet erbracht, die hundertzweiundzwanzig Jahre alt geworden war, älter als jeder andere Mensch seit Einführung der Geburtenregister. Wie auf vielen anderen Friedhöfen der Umgebung waren auch hier die meisten Grabstätten recht groß bemessen, da sie Familien vorbehalten waren und nur in den seltensten Fällen einzelnen Personen. Die Grabstätte der Familie Aubanet war deutlich größer als die meisten anderen und gut gepflegt.

Von Cordiez' Gut aus gesehen war Le Sambuc die nächstgelegene Ortschaft, ein bescheidenes Nest von nicht mehr als fünfhundert Seelen. Aber wie die meisten Dörfer in der Region hatte es seine eigene kleine Stierkampfarena. Sie befand sich an der Place des Sureaux im Westen der Hauptstraße. In ihr hatte der junge Roger Cordiez schon als Kind seine Karriere begonnen, und bis vor Kurzem war er regelmäßig dorthin zurückgekehrt, um zu trainieren oder Schulkindern, die seinem Beispiel folgen wollten, eine Demonstration seiner Fähigkeiten zu bieten. Er war dann auch in die Cafés der Ortschaft eingekehrt, wo er Freunden von seinen Großtaten hatte erzählen müssen. Vom Erfolg des jungen Mannes profitierten alle, die sonst nichts als schwere Arbeit auf dem Feld kannten und sich nur allzu gern in seinem Ruhm sonnten.

Smith stand am Rand der Menge, die geduldig auf das Ende der Andacht wartete. Von dort hatte er einen guten Überblick über das Geschehen. Schließlich kam die Trauergemeinde aus der Kirche, vorneweg der von sechs Männern getragene schlichte Holzsarg, auf dem der Länge nach ein *estoque* lag, der Stierkämpferdegen mit kurzem Heft, das traditionell mit einem blutroten Band umwickelt war. Die polierte Klinge blinkte im Sonnenlicht. Dem Sarg folgten in erster Reihe Franco Cordiez und seine Frau, in ihrer Trauer kurzfristig versöhnt. Als Martine und ihr Vater an Smith vorbeikamen, schloss er sich ihnen an. Untergehakt überquerten Martine und er die Straße und betraten den Friedhof.

Auch als der Verstorbene am offenen Grab ausgesegnet wurde, schaute sich Smith in der Menge um. Verdächtiges aber fiel ihm nicht auf. Die meisten trugen provenzalische Tracht, die Frauen gedeckte Farben und die Männer trotz der Hitze schwarze Jacketts. Ansonsten waren Anzugträger zu sehen, jeder erwies seinen Respekt. Der Sarg wurde mitsamt dem Degen abgesenkt. Einzeln oder in kleinen Gruppen traten die Trauergäste an das Grab, murmelten ein paar Worte und warfen eine Handvoll Erde auf den Sarg. Cordiez und seine Frau waren in Tränen aufgelöst. Martine führte Smith am Arm zu dem trauernden Vater hin.

»Ein sehr trauriger Tag für uns alle, Monsieur Cordiez. Unser herzliches Beileid. Vergessen Sie bitte nicht, dass Sie immer zu uns kommen können und wir Ihnen helfen, wenn möglich«, sagte sie und schüttelte ihm die Hand.

Cordiez nickte nur dankbar. Plötzlich streckte er den Arm aus, fasste Smith beim Ellbogen und trat mit ihm ein paar Schritte zur Seite. Er schaute ihm direkt in die Augen.

»Keiner kannte meinen Sohn so gut wie ich. Ich habe ihn sein ganzes Leben lang begleitet und seine Ausbildung genauestens verfolgt. Ich wusste um seine Stärken und Schwächen, wie er gekämpft und wie er sich bewegt hat. Ich glaube, ich kannte jeden seiner Schritte besser als er selbst. Kurz vor seinem Tod sah ich ihn dann straucheln, in einem Moment, in dem er unter normalen Umständen niemals gestrauchelt wäre. Als ihn der Stier auf die Hörner nahm, war mir, als kostete es mich das eigene Leben, und darüber habe ich vergessen, was ich gesehen habe. Nach der Corrida bin ich in die Arena zurück, um Rogers Zeug einzusammeln. Da ist mir aufgefallen, dass sie, Monsieur, die Stelle untersucht haben, an der er getroffen worden ist. Ich habe gesehen, wie sie etwas vom Sand aufgehoben haben. Mir war sofort klar, dass da etwas nicht stimmt.«

An der Art, wie er Smiths Ellbogen gepackt hielt, war zu spüren, dass er noch etwas sagen wollte.

»Monsieur Smith, ich weiß, in welchem Ruf Sie stehen, und hoffe, eine ehrliche Antwort darauf zu bekommen, wie mein Sohn ums Leben gekommen ist. Durch den Stier, oder war es etwas anderes?«

Smith hatte keine Wahl. Der Mann verdiente die Wahrheit. Leise, dass nur Cordiez ihn verstehen konnte, sagte er: »Der Stier war's nicht. Ihr Sohn wurde erschossen, Monsieur Cordiez, genau in dem Moment, als er den Todesstoß setzen wollte. Es war Mord.«

Cordiez wirkte wie versteinert; er zuckte nicht mit der Wimper. »Wissen Sie, wer es war?«

»Ich glaube, ja.«

»Würden Sie mir, wenn Sie sicher sind, den Mörder meines Sohnes ausliefern?«

Wieder glaubte Smith, keine Wahl zu haben. »Ja, Monsieur Cordiez.«

Der Mann ließ von seinem Ellbogen ab, nickte und kehrte zu seinen nächsten Angehörigen zurück.

21. Einladung zum Mittagessen

Martine saß am Schreibtisch, als das Telefon klingelte.

»Martine? Hi, ich bin's, Angèle. Wie geht es dir?«

Überrascht, weil Alexei Girondous Frau sie noch nie angerufen hatte, antwortete Martine etwas zurückhaltend, zumal sie wusste, dass in der Familie Girondou einiges im Argen zu liegen schien.

»Ähm ... danke, gut. Wie geht es dir, Angèle?«

»Ich würde dich gern für heute zum Mittagessen einladen. Wäre dir das recht? Wir hatten in letzter Zeit nur selten Gelegenheit, miteinander zu plaudern.«

Selten? Kein einziges Mal mehr, dachte Martine und war ehrlich genug, sich einzugestehen, dass sie Gespräche mit ihr nicht besonders vermisste. Aber weil sie wusste, dass der Haussegen schiefhing und Angèle wahrscheinlich Zuspruch brauchte, nahm sie die Einladung an, obwohl sie selbst viel um die Ohren und eigentlich keine Zeit hatte.

Wenig später ließ sie sich im Range Rover nach Sausset-les-Pins chauffieren.

Nach der Landschaft, die draußen an ihr vorbeizog, stand ihr gerade nicht der Sinn. Stattdessen beschäftigte sie sich mit geschäftlichen Dingen – auf ihrem Schoß lag ein Stapel von Papieren –, denn sie wollte bis zur Ankunft im Haus der

Girondous einiges weggeschafft haben. Ihr Fahrer war wie gewöhnlich Jean-Marie.

Es dauerte nicht lange, und sie passierten das Tor zum Anwesen und rollten über die lange Zufahrt zur Villa. Jean-Marie war ein wenig überrascht, dass die Poller eingefahren waren, zuckte über die Vernachlässigung der Sicherheitsmaßnahmen aber nur mental mit den Achseln. Vermutlich hatte man den Pförtner von ihrer Ankunft unterrichtet. Er hob eine Hand und grüßte in Richtung Pförtnerhaus, ohne den Mann zu sehen, der normalerweise seinen Dienst darin verrichtete.

Angèle erwartete sie vor der Eingangstür und führte Martine ins Haus, während Jean-Marie in die Küche ging. Er schaute sich um, sah aber weder Henk van der Togt, Girondous Bodyguard, noch dessen Vertretung Jeanne Hegeau, von der er wusste, dass sie inzwischen mit Deveraux liiert war. Tatsächlich begegnete ihm niemand, aber weil er mit den Verhältnissen im Haus nicht vertraut war, konnte er letztlich nicht wissen, ob die verwaisten Räume der Normalität entsprachen oder nicht. Als er auf den Eingang zusteuerte, der nur vom Personal genutzt wurde, hörte er jemanden hinter sich rufen. Jeanne kam winkend herbeigelaufen.

»Jean-Marie, schön, dich zu sehen.«

Die beiden tauschten die obligatorischen Wangenküsschen.

»Ich wusste gar nicht, dass ihr heute kommen würdet«, sagte sie.

»Es war auch eine Einladung in letzter Minute«, erwiderte Jean-Marie. »Madame Girondou hat erst vorhin angerufen. Wir haben uns gleich darauf auf den Weg gemacht.«

»Schön. Gehen wir ins Haus. Mal sehen, ob der Koch auch was für uns vorgesehen hat.«

Wenig später saßen sie an einem lang gestreckten Holztisch, vor sich je ein Glas Wein. Sie tauschten ein paar Nettigkeiten. Dann kam Jean-Marie auf das zu sprechen, was ihn beschäftigte.

»Wo ist Henk? Ich habe ihn nirgends gesehen.«

Jeanne verzog das Gesicht. »In letzter Zeit lässt er sich kaum blicken. Entweder ist er mit Solange zusammen oder nimmt sich frei. Unter uns: Ich mache mir Sorgen.«

»Hast du ihn heute noch nicht gesehen?«

»Nein, stell dir vor!«

Jean-Marie runzelte die Stirn. Um die Sicherheit im Haus Girondou schien es schlecht bestellt zu sein. Eigentlich hätte ihm das egal sein können, aber er war mit seiner Chefin zugegen und für ihren Schutz verantwortlich.

»Keine Ahnung, wie bei euch der Betrieb so läuft. Ist es normal, dass die Poller in der Einfahrt eingefahren sind und uns niemand kontrolliert hat? Der alte Typ, der im Pförtnerhaus sonst immer Wache schiebt, war nirgends zu sehen.«

»Normal ist das nicht«, antwortete Jeanne mit besorgter Miene. »Ich werde das gleich mal überprüfen.«

Sie eilte allein zum Pförtnerhaus, stieß die Tür auf, die nicht verschlossen war, und fand den Pförtner hinter seinem Stuhl am Boden liegen. Aus seinem Kopf war Blut gesickert. Sie beugte sich über ihn und sah eine Einschusswunde mitten auf der Stirn. Als Erstes drückte sie den Schalter für die Poller, doch sie bewegten sich nicht. Auch das elektrisch betriebene Tor funktionierte nicht mehr; es stand sperrangelweit auf. Sie griff zum Telefonhörer – die Leitung war tot. Die Gefechtsstände hinter den Hecken an der Einfahrt, normalerweise mit je einem Mann besetzt, waren verwaist, wie sie mit einem Blick durchs Fenster feststellte. Alarmiert rannte sie auf direktem Weg über den abschüssigen Hang zurück, um die gewundene Zufahrt abzukürzen. Hinter den Büschen vorm Haus nahm sie eine Bewegung war, daher ließ sie sich auf den Boden fallen und entdeckte einen SUV im Hof. Drei Männer stiegen aus, darunter Henk. Sie waren bewaffnet. Ein vierter Mann blieb im Fahrzeug zurück.

Die Tür, durch die sie gingen, war dieselbe, durch die Jean-Marie gekommen war. Ihn zu warnen, war jetzt nicht mehr möglich. Er würde auf sich selbst aufpassen müssen. Ihr, Jeanne, kam es in erster Linie auf die Familie Girondou an, sie zu schützen war ihr Job. Sie wusste, dass Angèle und Martine im Wohnzimmer waren, vermutlich mit den beiden Mädchen, während sich Alexei wahrscheinlich nebenan in seinem Arbeitszimmer aufhielt. Auf der Seite zur Terrasse hin hatten sowohl das Wohn- als auch das Arbeitszimmer eine Glaswand. Sie eilte um das Haus herum in der Hoffnung, vor Henk das Arbeitszimmer zu erreichen. Girondou hatte für sie Priorität, zumal sie ahnte, dass er das eigentliche Ziel des Überfalls war. Denn daran, dass ein Anschlag auf den Kopf des Syndikats unmittelbar bevorstand, konnte kein Zweifel mehr bestehen.

Das erste Opfer in der Villa war Jean-Marie. Er saß immer noch am Küchentisch und trank eine Tasse Kaffee, während seine Chefin zu Mittag aß. Die Tür ging auf, und Henk kam herein. Er lächelte immer noch wie zum Gruß, als zwei maskierte Männer in schwarzen Jeans und schwarzen T-Shirts hinter ihm auftauchten. Einer von ihnen fiel über Jean-Marie her und zielte mit einem kurzen Totschläger auf dessen linken Schläfe. Jean-Marie kippte sofort vom Stuhl und fiel besinnungslos zu Boden. Henk drängte die beiden Köche nach draußen und sagte ihnen bloß, sie bräuchten nicht wiederzukommen. Ein weiterer Mann führte Solange herbei.

Mit einer Pistole in der Hand stürmte Jeanne durch die *porte-fenêtre* in Girondous Arbeitszimmer.

»Monsieur Girondou, wir werden überfallen! Von mehreren Männern, die Henk anzuführen scheint. Bringen Sie sich schnellstens in Sicherheit.«

Weil sich Girondou vor Schreck nicht regte, packte sie ihn bei der Hand und zerrte ihn hinaus in den Korridor und zu einem Zimmer hin, der als Schutzraum ausgebaut worden war.

»Angèle!«, hauchte er.

»Rein mit Ihnen, und verschließen Sie die Tür!«, herrschte sie ihn an. »Ich hole Angèle.«

Sie wartete, bis er die Tür hinter sich verschlossen hatte, und rannte dann durch das Arbeitszimmer ins Wohnzimmer, wo sich Angèle, Amy und Martine aufhielten.

»Schnell, raus hier und in den Schutzraum! Wir werden angegriffen. Keine Ahnung, von wem, aber Ihr Bodyguard Henk ist mit von der Partie. Beeilung!«

In dem Moment stürzten Solange und zwei Männer in den Raum. Solange hielt auf ihre Mutter zu.

»Wo ist er, Mutter?«, fragte sie. »Wo ist das Schwein, das meinen Vater umgebracht hat?«

Angèle war entsetzt. »Was soll das heißen, Solange? Was geht hier vor?«

Einer der Männer trat vor, stellte sich neben Solange und richtete den Lauf seiner Pistole auf ihren Kopf.

»Sag mir, wo dein Stecher ist, Schlampe, oder ich drück ab!«, befahl er Angèle.

Es krachte, als Jeanne dem Mann ein Neun-Millimeter-Geschoss in den Nacken jagte. Es riss ihn von den Beinen, und Angèle war voller Blut. Der zweite Mann richtete seine Waffe auf Angèle, doch Solange schrie: »Nein, nein, nicht meine Mutter.«

Sie sprang vor sie, als der Mann abdrückte. Eine Kugel traf sie in den Rücken, und auch sie ging zu Boden.

Martine, die ein wenig abseits gestanden hatte, warf sich auf den Schützen, der aber leichtes Spiel mit ihr hatte und ihr mit der Armbeuge den Hals abschnürte. Jeanne nutzte den Moment, zerrte Angèle und Amy ins Arbeitszimmer und schloss die Tür hinter sich ab.

»Wir müssen uns um Solange kümmern, Jeanne«, kreischte Angèle. »Ich kann sie nicht zurücklassen.«

»Madame, ich bringe Sie und Amy in den Schutzraum. Wenn Sie jetzt ins Wohnzimmer zurückkehren, wird man Sie umbringen. Schnell. Ich werde mich anschließend um Solange kümmern.«

Sie brachte die beiden in Sicherheit und verließ das Haus. Ins Wohnzimmer zurückzukehren, wäre Selbstmord gewesen. Eine Chance hatte sie nur von der Terrasse aus.

Im Wohnzimmer hielt der eine Mann Martine, die sich heftig wehrte, immer noch im Würgegriff, als Henk zur Tür hereinplatzte.

»Verdammte Scheiße, was ist denn hier los? Wer hat euch gesagt loszuschlagen, bevor ich komme? Wo ist Girondou?«

»Der hat sich irgendwo hier im Haus eingebunkert. Frank ist tot, erschossen von irgendeinem Weibsstück. Weiß der Himmel, wo die hergekommen ist. Deine Freundin hat's auch erwischt«, sagte er und zeigte auf die blutüberströmten Körper auf dem Teppich.

Henk schloss die Tür, durch die er gekommen war. Jetzt nur keine weiteren Verluste, dachte er. Moroni würde ohnehin stinksauer sein, aber vielleicht würde es seine Laune etwas aufhellen, wenn er ihm Martine Aubanet präsentierte.

»Schafft sie in den Wagen. Und dann holt auch den Typ aus der Küche. Er schläft noch.«

»Was ist mit Frank?«

Henk schnitt eine Grimasse. »Den können andere entsorgen.«

Martine wurde nach draußen gezerrt, und Henk versuchte, die Tür zum Arbeitszimmer zu öffnen. Sie war verschlossen, aber ein Tritt genügte, um sie aufzubrechen. Dahinter war niemand. Er durchquerte den Raum und öffnete vorsichtig die Tür zum Korridor. Auch der war leer. Er wusste von dem kleinen Schutzraum am anderen Ende, und dass er mit einer massiven Stahltür gesichert war. Wenn sich Jeanne darin verzogen hätte, würde er den Versuch, dort einzudringen, nicht überleben. Er kam sich vor wie ein Idiot, die verfluchte Kuh hatte er völlig vergessen. Aber immerhin, dachte er, würde er jetzt noch ohne Weiteres verschwinden können. Der Schutzraum war im Grunde ein Witz, nur eine Art befestigter Wandschrank ohne besondere Ausstattung. Er hatte nicht einmal einen Telefonanschluss und war ohne Netz.

Lange würde man es nicht darin aushalten können, aber fürs Erste waren die, die sich darin aufhielten, in Sicherheit.

Der andere hatte Martine zum Wagen gebracht und gefesselt auf die Rückbank gepackt. Er schickte den Fahrer ins Haus, um Jean-Marie zu holen. Jeanne kam vom Garten ums Haus geschlichen. Sie hatte den Mann im Schussfeld, wollte aber nicht riskieren, Martine zu verletzen. Sie wartete, bis sich der Mann aufrichtete, trat dann hinter der Deckung hervor und schoss ihm in den Brustkorb. Bevor sie ein zweites Mal abdrücken konnte, kam Henk aus dem Haus. Er zögerte kurz, ließ aber dann einen Schuss krachen, der sie an der Schulter erwischte und herumwirbelte. In diesem Moment tauchte auch der Fahrer auf. Er schleifte Jean-Marie, der immer noch bewusstlos war, am Hemdkragen über den Boden.

»In den Wagen mit ihm. Hände und Füße fixieren. Und dann nichts wie weg.«

Bald darauf waren sie verschwunden. In einem Hangar am nur zehn Minuten entfernten Flughafen von Marignane wartete ein gecharterter Hubschrauber auf sie. Wenn sie ihn rechtzeitig erreichten, würde sie niemand mehr aufhalten können.

Was für eine Scheiße, dachte van der Togt. Dank dieser französischen Schnalle war Girondou noch am Leben. Moroni würde ausrasten. War nur zu hoffen, dass er sich mit den Geiseln besänftigen ließ.

22. Ein Rettungseinsatz

Es war Amy, die anrief. Sie hatten noch gut zehn Minuten im Schutzraum ausgeharrt und sich dann wieder nach draußen getraut.

»Peter, es hat einen Überfall auf uns gegeben. Henk und drei Männer sind gekommen, um Papa zu töten. Solange ist tot, Jeanne verwundet. Zwei der Angreifer sind auch tot. Jeanne hat sie erwischt.«

Smith reagierte ruhig und versuchte, von der bemerkenswert vernünftigen jungen Frau möglichst viele Einzelheiten zu erfahren.

»Und deine Eltern?«

»Sie leben. Jeanne hat sie in den Schutzraum gebracht. Aber Martine wurde entführt, Peter, zusammen mit Jean-Marie.«

Smith glaubte zu spüren, wie sein Herz zu stolpern anfing. »Sind sie verletzt worden?«

»Nein, ich glaube nicht. Es scheint, dass sie als Geiseln mitgenommen wurden.«

»Jeanne hat zwei erwischt, sagtest du?«, vergewisserte er sich und dachte, dass sich Deveraux' Training bezahlt gemacht hatte.

»Ja.«

»Wie geht es deinen Eltern?«

»Papa steht unter Schock, Maman ist durchgedreht.«

»Kümmer dich um sie. Ich werde die Polizei anrufen und dafür sorgen, dass Jeanne medizinisch versorgt wird. Ich leg jetzt auf und rufe gleich zurück, okay?« Zwei Minuten später hatte er sie wieder am Apparat. »Gleich wird die Polizei und ein Notarzt bei euch sein, Amy. Deinem Vater wird das nicht gefallen, aber es geht nicht anders. Jeanne muss behandelt werden. Gib mir Bescheid, wenn sie eintreffen. Sind noch andere Leute zugegen?«

»Seltsamerweise nein. Haus und Grundstück sind wie ausgestorben.«

»Bleib, wo du bist, und ruf an, wenn du etwas brauchst oder reden möchtest. Ich hoffe, die vielen Polizisten bringen deinen Vater zur Vernunft. Lass mich bitte wissen, in welches Krankenhaus Jeanne gebracht wird, Deveraux wird es wissen wollen. Ich melde mich ab und an, muss mich aber jetzt erst einmal um Martine kümmern.«

Als Nächstes rief er Deveraux an. »Wo sind Sie?«

»In Arles. Ich wollte gleich nach Marseille fahren, es sei denn, Sie haben was anderes für mich.«

Smith berichtete ihm in aller Kürze von dem Vorfall in Sausset.

»Was soll ich tun, Boss?«

Für Smith war klar, dass es Deveraux drängte, nach Jeanne zu sehen. Aber im Krankenhaus würde er nicht viel für sie ausrichten können. In Sausset zurückzubleiben wäre aber auch nicht ratsam, denn die Polizei würde die Gelegenheit nutzen, auf Girondous Anwesen herumzuschnüffeln.

»Ich schlage vor, Sie fahren jetzt auf schnellstem Weg

zum Mas zurück. Klären Sie Emile darüber auf, was passiert ist, und bleiben Sie bei ihm. Ich glaube zwar nicht, dass Gefahr droht, aber sicher ist sicher. Ich werde jetzt Gentry anrufen und mit ihm überlegen, wie wir vorgehen. Wir sehen uns im Mas. Wenn ich zwischenzeitlich was von Jeanne höre, gebe ich Ihnen natürlich Bescheid.«

Gentry bekam eine Kurzfassung der Ereignisse zu hören. Er verstand auf Anhieb und wusste, worauf es jetzt ankam. Das war in all den Jahren seiner Freundschaft mit Smith sein Job gewesen. Er war der Organisator, der Beschaffer von Ausrüstung und Wegbereiter. Er plante mit Smith, was dieser dann zur Ausführung brachte. Das Gespräch zwischen ihnen war denkbar kurz.

»Moroni hat Martine, David. Sie war bei Angèle zu Besuch. Wie gehen wir vor?«

Gentry zögerte nicht, und es schien, als sei Smiths Bitte um Hilfe für ihn das Normalste von der Welt. »Überlass das mir, Peter. Tu erst mal nichts und warte meinen Rückruf ab. Nichts. Verstanden?«

»Ja.« Die Antwort fiel Smith schwer.

»Wie viel Zeit habe ich? Zwölf Stunden?«

»Ich glaube ja. Wenn er sie nicht brauchen würde, wäre sie wahrscheinlich schon tot. Er hat was mit ihr vor. Vielleicht braucht er sie für Verhandlungen, als Trumpf in der Hinterhand.«

Gentry kannte den Freund gut genug, um zu wissen, dass Smith weit davon entfernt war, mit irgendjemandem zu verhandeln.

»Also gut. Ich werde dir spätestens in einer Stunde einen Rettungsplan vorlegen. Dann brauche ich zwölf Stunden, um alles zu organisieren. Wenn die Zeit drängt, lass es mich wissen.«

»Ich brauche Deveraux. Es bleibt natürlich dir überlassen, wie viele Männer du mir sonst noch zur Verfügung stellst, die von Girondou nicht mit eingerechnet. Er ist zurzeit so nutzlos wie ein Blinder am Steuer und hat ohnehin genügend Ärger am Hals. Ich fahre gleich zum Mas des Saintes und werde mich mit Emile beraten. Wenn er nicht schon einen Herzinfarkt hat oder bald einen bekommt.«

Nachdem er die Verbindung unterbrochen hatte, rief er Emile an. Auch er hörte sich schweigend an, was Smith zu berichten hatte.

»Emile, ich mache mich gleich auf den Weg zu Ihnen. Deveraux wird auch in Kürze da sein. Bitte, unternehmen Sie nichts, bis ich bei Ihnen bin. Wenn Moroni anruft, ignorieren Sie ihn einfach. Lassen Sie sich nur ja auf keine Verhandlung ein. Verlangen Sie nicht einmal, Martine zu sprechen. Sagen Sie einfach nichts. Wenn er Ihnen droht oder irgendwelche Vorschriften macht, merken Sie sich seine Worte, ohne darauf zu antworten. Vertrauen Sie mir, Emile, ich hole Martine zurück. Zweifeln Sie keinen Augenblick daran. Sie wissen, dass ich meine Versprechen halte. Und sagen Sie Ihren Leuten am Tor, dass ich gleich kommen werde.«

Der alte Herr erklärte sich einverstanden, klang aber sehr schwach und verunsichert.

»Nur Mut, Emile. Ich glaube nicht, dass Sie in Gefahr sind, aber bewaffnen Sie vorsichtshalber ein paar Ihrer Männer und bleiben Sie im Haus. Wie gesagt, ich bin in einer halben Stunde bei Ihnen, und dann sehen wir weiter.«

Nach dem Anruf holte Smith seine beiden Glock-Pistolen aus dem Safe im Obergeschoss, eine 21er mit Stangenmagazin für dreizehn Patronen und eine kleinere, Kaliber .45, mit sechs Schuss. Auf eine plötzliche Eingebung hin steckte er auch den alten Kommando-Dolch seines Vaters ein, ein Fairbairn-Sykes-Modell. Das inzwischen museumsreife Stück hatte im Zweiten Weltkrieg gute Dienste geleistet, und er war nie ohne diesen Dolch in den Kampf gezogen. Er steckte in einer ziemlich verhunzten Scheide aus Metall. Smith erinnerte sich, ein solches Exemplar aus purem Gold an einem der Standbilder der Kriegshelden in Westminster Abbey gesehen zu haben. Der alte Dolch würde vielleicht immer noch zu etwas nützlich sein. Außerdem packte er eine ziemlich abgenutzte, aber immer noch taugliche Kampfmontur in einen Plastikbeutel und verstaute ihn auf der Rückbank seines verbeulten Peugeot. Mit Arthur auf dem Beifahrersitz machte er sich wieder auf den Weg zum Mas des Saintes in der Camargue.

Er fand Emile in einem schockähnlichen Zustand vor. Das Personal war in heller Aufregung. Deveraux ließ sich nirgends blicken, was aber nicht ungewöhnlich war. Erste Maßnahmen zur Verteidigung hatte offenbar jemand bereits getroffen.

»Emile, was wissen Sie über Martines Besuch bei den Girondous?«, fragte Smith.

Der alte Herr schaffte es immerhin, seine Gedanken zu ordnen und sinnvoll zu antworten.

»Sie sagte nur, sie sei eingeladen worden, von Angèle zum Mittagessen. Jean-Marie ist ungefähr um halb zwölf mit ihr losgefahren.«

Smith erzählte Emile von Gentry, den der Patron persönlich niemals kennengelernt hatte, und versicherte dem alten Herrn, dass sich sein Freund um alles Weitere kümmern werde. Überhastet loszustürmen in der Hoffnung, irgendetwas bewegen zu können, hatte überhaupt keinen Zweck. Eine Befreiungsaktion musste gut vorbereitet sein. Smith erfuhr, dass Emile noch keinen Anruf entgegengenommen hatte. Wahrscheinlich waren Moronis Männer noch damit beschäftigt, sich und die Geiseln in Sicherheit zu bringen. Ein Anruf würde aber bestimmt innerhalb der nächsten ein, zwei Stunden erfolgen. Es blieb ihnen also nichts anderes übrig, als zu warten. Sie saßen in Emiles Arbeitszimmer. Smith vertrieb sich die Zeit, indem er seine Pistolen putzte und den Dolch wetzte. Emile starrte Löcher in die Luft.

Zur Untätigkeit gezwungen zu sein und darauf warten zu müssen, dass Gentry mit einem Plan herausrückte, war für Smith nur schwer auszuhalten. Aber ihm waren die Hände gebunden. Erst wenn der Startschuss zur Operation fiel, würde er in Aktion treten können und wissen, was zu tun wäre. Nachdem er einen beträchtlichen Aufwand getrieben hatte, um zur Ruhe zu kommen und die Vergangenheit zu vergessen, war er nun dankbar für das, was er sich an Fähigkeiten damals angeeignet hatte. Auch jetzt war er wieder wild entschlossen, sie zur Anwendung zu bringen. Angemessen dosiert. Moroni würde dran glauben müssen, aber vielleicht auch andere, wenn sie ihm in die Quere kamen. Aber zuerst einmal hatte Gentry Vorarbeit zu leisten.

Smith musste sich zurückhalten und verzichtete darauf, zum Hörer zu greifen. Die beiden Glocks lagen auseinandergenommen vor ihm auf dem Tisch. Er putzte methodisch jedes Einzelteil, obwohl sie eigentlich penibel sauber waren. Wie immer. Was er tat, war Beschäftigungstherapie.

Der Anruf aus Toulouse erfolgte ungefähr eine Stunde später. Von Smith darauf vorbereitet, antwortete Emile nur mit »Ja«. Moroni war immerhin gescheit genug, um auf Drohungen zu verzichten. Er kam einfach zur Sache.

»Monsieur Aubanet, ich muss mit Ihnen sprechen. Ihre Tochter und ihr Chauffeur sind unverletzt, wenn auch ein bisschen indigniert. Das wird wohl auch noch eine Weile so bleiben. Ich schlage vor, wir treffen uns, Monsieur. Es gibt einiges zu bereden, und zwar im Hinblick auf ein Vorhaben, das ich gern in Kooperation mit Ihnen in Angriff nehmen würde. Es soll nicht zu Ihrem Schaden sein. Mein kleiner Plan mit Girondou ist leider nicht aufgegangen, was natürlich nichts mit Ihnen zu tun hat. Aber unverhofft begegneten wir Ihrer Tochter, die nun bei uns weilt, weil wir uns davon versprechen, unsere Geschäfte voranzutreiben. Zugegeben, die Operation war ein Flop. Aber immerhin weiß Girondou spätestens jetzt, dass ich es ernst meine.«

Die Antwort, die Emile gab, war mit Smith abgesprochen. »Monsieur Moroni, wenn Sie mich treffen wollen, muss ich mich vorher mit meinen Kollegen aus der Landwirtschaft beraten, denn ich nehme an, dass das, was wir zu besprechen haben, auch sie etwas angeht. Dafür haben Sie gewiss Verständnis. Die Beratungen werden nicht länger dauern als zwei, drei Stunden. Ungeachtet dessen muss ich Sie bitten, mir Ihr Wort darauf zu geben, dass meiner Tochter und ihrem Chauffeur kein Haar gekrümmt wird. Der Ausgang unseres Treffens wird davon abhängen, ob Sie Wort halten oder nicht.«

»Verstehe, Monsieur Aubanet. Ich gebe Ihnen vierundzwanzig Stunden. Morgen um dieselbe Zeit erwarte ich von Ihnen die von mir gewünschte Antwort, und die entscheidet über alles Weitere.«

Moroni beendete das Gespräch. Emile ließ sich auf seinem Sessel zurückfallen und schaute Smith über den Schreibtisch hinweg an.

»Reicht die Zeit?«, fragte er.

Smith sah endlich wieder Land. Er wusste, wozu Gentry fähig war. »O ja, Emile.«

Er rief Gentry über sein Handy an.

»Moroni gibt uns vierundzwanzig Stunden, der Idiot.«

»Wir brauchen höchstens sechzehn. Ich werde um sechs bei dir sein. Kündige mich den wilden Männern am Tor an.«

Smith wunderte sich. Es kam äußerst selten vor, dass Gentry das Haus verließ und sich direkt an einem Einsatz beteiligte. Vielleicht, dachte er, gab es Karten oder Pläne einzusehen, die elektronisch nicht ohne Weiteres übermittelt werden konnten. Gentry würde von ihm auch nicht erwarten, Emile Aubanet über längere Zeit allein und im Ungewissen zu lassen. Gentrys Bitte im Hinblick auf die Torwachen amüsierte ihn. Der Freund fuhr ein Morgan-Cabriolet in britischem Racing Green, für gewöhnlich in halsbrecherischem Tempo. Damit war er einzigartig auf den Straßen der Provence und fiel entsprechend auf.

Emile und Smith warteten. Es ging auf den Abend zu. Gentry würde gegen zehn eintreffen, im Dunkeln. Es gab noch einiges zu organisieren, und frühestens am nächsten Morgen würden sie in Aktion treten können, nahm er an.

Smiths Laune verfinsterte sich. Operationen bei Tag waren die schlimmsten.

Tatsächlich brauchte Gentry etwas weniger. Lärmend bog er in seinem Morgan in den Hof von Mas des Saintes ein. Smith kam ihm entgegen und wunderte sich, dass auch Deveraux aus dem Wagen stieg. Er nickte und zwinkerte ihm zu. Die Aussicht auf den bevorstehenden Einsatz machte ihn munter. Smith ließ sich von Gentry einen Laptop in die Hand drücken und führte die Männer ins Haus. Emile und Gentry machten sich miteinander bekannt. Sie setzten sich an den Küchentisch, und Gentry fing sofort mit seinem Briefing an. Smith war an seine Vorgehensweise gewöhnt und wusste, wie sehr dessen Image eines staubtrockenen Buchhändlers täuschte.

»Ich bitte um Aufmerksamkeit, alter Freund«, sagte er an Smith gewandt. Und mit einem gewinnenden Lächeln in Richtung Emile: »Und neuer Freund. Moroni bewohnt eine große moderne Villa am Rand der Ortschaft Saint-Sulpice-la-Pointe, die ungefähr zehn Kilometer nordöstlich von Toulouse liegt. Das Haus hat ein Flachdach und dreißig Zimmer, verteilt auf zwei Etagen. Ringsum stehen mehrere kleine eingeschossige Nebengebäude. Ein großer Garten grenzt an ein dichtes Gehölz, das das Anwesen an der Peripherie weiträumig umschließt. Ich möchte jetzt nicht, dass Fragen gestellt werden; dazu kommen wir später. Glauben Sie mir einfach, wenn ich sage, dass sich Madame Aubanet und Jean-Marie im Obergeschoss des Hauses befinden und frei bewegen können, das heißt innerhalb der Grenzen dreier Zimmer. Ich nehme an, es sind zwei Schlaf- und ein Badezimmer. Zurzeit halten sich im Haus zwölf weitere Personen auf. Ob es sich dabei ausschließlich um Personen handelt, von denen Gefahr ausgehen könnte, konnte die Crew des Aufklärungshubschraubers, der das Anwesen vor zwei Stunden überflogen hat, nicht erkennen. Aber gehen wir vorsichtshalber genau davon aus.«

Smith glaubte spüren zu können, wie sich Emile einen Reim darauf zu machen versuchte, dass es ein ausländischer Zivilist fertigbrachte, innerhalb kürzester Zeit einen Aufklärungshubschrauber in die Luft steigen zu lassen. Aber er kannte Gentry ja auch nicht.

Als hätte er geahnt, was seinen Zuhörern durch den Kopf ging, führte er aus: »Übrigens, die Maschine gehört dem *4 Special Forces Helicopter Regiment*, das in Pau stationiert ist, also nur rund hundertfünfzig Kilometer weit entfernt. Sein Kommandant ist ein alter Kumpel von mir. Er ist sofort auf meinen Vorschlag eingegangen, eine nächtliche Geiselbefreiung im Rahmen einer Übung durchführen zu lassen. Es gehört schließlich zu seinen Aufgaben, schnelle Eingreiftruppen auszubilden und zur Verfügung zu stellen. Außerdem war er sehr interessiert zu hören, dass Moroni involviert ist. Ich vermute, die dortige Regierung mag diesen Herrn nicht besonders.« Er unterbrach seine Ausführungen und warf einen Blick auf seine Uhr.

»In ziemlich genau vier Stunden werden zwei Kampfhubschrauber vom Typ Tiger Mk.3 mit insgesamt zwanzig Soldaten hinter dem erwähnten Waldstreifen landen. Glücklicherweise liegt die Villa in der Nähe einer der Flugrouten, auf denen regelmäßig Übungsflüge unternommen werden. Dass sie dort aufkreuzen, ist nicht ungewöhnlich. Außerdem sind die Motoren schallgedämpft, der Einsatz wird also relativ leise vonstatten gehen. Die Männer werden das Gelände absichern und jeden, der zufällig vorbeikommt, aufhalten. Fünfzehn Minuten später kommt ein dritter Tiger mit dir, Peter, sowie Deveraux und zwei SAS-Mitgliedern der B-Schwadron 22 an Bord, die zurzeit in Pau sind, wo sie Kameraden Dinge beibringen, über die man nicht gern spricht. Die Männer der Eingreiftruppe werden die Telefonverbindungen kappen, die Hauselektrik lahmlegen und dafür sorgen, dass die Alarmanlage keinen Unsinn macht. Euer Tiger wird für die Dauer eures Besuchs alle Funksignale außer Kraft setzen.«

Wieder schaute er Smith direkt ins Gesicht.

»Aufgepasst, Peter, Deveraux leitet die Aktion, nicht du. Darauf hat man sich in Anbetracht deiner fragwürdigen Reputation einvernehmlich verständigt. Einer der SAS-Instrukteure äußerte sich geradezu erleichtert; er sagte fast wörtlich, er und seine Männer seien nicht aus Hereford ins sonnige Südfrankreich geflogen, um sich über den Haufen knallen zu lassen. Deveraux ist von mir bereits ausführlich gebrieft worden und weiß, was zu tun ist.«

Jetzt erklärte sich für Smith, wo Deveraux abgeblieben war.

»Ich würde dich gern persönlich aufhalten, was aber leider nicht möglich ist, deshalb betone ich noch mal: Du, Peter, verlässt als Letzter den Copter. Der geht übrigens auf dem Flachdach nieder, nachdem die Bodentruppen für jede Menge Ablenkung gesorgt haben.«

Smith schnaufte einfach nur.

»So, und nun zu einer ernsteren Angelegenheit. Die Truppen am Boden sind nicht mit scharfer Munition bewaffnet.

Als französische Staatsbürger können sie eine Menge Ärger bekommen, wenn sie auf Landsleute schießen. Das seid nur ihr vier im dritten Copter. Ihr seid Briten, jedenfalls keine Franzosen. Euch droht allenfalls die Abschiebung und ein unbefristetes Einreiseverbot. Aber so weit wird es wohl nicht kommen, wenn sich euer Einsatz als Antiterroroperation des SAS verkaufen lässt. Falls es zum Schusswechsel kommt, gibt es eine Menge für euch zu tun, und ihr müsst schnell sein. Die Jungs vom SAS haben gelernt, freundliche von feindlichen Personen zu unterscheiden, auch durch Nachtsichtgeräte. Ich rate euch dringend, nicht zu schießen, wenn ihr euch nicht sicher seid, wer was ist. Übrigens, wie aus Regierungskreisen verlautet, wäre man nicht gerade *desolé*, falls Moroni aus dem Verkehr gezogen würde, aber natürlich kann man unsere Operation im Elysée nicht gutheißen. Du, Peter, wirst mit Deveraux Martine und Jean-Marie in den Copter bringen, mit dem ihr gekommen seid, während die beiden Jungs vom SAS mit den anderen nach Pau zurückfliegen.

Mein Eindruck ist, dass sich Moroni in seiner Villa sicher fühlt und schlimmstenfalls damit rechnen würde, dass ihm ein paar Camargue-Bauern mit Mistgabeln drohen. Auf eine Militäraktion ist er nicht im Entferntesten vorbereitet.«

Wieder schaute Gentry auf seine Uhr.

»Es ist jetzt Viertel nach elf. Ihr werdet um Punkt zwölf abgeholt. In der Maschine sitzen zwei Piloten, die natürlich, sobald sie nach Pau zurückkehren, eine partielle Amnesie entwickeln. Mit an Bord sind auch die beiden Kollegen vom SAS sowie all das, was ihr an Ausrüstung gebrauchen könntet. Deveraux hat einen Angriffsplan und wird dich, Peter, einweisen. Nutz die Wartezeit, um zu essen und dich auszuruhen. Um halb drei geht es los. Der Flug dauert fünfzig Minuten. Ihr kommt also um drei Uhr zwanzig an. Ich schätze, die Operation wird nicht länger dauern als fünf bis acht Minuten, vielleicht weniger, je nach Gegenwehr. Das heißt, ihr könntet kurz nach fünf zurück sein.«

»Noch etwas?«, fragte Smith.

»Nein, das war's von mir so weit. Übrigens können wir, Emile und ich, euch per Funk gewissermaßen im Auge behalten. Weil der Aufklärungshubschrauber andernorts gebraucht wird, habe ich mir von einem Freund eine Drohne ausgeliehen. Sie wird uns Videoaufnahmen liefern, die sich Girondou später, wenn er will, anschauen kann. Ich sehe keinen Grund, warum irgendetwas schiefgehen sollte. Wenn sich im Zielgebiet unbeteiligte Personen wie Dienstboten und dergleichen aufhalten, werden die Bodentruppen nach eurem Einsatz ein paar Worte mit ihnen wechseln und Stillschweigen vereinbaren. Der Vorwand, dass es sich um eine Übung handelt, weiß hoffentlich zu überzeugen. Außerdem werden die Männer einheitliche Kampfanzüge und Visiere tragen, die sie wie Aliens aussehen lassen.«

Das Briefing schien Emile neu belebt zu haben. Er stand auf und lächelte Gentry an. »Vielen Dank für Ihre Ausführungen. Ich habe keinen Zweifel daran, dass eine so gut vorbereitete Operation erfolgreich verlaufen wird. Ich schätze, auf der Agenda steht jetzt eine Mahlzeit, und mit der kann ich dienen. Ich werde auf die Schnelle eine Pasta zubereiten.«

Er verließ das Zimmer und machte sich in der Küche zu schaffen, während Deveraux das Briefing fortsetzte. Er schaltete den Laptop ein.

»Die Details klären wir erst, wenn die anderen hier sind, aber ich dachte, Sie würden vielleicht vorab gern sehen, was unser Aufklärungshubschrauber aufgezeichnet hat.

Das Dach ist groß genug, um darauf zu landen. An der Ecke im Norden steht eine Satellitenantenne, daneben die Klimaanlage, und durch diese kleine Tür hier steigen wir ein. Wenn die Maschine landet, werden hoffentlich alle das Haus verlassen haben, bis auf diejenigen, die über Nacht bleiben und uns gefährlich werden könnten. Die Männer vom SAS dringen als Erste ins Haus ein und sichern die Zimmer, in denen, wie wir vermuten, Madame und Jean-Marie festgehalten werden. Ich warte auf ein Zeichen von ihnen und nehme mir dann den Rest des Hauses vor. Sie, Peter, führen die Geiseln aufs Dach und zum Hubschrauber.«

Smith runzelte die Stirn. Ihm war natürlich bewusst, dass er von den vieren, weil deutlich älter und untrainiert, am wenigsten für eine solche Operation geeignet war. Zurückstehen zu müssen schmeckte ihm dennoch nicht. Trotzdem zeigte er sich einverstanden.

»Okay, Dev, Sie sind der Boss.«

Deveraux grinste verschlagen. »Nein, das sind Sie, Boss. Ich versuche nur, mich davor zu schützen, Ihnen wieder einmal aus der Patsche helfen zu müssen.«

Smith runzelte die Stirn und schnaubte. Was Deveraux sagte, war der Wahrheit zu nahe, als dass es hätte trösten können. Was er entgegnete, kam einer Anordnung gleich.

»Ich will, dass Moroni den morgigen Tag nicht überlebt und dass Girondou die Aufzeichnungen sieht. Er hat gerade eine Tochter verloren, und Moroni ist für ihren Tod verantwortlich.«

»Verstehe«, meinte Deveraux. »Dann bringe ich die anderen aus dem Haus, und Sie erledigen den Rest.«

Emile Aubanet stand am Herd, als Smith zu ihm in die Küche trat.

»Wenn es Ihnen recht ist, bitte ich Jean-Maries Eltern hierher. Sie wissen, dass er entführt wurde, und machen sich Sorgen«, sagte der alte Herr.

Smith nickte. »Natürlich. Wir werden alle gegen fünf zurück sein.«

»Gut. Mein Beitrag zur Operation ist fertig, wir können essen.«

Als die beiden Piloten und die beiden SAS-Soldaten eintrafen, setzten sie sich zum Essen gemeinsam an den Tisch. Es war eine fast surreale Szene: vier Männer in Kampfmontur und bis unter die Zähne bewaffnet. David Gentry trug wie immer ein provenzalisch angehauchtes Outfit aus britischem Tweed, Emile Aubanet seine Kluft nach Gutsherrenart aus sackiger Leinenhose mit Hosenträgern und hochgekrempelten Hemdsärmeln. Arthur umkreiste die Tischrunde in regelmäßigen Abständen und wurde von allen mit Leckereien belohnt. Die Männer langten mächtig zu. Emile hatte sich, wie Smith zu seiner Erleichterung bemerkte, halbwegs erholt und schien Zuversicht zu fassen angesichts der Männer, die gekommen waren, um seine geliebte Tochter zu befreien; außerdem war da noch der Bildschirm, auf dem Livebilder der über Moronis Villa schwebenden Überwachungsdrohne zu sehen waren. Infrarotaufnahmen zeigten die Geiseln in zwei aneinandergrenzenden Schlafzimmern, offenbar ohne unmittelbare Bewachung. Außerdem war zu erkennen, dass sich in dem Haus nur fünf weitere Personen aufhielten: zwei in Zimmern im Obergeschoss, drei im Parterre.

Es dauerte nicht lange, und die Männer brachen auf. Emile verabschiedete sie.

»Meine Herren, ich danke Ihnen von Herzen. Sie und Ihre Familien sind auf dem Mas des Saintes immer willkommen. Ich wünsche Ihnen viel Glück und eine sichere Rückkehr. Was immer Sie heute tun, ich glaube, Gott wird seinen Segen dazu geben – mein Gott jedenfalls. Peter, kommen Sie wohlbehalten zurück. Wir, Martine und ich, brauchen Sie. Ich kümmere mich um Arthur.«

Dann hoben sie ab, jetzt waren sie in der Luft. Der Tiger, obwohl mit modernsten Mitteln schallgedämpft und von außen kaum zu hören, machte jedoch einen Höllenlärm in der Kabine. Smith saß neben Deveraux und konnte sich nur dank eines Headsets mit ihm austauschen. Er bezweifelte ein wenig, dass sich Gentry bei all seinen organisatorischen Fähigkeiten ausreichend detaillierte Gedanken über den Ausgang der Operation, das heißt über das dicke Ende gemacht hatte.

»Ich habe es mir anders überlegt, Dev. Vergessen wir das mit den Aufzeichnungen für Girondou. Ich will Moroni lebend aus dem Haus schaffen. Auch Henk, wenn er da ist. Nach Auskunft Ihrer Freundin hat er Martine gekidnappt. Ich glaube, er ist einer derer, die sich im Haus befinden. Wenn Moroni zu den drei Personen im Parterre gehört, was ich vermute, wird Henk wohl einer der beiden anderen sein. Ich bringe Martine und Jean-Marie in den Hubschrauber, wie verabredet. Sie lassen unsere beiden Soldaten das Parterre absichern und nehmen sich selbst die Schlafzimmer vor. Wenn es sich bei den zwei Männern im Obergeschoss weder um Moroni noch Henk handelt, will ich, dass Sie sie ausschalten. Sperren Sie die Türen ab und lassen die Jungs vom SAS nicht herein. Je weniger Zeugen, desto besser. Sorgen Sie dafür, dass die SAS-Jungs Moroni und Henk in den Hubschrauber verfrachten, und legen Sie auch den dritten Mann um. Wenn nicht noch irgendwas Unvorhergesehenes passiert, wird man später drei tote Gangster vorfinden, und ich glaube nicht, dass man denen groß eine Träne nachweint. Übrigens, klären Sie die Soldaten über Jean-Marie auf, nicht dass sie ihn versehentlich erschießen. Ich werde ihm eine Glock zustecken, sobald ich ihn sehe, und sei es nur, um sein Ego zu stärken.«

Deveraux nickte. Ihm war klar, dass es dem jungen Leibwächter schrecklich peinlich sein musste, von Moronis Männern überrumpelt worden zu sein. Ihn an der Rettung zu beteiligen, wenn auch nur symbolisch, würde ihm guttun. Deveraux drückte einen Schalter an seinem Funkgerät, um mit den beiden SAS-Soldaten zu sprechen. Smith ließ sich die Einzelschritte der Operation ein x-tes Mal durch den Kopf gehen. Sie erschien ihm ziemlich groß angelegt, was aber Gentrys Art war. Wenn er keine extrem streng geheimen Pläne verfolgte, neigte er etwas zur Übertreibung, um auf diese Weise Risiken zu minimieren. Falls Moroni in seinem hübschen Haus hockte und schlimmstenfalls damit rechnete, dass irgendwelche Schwergewichte vom Kaliber seiner eigenen Schläger in einem gepanzerten Range Rover anrückten, musste er beim Anblick einer schnellen Eingreiftruppe in Kampfmontur, die plötzlich mit Maschinengewehren vom Typ Heckler MP 7A1 und Nachtsichtgeräten vom schwarzen Himmel fielen, sicherlich schwer schlucken. So etwas würde jeden vor Angst in die Hose machen lassen.

Der Countdown, den die Piloten seit einer Viertelstunde abzählten, verriet Smith, dass sie ihr Ziel erreicht hatten. Die Maschine hatte noch nicht aufgesetzt, als die beiden Soldaten durch die Luke aufs Dach sprangen und auf die Tür zustürmten. Sekunden später waren sie dahinter verschwunden. Deveraux stieg als Nächster aus, dann Smith, etwas vorsichtiger. Wieder einmal staunte er, wie schnell alles ablief. Als er den unteren Absatz der kurzen Treppe erreichte, die vom Dach herabführte, standen schon Martine und Jean-Marie, offenbar unversehrt, im Korridor. Smith drückte dem jungen Mann seine Glock 21 in die Hand.

»Gehen Sie mit Martine zum Hubschrauber und halten Sie sich dort in Bereitschaft. Zwei unserer Soldaten werden gleich mit Moroni und Henk van der Togt von unten hochkommen. Überzeugen Sie sich bitte, dass beide gefesselt sind und in die Maschine gebracht werden.«

Dann ergriff er Martines Hand. Über ihre Schulter hinweg sah er, wie Deveraux aus einem der Schlafzimmer trat. Er schloss die Tür hinter sich. Als er auf dem Weg zum Treppenhaus an Smith vorbeikam, nickte er ihm zu und hob zwei Finger in die Höhe. Job erledigt, dachte Smith.

»Ist mit dir alles in Ordnung?«, fragte er Martine, die einen bemerkenswert gefassten Eindruck machte.

Sie hauchte ihm einen Kuss auf die Wange. »Was hat dich aufgehalten, Liebster?«

Sie folgte Jean-Marie aufs Dach. Smith blieb zurück und sperrte die Ohren auf. Er konnte sich auf sein Team vollauf verlassen. Die Männer waren allesamt hoch kompetent und würden auch ohne sein Zutun zurechtkommen. Also lauschte er einfach nur und versuchte, an den Geräuschen im Haus zu erkennen, was über und unter ihm vor sich ging. Er schaute auf die Uhr und sah, dass seit ihrer Landung auf dem Dach nicht mehr als zwei Minuten vergangen waren. Wenige Sekunden später brachten die SAS-Männer Moroni und Henk nach oben. Beide trugen Tüten über dem Kopf und gaben keinen Mucks von sich, wofür wahrscheinlich die großzügige Anwendung von Klebestreifen über ihren Mündern sorgte. Die Hände waren mit Kabelbindern auf dem Rücken gefesselt. Auch sie wurden nach oben aufs Dach geführt. Kurze Zeit später kam Deveraux wieder an Smith vorbei und nickte auch diesmal. Smith folgte ihm aufs Dach und bestieg den Hubschrauber. Er schaute auf die Uhr. Alles in allem hatte die Aktion fünf Minuten gedauert. Nicht schlecht, dachte er.

Martine und Jean-Marie saßen nebeneinander auf einer der Bänke, die zu beiden Seiten längs der Passagierkabine montiert waren. Beide trugen dicke Steppjacken, Schals und Handschuhe. Trotz der sommerlichen Temperaturen am Boden würde es auf dem Rückweg recht kalt werden. Wieder einmal war Smith beeindruckt von Gentrys Umsicht. Die beiden Gefangenen, die gefesselt auf der anderen Bank saßen, hatten es hingegen weniger bequem. Deveraux setzte sich neben Jean-Marie, während Smith an Martines Seite Platz nahm. Einer der beiden SAS-Männer nahm in diesem Moment seine Nachtsichtbrille vom Kopf.

»Schön, mal wieder für Sie im Einsatz gewesen zu sein, Sir«, sagte er in einem breiten Glasgower Akzent und einem ebenso breiten Grinsen im Gesicht. »Ihr Ruhestand fällt wohl weniger ruhig aus als gedacht, wie's scheint.«

Er schüttelte Smith die Hand und war, bevor Smith ihm danken konnte, wieder verschwunden, vermutlich auf dem Weg zurück ins Haus. Smith erinnerte sich. Der Mann hatte den Special Forces angehört und ihn vor einigen Jahren nach Somalia begleitet, auf einen Einsatz, der katastrophal gescheitert war, sodass Smith gefangen genommen und fast eine Woche lang in einer mit Blut und Kot verschmierten Zelle gefoltert wurde. Um ihn zu retten, hatte Deveraux so viele Terroristen umgebracht, dass man nicht einen einzelnen Mann, sondern eine halbe Kompanie hinter der Aktion vermutete.

Der zweite Pilot warf einen Blick über die Schulter zurück in die Kabine und sah, wie Deveraux nickte. Sekunden später hoben sie ab, stiegen ein paar Hundert Fuß in die Luft und beschleunigten dabei auf ein Tempo, dass allen schlecht wurde. Nach einer scharfen Kurve flogen sie in östlicher Richtung auf Arles zu. Smith warf einen letzten Blick auf seine Uhr. Seit der Landung auf dem Dach waren nur wenige Minuten vergangen. Der Rückflug war laut und holprig, ein Gespräch unmöglich. Martine hatte sich bei ihm untergehakt. Ihr Kopf lag schwer auf seiner Schulter, und da blieb er für die gesamte Dauer des Flugs. Nach einer Dreiviertelstunde landeten sie auf dem Feld hinter dem Gutshof. Ein Empfangskomitee gab es nicht. Smith reichte Deveraux zwei prall gefüllte Briefumschläge, bevor er Martine aus der Maschine half. Deveraux verschwand im Cockpit.

»Messieurs«, sagte er zu den Piloten, »ein kleines Geschenk von Monsieur Aubanet. Er bat mich, Ihnen zu danken, und lässt Ihnen noch einmal ausrichten, dass Sie jederzeit auf seinem Anwesen herzlich willkommen sind. Ich soll mich auch im Namen von Mister Smith bei Ihnen bedanken.«

Dann stieg auch er aus dem Hubschrauber und schob die Seitentür zu. Die Maschine stieg auf wie eine Rakete und war bald nicht mehr zu sehen. Sie flog einen weiten Bogen über das Meer, um ihr Ziel zu verschleiern.

Smith wandte sich an Jean-Marie. »Bringen Sie Madame bitte ins Haus. Ihr Vater wartet, ich glaube, zusammen mit Ihren Eltern.« Er legte eine Hand auf die Schulter des jungen Mannes und drückte fest zu. »Ich will Ihnen noch was sagen, Jean-Marie. Deveraux und ich sind schon seit Jahren in solchen Einsätzen wie dem der letzten Nacht unterwegs. Sie sind nie leicht, und am Ende gibt man sich immer für irgendwas die Schuld. Ich rate Ihnen, machen Sie sich keine Vorwürfe. Es war Ihre Aufgabe, für Madames Sicherheit zu sorgen, und Sie haben sie beschützt. Sie sind an einem Ort überrumpelt worden, an dem Sie guten Grund hatten anzunehmen, selbst beschützt zu werden. Die Kidnapper waren in der Überzahl. Wir werden uns später noch eingehender darüber unterhalten und beide versuchen, aus dem Vorfall zu lernen.« Er gab dem jungen Mann einen Klaps auf die Schulter. »Lassen Sie sich jetzt von Monsieur Aubanet einen großen Drink einschenken.«

Dann widmete er sich Martine: »Ich komme gleich nach. Ich muss nur schnell den beiden hier zeigen, wo sie übernachten werden.«

Zusammen mit Deveraux führte er Moroni und Henk in den Pferdestall, wo er zwei leer stehende Boxen entdeckte.

Er überzeugte sich vom festen Sitz der Kabelbinder und erneuerte die Fußfesseln der Gefangenen. Nachdem er Moroni in eine der leeren Boxen gezerrt hatte, beugte er sich über ihn.

»Wer hat den Stierkämpfer erschossen? Der Holländer?«

Moroni, dessen Kopf immer noch unter der Tüte steckte, nickte. Smith stand auf und ging. Deveraux wartete am Tor auf ihn.

»Erst wenn ich auch etwas getrunken habe, entscheide ich, was mit den beiden geschieht«, erklärte Smith dem Leibwächter. »Ich nehme an, Sie wollen möglichst schnell zu Jeanne nach Marseille ins Krankenhaus. Wenn ich richtig informiert bin, ist sie nur leicht verletzt. Geben Sie mir Bescheid, wenn Sie was Neues hören. Setzen Sie sich nicht mit ihrer Familie in Verbindung. Das werde ich tun.«

»Ja, wenn es hier nichts mehr für mich zu tun gibt, werde ich mich auf den Weg machen.«

»Nehmen Sie einen der Range Rover. Noch einmal danke, Dev. Das war wie immer ausgezeichnete Arbeit.«

Deveraux nickte bloß und fragte dann: »Wie viel war in den Umschlägen?«

»Wahrscheinlich sehr viel mehr als ein Jahressold – für jeden«, antwortete Smith.

Er erinnerte sich an Worte seines Vaters. Kurz nachdem er das erste Mal geheiratet hatte, war er mit ihm in einen Pub gegangen, irgendwo im Norden von Derbyshire, wo sein Vater lebte. Sie hatten nie viele Worte miteinander gewechselt, fanden es aber auch nicht besonders ungewöhnlich, wenn es tatsächlich mal zu einem Gespräch zwischen ihnen kam.

»Vielleicht sollte ich dir einen kleinen Rat in Sachen Ehe geben«, hatte sein Vater nach dem vierten oder fünften Pint entsprechend vorlaut gesagt. »Wenn du willst, dass deine Ehe hält, geh nie verärgert ins Bett.«

Sein Vater war wahrscheinlich der Letzte, dem es anstand, in solchen Fragen Ratschläge zu erteilen. Seine eigene Ehe war ein Desaster gewesen. Er hatte sich ständig mit seiner Frau, Smiths Mutter, in den Haaren gelegen, war meist außer Haus, entweder auf irgendeiner mysteriösen Geschäftsreise, in seinem Golfclub, seiner Freimaurerloge, bei irgendeinem Rugbyspiel oder sonst wo. Das Ehebett sah er viel zu selten, um ermessen zu können, wie man darin liegt. Trotzdem hatten seine Worte Eindruck gemacht, und Smith erinnerte sich an sie, als er nun mit Martine in ihrer *cabane*, wo sie sich zunehmend zu Hause fühlten, im Bett lag. Die Nacht war heiß, und sie waren nackt, bedeckt nur mit einem dünnen Baumwolltuch. Es reichte, dass sie sich bei den Händen hielten, um tiefe Verbundenheit zu empfinden. Zum ersten Mal sprachen sie über die Ereignisse der Nacht.

»Was hast du mit den beiden vor?«, fragte sie, nachdem er ihr die ganze Geschichte erzählt hatte.

»Das weiß ich noch nicht. Ich muss erst darüber schlafen.«

Sie ging nicht weiter darauf ein. »Jedenfalls danke ich dir, Liebster. Tut mir leid, dass du mich wieder einmal hast retten müssen.«

»Warum tut dir das leid?«, fragte er leicht irritiert.

»Ich hätte die Einladung nicht annehmen sollen. Angèle rief überraschend an, und ich habe nicht lange gezögert.

Wäre ich nicht gefahren, hättest du diese Scherereien nicht gehabt.«

Smith zählte nicht zu denen, die sich lange in der Vergangenheit aufhielten. »Hauptsache ist, dass du okay bist. Hier und jetzt okay. Darauf kommt's an.«

Sie drückte seine Hand. »Sei nicht zu streng mit Girondou.«

Seltsam, dass sie das sagte, dachte er, weil er kaum für möglich hielt, dass sie ahnte, was ihm durch den Kopf ging.

Nach einer kurzen Pause sagte sie: »Vergiss nicht, Liebster, er ist anders gestrickt als du.«

Sie rückte näher und legte den Kopf auf seine Schulter. Wenig später hörte er an ihrem Atem, dass sie eingeschlafen war. Das Letzte, woran er dachte, bevor er ihr in Morpheus' Reich folgte, war: Wahrhaftig, das ist er.

23. Tod dem Verräter

Nach einem späten Frühstück holte Jean-Marie Henk aus der Pferdebox und packte ihn in den Kofferraum von Smiths altem Peugeot. Der Holländer hatte sich in die Hose gemacht, und Smith fand ihn zu unappetitlich für den Range Rover der Aubanets.

»Wo fahren Sie diesen Scheißkerl jetzt hin, Boss?«

Es amüsierte Smith, dass Jean-Marie ihn inzwischen genauso anredete wie Deveraux.

»Da dieser Scheißkerl, wie Sie sagen, Roger Cordiez erschossen hat, dachte ich, es wäre vielleicht angemessen, dessen Vater zu fragen, was wir mit ihm anstellen sollen.«

Jean-Marie nickte. »Dann sehe ich schwarz für ihn. Der alte Cordiez ist nicht dafür bekannt, besonders nachsichtig zu sein.«

Sie fuhren über den Chemin de Fielouse, der am Ostufer des Étang de Vaccarès entlangführte. So nahe am extrem salzhaltigen Wasser des Étang gelegen, war das Land hier äußerst karg und ausgelaugt. Smith kam es vor, als hätte sich der Boden seit seinem letzten Besuch noch zusätzlich verschlechtert. Womöglich, dachte er, färbten derartige Umstände auf die Psyche der Anwohner ab. Jedenfalls passte der verbissene Bauer Cordiez ganz gut ins Bild, der – wahrscheinlich vom Motorengeräusch alarmiert – sie bereits mit seiner Flinte in der Armbeuge vor seiner Haustür erwartete.

»Was wollen Sie?«

Smith erinnerte sich an frühere Begegnungen und beschloss, geduldig mit ihm zu sein. Er wollte aber auch nicht lange um den heißen Brei herumreden. Auf ein Zeichen von ihm öffnete Jean-Marie den Kofferraum und zerrte den Gefangenen daraus hervor.

»Wahrscheinlich kennen Sie diesen Mann nicht, Monsieur Cordiez«, sagte Smith. »Aber er war es, der Ihren Sohn erschossen hat.«

Es war eine Weile so still, dass man die sprichwörtliche Stecknadel hätte fallen hören. Dann ging Cordiez langsam auf van der Togt zu und stellte sich so nah vor ihn, dass ihre Gesichter nur Zentimeter voneinander entfernt waren. Es erleichterte Smith zu sehen, dass der Arm, in dem die Flinte lag, entspannt blieb und deren Lauf auf den Boden zeigte. Schließlich drehte sich Cordiez um, ging auf Smith zu und streckte die Hand aus.

»Danke, Monsieur.«

Smith wollte die Sache möglichst schnell vom Hals haben. »Gibt es hier eine Scheune oder dergleichen, wo man ungestört ist, Monsieur?«

Sie machten sich zu viert auf den Weg und erreichten nach wenigen Minuten einen heruntergekommenen Holzverschlag, der beim besten Willen nicht mehr als Scheune bezeichnet werden konnte. Smith bat Jean-Marie, draußen zu warten und darauf aufzupassen, dass niemand störte. Im Schuppen, dessen Dach mehr Löcher als Ziegel hatte, standen ein paar verrostete Erntemaschinen. Es gab auch ein paar Stühle. Sie befreiten Henk von Kabelbinder und Klebeband und befahlen ihm, auf einem der Stühle Platz zu nehmen. Smith und Cordiez setzten sich im Abstand von etwa fünf Schritten auf zwei andere. Alle drei verhielten sich still. Smiths Arme hingen seitlich locker herunter. Auf der rechten Armlehne ruhte seine Glock. Cordiez hatte seine Flinte auf seine Oberschenkel gelegt. Sehr viel weniger entspannt wirkte Henk van der Togt. Sein Blick flackerte zwischen Smiths Augen und seiner rechten Hand hin und her. Ihm war wohl klar, dass er, obwohl er sich frei bewegen konnte, gegen Smith keine Chance hatte. Also blieb er sitzen und fragte sich nervös, was sie mit ihm vorhatten. Smith wusste es sehr genau.

»In gewisser Weise könnte man mir die Schuld an dem ganzen Schlamassel zuschieben«, sinnierte er laut. »Oder zumindest eine Teilschuld. Ich habe von Anfang an geahnt, dass mit dir etwas nicht stimmt. Aber ich dachte, ich müsste in deinem Fall ein Auge zudrücken und darauf verzichten, meine Maßstäbe bei dir anzulegen, Maßstäbe, mit denen ich immer gut gefahren bin, die heutzutage aber vielleicht nicht mehr taugen. Ich dachte, du würdest dich schon noch machen. Mir ist natürlich aufgefallen, dass du ein Problem damit hattest, im Rahmen deines Jobs notfalls auch äußerste Gewalt anzuwenden. Keine Ahnung, vielleicht hätte ich dich sofort ausmustern sollen. Aber du bist geblieben, und jetzt haben wir den Salat.

Dass sich bei dir inzwischen ein Gesinnungswandel vollzogen hat und du einen Killerauftrag angenommen hast, Roger Cordiez zu töten, ist eine Sache zwischen dir und

Monsieur Cordiez. Es liegt an ihm zu entscheiden, was er mit dir machen will. Bevor ich dich seinen zarten Händen überlasse, will ich dir aber noch etwas sagen.«

Er seufzte, hielt aber sein Gegenüber fest im Blick.

»Im Leben, zumindest in meinem, Henk, kommt es in erster Linie auf Vertrauen an. Wahrheit und Unwahrheit, Aufrichtigkeit und Unaufrichtigkeit sind relative Größen, moralische Kategorien, die mal so, mal anders ausgelegt werden und ihren Wert dadurch verlieren. Vertrauen und Loyalität aber sind das, was menschliche Beziehungen ausmachen, und darum absolut. Du hast vergessen, dass du für den Schutz der Familie Girondou verantwortlich warst, und sie verraten. Du hast das Vertrauen, das deine Kollegen in dich gesetzt haben, missbraucht und sie in Gefahr gebracht, Leute, die ein Recht darauf hatten, sich auf dich zu verlassen. Dafür, Hendrik van der Togt, sollst du sterben. Hier und jetzt.«

Der junge Mann rührte sich endlich. »Okay, wenn ich ohnehin bald tot bin, wieso erzählst du mir dann diesen ganzen Quatsch?«, blaffte er verächtlich.

Smiths Blick nahm einen bekümmerten Ausdruck an, denn die Frage war berechtigt.

»Wissen wir, was einen nach dem Tod erwartet, Henk? Manche haben gewisse Vorstellungen davon, aber niemand weiß es so genau. Für den Fall, dass es ein Danach gibt, hast du jetzt etwas gelernt, mit dem du im Jenseits vielleicht etwas anfangen kannst. Wenn nicht, hast du ein paar Sekunden Leben dazugewonnen, und ich habe ein paar verschwendet.«

»Und was macht dich plötzlich zu Gott, Richter und

Henker in einer Person?«, knurrte Henk mit hassverzerrter Miene.

Smith griff zu seiner kleinen automatischen Waffe, nahm sie von der Lehne und zielte damit auf die Stirn des Holländers.

»Unter anderem diese Pistole, junger Mann«, antwortete er, den Blick ungerührt auf Henk gerichtet. Und an Cordiez gewandt: »Dieser Mann hat Ihren Sohn getötet, Monsieur. Für Geld. Nur Sie wissen, was das für Sie bedeutet. Wenn Sie glauben, dass dieser Mann den Tod verdient hat, dann töten Sie ihn jetzt. Wenn Sie's nicht selbst tun wollen, kann ich das für Sie erledigen.«

Zum ersten Mal zeigte sich nackte Angst in Henk van der Togts Gesicht. Der Franzose zögerte nur kurz. Er stand auf, legte die Flinte an und leerte beide Läufe in kurzer Folge. Der Mörder seines Sohnes flog mit dem Stuhl, auf dem er saß, nach hinten. Von seinem Kopf war nicht viel übrig geblieben.

Beide, Smith und Cordiez, schwiegen einen Moment lang. Dann kam Smith auf eine eher praktische Angelegenheit zu sprechen. »Ich hoffe, Sie können die Leiche unbemerkt fortschaffen, und zwar möglichst bald. Es kommt nicht gut, so etwas über längere Zeit liegen zu lassen.«

Der Mann nickte. »Ich habe Schweine«, war alles, was er sagte.

Sie verließen die Scheune und kehrten zum Wagen zurück, wo Jean-Marie wartete. Cordiez trat auf Smith zu. Der Mann hatte Tränen in den Augen und war außerstande, etwas zu sagen. Er ergriff Smiths Hand und schüttelte sie mit Nachdruck.

Als Jean-Marie anfuhr, überkam Smith ein plötzlicher Schauer, sodass er kurz stark zitterte.

»Boss?«, erkundigte sich der Fahrer.

»Schweine«, wiederholte Smith und schüttelte sich erneut. »Ich habe sie noch nie leiden können.«

24. Die Geschäfte der Brüder

Deveraux wusste, wie unpassend es jetzt sein würde, ein Gespräch einzuleiten. Er konzentrierte sich ganz aufs Fahren. Smith saß neben ihm auf dem Beifahrersitz und ließ die Schultern hängen. Er starrte zum Fenster hinaus auf die vorbeifliegende Landschaft, anscheinend tief in Gedanken versunken. Der andere Passagier hockte auf der Rückbank des Range Rovers. Er war nicht nur an Händen und Füßen fixiert; Deveraux hatte ihn auch mit den Sitzgurten sorgfältig verschnürt. Außerdem trug er eine Binde um die Augen, und in seinem Mund steckte ein Knebel.

Tatsächlich träumte Smith vor sich hin. Sie hatten die Autoroute kurz vor Saint-Martin-de-Crau im Osten von Arles verlassen und näherten sich nun der Mittelmeerküste. Die flache provenzalische Landschaft veränderte allmählich ihr Gesicht. Zwischen Feldern, Pinienhainen und Hecken machte sich immer mehr Industrie breit, zuerst nur mit Lagerhallen und Speditionsunternehmen, dann, am Nordrand des Étang de Berre, mit riesigen Industriebrachen. Hier hatten früher Ölraffinerien gestanden, von denen nicht mehr viel übrig geblieben war, aber doch noch genug, um Smith daran zu erinnern, dass er sich jetzt auf Girondous eigentlichem Territorium befand. Die Grenze verlief natürlich unsichtbar, aber nichtsdestoweniger hatte es ihretwegen in den letzten Tagen und Wochen einen erbitterten Streit gegeben. Der Mann, der sie im Triumph hatte überqueren wollen, passierte sie nun unter völlig anderen Umständen, schmachvoll verschnürt zu einem Päckchen, auf dem Weg zu einem aller Wahrscheinlichkeit nach gewaltsamen Lebensende.

»Warum lebt Moroni noch, Peter? Um ehrlich zu sein, wundert mich das«, hatte Martine zuvor gefragt.

Sie hatten in den beiden alten Korbstühlen auf der Veranda ihrer *cabane* gesessen, im rechten Winkel zueinander, sodass sie ihre Füße auf seinen Schoß legen konnte. Geistesabwesend hatte er sie mit einer Hand gestreichelt und in der anderen ein Glas mit sodaverwässertem Whisky gehalten, den Blick auf die Marschen gerichtet, über denen der Himmel langsam dunkel wurde. Die Sonne war untergegangen und malte die über den Horizont hinwegziehenden Wolken blutrot. Eine Schar Flamingos stolzierte auf der Suche nach Nahrung gemächlich durch flaches Wasser. Sie verloren ihre Farbe und waren bald nur noch als schwarze Silhouetten wahrzunehmen. Überall machte sich Leben an Geräuschen bemerkbar: Vögel schnarrten, Schermäuse raschelten, und in den Kanälen, die die Marschen entwässerten, planschten Ratten umher. Ein paar Fischreiher standen reglos auf ihren dünnen Beinen und starrten so schwermütig ins Wasser wie schon den ganzen Tag über. Allerdings gab es an diesem Abend auch weniger attraktive Gesellschaft. Myriaden von bluthungrigen Mücken schwirrten durch die laue Luft. Glücklicherweise hatte Martine ein paar hochwirksame Insektenfallen anbringen lassen, weshalb sie den Abend genießen konnten, ohne dass ähnlich viel Blut vergossen wurde wie vor wenigen Stunden in Saint-Sulpice-la-Pointe. Smith fand, dass eine Erklärung angebracht war. Er musste sich nur eine glaubhafte einfallen lassen. Ein großer Schluck Whisky half dabei.

»Ja, mich auch. Ich war fest entschlossen, mich Gentrys Befehl zu widersetzen und dem Kerl eine Kugel durch den Kopf zu jagen. Es hat nicht viel gefehlt – ein paar Gramm am Druckpunkt des Abzugs –, und genau das wäre passiert. Aber dann habe ich's doch nicht getan. Aus verschiedenen Gründen.«

Martine warf ihm einen Blick über den Rand ihres Glases zu. Es schien, als bemerkte sie eine neue Seite an Smith. Dass er sich eines anderen besann, kam nicht allzu häufig vor, erst recht nicht, wenn es um Leben und Tod ging. Sie wartete.

»Mir ist zweierlei durch den Kopf gegangen. Erstens hatte er es nicht auf dich abgesehen. Du warst nur zur falschen Zeit am falschen Ort, und van der Togt hat die Nerven verloren. Dich als Geisel zu nehmen, war ein Fehler. Du warst nicht das eigentliche Ziel, und ich vermute, Moroni war ebenso überrascht wie alle anderen, dich vor seiner Türschwelle auftauchen zu sehen. Ob ihr, du und Jean-Marie, wirklich in Gefahr gewesen seid, weiß ich nicht, aber irgendwie bezweifle ich das. Deshalb hatte ich persönlich keinen Grund, den Mann zu töten, so zuwider er mir auch sein mag.«

Martine wartete über Gebühr auf die zweite Begründung, was darauf schließen ließ, dass er sie noch nicht parat hatte.

»Girondou ist ein Freund, gehört aber nicht zur Familie«, sagte er schließlich.

Dass Smith das Wort Familie in den Mund nahm, war ungewöhnlich. Er ahnte, was sie dachte, und schaute ihr ins Gesicht, das er zu lieben gelernt hatte, wie er sich und ihr eingestand.

»Du bist meine Familie.«

Sie stellte ihr Glas ab und stand langsam auf, nahm ihn bei der Hand und führte ihn wortlos ins Haus.

Später in der Nacht, als sie Arm in Arm beieinanderlagen, griff er seinen Gedanken wieder auf. »Die ganze Sache ist eine familiäre Angelegenheit Girondous, nicht unsere.«

Sie drückte sanft seine Hand, als er das Wörtchen »unsere« sagte.

»Und um eine Familienangelegenheit handelt es sich schließlich. Es geht um seine Familie. Die ganze Geschichte hat angefangen mit drei Brüdern, jetzt sind es nur noch zwei. Ich werde einen dem anderen als Geschenk darbieten. Was er damit macht, ist seine Sache.«

Sie spürte, dass es Smith schwerfiel, darüber zu sprechen, wusste sie doch, wie viel ihm Freundschaft bedeutete. Alexei Girondou hatte ihn enttäuscht, weil er Smith Moroni verschwiegen hatte, und das machte ihn traurig. Vielleicht war er ihm nie ein wirklicher Freund gewesen. Normalerweise verzieh Smith solche Fehltritte nicht. Martine rückte näher an ihn heran, bis sich ihre Gesichter berührten, und gab ihm einen langen zärtlichen Kuss auf die Lippen.

Smith starrte durch das Beifahrerfenster nach draußen. Sein Blick war nicht ganz so leer, wie von Deveraux vermutet. Als sie an Martigues vorbeikamen und auf die Straße nach Sausset-les-Pins einbogen, hatte er seinen Entschluss gefasst, einen für ihn ungewöhnlichen Entschluss. Normalerweise war er sehr viel entscheidungsfreudiger. Diesmal hatte er lange gezaudert.

Sie hatten ihre Ankunft angekündigt, und die Poller waren eingefahren, als sie das Tor passierten. Ungewöhnlicherweise erwartete sie niemand am Eingang der Villa.

Deveraux blieb am Steuer sitzen. Smith stieg aus und kam an sein Fenster.

»Nehmen Sie ihm die beiden Fesseln ab. Alles andere bleibt.«

Deveraux nickte und holte den Gefangenen aus dem Wagen. Die drei gingen ins Haus. Girondou, Angèle und Amy saßen auf dem Sofa im Wohnzimmer und hielten einander die Hände, jeder auf seine beziehungsweise ihre Art nervös und angespannt. Er setzte sich ihnen gegenüber in einen Sessel und dachte, wie gänzlich anders als sonst der Empfang diesmal ausfiel. Deveraux blieb hinter ihm stehen und behielt Moroni im Auge. Smith fasste sich kurz.

»Euer Problem ist nicht meins. Ich habe mit dem ganzen Schlamassel nichts zu tun. Es geht hier um deine Familie, Alexei. Eure Probleme haben angefangen, bevor wir uns begegnet sind, und werden wohl andauern, wenn ich längst wieder weg bin. Ich überlasse es dir, damit klarzukommen. Gekommen bin ich nur deshalb, weil ihr, du und deine verdammte Familie, meine Freundschaft verraten habt.«

Er stand auf und trat vor Alexei hin. Seine Stimme war sehr leise und sehr ruhig.

»Alexei. Ich weiß, wer du bist und was du tust. Ich kenne

deine Stärken und Schwächen, vielleicht besser, als du glaubst. Du solltest auch genug über mich wissen und das, was du weißt, in Betracht ziehen, wenn du gleich vor eine Entscheidung gestellt wirst. Es gibt da jemanden, der mir einen Gefallen schuldet. Er lebt in einer Welt, die dir fremd ist. Er ist ein Freund und hält zu mir, egal, was passiert. Freundschaft und Loyalität sind das Einzige, was wirklich schützt, und daran scheint es dir zu mangeln. Mach keinen Fehler, oder …«, er deutete mit einem Kopfschlenker hinter sich auf Moroni. »Der Mistkerl da, falls er oder sonst wer noch einmal versuchen sollte, sich an Martine zu vergreifen, passiert was.« Er ließ seinen Blick über die drei auf dem Sofa schweifen. »Das betrifft alle.«

Er drehte sich um und ging. Deveraux hielt ihm die Tür auf.

Sie waren schon eine Weile unterwegs in Richtung Arles, als Smith endlich wieder den Mund aufmachte.

»Wie geht es Jeanne, Dev? Wenn ich richtig informiert bin, hatte sie einen Durchschuss, der nicht viel Schaden angerichtet hat.«

»Ihr geht's gut, danke der Nachfrage. Sie wird noch eine Zeit lang zur Nachsorge gehen müssen, aber dann ist sie wieder fit.«

»Passen Sie gut auf sie auf, Dev. Sie ist Gold wert.«

Deveraux grinste. »Das weiß ich, und ich bin sehr stolz auf sie.«

»Ich hoffe, dieser Familienstreit hat Ihr Verhältnis nicht belastet. Ich kann mir vorstellen, dass bei Girondou demnächst eine Stelle frei wird. Ein Spitzenjob wahrscheinlich.«

Deveraux lachte. »Ich glaube, sie würde lieber aufs Land ziehen. Ich hatte schon eine Weile vor, mich mit Ihnen darüber zu unterhalten.«

Smith nickte. »Sie auch?«

»Es würde mir gefallen, Boss.«

»Ich kann darüber nicht allein entscheiden und müsste Martine fragen.«

»Madame hat mir vor Kurzem eine ihrer *cabanes* angeboten, zumal ich seit einiger Zeit mehr auf dem Mas zu tun habe als anderswo. Das Häuschen ist groß genug für zwei.«

Zum ersten Mal seit Langem grinste Smith wieder übers ganze Gesicht. »Hört sich gut an, mein Freund. Aber nehmen Sie sich vor Jean-Marie in Acht; nicht dass er Ihnen Jeanne ausspannt.«

»Danke für den Tipp.«

Smith legte Deveraux für einen kurzen Moment seine Hand auf die Schulter. Obwohl im Umgang miteinander immer noch förmlich, waren sie schon lange befreundet. Es nahm fast schon familiäre Züge an.

25. Endspiel

»Das wär's dann wohl, oder? Alle Figuren wieder auf den mehr oder weniger richtigen Feldern?«

Smith zeigte ein kleines Lächeln, denn die Anspielung seines Freundes bezog sich wohl auf beides, die aktuelle Partie und die jüngsten Ereignisse. Die Figuren standen in ihrer Ausgangsposition, und Smith hatte sich mit Bauer auf e4 für eine traditionelle Eröffnung entschieden. Wie immer saßen sie an Gentrys wunderschönem Sheraton-Tisch aus den 1790er-Jahren. Dazu passten die beiden aufrechten Stühle mit Armlehnen und geschnitzten Rückenlehnen vom selben Hersteller und aus derselben Zeit. Jeder hatte sein Whiskyglas zur Rechten.

Für Smith war es auch eine Art Tradition geworden, dass er die erste Partie nach einem aufregenden Ereignis, über das sie sich dann unterhielten, mit der Spanischen Partie eröffnete. Diese Eröffnung, die auf den spanischen Geistlichen Ruy Lopez aus dem 16. Jahrhundert zurückging, gehörte immer noch zu den am meisten gewählten, und viele der interessantesten Partien, die Smith und Gentry spielten, nahmen mit ihr ihren Anfang. In der derzeitigen Partie jedoch spiegelten die Eröffnungszüge vor allem das, was den beiden zu den jüngsten Ereignissen durch den Kopf ging.

Smith brach das Schweigen als Erster. »Danke, David. Das war gute Arbeit.«

»Geschenkt, alter Knabe. Es hat mich gefreut, wieder einmal einen Hauch von Kordit geschnuppert zu haben. Ich nehme an, die Rechnung geht an Girondou. Sie ist nicht von Pappe. Er zahlt hoffentlich.«

Nach seinem letzten Gespräch mit Girondou war Smith zuversichtlich. »Keine Sorge, alter Freund.«

Das Spiel verlief ungewöhnlich zivilisiert. Es entwickelte sich ein eher eleganter Stil, und man hatte den Eindruck, dass weder der eine noch der andere unbedingt gewinnen wollte, oder dass zumindest der Weg für sie ebenso interessant war wie das Ziel.

Auch Gentrys Gedanken schweiften ab. »Habe ich richtig verstanden? Deveraux hat sich verliebt?«, fragte er ungläubig und verharrte mitten im Zug. Sein Läufer schwebte in der Luft. »Verliebt. Nicht zu fassen.«

Gentry war so abgelenkt, dass er seinen Läufer völlig unsinnig platzierte.

»Ha!«, rief Smith und nahm das Geschenk an, indem er den Läufer mit einem Bauern schlug. »Du musst dich konzentrieren, mein Bester.«

Entsetzt blickte Gentry auf das Brett. Ein solcher Fehler war ihm seit der Grundschule nicht mehr unterlaufen. »So was Blödes«, murmelte er.

Das Spiel dauerte nicht mehr lange, denn Gentry hatte die Lust daran verloren. Wahrscheinlich war er verlegen, dachte Smith. Also zogen sie vom Schachtisch auf die beiden Sessel vor der Feuerstelle um, wo sie ihre leeren Gläser wieder auffüllten.

»Am Anfang stand also ein Krach in der Familie, der eigentlich nicht weiter von Belang war«, resümierte Gentry.

Smith sagte nichts. Gentrys Wortwahl und Ton waren, wie er fand, ganz und gar nicht angemessen in Anbetracht der Tatsache, dass Girondous Tochter tot war und sich ausgerechnet der von ihm empfohlene Bodyguard als Verräter erwiesen hatte, der nun ebenfalls nicht mehr am Leben war.

»Weißt du, wie die Dinge stehen?«

Das hatte Smith tatsächlich am Morgen in Erfahrung gebracht. »Man hat sich auf eine Fusion geeinigt.«

»Und welcher der beiden Brüder schneidet besser dabei ab?«

»Es gibt nur noch einen. Und das ist Girondou.«

Gentry nickte bedächtig. »Und?«

»Und was?«

»Was jetzt?«

Smith zuckte mit den Schultern. »Nichts. Glaube ich jedenfalls.«

»Nichts?«

»Wenn du die Wahrheit hören willst: Ich bin ziemlich verärgert. Sosehr ich Girondou auch gemocht habe und nicht leugnen kann, dass er mir von Zeit zu Zeit gute Dienste geleistet hat, bedaure ich doch nachträglich, mich auf ihn eingelassen zu haben.«

Gentry sagte nichts. Er wusste, dass Smith mehr mit sich selbst sprach als mit ihm.

»Wäre Martine nicht mit hineingezogen worden, hätte er mir den Buckel runterrutschen können.«

»Eine geglückte Machtübernahme Moronis wäre auch nicht gerade ideal gewesen, und das weißt du, Peter.«

Smith schnaubte. »Außerdem bin ich es leid, andere daran zu erinnern, dass sie mir einen Gefallen schulden, und das musste ich, um Martine da rauszuholen. Dabei hätte das ganze Elend vermieden werden können. Es war ein Scheißspiel zwischen zwei Männern, die es eigentlich hätten besser wissen sollen. Es hat mehrere Menschen unnötigerweise das Leben gekostet. Haben diese Armleuchter überhaupt keinen Familiensinn?«

Gentry wusste, dass sich Smith auch wieder beruhigen würde. Jetzt aber noch nicht. Vorsichtig fragte er: »Gemocht?«

»Gemocht?«, wiederholte Smith gereizt. »Was meinst du damit?«

»Du sagtest: ›Sosehr ich Girondou auch gemocht habe …‹«

»Und?«

»Perfekt. Aus, vorbei, gesch…«

Smith fiel ihm ins Wort. »Und? Sei's drum.«

»Nun, in Anbetracht deiner seltsamen Vorstellung vom Ruhestand könntest du demnächst wieder mal Bedarf haben an Monsieur Girondou und seinen Spezis. Wäre vielleicht nicht besonders schlau, alle Brücken hinter dir abzubrechen.«

Gentry schenkte wieder nach. »Eines interessiert mich noch«, ergänzte er.

»Als da wäre?«

»Ich frage mich, ob du wirklich noch auf der Höhe bist.«

»Was soll das nun wieder heißen?«

»Nun, wir haben wieder einmal ein kleines Abenteuer bestanden, und du …«

»Und was?«, fuhr Smith dazwischen.

»Und du hast niemanden umgebracht.«

Smith schnaubte wieder und blickte den alten Freund scharf an.

»Noch nicht, Gentry, noch nicht.«

Diese Bemerkung war der Auftakt einer langen Phase des Schweigens. Beide starrten in den offenen Kamin. Darin stand ein Strauß Sonnenblumen, die längst verwelkt waren und die Köpfe hängen ließen. Die Stille zwischen ihnen wurde nur gelegentlich unterbrochen vom leisen Klingeln der Eiswürfel, die an Smiths Glas schlugen, wenn er daraus trank. Gentry schüttelte schließlich ungläubig den Kopf.

»Deveraux. Verliebt. Was soll man davon halten?«

Die Frage war rhetorischer Natur, genau wie die Stimmung der beiden.